本书是广东省教育厅 2019 年高校省级重点平台及科研项目人文社科特色创新类项目"广东梅州咏梅诗研究"(2019WTSCX105)、梅州市 2019 年哲学社会科学研究课题"古代梅州诗人咏梅诗研究"(mz-ybxm-2019031)、嘉应学院 2021 年人文社科重点项目"梅州梅花的文化价值与旅游开发研究"(2021SKZ03)、嘉应学院 2020 年高等教育教学改革一般项目"高校通识教育教学内容与体系建设研究——'梅州名人与梅花'客家特色文化通识课建设"(JYJG20200224)、嘉应学院客家研究院 2017 年度基地招标课题"梅州客家诗人咏梅诗研究"(17KYKT15)的最终成果。

　　此成果由嘉应学院客家研究院、文学院资助出版。

本丛书出版得到以下研究机构和项目经费资助：

嘉应学院客家研究院

梅州市客家研究院

中国侨乡（梅州）研究中心

广东客家文化普及与研究基地

广东省特色重点学科"客家学"建设经费

嘉应学院第五轮重点学科"中国史"建设经费

广东省客家文化研究基地—嘉应学院客家研究院

广东省非物质文化遗产研究基地—嘉应学院客家研究院

理论粤军 · 广东地方特色文化研究基地—客家文化研究基地

广东省普通高校人文社会科学省市共建重点研究基地—嘉应学院客家研究院

客家学研究丛书

第七辑

"吾州亦是梅花国"

梅州历代咏梅诗整理与研究

汤克勤　汪平秀　著

暨南大学出版社
JINAN UNIVERSITY PRESS

中国·广州

图书在版编目（CIP）数据

"吾州亦是梅花国"：梅州历代咏梅诗整理与研究 ／ 汤克勤，汪平秀
著 . —广州：暨南大学出版社，2022. 11
（客家学研究丛书. 第七辑）
ISBN 978 - 7 - 5668 - 3335 - 8

Ⅰ. ①吾…　Ⅱ. ①汤…②汪…　Ⅲ. ①古典诗歌—诗歌研究—中国
Ⅳ. ①I207. 22

中国版本图书馆 CIP 数据核字（2022）第 122882 号

"吾州亦是梅花国" ——梅州历代咏梅诗整理与研究
"WU ZHOU YI SHI MEIHUA GUO" ——MEIZHOU LIDAI YONG MEI SHI ZHENGLI YU YANJIU

著　者：汤克勤　汪平秀
....

出 版 人：张晋升
策划编辑：杜小陆
责任编辑：潘雅琴　梁念慈
责任校对：苏　洁　陈皓琳
责任印制：周一丹　郑玉婷

出版发行：暨南大学出版社（511443）
电　　话：总编室（8620）37332601
　　　　　营销部（8620）37332680　37332681　37332682　37332683
传　　真：（8620）37332660（办公室）　37332684（营销部）
网　　址：http：//www. jnupress. com
排　　版：广州良弓广告有限公司
印　　刷：广州市金骏彩色印务有限公司
开　　本：787mm×960mm　1/16
印　　张：23. 75
字　　数：420 千
版　　次：2022 年 11 月第 1 版
印　　次：2022 年 11 月第 1 次
定　　价：88. 00 元

（暨大版图书如有印装质量问题，请与出版社总编室联系调换）

总　序

　　客家文化以其语言、民俗、音乐、建筑等方面的独特性，尤其是客家人在海内外社会经济发展中的突出贡献，引起了历史学、人类学、民俗学和语言学等诸多学科领域内学者的关注。而随着西方人文学科理论和研究方法在 20 世纪初传入我国，客家历史与文化研究也逐渐进入科学规范的研究行列，并相继出现了一批具有开创性的研究成果。1933 年，罗香林《客家研究导论》的出版，标志着客家研究进入了现代学术研究的范畴。20 世纪 80 年代以来，著作、论文等研究成果的推陈出新，也在呼吁学界能够设立专门的学科并规范客家研究的科学范式。

　　作为国内较早成立的专门从事客家研究的机构，嘉应学院客家研究院用二十五载的岁月，换来了客家研究成果在数量上空前的增长，率先成为客家学研究的重要阵地，也引起了国内外学术界的高度关注。但若从质的维度来看，当前的客家研究还面临一系列有待思考及解决的问题：客家学研究的主题有哪些？哪些有意义，哪些纯粹是臆测？这些主题产生的背景是什么？它们是如何通过社会与历史的双重作用，而产生某些政治、经济乃至文化权力的诉求与争议的？当代客家研究如何紧密结合地方社会发展的需要，又如何与国内外其他学科对话与交流？诸如此类的疑惑，需要从理论探索、田野实践和学科交叉等层面努力，以理论对话和案例实证作为手段，真正实现跨区域和多学科的协同创新。

一、触前沿：客家学研究的理论探索

　　当前的客家学研究主要分布在人文社会科学的诸多学科范围之内，所以开展卓有成效的客家研究自然需要敢于接触不同学科领域的学术理论。比如，社会学科先后出现过福柯的权力理论、布尔迪厄的实践理论、吉登斯的结构化理论、鲍曼的风险社会理论、哈贝马斯的沟通行动理论、卢曼的系统理论、科尔曼的理性选择理论和亚历山大的文化社会学理论。社会科学研究经常需要涉及的热点议题，在客家研究中同样不可回避，比如社会资本、新阶层、互联网、公共领域、情感与身体、时间与空间、社会转型和世界主义。再比如,社会学关于移民研究的推拉理论、人类学对族群研究的认同与边界理论以及社会转型与文化变迁的机制,都可以具体应用到客家研究上,并形成理论对话而提升客家研究的高度。在研究方法上,人文社会科学提倡的建模、机制与话语分析、文化与理论自觉等前沿手段,都可以遵循"拿来主义"的原则为客家研究所用。

可以说,客家研究要上升为独具特色的独立学科,首先要解决的便是理论对话和科学研究的范式问题。客家学作为一门融会了众多社会人文学科的综合性学科,既不是客家史,也不是客家地区政治、经济、文化等内容的汇编或整合,而是一门以民族学基础理论为基础,又比民族学具有更多独特特征、丰富内容的学科。不可否认的是,客家研究具有自身独特的学术传统,但要形成自身的理论构架和研究方法,若离开历史学、文献学、考古学、人类学、语言学、社会学、民俗学等诸多学科理论的支撑,显然就是痴人说梦。要在这方面取得成绩,则非要长期冷静、刻苦、踏实、认真潜心研究不可。如若神不守舍、心动意摇,就会跑调走板、贻笑大方。在不少人汲汲于功名、切切于利益、念念于职位的当今,专注于客家研究的我们似乎有些另类。不过,不管是学者应有的社会良知与独立人格,还是人文学科秉持的历史责任与独立思考的精神,都激励我们坚持实事求是的原则,在触碰前沿理论上不断探索,以积累学科发展所需的坚实理论。

要做到这一点,就得潜下心来大量阅读国内外学术名著,了解前沿理论的学术进路和迁移运用,使客家研究能够进入国际学术研究对话的行列。

二、接地气:客家研究的田野工作

学科发展需要理论的建设与支撑,更离不开学科研究对象的深入和扩展,而进入客家人生活的区域开展田野工作,借助从书斋到田野再回到书斋的螺旋式上升的研究路径,客家研究才能做到"既仰望星空又能接地气",才能厚积薄发。

人类学推崇的田野工作要求研究者通过田野方法收集经验材料的主体,客观描述所发现的任何事情并分析发现结果。[①] 田野工作的目标要界

---

① 埃里克森. 什么是人类学 [M]. 周云水, 吴攀龙, 陈靖云, 译. 北京:北京大学出版社, 2013:65-67.

定并收集到自己足以真正控制严格的经验材料，所以需要充分发挥参与观察、深度访谈和问卷调查的手段。从学科建设和学科发展的角度，客家族群的分布和文化多元特征，决定了客家研究对田野调查的依赖性。这就要求研究者深入客家乡村聚落，采用参与观察、个别访谈、开座谈会、问卷调查等方法调查客家民俗节庆、方言、歌谣等，收集有关客家地区民间历史与文化丰富性及多样性的资料。

而在客家文献资料采集方面，田野工作的精神同样适用。一方面，文献资料可以增加研究者对客家文化的理解，还可以对研究者的学术敏感和问题意识产生积极影响；另一方面，田野工作既增加了文献资料的来源，又能提供给研究者重要的历史感和文化体验，也使得文献的解读可以更加符合地方社会的历史与现实。譬如，到图书馆、档案馆等公藏机构及民间广泛收集对客家文化、客家音乐、客家方言等有所记载的正史、地方志、文集、族谱及已有的研究成果等。田野调查需要入村进户，因此从具有深厚文化传统的客家古村落入手，无疑可以取得事半功倍的效果。

在客家地区开展田野调查，需要点面结合才能形成质量上乘的多点民族志。20 世纪 90 年代，法国人类学家劳格文与广东嘉应大学（2000 年改名为嘉应学院）、韶关大学（2000 年改名为韶关学院）、福建省社会科学院、赣南师范学院、赣州市博物馆等单位合作，开展"客家传统社会"的系列研究。他在长达十多年的时间里，辗转于粤东、闽西、赣南、粤北等地，深入乡镇村落，从事客家文化的田野调查。到 2006 年，这些田野调查的成果汇集出版了总计 30 余册的"客家传统社会"丛书，不仅集中地描述客家地区传统民俗与经济，还具体地描述了传统宗族社会的形成、发展和具体运作及其社会影响。

2013 年以来，嘉应学院客家研究院选择了多个历史悠久、文化底蕴深厚的古村落，以研究项目的形式开展田野作业，要求研究人员采用参与观察、深度访谈、文献追踪等方法，对村落居民的源流、宗族、民间信仰、习俗等民间社会与文化的形成与变迁进行深入的分析和研究，形成对乡村聚落历史文化发展与变迁的总体认识。在对客家地区文化进行个案分析与研究的基础上，再进行跨区域、跨族群的文化比较研究，揭示客家文化的区域特征，进而梳理客家社会变迁和文化发展过程。

闽粤赣是客家聚居的核心区域，很多风俗习惯都能够找到相似的元素。就每年的元宵习俗而言，江西赣州宁都有添丁炮、石城有灯彩，而到了广东的兴宁市和河源市和平县，这一习俗则演变为"响丁"，花灯也成了寄托客家民众淳朴愿望的符号。所以，要弄清楚相似的客家习俗背后有何不同的行动逻辑，就必须用跨区域的视角来分析。这一源自田野的事例足以表明田野调查对客家学研究的重要性。

无论是主张客家学学科建设应包括客家历史学、客家方言学、客家家族文化、客家文艺、客家风俗礼仪文化、客家食疗文化、客家宗教文化、华侨文化等，① 还是认为客家学的学科体系要由客家学导论、客家民系学、客家历史学、客家方言学、客家文化人类学、客家民俗学、客家民间文学、客家学研究发展史八个科目为基础来构建，客家研究都无法回避研究对象的固有特征——客家人的迁徙流动而导致的文化离散性，所以在田野调查时更强调追踪研究和村落回访②。只有夯实田野工作的存量，文献资料的采集才可能有溢出其增量的效益。

三、求创新：客家研究的学科交叉

学问的创新本不是一件易事，需要独上高楼，不怕衣带渐宽，耐得住孤独寂寞，一往无前地上下求索。客家研究更是如此，研究者需要甘居边缘、乐于淡泊、自守宁静的治学态度——默默地做自己感兴趣的学问，与两三同好商量旧学、切磋疑义、增益新知。

客家研究要创新，就需要综合历史学、人类学、语言学、音乐学、社会学等学科理论和方法，对客家民俗、客家方言、客家音乐等进行综合分析和研究，以学科交叉合作的研究方式，形成对客家族群全面的、客观的总体认识。

客家族群作为中华民族共同体的一个重要支系，在其形成和发展过程中融合多个山区民族的文化，形成独具特色的文化体系。建立客家学学科，科学地揭示客家族群的个性和特殊性，可以加深和丰富对中华民族的认识。用客家人独特的历史、民俗、方言、音乐等本土素材，形成客家学体系并进一步建构客家学学科，将有助于促进中国人文社会科学本土化的发展，从而为中国人文社会科学的发展和繁荣作出应有的贡献。客家人遍布海内外 80 多个国家和地区，客家华侨华人 1 000 余万，每年召开一次世界性的客属恳亲大会，在全世界华人中具有重要影响。粤东梅州是全国四大侨乡之一，历史遗存颇多，文化积淀深厚，华侨成为影响客家社会历史

---

① 张应斌.21 世纪的客家研究（关于客家学的理论建构）[J]. 嘉应大学学报，1996（10）：71 – 77.

② 科塔克. 文化人类学——欣赏文化差异 [M]. 周云水，译. 北京：中国人民大学出版社，2012：457 – 459.

和文化发展的重要因素。建立客家学学科，将进一步拓宽华侨华人研究领域，有助于华侨华人与侨乡研究的深入发展。

在当前客家学研究成果积淀日益丰厚、客家研究日益受到社会各界重视的情况下，总结以往研究成果，形成客家学学科理论和方法，构建客家学学科体系，成为目前客家学界非常紧迫而又十分重要的任务。

嘉应学院客家研究院敢啃硬骨头，在总结以往研究成果的基础上，完成目前学科建设条件已初步具备的客家文化学、客家语言文字学、客家音乐学等的论证和编纂，初步建构客家学体系的分支学科。具体而言，客家文化学探讨客家文化的历史、现状和未来并揭示其发生、发展规律，分析客家族群的物质文化、制度文化和精神文化的产生、发展过程及其特征。客家语言文字学探讨客家方言的语音、词汇、语法、文字等的特征，展示客家语言文字的具体内容及其社会意义。客家音乐学探讨客家山歌、汉剧、舞蹈等的发生、发展及其特征，揭示客家音乐的具体内容和社会意义。

客家族群是汉民族的一个支系，研究时既要注意到汉文化、中华文化的普遍性，又要注意到客家文化的独特性，体现客家文化多元一体的属性。客家学研究的对象，决定客家学是一门融合历史学、民俗学、方言学、音乐学、社会学等众多社会人文学科的综合性学科。如何形成跨学科的客家学研究理论与方法，是客家研究必须突破的重要问题。唯有明确客家学研究的基本概念、理论和方法，并通过广泛的田野调查和深入的个案研究，广泛收集关于客家文化、客家方言、客家音乐等各种资料，从多角度进行学科交叉合作的分析和研究，才能实现创新和发展。

嘉应学院地处海内外最大的客家人聚居地，具有开展客家学研究得天独厚的地缘优势。1989 年，嘉应学院的前身嘉应大学率先在全国建立了专门性的校级客家研究机构——客家研究所。2006 年 4 月，以客家研究所为基础，组建了嘉应学院客家研究院、梅州市客家研究院。因研究成果突出、社会影响大，2006 年 11 月，客家研究院被广东省社会科学界联合会评为"广东省客家文化研究基地"；2007 年 6 月，被广东省教育厅评为"广东省普通高校人文社会科学省市共建重点研究基地"。之后其又被广东省委宣传部、广东省社会科学院评为"广东地方特色文化研究基地——客家文化研究基地"，被广东省文化厅评为"广东省非物质文化遗产研究基地"，被广东省教育厅评为"广东省粤台客家文化传承与发展协同创新中心"；还经国家民政部门批准，在国家一级学会"中国人类学民族学研究会"下成立了"客家学专业委员会"。

2009 年 8 月，在昆明召开的第 16 届国际人类学大会上，客家研究院成功组织"解读客家历史与文化：文化人类学的视野"专题研讨会，初步奠定了客家研究国际化的基础。2012 年 12 月，客家研究院召开了"客家文化多样性与客家学理论体系建构国际学术研究会"，基本确立了客家学学科建设的基本途径和主要方法。另外，1990 年以来，嘉应学院客家研究院坚持每年出版两期《客家研究辑刊》（现已出版 45 期），不仅刊载具有理论对话和新视角的论文，也为未经雕琢的田野报告提供发表和交流的平台。自 1994 年以来，客家研究院承担国家社会科学基金项目 2 项，广东省哲学社会科学规划项目等 20 余项，出版《客家源流探奥》① 等著作 50 余部，其中江理达等的著作《兴宁市总体发展战略规划研究》② 获广东省哲学社会科学优秀成果一等奖，肖文评的专著《白堠乡的故事——地域史脉络下的乡村建构》③ 获广东省哲学社会科学优秀成果二等奖，房学嘉的专著《粤东客家生态与民俗研究》④ 获广东省哲学社会科学优秀成果三等奖。深厚的研究成果积淀，为客家学学科建设奠定了坚实的理论基础。经过几代人的不懈努力，嘉应学院的客家研究已经具备了在国际学术圈交流的能力，这离不开多学科理论对话的实践和田野调查经验的积累。

客家学研究丛书的出版，既是客家研究在前述立足田野与理论对话"俯仰之间"兼顾理论与实践的继续前行，也是嘉应学院客家学研究朝着国际化目标迈出的坚实步伐。"星星之火，可以燎原"，这套丛书包括学术研究专著、田野调查报告、教材、译著、资料整理等，体现了客家学学科建设的不同学术旨趣和理论关怀。古人云，"不积跬步，无以至千里；不积小流，无以成江海"，我们愿意从点滴做起。希望丛书的出版，能引起国内外客家学界对客家学学科体系建设的关注，促进客家学研究的科学化发展。

编　者

2014 年 8 月 30 日

---

① 房学嘉. 客家源流探奥 [M]. 广州：广东高等教育出版社，1994.
② 邱国锋，江理达. 兴宁市总体发展战略规划研究 [M]. 广州：高等教育出版社，2009.
③ 肖文评. 白堠乡的故事——地域史脉络下的乡村建构 [M]. 北京：生活·读书·新知三联书店，2011.
④ 房学嘉. 粤东客家生态与民俗研究 [M]. 广州：华南理工大学出版社，2008.

绪　言

下面对本课题的研究现状与研究意义、研究内容与主要观点以及研究方法，试分述如下：

一、研究现状与研究意义

梅，作为"岁寒三友""四君子"之一，在中华文化中有着较为独特的地位。梅花傲雪凌霜、坚贞高洁，从苦寒中来，清香扑鼻，宣告春天的到来，传递思乡怀人的情感，代表着美人、隐士或君子的形象……由此可见，梅的文化内蕴丰厚，深刻地影响着中国人。

关于学术界对我国咏梅诗的研究，成果总体可观。例如，赵国栋主编的《历代名人咏梅诗词五百首》，娄国忠主编的《咏梅诗词百首详解》，陈剑林等的《历代咏梅诗词选析》，汪振尚、袁桂娥编著的《中国历代咏梅诗存》，杨世明、王光宇、彭华生的《历代咏梅诗词选》和刘维才编著的《咏梅诗集锦》等，都受到了读者的欢迎。另外还有陆续出版的程杰的《宋代咏梅文学研究》《中国梅花审美文化研究》，魏明果编著的《梅文化与梅花艺术欣赏》《中华梅文化赏析》，李虹杰主编的《咏梅》，赵义山的《君子的风范——松竹梅兰》等学术成果，从多个层面对咏梅文学（尤其是咏梅诗词）和中华梅文化进行了系统研究，取得了可喜的成绩。

但要进一步研究我国咏梅诗，希望有所超越，还应从新的角度展开，如从地域的角度或者比较的角度来研究。因此，对学术界较少关注的梅州历代咏梅诗进行研究，可以推动中国咏梅诗研究向纵深发展。

梅州，是中国唯一以"梅"命名的地级市，在古代，它是著名的"梅花乡""梅花国"，现在梅州的市花也是梅花。作为"世界客都"，梅州与梅花有着特殊而悠久的渊源。梅州历代文人，主体为客家人，他们吟咏的梅花诗数量较大，且独具特色，是中华梅文化重要的组成部分。

自北宋开宝四年（971）改"敬州"为"梅州"后，梅州行政建制和辖区范围频繁变动，如明朝洪武二年（1369）废州为程乡县，清朝雍正十一年（1733）又改为嘉应州，宣统三年（1911）复名为梅州，民国三年

（1914）又改名为梅县，但是，当地人一般以"梅州"称之。例如，康熙进士李象元，在其诗《题张梅北山观梅图》中说："吾家在梅州，自古梅所都。"雍正进士、湖北按察使杨仲兴，在其诗《度梅岭》中说："吾家梅州昌黎化，梅花苗苗梅峰下。"乾隆举人萧晋莲，在其诗《送戴近堂牧伯入觐京师》中说："梅州户户诵骊歌。"道光举人、遂溪县教谕杨时举，在其诗《程乡怀古》中说："我州自昔称梅州，梅峰秀峭花为洲。"清末嘉应州留日学生创办杂志，取名为"梅州"。梅州的得名，盛行一种说法，即源于古代梅州盛产梅花。南宋诗人杨万里曾宦游梅州，写下诗歌《自彭田铺至汤田，道旁梅花十余里》："一行谁栽十里梅，下临溪水恰齐开。此行便是无官事，只为梅花也合来。"他发现梅州的梅花盛开十余里，惊叹这壮丽的景象。叶剑英元帅 1921 年作诗《咏梅》也道："心如铁石总温柔，玉骨姗姗几世修。漫咏罗浮证仙迹，梅花端的种梅州。"以上都说明，自古以来梅州盛产梅花。

梅州，由"梅"命名，又盛产梅花，容易让人产生一种浪漫的文学联想，于是梅州历代文人创作出了大量的咏梅诗。在清代张芝田等人编辑的《梅水诗传》和当代郭真义等人主编的《梅水诗丛》中，都收录了许多咏梅诗。谢崇德编的《梅花端的种梅州——梅州咏梅诗选注》（内部发行）是一个较好的尝试，即选录了从宋代至当代梅州 186 位诗人的 389 首咏梅诗，并作了简单的注释。

但是，关于梅州历代咏梅诗，还没有引起相关方面足够的重视，更缺乏全面系统的研究。梅州历代咏梅诗，除了少数名诗被人提及之外，其他绝大部分都极少被人关注，更是很少被注释、鉴赏和研究了。上面提及的《梅水诗传》《梅水诗丛》《梅花端的种梅州——梅州咏梅诗选注》对梅州咏梅诗作了初步的收录和整理，也为本书的内容研究打下了坚实的基础。然而，《梅水诗传》和《梅水诗丛》对古代梅州咏梅诗只是进行收录，没作注释；《梅花端的种梅州——梅州咏梅诗选注》虽然作了注释，但是很简单。以上三者都没有对梅州咏梅诗作进行赏析，也没有一个整体性、系统性的研究，这是令人遗憾的。所以对梅州历代咏梅诗的整理与研究，还要加强、拓展和深入。

整理与研究梅州历代咏梅诗，是一个有现实意义的课题。其学术价值和实践意义至少有以下三点：

第一，从地域的角度出发，系统研究梅州历代咏梅诗，保存与传承地方历史文化文献。以"梅州""梅花""客家""梅花品格""客家精神"作为关键词，综合研究梅州历代咏梅诗，以探讨梅州本土诗人表达梅花精神（或客家精神）的方式和特点，从而揭示他们的思想世界和精神品格。

第二，研究梅州历代咏梅诗，可以使人们从一个特定的角度深入了解我国咏梅诗，深切感受我国咏梅诗所传达的梅花品格和梅文化，激励人们提升自己的精神品格，从而将中华梅文化的精神内涵进行传承弘扬。

第三，将以梅花品格为核心的客家人文精神发扬光大，提升历史文化名城和"世界客都"——梅州的文化品格与地位，为将梅州市建成梅花乡提供有力的文化支持。

二、研究内容与主要观点

本书主要分为三部分，以第二、三部分为主体：

第二部分为梅州历代咏梅诗个案研究，即对梅州历代诗人（主体为客家诗人）的咏梅诗进行个案研究。从地域的独特视角出发，深入研究梅州历代咏梅诗的整体风貌，包括对咏梅诗的继承与发展，并细致探讨梅州代表性诗人的咏梅诗，揭示出相关特点。

个案研究具体由"蒲寿宬：'不知洲上有花魁'""叶文保：'地冻天寒送春来'""李象元：'吾家在梅州，自古梅所都'""魏成汉：'我欲为梅重修谱'""蓝钦奎：'不如翘首看梅花'""曹延懿：'试种梅花看结子'""黄岩：'手捻梅花春意闹'""宋湘：'梅花自是君家物'""王利亨：'巡檐瞥见玉精神'""李黼平：'吾州亦是梅花国'""吴兰修：'梅花开后最思家'""范荑香：'梅花寒供佛'""张其翰：'结庐老梅树下'""黎惠谦：'品格由来早出群'""张薇：'回首故园频相忆'""张道亨：'家住梅花里'""丁日昌：'故园梅竹尚平安'""叶璧华：'诗骨傲寒梅'""黄遵宪：'偶尔栽花偶看花'""饶芙裳：'此生修己到梅花'""丘逢甲：'引杯自醉梅花乡'""李季子：'寒梅自恨春难暖'""古直：'我家本在梅花国'""李烈妇：'梅花今夜冷于铁'"二十四个部分组成。

第三部分为梅州历代咏梅诗整理，即从已出版和未出版的众多梅州诗人的别集、合集中整理出咏梅诗，同时，对诗人的生平作了简介，对诗中的典故和难字生词作了注释，以便读者理解。

这是目前对梅州历代咏梅诗最大规模的收集整理。笔者在《梅水诗传》《梅水诗丛》《梅花端的种梅州——梅州咏梅诗选注》等书的基础上，认真研读、整理，并通过各种已刊和未刊的梅州诗人的作品集收集、整理不同诗人的咏梅诗作，如胡曦的《梅水汇灵集》、陈榘的《五华诗苑》、宋湘的《红杏山房集》、黄遵宪的《人境庐诗草》《日本杂事诗》、丘逢甲的《岭云海日楼诗钞》、王利亨的《琴籁阁诗钞》、李黼平的《绣子先生集》、张其翰的《仙花吟馆诗文稿》、叶璧华的《古香阁集》、范荑香的《化碧集》、张薇的《且庵吟草》、黎璿潢的《茂仙诗存》、吴兰修的《荔村吟草》、黄钊的《读白华草堂诗》、丁日昌的《百兰山馆古今体诗》、饶芙裳的《饶芙裳诗文集》，等等。

本书的主要观点有如下四个：

第一，梅花享有国际登录权，其文化内涵非常丰富。古代咏梅诗是中华文化、中国诗歌的精华组成部分。咏梅诗指的是以梅花、梅树、梅实为主要吟咏对象的诗歌，包括围绕梅花而写的赏梅、植梅、寻梅或墨梅（画中梅）之诗。本书界定咏梅诗的标准较宽泛，主要有两个，一是诗题或序言点明咏梅，二是诗中有明显的咏梅句子或者运用了梅花典故。梅州历代咏梅诗，体现并丰富了中华梅文化的内涵。

第二，广东省梅州市作为知名的"文化之乡"，正在打造"梅花"品牌，把梅州市建设成为"梅花乡"。梅州历代咏梅诗的整理与研究，为梅州市建成梅花乡提供了文化支撑，顺应城市的发展需要。地域文化是中华民族的宝贵财富，也是文化自信的基石。整理、研究梅州历代咏梅诗，是深入挖掘中华优秀传统文化，并将之发扬光大的举措之一。

第三，梅州是国家历史文化名城，被誉为"世界客都"，是客家人的"大本营"。梅州本土诗人身上所体现出的客家人的精神，即客家精神，也常被喻为梅花精神。客家精神与梅花精神融为一体，相互生发。这在梅州历代咏梅诗中有着突出的体现。因此，梅州咏梅诗在一定程度上被视为传承客家文化、客家精神的重要载体之一。

第四，不同梅州诗人的咏梅诗各有特色。例如：黄遵宪的咏梅诗多有隐喻，借接种梅花不成功表达了他对戊戌变法失败的慨叹，同时对中国咏梅诗史有正确的认识，这是中国文人较早对中国咏梅诗史有一定的思考和认识，显示出了黄遵宪渊博的学识；梅州梅花之精魂，化育了客家才女叶璧华，她的咏梅诗生动展现出了她本人梅花式的品格和形象；李象元的咏梅诗，绝无凄冷悲苦的色调，而是具有昂扬向上的精神，这或许是他生在太平盛世，科举畅达，又家住"自古梅所都"的环境中，对梅花所产生的一种特有的感情；叶剑英《咏梅》一诗中的名句"梅花端的种梅州"，与南宋诗人杨万里《从彭田铺至汤田，道旁梅花十余里》一诗中的名句"此行便是无官事，只为梅花也合来"，相互辉映，成为推动梅州市建成梅花乡，以及梅州人民建设梅州美好家园的一种源源不竭的精神力量。

三、研究方法

本书采用的研究方法主要有如下五种：

一是采用文献调查的方法。到梅州各图书馆、民间机构、名家大族、乡贤耆老等处调查寻访相关的文献资料，努力搜求第一手资料，尽量将梅州历代咏梅诗搜集齐全。

二是秉承传统的"辨章学术，考镜源流"的治学方法。将实证研究与理论阐释相结合，从历时性、共时性两个维度出发研究梅州各个时代的咏梅诗，并进行辨析、考证和注释等。

三是采用知人论世、文史互证的方法。将咏梅诗与其作者的生平经历以及梅州的历史文化变迁联系起来研究。

四是采用文本细读的方法。通过细读，赏析、注释梅州咏梅诗，挖掘其思想内容、艺术特色，并揭示其所表达的梅花品格和客家精神。

五是采用比较的方法。将梅州咏梅诗放置在我国咏梅诗史中进行对比研究，找出其中的继承与创新。强调比较，既揭示其传承性，也揭示其独特性。

目　录

总　序　/ 001

绪　言　/ 001

一、梅州历代咏梅诗整体研究　/ 001
　　（一）中国咏梅诗与梅文化简述　/ 001
　　（二）梅州梅花的盛衰　/ 005
　　（三）铁汉楼与梅花　/ 008
　　（四）梅州咏梅诗的思想精华　/ 011
　　（五）打造岭南梅花"金三角"　/ 015

二、梅州历代咏梅诗个案研究　/ 020
　　（一）蒲寿宬："不知洲上有花魁"　/ 020
　　（二）叶文保："地冻天寒送春来"　/ 023
　　（三）李象元："吾家在梅州，自古梅所都"　/ 024
　　（四）魏成汉："我欲为梅重修谱"　/ 026
　　（五）蓝钦奎："不如翘首看梅花"　/ 027
　　（六）曹延懿："试种梅花看结子"　/ 028
　　（七）黄岩："手捻梅花春意闹"　/ 029
　　（八）宋湘："梅花自是君家物"　/ 031
　　（九）王利亨："巡檐瞥见玉精神"　/ 034
　　（十）李黼平："吾州亦是梅花国"　/ 036
　　（十一）吴兰修："梅花开后最思家"　/ 038
　　（十二）范荑香："梅花寒供佛"　/ 040
　　（十三）张其翰："结庐老梅树下"　/ 041
　　（十四）黎惠谦："品格由来早出群"　/ 042
　　（十五）张薇："回首故园频相忆"　/ 044

（十六）张道亨："家住梅花里" / 047

（十七）丁日昌："故园梅竹尚平安" / 049

（十八）叶璧华："诗骨傲寒梅" / 051

（十九）黄遵宪："偶尔栽花偶看花" / 055

（二十）饶芙裳："此生修已到梅花" / 056

（二十一）丘逢甲："引杯自醉梅花乡" / 057

（二十二）李季子："寒梅自恨春难暖" / 060

（二十三）古直："我家本在梅花国" / 062

（二十四）李烈妇："梅花今夜冷于铁" / 063

三、梅州历代咏梅诗整理 / 065

（一）梅州流寓诗人咏梅诗（唐、宋） / 065

李德裕　到恶溪夜泊芦岛 / 065

杨万里　发通衢驿见梅有感　等 / 065

蒲寿宬　百花洲梅　等 / 067

（二）梅州客家诗人咏梅诗（明） / 068

叶文保　咏梅花（二首） / 069

张琚　送陈醴泉夫子旋里 / 069

廖衷赤　赵姬墓二首（其一） / 069

曾日唯　冬日山居　等 / 070

罗万杰　山居杂诗（其一）　等 / 071

贺一宏　咏梅　等 / 072

郭辅畿　腊月祀灶词（其一） / 072

黄渊　山溪得梅　等 / 073

张天赋　梦登罗浮　等 / 074

何南凤　闲唱　等 / 075

（三）梅州客家诗人咏梅诗（清） / 076

谢晖亮　岁暮途中见梅花　等 / 076

李梓　仙花嶂 / 077

温文桂　归田后游洋东岩作　等 / 077

李象元　梅须邀雪三分白　等 / 078

陈鹗荐　旅次扬州 / 080

李恒煃　写梅二首　/ 081

李以贞　铁汉楼　/ 081

杨高士　咏梅　/ 082

杨仲兴　度梅岭　/ 082

蓝钦奎　看梅花　/ 083

李骍临　石壁坑　等　/ 083

林孟璜　阳东岩探梅有怀曹尹　/ 085

李坛　寒月初上，步至西园玩梅　/ 085

黎蓬仙　远思　等　/ 085

刘庆绵　寄舍弟上舍绥亭安远幕中，再用清虚堂韵　/ 086

刘道源　人日寄家书回南，兼柬谢望亭二首（其一）　/ 087

宋湘　赋得山意冲寒欲放梅（得梅字五言八韵）　等　/ 088

王利亨　咏红梅　等　/ 095

李黼平　萧生饷蜡梅赋谢　等　/ 098

杨鸿举　东兴旧居　等　/ 102

李仲昭　《水中梅影》并序（选六首）　/ 103

吴兰修　寄阳晓帆明经（其一）　等　/ 105

蓝继沅　题沈小沧梅花屋小照（时在饶平署）　等　/ 107

林丹云　铁华图为李秋田茂才赋，即送其羊城之行（用东坡梅花
　　　　诗韵）　/ 108

李光昭　忆阴那（其一）　等　/ 108

红兰主人　寄题仙槎老词坛图册，应秋田外子之嘱（其一）　/ 111

徐青　程乡棹歌（其一）　等　/ 111

黄仲容　拟青莲塞下曲（其一）　/ 112

曹同书　梅影二首　/ 113

杨心湖　探梅　/ 113

叶轮　题谢玉山拈花玩石图　等　/ 114

梁梅　咏荔枝　/ 115

饶轩　舟次自述　/ 115

杨启宦　红梅　/ 116

张其翰　谢向亭者，笃行君子也。自余权汉阴，倅延入幕中，十载
　　　　相依。兹郡受代有期，拟即入都。向亭亦关聘有人矣，以
　　　　蜡梅索诗，率成四绝，以博一笑（四首）　等　/ 116

刘汝棣　归舟杂咏（其一）　等　/ 117

张道亨　忆梅　等　／120

李闳中　咏墨梅　／121

杨懋建　素馨坟踏青二首（其一）　等　／121

杨懋修　题黄半溪夫子枕溪老星图（其一）　／122

萧树　闻雁南在羊城，诗以寄之　等　／122

李家修　得月楼梅花歌示张雁南，兼怀萧滋圃　等　／123

张其邦　初春雪后晴望　／125

钟汉翔　探梅　等　／125

黄大勋　至山亭观梅歌　／127

黎昱　癸巳北上　等　／127

杨鸣韶　试场杂咏（其一）　／128

廖纪　梅花诗三首　等　／128

张其畴　题养真斋诗集（其一）　等　／130

张其翮　凌风楼怀古　等　／131

李载熙　自杭至苏舟行杂咏（其一）　／133

李在中　友人招游阴那山，适梅初开，喜折一枝，因纪其事　／133

张驷　西湖竹枝词（其一）　等　／134

张伯海　立春前一日柬徐松石　等　／135

黄昌麟　怀古四咏（其一）　／135

梁心镜　题彭南屏牧伯磊园诗事图　等　／136

谢天爵　诗思　／137

宋廷赞　赠戴刺史近仁入觐　／137

张星曹　游罗浮　等　／138

张长龄　春意　／140

黄仲安　留别榕江诸友（其一）　等　／140

黎炳枢　冬日书怀，寄李小登、钟芸石　／141

梁光熙　江村探梅，梅花未发，因题树下　／141

黄基　咏梅花　等　／142

杨承谟　夜雨有怀柳泉兄　／142

杨亮生　咏梅　等　／143

梁云骞　冬夜听雨有感　／144

李星枢　铁汉楼怀古　／145

林锦　送梁秋湄之陕西（其一）　等　／145

刘元度　九日游东山文昌阁和友人原韵（二首）　／146

黄鸿藻　消寒绝句二首（其一）　等　/ 147

张鹿苹　蟹爪水仙（其一）　/ 147

杨鑫　东堂种竹　/ 148

温见心　题画鹰梅图（三首）　/ 148

张弼亮　祝彭南屏牧伯尊人偕德配双寿（其一）　/ 149

张驺　九日登东山文昌阁诗（其一）　/ 149

林承俊　客中喜张稼孙见访，临别作此以赠　等　/ 150

林承藻　题养真斋遣愁集　等　/ 152

张其翙　冬夜作　/ 153

黄彬　红梅（二首）　/ 153

宗安和尚　梅花（二首）　/ 154

钟锦章　望乡吟　等　/ 154

张皋言　祝彭公尊人偕德配双寿（其一）　/ 156

王辰枢　"再见梅花又隔年"，去年咏梅句也。兹又梅花盛开，仍
　　　　次前韵，戏书题壁　/ 156

王惠琛　自良杂感（其一）　/ 156

萧光泰　拟东坡《再和杨公济梅花十绝》原韵（七首）　/ 157

黄莹章　春日偶成　/ 158

张熙春　大雪行　/ 158

张莘田　山行杂咏（其一）　等　/ 159

彭炜瑛　梅花（四首）　/ 160

张麟宝　次韵彭南屏刺史堂东辟地种竹纪事　/ 161

张麟安　寄远词　等　/ 162

杨恂　忆梅　等　/ 166

张养重　咏花书屋梅花盛开，用东坡《十一月二十六日松风亭下梅花
　　　　盛开》原韵　等　/ 167

刘燕勋　庾岭　/ 167

张资溥　壬辰十一月二十九日，大雪一尺，余闻人言，山中有三尺
　　　　者。既霁，偕诸弟纵步东郊，登南城，上迤东谯，纵目诗
　　　　成，欲属问渠和之　/ 168

徐殿英　重访碧蕉居士（其一）　/ 169

叶受崧　阻风罗阳放歌　/ 169

谢沧期　晴雪初霁，同仙航步东坡先生尖叉韵（其一）　/ 170

谢锡琛　题梅　/ 170

池焕圻　咏梅二首　/ 170

张言　奉和贞子先生梅花生日诗（二首）　/ 171

陈棠　菊梦　/ 171

李嗣元　蜡梅　/ 172

吴鸾藻　步黄宾如明经"东窗月上，空庭悄然，幽怀枨触，情
　　　　见乎词"原韵（其一）　/ 172

陈璋　梅溪秋泛（其一）　/ 172

罗端行　不见瘦梅已十年矣，近日过访，重诉旧谊，得五绝句
　　　　以赠（其一）　/ 173

黄炳枢　咏梅　等　/ 173

刘组璜　拟东坡《十一月二十六日松风亭下梅花盛开》，
　　　　诗用原韵　/ 175

黎惠谦　梅花（十一首）　等　/ 175

叶世琅　咏雪四首（其一）　/ 179

蓝绳根　程江放棹歌（其一）　/ 179

张学敦　酒后戏作长句　/ 180

张学健　梅江冬晓　等　/ 180

李耿元　三月晦日，用红豆村人原韵　/ 181

张怀清　白茶（其一）　/ 181

梁国琛　梅花七律四首　/ 181

温仲和　三生曲为饶吏部作　/ 183

钟毓华　梅城晚眺　等　/ 183

叶璧华　梅花（三首）　等　/ 185

张榕轩　题叶璧华诗集　/ 192

黄遵宪　不忍池晚游诗（其一）　等　/ 193

蓝蠡　梦游罗浮歌　/ 194

杨沅　题程乡胜迹图　/ 195

王晓沧　忆旧述今，赠丘工部十绝句（其一）　等　/ 195

张乔柯　送公度先生蜡梅（二首）　/ 196

张芝田　梅州竹枝词　/ 197

黄小帆　咏梅　等　/ 197

涂镜溪　咏红梅二首　/ 199

李廷奎　舟行杂咏（其一）　/ 199

侯萼文　梅落更开　/ 199

梁璜　咏梅　等　/ 200

黎璿潢　残腊独出　等　/ 200

黎伯概　说雅庐春日感怀（其一）　等　/ 203

颜舜华　种梅　/ 204

孙汝兰　看花有感　/ 204

丁日昌　客心　等　/ 205

萧翱材　梅花三首　/ 208

释道忞　春前五日，寄怀唯一道兄，不及作书，用除夕诗
　　　　申意　等　/ 208

萧宸捷　梅花（二首）　/ 209

杨缵绪　瓶梅二首　/ 210

范元凯　梅花　/ 210

杨为龙　马山歌赠广静和尚　/ 211

杨天培　探梅　/ 212

饶庆捷　入都记别（其一）　等　/ 213

张对墀　送观察刘韩斋先生去任入觐　等　/ 213

杨既济　次王参军笛浦梅花原韵（三首）　等　/ 214

杨文焱　连山立冬　/ 215

萧搏上　闺吟四首（其一）　/ 215

萧抡英　望罗浮山有怀梅花村美人　/ 215

邱对颜　次罗秋甫茂才赠韵　等　/ 216

郭懋桢　偶吟　/ 216

何探源　年年　等　/ 217

萧锌　梅花纸帐　/ 217

杨丹凤　踏雪寻梅　/ 218

郭光墀　消寒（其一）　等　/ 218

范荑香　和群芳十友诗（其一）　等　/ 219

林达泉　题史阁部遗像（其一）　/ 220

郭铨　元旦后一日，长女绰娘来旅舍省亲。相见哽咽，两不成声。饭
　　　后促归　等　/ 220

张玉珊　柬张金山　/ 221

张薇　梅花　等　/ 222

何如璋　辛巳十一月五日，大雪，独饮墨江酒楼，步公度前游原韵，
　　　　得诗七首（其一）　等　/ 225

郭光海　冬日漫兴　/ 226

何寿松　寻梅　/ 226

杨国璋　咏梅（四首）　/ 227

杨洪简　梅影（二首）　/ 227

徐树椿　折梅一枝，携归房中盛以瓶水（二首）　等　/ 228

徐始雄　梅花五首　/ 229

饶咸中　二月十七，偕邱君蕉云同发嘉应（其一）　/ 229

饶云骧　观饥鹰觑雀图　等　/ 230

范沄　留别门人，并乞梅花、汉书（二首）　等　/ 231

饶宗韶　喜见钟记室雨农（兆霖），复言别　等　/ 232

邱光汉　送超九弟之汉口（节选）　/ 232

胡展元　送仲柘庵明府师振履步奉调东莞，寄别兴宁父老
　　　　诗原韵　/ 233

王嵘　梅花　/ 233

杨兆彝　朝天围（在兴宁西一里，相传文丞相驻节拜阕地）　/ 234

陈其藻　春柳四首，用王渔洋秋柳原韵（其一）　/ 234

胡曦　铁汉楼秋感　等　/ 235

萧大澍　咏梅花（二首，残句）　/ 236

胡锡侯　湖口　/ 236

魏成汉　春梅，次罗晓山韵　等　/ 237

甘在中　咏梅花（八首）　/ 238

魏浣初　周塘道中逢梅　/ 240

赖鹏翀　西湖杂感八首（其一）　等　/ 241

刘统基　初冬夜过符慎余斋，适其友人馈白菊至。同用
　　　　人字　等　/ 241

温鸣泰　瑞洪湖守岁　/ 244

温训　喜晴　等　/ 244

曾泰　恭祝浩然李太翁老先生七秩华诞四首（其一）　/ 246

余翰香　恭祝浩然李太翁老先生七秩华诞四首（其一）　/ 246

温纶涛　云山乐居，拟即罗浮风致　/ 246

徐焕麟　短短疏篱犹存菊影，层层峻岭又报梅开。值此佳辰，
　　　　爰成十韵（存一首）　/ 247

周祚　月下菊影　/ 247

李南金　赠梅州牧戴公擢任刺史　/ 247

温章衡　晚蝶　／248

赖逢云　初春喜雨二首（其一）　等　／248

李兆庚　客思　等　／249

曾传诏　买梅　等　／252

陈元焯　题周瀚如观察庾岭憩云亭补梅图四首　等　／254

陈元煜　别韬白　／256

凌瀛　次日酹朝云墓　／256

钟鸣　送戴州牧擢任刺史　／257

刘述元　放怀词　／258

萧汉申　罗带窝书斋（其一）　／259

林让昆　梅雪　／259

凌展　夜宿金粟寺　／259

钟琅　吊马烈妇四首（其一）　／260

黄钊　莲弟以折枝梅花见贻，赋答廿四字　等　／260

江楫才　哭邱宪之同年（其一）　／262

江李才　红梅（二首）　／262

徐瀛　自题铁石梅花图　／263

徐树谷　和张贞子梅花生日诗　／263

邱起云　题蒋伯生大令生圹种梅图　／263

钟孟鸿　赠何秋槎探源由庶常出宰阆中（其一）　／264

钟仲鹏　题友人古会甫遗画四首（其一）　／264

丘逢甲　早春园花次第开放，各赏以诗（其一）　等　／265

陈展云　吉安道中　等　／278

（四）梅州客家诗人咏梅诗（民国）　／280

饶芙裳　六十初度（余于夏历丙辰年十月十四夜生）　等　／280

李斯和　寒词　／283

张炜铺　咏梅　／283

黄子英　咏梅二首　／283

黄兰孙　梅花　／284

孙波庵　咏梅　等　／284

钟子球　梅江　／284

梁伯聪　寻梅踏雪　／285

周辉甫　月下玩红白梅　／285

饶真　答问梅　/286

钟动　胭脂梅二首　/286

廖道传　梅花（萼绿华）　等　/286

林百举　悲愤十首（其一）　等　/287

李季子　梅花杂咏（二十首）　/288

谢良牧　咏梅有赠　/291

李哲民　咏梅二首　/292

古直　偶于敝篋获亡友李三画梅一小幅，怆然成咏　等　/292

李凤辉　咏梅六首，录呈南萍吟社　/294

陈自修　山间寒梅　/294

钟一鸣　红梅　/295

刘统　观梅感作　/295

叶剑英　梅（二首）　/295

黄海章　早梅　等　/296

萧向荣　两次东征带雨来　/297

李介丞　梅花　等　/297

陈玉如　寄怀族侄（并序）　/299

李沧萍　山茶残春始花　/299

吴逸志　民国二十八年，广州之敌犯粤北，陷英德、翁源，韶关危在
　　　　旦夕。余倡由湘派兵赴援，并令陈烈军于八小时内由衡乘车
　　　　驰救。军抵大坑口，距敌只半日程，分兵南进，一举破敌，
　　　　韶关之危遂解。于是广东各界公推吴议长率领慰劳团来湘慰
　　　　劳，承以龙韬豹略旗赠，余感其真诚奉谢一律　/300

余孟斌　梅溪早发　等　/300

余作舟　忆梅　/301

徐冠才　中兰即景（其一）　等　/301

邹鲁　民国十五年二月，与广东大学选派留法员生（此次选
　　　　派留法者，教授吴康先生外，男生为张农、姚碧澄、
　　　　彭师勤、刘克平、谢清、颜继金、龙詹兴、郑彦芬、
　　　　陈书农，女生为黄绮文、李佩秀）西湖度春节，友人
　　　　张君稚鹤引游诸胜，出肴酒助兴。盘桓数日，极尽乐
　　　　事。爰为诗以记并勖留法诸生　等　/301

郭赞臣　壶天乐肆，再送梧仙弟返遑　/304

范锜　落梅　/304

罗卓英　山城四时咏（其一）　等　/304

何天烱　江户川春感（其一）　等　/ 305

毛杏园　咏石壁间梅　/ 306

陈则蕃　问梅　等　/ 306

罗元贞　寻梅　等　/ 306

翁赞廷　恭维缪玉如先生五一初度　等　/ 307

魏天钟　孟浩然踏雪寻梅诗　/ 308

温静波　咏松竹梅兰回文诗四首（其一）　/ 308

古开文　华城月夜旅次　等　/ 308

刘荫郊　年关在即，诸同学纷纷告归。余感而赋（其一）　/ 310

李孚昭　咏梅兰菊竹松（其一）　等　/ 311

李朝盘　梨花（得牛字）　/ 311

李史香　孟浩然踏雪寻梅诗　/ 311

邹家骥　题画（其一）　等　/ 312

张玉相　孟浩然踏雪寻梅诗　/ 313

陈芷孙　代廖碧溪和余诗（拟作）　等　/ 313

古思诚　三月初六午课初完，有怀燕宾，作七律寄之　等　/ 316

陈培琛　马哥博罗东游日记四首（其一）　/ 317

黄习畴　呈谢陈明府谷泉师赐赠画联（其一）　等　/ 317

张钦宪　廿四年饶平防次赠别曾茂才石渠　/ 320

李柳汀　孟浩然踏雪寻梅诗　/ 320

邓君彦　复赠秀岳先生四首（其一）　/ 320

李望周　春夏秋冬中药名诗十二首（二首）　等　/ 321

张咏韶　进馆即事　/ 322

曾俊廷　贺珀瑞新婚（十月十一日）　/ 323

缪广勤　恭颂东君二首（其一）　/ 323

古大存　万钧重任我担当　等　/ 324

郑敬文　重阳感赋（其一）　/ 324

曾固庵　南极山陈瑞云隐居，和陈芷孙韵　等　/ 325

张如皋　残冬雪景　等　/ 331

李溢洲　送春（其一）　等　/ 332

张辅邦　余奔走风尘十有七年，南天回首，辄嘻茫然。乡中耆宿柳石先生今冬七一诞辰，闻以国难辍。触爱赋七律四章寿之，并博老人一粲，工拙非所计也。时于湖南乾城军次（其一）　/ 332

曾聘珍　喜迁新居词　/ 333

陈仲权　初冬观梅有感　等　/ 333

廖亦虚　梅　等　/ 333

李宏达　柳石先生八旬开一，恭步先生自寿诗原韵（其一）　/ 335

万鹭洲　除夕　/ 335

周士文　无题　/ 336

李惠堂　乙丑冬在沪初次见雪（其一）　/ 336

陈槃　冬月偕希范西城听述叔先生说词，道过荔湾，归得八绝，
　　即呈述叔先生（其一）　等　/ 336

孔昭苏　春日郊游二首（其一）　/ 338

曾纯雪　又奉和柳石先生贤伉俪七一双寿诗（其一）　/ 338

张任寰　诗调恩明记者新婚　等　/ 338

廖秉权　游春　等　/ 339

黄铮　柳翁世伯七一寿诞之庆　/ 339

胡大同　柳石老世伯暨伯母八秩开一双寿大庆（其一）　/ 340

钟蔚天　谨和柳石老先生七一双寿原韵（其一）　/ 340

李彩琴　柳石先生七旬大寿志庆（其一）　/ 340

张翼鸿　柳石先生七旬大寿志庆（其一）　/ 341

张燕宾　孟浩然踏雪寻梅诗　/ 341

古达天　孟浩然踏雪寻梅诗　/ 341

李贵夫　柳石先生七旬大寿志庆（其一）　/ 341

魏秉尧　孟浩然踏雪寻梅诗　/ 342

魏鄞文　孟浩然踏雪寻梅诗　/ 342

赖颖芳　柳石先生七旬大寿志庆（其一）　/ 342

张镜春　孟浩然踏雪寻梅诗　/ 342

李鹿程　孟浩然踏雪寻梅诗　/ 343

廖述甫　孟浩然踏雪寻梅诗（二首）　/ 343

张健华　孟浩然踏雪寻梅诗　/ 343

张炯寰　孟浩然踏雪寻梅诗　/ 343

周指南　孟浩然踏雪寻梅诗　/ 344

赖俊芳　柳石先生七旬大寿志庆（其一）　/ 344

魏崇良　寄友二首（其一）　/ 344

黄挽澜　绝句三首之咏梅　等　/ 345

张公略　西湖探梅（二首）　/ 345

黄纯仁　大学西塘见梅花作　等　/ 345

参考文献　/ 347

后　记　/ 349

一、梅州历代咏梅诗整体研究

（一）中国咏梅诗与梅文化简述①

梅花在寒冬腊月里灿烂开放。其花色有红、白、黄、绿等，清香袭人，幽雅有韵，其枝条呈现出苍劲之美。当春回大地，百花争艳时，它却悄然隐退，不与群芳争艳，表现出不畏艰难、坚贞不屈以及"一树独先天下春"的进取精神与品质，成为中国人在追求人生理想时效仿的对象。梅花的清气、骨气、生气，也象征着中华民族勇于战胜困难、永不言败的民族气节。

古往今来，中国无数君子、隐士与高人，皆以梅花自况，通过梅花表达出自己的理想、追求、无奈、感悟与志趣等，留下了无数与梅相关的文学作品，创造出了源远流长的中国咏梅诗。他们对于梅花的色、香、形、韵的描写都不吝笔墨，对梅花内在的精神品格，也淋漓尽致地讴歌。有的诗人颂其傲霜斗雪、凌寒怒放的斗争精神；有的诗人赞其大气凛然、不易其节的孤傲风骨；有的诗人咏其超尘脱俗的风姿神韵；有的诗人吟其清贫自守、不趋荣利的高尚品德。梅花因此也成为高士、隐士、美人等的象征。

咏梅诗大体分为两类：一类是专门咏物，重在表现梅花的客观形态；一类是抒情言志，重在表现梅花的人文意蕴，咏梅格、抒真情。

1. 中国咏梅诗的发展历程

中国最早的诗歌总集《诗经》中有五首涉及梅的诗歌，即《秦风·终南》《召南·摽有梅》《曹风·鸤鸠》《小雅·四月》《陈风·墓门》。其所咏之梅，非梅花，而是梅实，如《召南·摽有梅》中"摽有梅，其实七兮"；或者是梅树，如《小雅·四月》中"山有嘉卉，侯栗侯梅"。

真正咏及梅花，则要到汉代，出现了乐府横吹曲《梅花落》。晋代清商曲辞《子夜四时歌·春歌二十首》吟咏："杜鹃竹里鸣，梅花落满道。

---

① 本节主要参考程杰的《中国梅花审美文化研究》以及魏明果的《中华梅文化赏析》。

燕女游春月，罗裳曳芳草。""梅花落已尽，柳花随风散。叹我当春年，无人相要唤。"梅花作为名物，进入了诗歌。

而真正吟赏梅花，则要到六朝以后。南北朝陆凯的诗《赠范晔》，被誉为中国咏梅诗的源头，其云："折花逢驿使，寄与陇头人。江南无所有，聊赠一枝春。"将梅花视作报春的使者，并作为传递友谊的信物。后来"一枝春"成了梅花的代称，作为典故常用来咏梅或吟咏别后相思。而后，著名诗人鲍照、何逊、阴铿、庾信等人，创作了不少咏梅诗，开始注意描摹梅花的形态和品性。

鲍照的诗《梅花落》写道："中庭杂树多，偏为梅咨嗟。问君何独然？念其霜中能作花，露中能作实。摇荡春风媚春日。念尔零落逐寒风，徒有霜华无霜质。"以对比的方式，赞扬了梅花不畏严寒的品格。从此梅花与傲霜凌雪紧密相连，成为具有坚强个性、不惧严寒的代名词。

何逊的诗《咏早梅》道："兔园标物序，惊时最是梅。衔霜当路发，映雪拟寒开。枝横却月观，花绕凌风台。朝洒长门泣，夕驻临邛杯。应知早飘落，故逐上春来。"作者从审美角度描绘了梅花的耐寒品格、绰约风姿以及自己的情感寄托，倾吐了人生失意的情怀。宋代赵蕃《梅花六首（其四）》云："梅从何逊骤知名。"

梁代简文帝萧纲所作的咏梅诗是中国帝王第一首咏梅诗。隋炀帝的宫女侯夫人则是现知第一位咏梅女性，有《春日看梅诗两首》："砌雪无消日，卷帘时自颦。庭梅对我有怜意，先露枝头一点春。""香清寒艳好，谁惜是天真。玉梅谢后阳和至，散与群芳自在春。"

隋唐时期，咏梅诗大量产生。隋唐的咏梅诗从物质的实用功能上升到精神层面的感受，内容多立意深远，常"借梅"抒情。

王维的《杂诗三首（其二）》道："君自故乡来，应知故乡事。来日绮窗前，寒梅著花未？"梅花俨然成为故乡的象征。张九龄的《庭梅咏》道："芳意何能早，孤荣亦自危。更怜花蒂弱，不受岁寒移。朝雪那相妒，阴风已屡吹。馨香虽尚尔，飘荡复谁知。"他以梅花自况，以"朝雪""阴风"影射那些当权得势的小人。张谓的《早梅》道："一树寒梅白玉条，迥临村路傍溪桥。不知近水花先发，疑是经冬雪未销。"描绘了白梅花耐寒早开的特点。罗邺的《梅花》道："繁如瑞雪压枝开，越岭吴溪免用栽。却是五侯家未识，春风不放过江来。"道出了南方地区梅花分布的普遍性与自然优势，而北方王公贵族无缘得识，也暗含了以梅花与京洛贵族喜爱的富贵花牡丹相对比的用意。朱庆馀的《早梅》道："天然根性异，万物尽难陪。自古承春早，严冬斗雪开。艳寒宜雨露，香冷隔尘埃。堪把依松竹，良涂一处栽。"宋后流行"岁寒三友"之说，此为先声。

杜甫是唐代创作咏梅诗较多的诗人，其《和裴迪登蜀州东亭送客逢早梅相忆见寄》中所云"东阁官梅"，成了后世咏梅的固定名词。后来元代王冕在《梅先生传》（《竹斋集》续集）中说："甫为一代诗宗，心所赏好，众口翕然，于是先生之名闻天下。"唐代咏梅诗的立意，大体上是通过吟咏梅花的"花开花落"来抒发诗人个人的情感，感叹时序迁转、青春易逝、人生苦短、生命漂泊、凄苦悲怨的情愫。

到了宋代特别是南宋以后，梅花的种植普及开来。南宋范成大《范村梅谱》云："梅，天下尤物。无问智愚贤不肖，莫敢有异议。学圃之士，必先种梅，且不厌多。他花有无多少，皆不系重轻。"当时赏梅风气也很流行，咏梅自然而然成了宋代文人的一种文艺时尚和特殊情趣。《全宋诗》收诗超过 250 000 首，其中梅花题材的诗超过 4 000 首。《全宋词》收词约 20 000 首，咏梅词超过 1 000 首。对比《诗经》《先秦汉魏晋南北朝诗》以及《全唐诗》《全唐诗补编》中咏梅诗所占比例，《全宋诗》《全宋词》中梅花题材的作品所占比例大大提升。

宋代出现了一些咏梅大家，如林逋、苏轼、陆游、范成大等名诗人。被称誉"梅妻鹤子"的北宋隐士林逋，隐居在西湖孤山二十年，作诗"孤山八梅"，其咏梅名句"疏影横斜水清浅，暗香浮动月黄昏"，影响深远。宋代舒岳祥的诗《题王任所藏林逋索句图（其三）》云："千秋万古梅花树，直到咸平始受知。"咸平为宋真宗的年号，即林逋生活的年代。

苏轼写过 50 余首咏梅诗词，歌咏了梅花的坚贞、纯洁，强调了梅花超凡脱俗的品格，也表现了其清逸孤高的情感。尤其是他歌咏红梅，标举梅格，影响较大。陆游的咏梅诗有 100 余首，是一流诗人中咏梅作品最多且佳作最多的诗人。其诗大多以梅自况，借梅抒发其胸中大志，倾诉衷肠，表达愤懑，嘲讽贬斥鄙俗的"群芳"。范成大是一位赏梅、咏梅、艺梅、记梅的名家，作了许多咏梅诗，他曾在苏州石湖开辟范村，搜集梅花品种 12 个，并于南宋淳熙十三年（1186）写成《范村梅谱》。

元代王冕喜写梅、画梅、咏梅、艺梅。明代高启的《咏梅九首（其一）》曰："琼姿只合在瑶台，谁向江南处处栽。雪满山中高士卧，月明林下美人来。寒依疏影萧萧竹，春掩残香漠漠苔。自去何郎无好咏，东风愁寂几回开？"脍炙人口，流传至今。清代，咏梅诗也层出不穷，咏梅诗人代不乏人。

2. 源远流长的中华梅文化

从咏梅诗作的发展历程来看，梅经历了一个由"果子实用"到"花色审美",再到"文化象征"的演进过程。从先秦采集梅果用于祭祀和烹调（增酸味，催肉熟），到魏晋南北朝欣赏梅花的姿色、感慨其凋落，再经隋唐五代梅花审美欣赏的发展，到北宋梅文化象征之生成，尤其是南宋梅花审美文化的成熟与鼎盛，元代梅文化高潮延续，直到明清，梅文化依旧稳定传承，由此，中华梅文化日益丰厚，源远流长，博大精深。

南宋杨万里《洮湖和梅诗序》道："梅之名，肇于炎帝之经，著于《说命》之书、《召南》之诗。然以滋不以象，以实不以华也。……南北诸子如阴铿、何逊、苏子卿，诗人之风流至此极矣，梅于是时，始以花闻天下。"从此梅花名闻天下，不仅得到了王孙贵族的喜爱，普通百姓也十分钟爱。正如杨万里《走笔和张功父玉照堂十绝》所言："騃女痴儿总爱梅，道人衲子亦争栽。"

宋元时代的咏梅立意使人们对梅花的审美逐渐趋向成熟。在南宋，人们的认识得到了进一步提升："对梅欲着语，当在梅之外。""无能根本求，仅为色香嗜。""若以色见我，色衰令人忘。香为众妙宗，妙亦不在香。""说着色香犹近俗，丹心只许伯夷知。"遗貌取神，梅高在格成为当时的美学共识。梅花被当作一种特别令人关注的审美对象，其自然形象逐步被诗人赋予了深刻的精神意义和思想价值。宋代普遍存在的忧患意识和文人热衷的比德风尚，使梅花这一审美对象在当时上升为一种崇高的文化象征。比德，是儒家以自然之物比拟人的品德的方式，后世文人将自然意象赋予了人格意义。人们对梅花内质的审美超越了对其外在形态的追求，转向对其精神内涵的观照。苏轼提出"梅格"，即梅花的品格神韵，是一种超越了外在春色、姿态的独特风致。"格"，指一种别致的风格，强调的是一种超凡脱俗的格调。格不同，品位自有高下之别。梅花象征着幽逸高雅、坚贞不屈的人格，这是宋元诗人对梅花审美认识发展的核心。

梅的文化象征意象，可大致分为三类：贞士型、隐士型、阴阳二元型。梅花的这三种意象正好与古代文人具有的"进取性、退隐性、自然性"三种人生态度或特征相对接。因此，梅花又被赋予了三种人生情趣，即"骨气""清气"与"生气"。"骨气"（或"贞气"）体现了坚强或坚贞的道德情操和气节意志，"清气"体现了个人独立、自由、超越的精神，"生气"体现了仁者生物、德化万物的意趣。

梅文化又名五福花，象征快乐、幸福、长寿、顺利、和平。古人总结梅有四德，即初蕊为元，开花为亨，结子为利，成熟为贞。其中的元、亨、利、贞，在人事上分别代表仁、礼、义、智，有"大吉，吉占"的意思，体现出了古人最高最善的人生追求。

梅花，凌岁寒，傲冰雪，冰中孕蕾，雪中开花，其象征着中华民族坚韧、顽强、英勇不屈、百折不挠的精神。梅花被赋予了刚直不阿、坚贞不屈、含蓄旷达、清正廉洁、自尊自强的品格意志和气节情操，是君子修道立德、形成优良品质的参照。

（二）梅州梅花的盛衰

梅是蔷薇科杏属植物，喜光，喜燥，耐寒，耐瘠。梅州盛产梅。唐代，宰相李德裕被贬为崖州司户参军，途经梅州，到达恶溪（即今梅江），作诗《到恶溪夜泊芦岛》道："岭头无限相思泪，泣向寒梅近北枝。"北宋文豪苏轼，绍圣年间被贬惠州，路过梅州，与程乡县令同游，作词《浣溪沙》道："雪花浮动万家春，醉归江路野梅新。"可见在唐宋时期，梅花已蓬勃生长在梅州大地上。

1. 梅州梅花之盛

梅州有适宜梅花生长的气候和土质，《乾隆嘉应州志》中将梅排在桂、兰之后，名列第三，说明梅花在梅州数量可观。清代梅州人常称自己的家乡为"梅花乡""梅花国"，原因是"梅花端的种梅州"。

南宋时任广东提点刑狱的诗人杨万里因公务到达梅州，看见从彭田铺到汤田的十余里山路上，梅花开得灿烂。他十分惊叹，写下佳句："一行谁栽十里梅，下临溪水恰齐开。此行便是无官事，只为梅花也合来。"梅州大地上，到处蓬勃盛开着野生的梅花，极其壮观，令人陶醉，令人向往。

南宋末梅州知州蒲寿宬曾歌咏百花洲和官署内铁庵旁的梅花。清初温文桂吟咏梅城阳东岩的梅花："一曲阑干花一枝，对此正好吟新诗。"清朝嘉庆时期的杨鸿举歌咏旧居的梅花——"梅屋三间是我家，芸编蚀史作生涯"，与杨鸿举同时的李黼平所作"少与梅结邻"，都熟谙"一院梅花春月好"的家乡风景。李黼平还在其诗《送舍弟升甫携梅还里》中自豪地唱道："吾州亦是梅花国。"清中期被誉为"程乡三友"之一的徐青，也放声歌唱："阿侬生小住程乡，梅岭梅花满路香。不爱山乡偏爱水，百花洲畔有鸳鸯。"张学健也吟唱道："雪映花洲水面浮，晓来梅影满江头。独怜傲骨年年在，香送凌风百尺楼。"清朝道光时期的张其翰为自家的咏花书屋撰写对联："结庐老梅树下，读书深柳堂中。"其孙张养重描绘梅花盛开的家乡作诗如下：

我家夙住梅花村，梅花开时萦梦魂。
前年移植咏花屋，读书梅下忘朝昏。
呼僮月夜每布席，抱瓮清晨劳灌园。
渐着密蕊缀秋爽，忽发幽艳含春温。
低柸濯魄映池水，一枝高出迎朝暾。
天风飘飘忽吹去，日高往往还闭门。
鸟歌蝶舞皆绕树，我独兀坐终无言。
问花花亦笑不语，且待月出开芳樽。

张养重的儿子张资溥，也作诗赞颂家乡的梅花："五岭以南无雪吹，天公特遣梅代之。梅城斗大万梅里，香雪年年人未奇。……东山之下银海涀，中有老屋花成围。芳妍远斗不相下，但觉十里花光肥。就中更有江湘种，晕破胭脂擅矜宠。林梢见日欲昏黄，独以赪霞傲凡冗。"一个家族三代人，共同歌颂家乡的梅花，都极尽赞美之词，可传为佳话。

而当那些离开故园的梅州人回忆故乡时，往往最先想到梅花，梅花成为他们心灵深处魂牵梦萦的风物。"岭南第一才子"宋湘回忆家乡，是"冬初梅已笑，秋尽菊犹钿"的景致。清朝同治二年进士、大埔人张薇长期在外当官，作诗《忆梅》道："林间雏鹤想翩跹，一别梅花倏九年。五岭有春传驿使，孤山何日返逋仙？凭将梦寄罗浮远，已觉心柔铁石坚。今夜故园枝上月，清辉应满绮窗前。"晚清离乡任官的丰顺人丁日昌，也常借梅花抒发其思乡之情，作有"梅花绕屋水环天，曲径缘篱竹系船""昨从故园踏绿苔，千树万树梅花开""昨宵竹床上，梦见梅花开"等诗句。咸丰时的张道亨，更是全面、热烈地讴歌了故乡梅州的梅花："粤东梅岭东，有个梅花翁。种梅作花洲，肆颜曰梅州。梅花数十里，家住梅花里。来往在花中，梅乡老足矣。……相隔一万里，关山无限情。……梅花今动也，能不忆忆忆？"

从以上诗作可见，梅州的梅花的确极其繁茂，许多离乡的梅州人将梅花视为故乡的象征。

2. 梅州梅花之衰

梅州梅花虽然繁盛，但是到了清朝，开始呈现出衰败之状。一些咏梅诗中也反映了这一状况。

清初康熙进士李象元在《题张梅北山观梅图》诗中写道："吾家在梅州，自古梅所都。人情忽习见，芟伐任樵苏。我欲恢复之，买山植万株。置吾山之巅，提挈榼与壶。俯看梅花发，仰看浮云趋。湖光与梅影，彼此俱相符。"其诗不仅点明梅州自古为"梅都",也指出了梅州梅花已呈现出衰败之状,需要"买山植万株",才能"恢复之"。正是"人情忽习见,芟伐任樵苏",导致了梅州梅花的衰落。其中,"樵苏"指砍柴、割草,也指砍柴、割草的人;"芟伐"指人们肆意砍伐梅花。

梅城阳东岩本是梅花胜地之一,自清初程乡县令曹延懿在此植梅以后,文人雅士多来此赏梅赋诗。但是,到了清末,阳东岩的梅花已多衰亡,宣统朝诗人张芝田因此发出了浩叹:"问谁肯学曹公雅,补种梅花护佛龛?"

不仅阳东岩如此,整个梅州的梅花,衰败已然成了定局。清末民初诗人钟连生作诗《梅城晚眺》云:"梅山梅水仰清华,一路芳菲眺望赊。笑煞县名香万古,城前城后少梅花。"与他一样,晚清华侨巨商、梅县松口人张榕轩亦云:"吾梅夙号梅花乡,处处人家梅树旁。不知何时经剪伐,根株拔尽敛英芒。"张榕轩指出梅州梅花衰落的原因,在于"剪伐"和"根株拔尽"。梅州梅花的数量大大减少,许多地方的梅花甚至完全消亡,这是令人无限惋惜的事。清朝光绪进士杨季岳,就有感于杨万里歌咏梅州的十里梅花再难以重现,作诗《题程乡胜迹图》道:"人为梅花也合来,异芳销尽剩苍苔。归山点缀无它计,先把南枝十里栽。"诗中他表达出了植梅的打算。

3. 梅州植梅之举

随着全球气温上升,梅州出现了许多不利于梅树生长发育的因素。梅树的生命周期一般在一百年左右,如果不对它加以保护,反而肆意砍伐,那么衰亡之势必然。1865年前后,太平天国康王汪海洋率军十万,与清军十万在嘉应州(即梅州)混战,战火对梅州的破坏极其巨大。晚清诗人黄遵宪在其《乱后归家》中云:"……颠倒归来梦,惊疑痛定思。便还无处所,已喜免流离。一炬成焦土,先人此敝庐。有家真壁立,无树可巢居……"写出了生灵涂炭的惨景,让人联想到梅花也难逃此劫。对于梅州梅花的衰败,许多有识之士大声疾呼,并身体力行去植梅。

梅州历史上,第一次提到植梅的人是明朝洪武年间人温禧,他被称为"梅野先生"。光绪《嘉应州志》卷四载"梅峰在城西门外,明孝子温禧居其麓,遍植梅树因名",其中又有"《万姓统谱》载温禧,与志中本传略同。俱无植梅事。当是后人因禧号梅野而附会之耳"。即又对温禧的植梅之举否定了。孰是孰非,现在已无从考证了。

但确实可考的,是清初程乡县令曹延懿在阳东岩植梅之事,尽管关于植梅的数量说法不一,有说千株的,也有说百株的。曹延懿留下了残诗:

"试种梅花看结子，青酸一样斗风流。"这是梅州历史上第一次记载的人为批量种植梅花的盛举。曹县令的风雅，令后人无限向往。清朝乾隆举人林孟璜就作诗《阳东岩探梅有怀曹尹》："昔日曹县令，植梅于此山。时从风雪里，来叩白云关。余亦同潇洒，南枝几度攀。斯人渺不接，空对夕阳间。"

后人常以目前梅州梅花惨淡的景象，对比杨万里歌咏梅州十里梅花的壮丽风景，往往会产生"补种诗中十里梅"的冲动。例如，晚清诗人丘逢甲道："曾费诚斋策马来，临溪处处见花开。一庵拟筑蓝田曲，补种诗中十里梅。"对于丘逢甲是否种植了十里梅花，现在已不得而知。但是他亲手种过梅花，洵不为虚。他曾作《稚川手植梅枯久矣，拟就故处补植之》（二首），记载了其植梅佳事："仙根重植葛仙梅，花向仙山依旧开。谁与鲍姑寄芳讯，满天香雪鹤归来。""梦中休现美人身，香梦沉酣易赚人。但愿化身千万树，花开长布岭南春。"其中"仙根"即丘逢甲的字。在植梅时，丘逢甲想象着梅花盛开的美丽景象。

赏梅乃乐事，咏梅乃佳事，植梅亦雅事。曹县令的植梅风雅，在今天已得到梅州人的继承和发扬。1993年10月，梅花被确定为梅州市市花。1994年12月，梅州通过了《建设梅州市为梅花乡》的提案。1995年春，由武汉中国梅花研究中心等处引进的数千株梅花苗木被种植在梅州。如今，梅州各公园以及周边地区，已大规模种植了梅花树，数量上万。人们对梅州市恢复为"梅花乡""梅花国"充满了希望。

（三）铁汉楼与梅花

梅州城曾矗立着一座著名的楼，是梅州人心目中的圣地，它就是铁汉楼，是为纪念北宋名臣刘安世而建造的。

1. 刘安世与铁汉楼

刘安世（1048—1125），字器之，号元城，又号读易老人，北宋河北大名（今河北省馆陶县刘齐固村）人，后因家乡遭受洪灾而举家徙居元城（今河北省大名县双台村）。少时师从司马光，北宋熙宁六年（1073）考中进士。曾任谏议大夫，直言敢谏，不畏权贵，论事刚正，被誉为"殿上虎"。据《宋史·刘安世传》记载，刘安世"仪状魁硕，音吐如钟"，"未有惰容，久坐身不倾倚，作字不草书，不好声色货利"，"在职累岁，正色立朝，扶持公道。其面折廷争，或帝盛怒，则执简却立，伺怒稍解，复前抗辞。旁侍者远观，蓄缩悚汗，目之曰'殿上虎'，一时无不敬慑"，他成为敢于直谏抗争的谏官典型。最终刘安世因新旧党争而遭到权相章惇、蔡京的迫害，于宋哲宗元符元年（1098），被贬至蛮瘴之地梅州。遭此打击，他没有消沉，而是不畏艰难，在梅城东南隅创设书院（后被称为"元城书院"，又改名为"铁汉祠"），亲自招集士人讲学，将中原兴办教育的做法引入岭南，开启了梅州文教的先河。同时代的苏轼知道后，称赞他道："刘器之真铁汉！"明末清初乡贤李士淳的《重建松江书院序》道："而元城刘公谪官梅州，建书院于梅城之东南隅，日聚多士讲学其中，士习民风，翕然丕变。"并认为："然则开辟全潮之山川者，昌黎韩公；开辟梅州之山川而绍昌黎公之芳者，元城刘公也。"高度肯定了刘安世对梅州文教的开创之功。

明朝崇祯十一年（1638），程乡知县陈燕翼景仰刘安世，将铁汉祠移建于北门楼上，塑了刘安世的像安放在楼内，"铁汉楼"之名于是传开。每年春、秋仲月，正印官在此致祭。后世对它进行过多次维修，如康熙九年（1670），知县王仕云捐俸重修，并撰碑记载其事。民国二十一年（1932），铁汉楼因拆城而被毁，楼旁的一条街被命名为"元城路"，以示纪念。

谏官刘安世的铮铮铁骨和贬官刘安世的文教事业，深得人们的敬仰；巍然屹立的铁汉楼，成了梅州人心目中的圣地。历来咏唱铁汉楼的诗赋作品很多，其中有黄遵宪、丘逢甲等名家之作。黄遵宪的诗《铁汉楼歌》，全面歌咏了铁汉楼的景致、刘安世的生平事迹和雄才铁骨：

> 湿云漠漠山有无，登城四望遥踟蹰。
> 颓垣败瓦不可踏，劫灰昏黑堆城隅。
> 剜苔剔藓觅碑读，字缺半亦形模糊。
> 公无遗像有精气，恍惚左右神风趋。
> 忆公秉政宣仁日，自许稷契君唐虞。
> 英名卓卓惊殿虎，辣手赫赫锄城狐。
> 同文狱起事一变，先生遂尔南驰驱。
> 洞庭寒夜走蛟蜃，潇湘清昼啼猩鼯。
> 臣心万折必东去，一生九死长征途。
> 岂知章蔡恨未雪，谓臣虽死犹余辜。
> 如飞判使暗挟刃，来取逐客寒头颅。
> 梅州太守亦义士，告语先生声呜呜。
> 先生湛然色不变，崛强故态犹狂奴。

有朋诓诿细料理，对客酣饮仍歌呼。

呜呼先生真铁汉，品题不愧眉山苏。

一楼高插北城角，中有七尺先生躯。

铁石心肠永不变，腾腾敛气光湛卢。

荔丹蕉黄并罗列，无有远迩群南膜。

军书忽报寇氛炽，官民空巷争逃逋。

先生独坐北楼北，双眼炯炯张虬须。

跳梁小鼠敢肆恶，公然裂毁无完肤。

迩来彫瘵渐苏息，无人收拾前规模。

东坡已往仲谋死，起人忠义谁匡扶？

金狄摩挲事如昨，铅水清泪流已枯。

我来凭吊空恻怆，呀呀屋上啼寒乌。

丘逢甲的诗《铁汉楼怀古》，由述割地赔款、山河破碎的局势，进而感慨当时中国已没有像刘安世那样的真铁汉："瘴云飞不到城头，庵圮楼荒客独游。并世已无真铁汉，群山犹绕古梅州。封章故国回天恨，梦寐中原割地愁。欲倚危栏酹杯酒，程江呜咽正东流。"铁汉楼如定海神针般矗立在梅州大地上，也屹立在世人的心间。

2. 铁汉楼与梅花

在众多歌咏铁汉楼的诗作中，诗人们常常喜欢以梅花来装点铁汉楼，以梅花的傲骨象征着刘安世的铮铮铁骨，以梅花的品格来比拟铁汉精神，从而使其融为一体。

首发其端的是南宋梅州知州蒲寿宬，他的咏梅诗《梅阳郡斋铁庵梅花五首（其一）》写道："枯株类铁汉，瘴疠不敢侵。岁寒叶落尽，微见天地心。阳和一点力，生意满故林。至仁雨露泽，不觉沦肌深。"直接将梅花类比刘安世。这种写法启发了后世诗人在咏唱铁汉楼时往往写及梅花。从此，铁汉楼与梅花相互映衬，在诗人的描绘下成了一幅幅绝美的、经典的图画。

明代学者陈献章作诗《铁汉楼》道："铁汉元来亦是夸，羁魂入夜绕天涯。数声羌笛楼前月，落尽寒梅一树花。"描绘月夜铁汉楼和一树寒梅花同构的风景，渲染出铁汉刘安世贬谪天涯的羁魂凄凉。

清朝康熙时的布衣李以贞作诗《铁汉楼》道："公也昔如铁，我来思铸金。楼前古梅树，骨立冻云深。"以楼前的古梅比拟铁汉刘安世，古梅的傲骨与刘安世的铁骨，并然屹立在冻云深处，让人感受到它们的无比坚硬和刚强。

清朝布衣黄昌麟作诗《梅江冬晓》道："水冷沙汀两岸浮，梅花开落古江头。晓吟不怕霜风紧，傲骨还支铁汉楼。"描写古江头开落的梅花"不怕霜风紧"，其傲骨嶙峋的形象，让人联想起刘安世的铁骨气节，这种精神不断地激励着人们。

还有清朝李星枢作诗道："殿中有虎慑豺狼，此老肝肠百炼钢。忍见六州同铸错，不辞万里远投荒。倚天剑影寒奸魄，绕阁梅花发古香。一语留题定千载，至今瞻拜壮金汤。"清末拔贡王晓沧作《忆旧述今赠丘工部十绝句（其一）》也道："维桑风辈订诗盟，吟到梅州思更清。十里寒香万株雪，独携瓢笠拜元城。"以及晚清拔贡胡曦作诗《铁汉楼秋感》，其中道："危楼剥落坠须眉，不见元符殿中虎。……铁冷梅花吊山水，公去千年神则迩。"诗人们在歌咏铁汉楼时不约而同地咏及梅花，以梅花高洁的品格来映衬坚毅的铁汉精神。

通过诗人之笔，一道绝美的风景被描画在梅州大地上：巍峨的铁汉楼，点缀着美丽的梅花，倔强有为的铁汉形象与坚韧高洁的梅花品格，自然地契合在一起，洋溢着震撼人心的、强大的精神力量，成为客家精神绝佳的、经典的形象体现。这种风景，留存在梅州的人文历史之中，永远令人神往……

（四）梅州咏梅诗的思想精华

现存梅州历代咏梅诗，是一笔丰厚的文学遗产，其思想熠熠生辉，不仅照亮了梅州这片古老而神奇的土地，滋润着生活在这片土地上的人们，也是中华梅文化重要的组成部分。现就其思想精华论述如下。

1."吾州亦是梅花国"

从已知的梅州咏梅诗来看，最早吟唱梅州梅花的是流寓梅州的外来诗人，如唐代的李德裕，北宋的苏轼，南宋的杨万里、蒲寿宬等。尤其是杨万里，他以诗歌的方式描绘了梅州盛产梅花的壮丽景象。自宋代，梅花盛开在梅州的城市山野，直至清代才衰败，本土的客家诗人对之弦歌不绝。

明朝叶文保邀请朋友们赏梅，作诗《咏梅花》，表达"一院梅花万缕情"；明末罗万杰作诗《山居杂咏》云"折得梅花插胆瓶"；清初温文桂作诗吟咏梅城阳东岩的梅花，其中有"一曲阑干花一枝，对此正好吟新诗"；清朝嘉庆时期的杨鸿举作诗《东兴旧居》歌咏旧居"梅屋三间是我家"，与他同时的李黼平作诗《客有送梅花者索诗为谢》道"少与梅结邻";清中期的徐青,作诗《程乡棹歌》道:"阿侬生小住程乡,梅岭梅花满路香";清道光时期的张其翰为咏花书屋撰写对联"结庐老梅树下,读书深柳堂中"。

虽然梅州的梅花到清代已经衰减,但是人们对梅州盛开梅花的景象印象深刻,从而不约而同地高唱梅州为"梅花乡""梅花国"。清前期李象元作诗《题张梅北山观梅图》道:"吾家在梅州,自古梅所都。"清中期李黼平作诗《送舍弟升甫携梅还里》道:"吾州亦是梅花国。"稍后的张道亨作诗《忆梅》道:"梅花数十里,家住梅花里。"清末张榕轩作诗道:"吾梅夙号梅花乡,处处人家梅树旁。"

虽然清末民初时梅州的梅花衰败了,"城前城后少梅花",但是依据清代以前梅州诗人对梅州梅花的歌咏,后人们对于梅州为"梅花国"的情结挥之不去,并且,梅花被确定为梅州市市花,梅州人正在重新将梅州市建设为梅花乡。

2."月明三起看梅花"

历代梅州咏梅诗表达了梅州诗人热爱梅花的强烈思想感情。梅花盛开时,人们观赏;梅花凋谢后,人们不忘栽种。诗人的爱梅之举,主要表现在探梅、赏梅、咏梅、植梅等方面。

关于探梅,宋湘在云南任官时,听说附近龙泉观有一株唐代的古梅,便去探看,即使此时初夏无花,也再三独自前往,与古梅相对,并在壁上题写咏梅诗。吴兰修多次探访梅花:"无端春色上梅梢,几度探梅载酒邀。"丘逢甲也四处探访梅花,其诗《牛山码头访梅》道:"牛山曾约看花来,万树梅花绕将台。昨夜军书报梅信,弄寒花已五分开。"张薇专门骑驴去寻访早梅,"踏遍驴蹄未觉遐,疏篱新透一枝斜"。杨万里"只为梅花也合来"的感叹,得到了梅州众多诗人的响应。

诗人们喜爱观赏梅花。饶芙裳"偏是夜深眠不稳,月明三起看梅花",表达他为了看梅花,睡不安稳,多次起身赏梅;叶璧华诗云"且携樽酒坐湖上,长看疏影摇清渊";宋湘因为生病错过了赏梅而自怨自艾,期待明年一边赏梅一边喝酒,以享受赏梅之乐。

诗人们赏梅,不但赏其色相芳香,也关注其内在文化与精神。他们将其所见所思,写成了咏梅诗。咏梅,是诗人们爱梅的深刻表现之一。饶芙裳不仅夸赞梅花的颜色好:"玉骨冰肌不再夸,倾城颜色艳桃花。风前绰约酣朝日,雪后精神斗晚霞。"也赞赏梅花的品格高:"难怪万花推老辈,心肠铁石品常尊。"王利亨作诗《梅花》:"一笑无寒岁,凋残例可忘。霜桥光皎皎,石骨晚苍苍。铁干千年质,冰胎太古装。回看摇落处,天地尚荒凉。"其中刻画出了梅花铁干、冰胎、太古装的不同状态，也歌颂了梅花"一笑无寒岁"的顽强乐观精神。李黼平更是以"梅以兴君子，清高冠瑶台"的精神，支撑着他熬过了狱中最艰难的岁月，使得他晚年能够投身于教育，成为岭南诗坛一颗璀璨的明星。魏成汉咏梅，甚至产生了"我欲为梅重修谱"的念头，由此可见他爱梅之深。

梅州诗人针对梅州梅花的衰落，表达了"补种诗中十里梅"的心愿，并且落实到了行动上。丘逢甲《寻镇山楼故址，因登城四眺，越日遂游城北诸山十二首（其一）》道："曾费诚斋策马来，临溪处处见花开。一庵拟筑蓝田曲，补种诗中十里梅。"他亲自种植过梅花，并云"但愿化身千万树，花开长布岭南春"。宋湘曾经植梅，"凌晨觅种，入夜荷锄"，明月之下，"郑重"植梅，他将植梅的情景和过程写入了其诗《自锄明月种梅花赋》中。曹延懿在阳东岩植梅，是梅州历史上第一次被记载的人为批量种植梅花的事迹，其风雅之举，令后人向往。

历代梅州咏梅诗记录了诗人们探梅、赏梅、咏梅、植梅之举，表达了诗人们爱梅的强烈思想感情。这也是中国咏梅诗共有的思想主题之一。

3."梅花开后最思家"

梅花热烈地开放在梅州大地上，成了梅州人心目中最美的一幅图画。当他们离开梅州以后，梅花便成了故乡的象征。对故乡的亲人朋友表达思念之情，是梅州历代咏梅诗突出的一种思想内容。

宋湘回忆家乡，是"冬初梅已笑，秋尽菊犹钿"的景致。张薇作诗《忆梅》道："林间雏鹤想翩跹，一别梅花倏九年。五岭有春传驿使，孤山何日返逋仙？凭将梦寄罗浮远，已觉心柔铁石坚。今夜故园枝上月，清辉应满绮窗前。"吴兰修的思乡之情，寄予在梅花上："穷年毡幕此天涯，风雪寒灯感岁华。同有乡心消不得，梅花开后最思家。"丁日昌也常借梅花抒发思乡之情，如"梅花绕屋水环天，曲径缘篱竹系船"，"昨从故园踏绿苔，千树万树梅花开"，"昨宵竹床上，梦见梅花开"。张道亨更是全面、热烈地讴歌了故乡梅州的梅花："粤东梅岭东，有个梅花翁。种梅作花洲，肆颜曰梅州。梅花数十里，家住梅花里。……梅花今动也，能不忆忆忆？"

伴随思乡之情，梅州咏梅诗也表达了怀人之情。吴兰修作诗《同翁邃庵学使往玉山探梅》道："石桥西去绝尘氛，未到城根香已闻。几处林梢疑有雪，满天花气欲为云。樽前莫放人千里，笛里频留月二分。他日玉山重结社，只应猿鹤最思君。"梅花见证了作者与朋友的交往，字里行间洋溢着真情。宋湘《湖上感怀四首寄伊墨卿先生（其三）》云："读书堂角一梅花，昨夜今朝也自斜。无处寄人春点点，何能伴我路叉叉。乡愁岁暮真多感，白骨黄尘况万家。谁信罗浮枝上月，曾经连月照悲笳。"读书堂前的梅花，引发了作者对好友的深深思念。

由于思乡怀人，身在异乡的官宦诗人有时产生了退隐之念，而梅花正是他们表达隐逸思想的最佳载体。宋湘作诗《初夏独游龙泉观访古梅题诗而返》，写离家万里，于"荒山野水""蛮烟瘴雨"之地当官，"清梦久失罗浮村"，得不到家乡的任何消息，于是萌发了辞官归隐的念头，戴上"角巾"，穿上"青鞋布袜"，打扮成隐士，"心迹要与林逋论"，强烈地表达了归隐家乡的感情。吴兰修作诗《题折梅图（其一）》道："几生修许到林逋，消受梅花五百株。但得金钱三十万，人间随处有西湖。"他以宋代隐士诗人林逋作为自己的人生榜样。

在中国咏梅诗中，梅花作为故乡的象征，作为表达隐逸思想的载体，梅花在梅州诗人的笔下得到了更生动的表现。

4."岭梅最高品"

梅花在中国传统文化中是高洁的象征，被誉为"四君子"之一。梅花孤高自傲，坚贞雅洁，代表着隐士、美人或君子等的美好形象。梅州咏梅诗人与中国传统诗人一样，也高度赞美了梅花的品格和精神。

丘逢甲赞叹"岭梅最高品，着花冰雪中"，其诗常以风雪来衬托梅花坚贞高洁的品格，其《题墨梅》道："天寒岁暮漫神伤，大地心终见复阳。留得梅花风格在，空山洒墨作寒香。"张薇礼赞梅花精神，"松老自高冬岭节，梅香争讯北枝花"，"偶露精神疑雪涤，独标格调占风华"，并云"人道梅花写我真，风骨肖我癯且清"。范荑香将梅花视为"清友"，她从梅花身上学习到了坚强、贞洁和美丽，"正是师雄晓梦中，横斜疏影绛纱笼。不知月下含章殿，学得新妆半额红"。饶芙裳希望将自己修炼成梅花，其有云："白云何处是吾家，闪电光阴两鬓华。寒啖蔗浆甘未至，老嫌姜性辣弥加。百年事业由今始，一事桑蓬堕地夸。月满山窗风雪夜，此生修己到梅花。"

梅花绽开五瓣，象征快乐、幸福、长寿、顺利、和平，有"梅开五福"之说，因此人们将之视为"五福花"，诗人们也乐意将它比拟或者祝福美好的人和事。丘逢甲的诗《贺林俊堂内弟（朝崧）新昏》，以梅花比拟迈进婚姻殿堂的新人。叶璧华用梅花来称赞她所敬佩的诗人范荑香："心肠铁石托寒梅，寂寂银釭伴夜台。野寺钟声惊晓梦，新妆犹记侍儿催。"诗人们在祝寿时，常常写梅花诗来献给寿星，以梅花代表春意永驻，长寿不老。例如，张弼亮作诗道："湖上梅花三百树，只闻人说似官清。"张皋言作诗道："官清人说似梅花，银烛光中早放衙。"余翰香作诗道：

"何者为君寿，罗浮有古梅。年年春不老，催着百花开。"曾固庵《祝张习金先生寿》道："岭头乍放几枝梅，香气欣随寿酒来。知是前生修得到，逢时对口笑花开。"

梅州历代咏梅诗属于中国咏梅诗的一部分，其思想内容丰富多彩，共同汇成了源远流长、博大精深的中华梅文化。以上我们主要论述四个方面，窥一斑而知全豹。

（五）打造岭南梅花"金三角"

岭南大地，暮冬初春时节，梅花到处盛开。清初屈大均在《广东新语》中说："梅花惟岭南最早。""欲见天地之心者于梅，欲见梅得气之先者于粤。"晚清丘逢甲作咏梅诗也道："岭南天早春，故是梅花国。"他们都认为"人间第一香"的梅花，在岭南开放得最早，也很普遍。岭南多梅，尤其是广东南雄的大庾岭、惠州博罗的罗浮山以及梅州三地的梅花，争奇斗艳，大放光彩，十分瞩目。屈大均《广东新语》中说："吾粤自昔多梅，梅祖大庾而宗罗浮。罗浮之村、大庾之岭，天下之言梅者必归之。"指出大庾岭、罗浮山的梅花，可谓梅之"祖""宗"，声名远播。而粤东北的梅州，自宋朝以来，亦被称为"梅花乡""梅花国"，它是中国唯一以"梅"命名的地级市，其市花为梅花。民国学者、梅州人古直在《游龙泉山访龙泉观梅花作歌》中道："我家本在梅花国，庾岭罗浮皆侍侧。"指出梅州梅花与大庾岭、罗浮山的梅花，三足鼎立。

大庾岭、罗浮山、梅州这三地的梅花，历史悠久，闻名遐迩，其历史文化内蕴极其丰厚，可谓岭南梅花（咏梅、赏梅、植梅）的"金三角"。我们应将其切实打造成岭南梅花的"金三角"，以传承、弘扬中华梅文化。

首先，我们就岭南梅花"金三角"所蕴含的内在文化和个性，分述如下。

1. 大庾岭梅花与贬谪文化

大庾岭，在今广东省南雄市与江西省大余县交界处，为南岭五岭之一，地处南岭东端，又名"东峤岭"，也称"塞上""塞岭""台岭"。唐李吉甫《元和郡县志》中说："本名塞上，汉伐南越，有监军姓庾，城于此地，众军皆受庾节度，故名大庾。"岭上自古多梅，故又有"梅岭"之名。《南康志》中记载："庾岭多梅，故称梅岭。"南宋王象之《舆地纪胜》中有："大庾岭上多梅，亦名梅岭。"梅岭以梅花出名，山南气候较温暖，梅花早开早谢；山北则相对寒冷，梅花晚开晚谢，一山之中可见"南枝既落，北枝始开"的奇景。

大庾岭的梅花较早被诗人写进了诗歌。南朝宋人盛弘之所撰《荆州记》中记载，陆凯与范晔相善，托驿使自江南寄一枝梅花给在长安的范晔，并赠诗一首。有人认为陆凯所寄的，正是大庾岭的梅花。陆凯的诗《赠范晔》，是中国最早的咏梅诗之一，开启了中国绵延不绝的咏梅诗长河。"初唐四杰"之一的卢照邻作诗《梅花落》有："梅岭花初发，天山雪未开。"另一位初唐诗人李峤作诗《梅》，亦歌咏大庾岭的梅花："大庾敛寒光，南枝独早芳。"由此可见，大庾岭梅花对中国咏梅诗的形成和发展，可以说是厥功至伟。

大庾岭梅花在贬谪文化中亦占据一席之地。民间曾有"水险闻瞿塘，山险最庾岭"的说法，在古人心目中，大庾岭堪比边塞雄关"玉门关"。明朝以前的岭南，一直是文人士大夫闻而生畏的烟瘴蛮荒之地。大庾岭及其梅花，是文明与野蛮的分野。士大夫被贬谪岭南，必经大庾岭，一踏过岭上的梅关，便进入岭南地界，容易产生类似出塞的伤感之情。许多遭贬谪的士大夫，留下了途经大庾岭时歌咏梅花的诗作。例如，唐朝被贬为泷州（今广东省罗定市）参军的宋之问，作诗《度大庾岭》："度岭方辞国，停轺一望家。魂随南翥鸟，泪尽北枝花。山雨初含霁，江云欲变霞。但令归有日，不敢怨长沙。"又作诗《题大庾岭北驿》："阳月南飞雁，传闻至此回。我行殊未已，何日复归来？江静潮初落，林昏瘴不开。明朝望乡处，应见陇头梅。"宋代被贬往惠州的苏轼，作诗《赠岭上老人》："鹤骨霜髯心已灰，青松合抱手亲栽。问翁大庾岭头住，曾见南迁几个回？"

以上可知，大庾岭的梅花的确被烙上了贬谪文化的鲜明痕迹。

2. 罗浮山梅花与神仙文化、贬谪文化

唐朝柳宗元《龙城录·赵师雄醉憩梅花下》中记载："隋开皇中，赵师雄迁罗浮。一日天寒日暮，在醉醒间，因憩仆车于松林间，酒肆旁舍，见一女人，淡妆素服，出迓师雄。时已昏黑，残雪对月色微明。师雄喜之，与之语，但觉芳香袭人，语言极清丽。因与之叩酒家门，得数杯，相与饮。少顷有一绿衣童来，笑歌戏舞，亦自可观。顷醉寝，师雄亦懵然，但觉风寒相袭。久之东方已白，师雄起视，乃在大梅花树下，上有翠羽啾嘈相须，月落参横，但惆怅而已。"这就是著名的"赵师雄艳遇梅花仙子"的故事。

罗浮山是道教名山，赵师雄奇遇梅花仙子，虽然结局令人惆怅，但是其经历令人羡慕。罗浮山的梅花，也因此打上了"神仙文化"的色彩，正如宋代词人蒋捷《翠羽吟》中云："罗浮梅花，真仙事也。""罗浮""罗浮梦""赵师雄"等典故，常用来歌咏梅花。

例如，北宋洪皓的词《江梅引·访寒梅》道："引领罗浮，翠羽幻青衣。月下花神言极丽，且同醉，休先愁，玉笛吹。"南宋魏了翁的词《水调歌头·妇生朝李停口同其女载酒为寿，用韵谢之》道："公堂高会，恍疑仙女下罗浮。"南宋王迈的词《贺新郎》道："出了罗浮洞。有多情、梅花雪片，殷勤相送。"南宋周密的词《齐天乐·次二隐寄梅》道："正雪意逢迎，阴光相照。梦入罗浮，古苔蝈唧翠禽小。"这些作品，都歌咏了罗浮山梅花的仙迹、仙态和神仙文化的氤氲氛围。

罗浮山梅花除了主要表现神仙文化以外，也有关于贬谪文化的内容。赵师雄是"迁"于罗浮，即被贬谪发配到罗浮。他在贬谪途中邂逅梅花仙子，成了贬谪中人的"白日梦"。后来被贬谪的士大夫，常借赵师雄、罗浮山梅花来抒发自己的贬谪之情和向往神仙之意，以排遣遭受打击的痛苦。北宋被贬于惠州的苏轼，曾作《十一月二十六日松风亭下梅花盛开》《再用前韵》等咏梅诗，即有此种意味。前诗道：

> 春风岭上淮南村，昔年梅花曾断魂。
> 岂知流落复相见，蛮风蜒雨愁黄昏。
> 长条半落荔支浦，卧树独秀桃榔园。
> 岂惟幽光留夜色，直恐冷艳排冬温。
> 松风亭下荆棘里，两株玉蕊明朝暾。
> 海南仙云娇堕砌，月下缟衣来扣门。
> 酒醒梦觉起绕树，妙意有在终无言。
> 先生独饮勿叹息，幸有落月窥清樽。

后诗云：

> 罗浮山下梅花村，玉雪为骨冰为魂。
> 纷纷初疑月挂树，耿耿独与参横昏。
> 先生索居江海上，悄如病鹤栖荒园。
> 天香国艳肯相顾，知我酒熟诗清温。
> 蓬莱宫中花鸟使，绿衣倒挂扶桑暾。
> 抱丛窥我方醉卧，故遣啄木先敲门。
> 麻姑过君急酒扫，鸟能歌舞花能言。
> 酒醒人散山寂寂，惟有落蕊黏空樽。

由于苏轼的歌咏，罗浮山梅花在呈现出奇幻的神仙文化之外，又被赋予了贬谪文化的内蕴，兼有凄清、孤独的韵味。

3. 梅州梅花与客家文化

在梅城附近的潮塘山间，伫立着一株据说活了千年的古梅，至今花儿仍开得灿烂。清朝程乡知县曹延懿在梅城阳东岩大规模种植梅花，起到了很好的示范作用，带动了梅州植梅的风气，延续了梅州产梅的历史。

如今，梅州人继承和发扬古代梅州植梅的传统，掀起了大规模种植梅树的热潮。在梅花开放时节，梅州到处清香四溢，许多游人慕名而来。

梅州是世界客都，是客家人的大本营，具有浓郁的客家文化特色。客家人常以"梅花香自苦寒来"的梅花精神来揭示客家精神。这是梅州客家人的共识。因此，梅州的梅花具有鲜明的客家文化色彩。清朝诗人黎惠谦写了许多咏梅诗，成就较大，被誉为"梅花诗人"，他歌咏梅花"冰霜操可如君淡"，他的儿子黎璿潢也作诗吟咏梅花"不待冰霜操自坚"，父子两人都传承着梅花精神，即客家精神。"这就是象征客家人坚忍不拔、勤奋进取、俭朴诚实、勇于为先品性的梅花！"

综上所述，大庾岭梅花主要体现了贬谪文化，罗浮山梅花主要体现了神仙文化，也涉及贬谪文化，梅州梅花主要体现了客家文化，它们共同汇入了源远流长、博大精深的中华梅文化。

下面我们谈一谈打造岭南梅花"金三角"的做法，具体有如下五个途经：

第一，保护已有的梅花树。大庾岭、罗浮山、梅州的梅花树，历史悠久，品种较多，要加强保护已有的梅花树，尤其对于古梅应格外珍视、爱护。

第二，加强植梅行动。应大量种植梅花树，让梅花蓬勃盛开在"金三角"上，成为当地名副其实的自然景观。三地历来就有植梅的传统，如屈大均《广东新语》中记载大庾岭植梅："好事者往往植梅其上。宋淳熙间，知军事管锐，植三百株。明正统中，知府郑述复补植。正德中，参政吴廷举增植及松，至万五千余株。有某推官女，亦植梅三十株，镌诗于石。崇祯初年，博罗张郎中萱植三百株。知府赵孟守题曰梅花国，书额于红梅驿以旌之。"

第三，建设赏梅园地。在梅花集中的地方建筑亭台，立碑撰文，记载当地的梅花故事，刻写当地的咏梅名诗、文、词。例如，在位于梅州的中国客家博物馆和十里梅花长廊等地，勒石镌铭。

第四，组织赏梅活动。在梅花盛开时节，可组织有关赏梅的活动，除外出观赏梅花外，还可组织咏梅征文大赛等。

第五，进一步挖掘、弘扬中华梅文化。除了把大庾岭梅花与贬谪文化、罗浮山梅花与神仙文化和贬谪文化、梅州梅花与客家文化挖掘整理以外，还应进一步弘扬中华梅文化。作为"岁寒三友""四君子"之一的梅花，在中华优秀文化中占据重要的地位。应大力传承、弘扬梅文化。

相较而言，大庾岭梅花、罗浮山梅花的名声，要比梅州梅花响亮得多。从《红楼梦》第五十回邢岫烟所作诗《赋得红梅花》中的"魂飞庾岭春难辨，霞隔罗浮梦未通"可见一斑。因此，应注意打造和提升梅州梅花的知名度。梅州历代客家文人创作了大量咏梅诗，据不完全统计，民国以前至少有 1 000 首咏梅诗，客家诗人的咏梅诗表现出客家人的精神世界，他们吟咏的梅花精神与客家精神融二为一，因此这些咏梅诗是客家文化中一笔宝贵的精神财富，值得深入挖掘。

总之，岭南梅花的"金三角"大庾岭、罗浮山和梅州，它们的历史悠久，盛名远播，文化内蕴非常丰富，各方面的有识之士应挖掘传统，整合资源，形成效应，不断打造和提升"金三角"的各个方面。

二、梅州历代咏梅诗个案研究

（一）蒲寿宬："不知洲上有花魁"

本书所指的梅州诗人，不仅包括梅州的本土诗人，如宋湘、黄遵宪、叶璧华等，还包括外来梅州的仕宦、流寓诗人，如杨万里、蒲寿宬、曹延懿等吟咏过梅州梅花的诗人。

杨万里的咏梅诗，展现了梅州梅花的壮观和美丽；蒲寿宬的咏梅诗，赋予了梅州梅花以文化和精神内蕴。相比之下，梅州人对杨万里的咏梅诗耳熟能详，而对蒲寿宬的咏梅诗知之不多。

有人说，杨万里歌咏梅州梅花的诗，揭示了梅州得名的真相——梅州因遍地的梅花而得名。对此我们不作考证。

南宋孝宗淳熙八年（1181），时任广东提点刑狱的杨万里率军东征梅州寇乱，一进入梅州，他就看见了梅花，作诗《发通衢驿见梅有感》："忙中掠眼雪枝斜，落片纷纷点玉沙。虚过一冬妨底事，不曾款曲是梅花。"通衢驿所在的岐岭盛开梅花，满枝满山满地，雪白一片。杨万里目睹此美景，觉得在这里的时光没有虚度。他经过五华（古称长乐），又见梅花，作《晨炊浦村》："水出何村尾，桥横乱筱丛。隔溪三四屋，对面一双峰。过午非常暖，疑他不是冬。疏梅照清浅，作意为谁容？"水中倒映着梅花，婀娜多姿，让人觉得这并不是冬天。杨万里到达梅州程乡县，还见梅花，作《明发梅州》："市小山城寂，船稀野渡忙。金暄梅蕊日，玉冷草根霜。"另作《明发房溪》二首，其一为："山路婷婷小树梅，为谁零落为谁开。多情也恨无人赏，故遣低枝拂面来。"杨万里率军继续向丰顺进发，仍见梅花，所作诗句有"此地先春信，年年只是梅"，"客里清愁自无奈，却教和雨看梅花"。

杨万里从长乐到程乡，从程乡到丰顺，见证了梅州大地上到处盛开着梅花。梅花在寒冬腊月开放，在遐州僻壤开放，确实给杨万里带来了无比巨大的惊喜。他用诗歌如实地描绘了梅州的梅花，描其色，绘其姿，歌其情，并盛赞梅州梅花的壮观，表达了"只为梅花也合来"的喜悦之情。

后人正是从杨万里的咏梅诗中知晓，在宋朝的梅州大地梅花处处盛开。其壮丽的景象，也让后人激动、向往不已。南宋姚勉（1216—1262）作诗《和杨监簿咏梅》道："梅州参彻梅花髓，句中有味供绅绎。"清代沈大成作诗《花朝前三日，澄里招看梅花，自净香园泛小舠至蜀冈之麓，入栖灵寺，汲第五泉饮花下，天将雨遂返，以杨诚斋诗"只为梅花也合来"为首句得四绝》，其一道："只为梅花也合来，冷香阵阵水云隈。红桥北去勾留处，多半琼枝向我开。"由此可见杨万里咏梅诗的影响之大。

因此我们说，南宋诗人杨万里发现了梅州的梅花，并用诗展现了它的美丽和壮观。

比杨万里稍后几十年、同为南宋诗人的蒲寿宬，其诗赋予梅州梅花的文化和精神内蕴，同样令我们敬仰。

蒲寿宬，字镜泉，号心泉，福建泉州人。南宋度宗咸淳七年（1271）出任梅州知州。明代郭棐《粤大记》中记载："蒲寿宬，咸淳七年知梅州，性俭约，于民一毫无所取。"他爱护百姓，勤于政事，曾劝农，作诗赠程乡县令赵委顺，以古代七位人格高尚的贤人来共勉。他曾取两瓶曾井水，放置在案右以自警，并建亭于井上。曾井为五代后汉程乡县令曾芳所凿，其投药于井内，以预防瘴疠，民受其惠。后人题其亭曰："曾氏井泉千古冽，蒲侯心事一般清。"咸淳十年（1274），蒲寿宬秩满，被宋廷诏任吉州知州，他见南宋气数已尽，不赴任而返回泉州，隐居法石山。元末明初张以宁在为蒲寿宬之孙蒲仲昭所作的《蒲仲昭诗序》中说："蒲为泉故家，自其祖心泉公，已以故梅州守，察宋国危，遂隐身不出，读书泉上，遗诗若干卷。"入元后，蒲寿宬"不臣二姓"，是一位具有高尚节操的南宋遗民。他也是一位受儒家文化熏陶很深、汉化程度很高的文人，能诗而被时贤推重，著有《心泉学诗稿》，现存六卷，收录于《四库全书》之中。其诗被评价曰："今观其诗，颇有冲澹闲远之致，在宋元之际，犹属雅音。"

蒲寿宬现存关涉梅花的诗作超过 15 首，而确定吟咏梅州梅花的诗至少有 6 首。其中一首为《百花洲梅》："孤根宁不在栽培，枝北枝南春一回。尽道游鱼是佳馔，不知洲上有花魁。"百花洲，即程江与梅江汇合形成的沙洲，在梅州城南，洲上杂树生花。当地有谶语："百花洲尾齐州前，此地出状元。"蒲寿宬此诗想表达的是，百花洲上的梅花生之天然，在寒冬之际、春天来临之前灿烂开放，非常美丽，而人们只关注百花洲出状元的佳兆，忽视冷落了花中状元——梅花，令人遗憾。蒲寿宬视梅花为"花魁"（即花中的状元），使梅花具有了鲜明的文化品位。

蒲寿宬歌咏梅州梅花，赋予梅花以丰富的文化品格和精神境界，还体现在他的《梅阳郡斋铁庵梅花五首》中：

其一

广平一寸铁，不信句炼柔。
犹疑雪月竞，韬玉无处求。
神人藐姑射，夜趁嫦娥游。
缥缈不可见，天风想琳璆。

其二

孤山隐君子，搜索入幻眇。
方且判鸿濛，倏尔得一窍。
童鹤俱不知，吟成忽自笑。
翛然脱情尘，高标立寒峭。

其三

江南擅名胜，雅爱陆敬风。
岂无可以赠，折枝寄邮筒。
缄香不敢泄，千里一寸衷。
对雪感岁暮，白头漫西东。

其四

卓哉诚斋老，驱车陟崔嵬。
清风欲洗瘴，驾言为花来。
仰止冰玉人，念彼同根荄。
思翁不可说，江边重徘徊。

其五

枯株类铁汉，瘴疟不敢侵。
岁寒叶落尽，微见天地心。
阳和一点力，生意满故林。
至仁雨露泽，不觉沦肌深。

　　《梅阳郡斋铁庵梅花五首》为蒲寿宬吟咏梅州官署内铁庵旁的梅花而作。他几乎不关注梅花外在的色相形态，而着重歌咏与梅花相关的典故。

第一首写唐代名相宋璟（字广平，为人刚正，有"铁石心肠"之称）撰《梅花赋》，富艳婉媚。唐代诗人皮日休在《桃花赋》序中评论道："余尝慕宋广平之为相，贞姿劲质，刚态毅状。疑其铁肠石心，不解吐婉媚辞。然睹其文而有《梅花赋》，清便富艳，得南朝徐、庾体，殊不类其为人也。"他惊讶于像宋璟这样铁石心肠的人，竟能写出如南朝徐陵、庾信一样柔媚富艳的《梅花赋》！其中"藐姑射"指传说中的神仙。《庄子·逍遥游》中说："藐姑射之山，有神人居焉，肌肤若冰雪，绰约若处子。""琳璆"，指美玉。诗中的"藐姑射""嫦娥""琳璆"，都用来比喻白如冰雪、美丽似玉的梅花。

第二首写北宋隐士林逋，隐居在杭州西湖的孤山，终生未娶，几十年不入城市，种梅养鹤，人称"梅妻鹤子"，创作了《山园小梅》等名诗。第三首写南北朝陆凯作诗《赠范晔》。第四首写南宋诗人杨万里东征梅州赏梅花。第五首写北宋谏官刘安世曾被贬谪梅州。在这五首诗中，蒲寿宬除了重点写了与梅花相关的典故以外，还表现了梅花不畏严寒、独立高标的精神，如"翛然脱情尘，高标立寒峭""岁寒叶落尽，微见天地心"等句。

蒲寿宬在这五首咏梅诗中，着力表现与梅花相关的典故，赋予梅花以丰厚的文化内涵，使人们在欣赏梅花的色、香、形、韵等之外，还能认识到梅花的内在精神以及梅文化。蒲寿宬的咏梅诗，不仅表现了梅文化，也丰富了梅文化，如"枯株类铁汉"，将梅花比拟为"铁汉"刘安世，可谓发前人之所未发，新颖而且贴切。一位无名的南宋书生投诗给蒲寿宬，道："梅花落地点苍苔，天意商量要入梅。蛱蝶不知春去也，双双飞过粉墙来。"他无意中揭示出了蒲寿宬咏梅诗的意义——"不知洲上有花魁"，即希望人们应该发现梅花的美与梅文化的丰厚。

同为歌咏梅州梅花的诗歌，蒲寿宬的诗显然内涵更丰富。蒲寿宬不仅像杨万里一样，让人们知道了梅州梅花，他还进一步地表现了梅花的内在文化与精神。从杨万里到蒲寿宬，我们可以看到中国咏梅史的一个发展历程，即从歌咏梅花外在的形象到歌咏梅花内在的文化和精神。

（二）叶文保："地冻天寒送春来"

叶文保，号梅隐，梅州市梅县区人，生于元朝至正五年（1345），富商，好义知书。明洪武年间，盗贼猖獗，老百姓的生命财产得不到保障，叶文保的父亲被盗贼害死了，他发誓与贼盗势不两立。洪武十四年

（1381），县吏陈伏，纠合海阳盗贼头子饶隆海，里应外合攻占了程乡县。叶文保报告潮州府卫，派兵剿灭了盗贼，后来又多次资助官兵镇压盗贼。他捐助白银十万两，修筑城西北的城墙 578 丈，并置办石扇、南口、梅塘三处屯田，作为守城官兵的费用，有力地保护了城内百姓的安全，被人称作"叶半城"。民国时城墙拆除，人们将城墙所在的街道命名为"文保路"，以纪念仗义施财的叶文保。

梁伯聪在《梅县风土二百咏》中称赞叶文保："不惜捐金一手擎，卫乡卫国有英名。年年霜降迎同祭，义士千秋叶半城。"并作注解："……十四年，县吏陈伏，纠合海阳贼首饶隆海来攻，作内应。邑人叶文保潜陈当道，调军守御。十八年，拆西城垣，扩其基，筑石为址，上累以甓，建筑赀叶文保捐任。文保殁，人思其义，名之曰'叶半城'。既祀乡贤，复于岁时霜降日，州守委官迎神主于惠义孝悌祠礼之。"

叶文保为老百姓所作出的贡献，正像其咏梅诗所写的一样——"地冻天寒送春来"。

叶文保喜爱梅花，在自家庭院里种植了梅树，当腊月梅花盛开时，他就邀请朋友们来赏梅。兴高采烈之际，他吟诗《咏梅花》："邀朋三五赏梅开，地冻天寒送春来。玉骨冰肌人人赞，清香飘动入琼台。"梅花玉骨清香，在苦寒中送来春天的消息，给人间带来了美好，这也是叶文保高尚人格的形象写照。

叶文保还有一首咏梅诗："一院梅花万缕情，痴心偏爱伊精神。此生难作林和靖，月影仙姿倍觉亲。"此诗表达的是叶文保虽然是布衣，但不像宋代隐士林逋，他积极入世，为民谋幸福；他爱梅花的月影仙姿，但是更爱梅花洒向人间"万缕情"的奉献精神。

（三）李象元："吾家在梅州，自古梅所都"

李象元（1661—1746），字伯猷，号惕斋，梅州市梅江区人。清康熙三十年（1691）辛未科进士，授翰林院检讨、山东典试副主考。《乾隆·嘉应州志》称，清朝梅州科举登第者，"自象元始"，其学问品行，"为粤东最"。他亦是清朝梅州入翰林院的第一人。李象元生活俭朴，乐于周济穷人；好藏书、读书，诲人不倦，家乡文风日起，他有很大的功劳。他家教有方，其子李端，字山立，雍正元年（1723）癸卯恩科进士，选翰林院庶吉士，官江苏荆溪（今宜兴）县令；侄李直，雍正五年（1727）丁未科进士，选翰林院庶吉士；孙李逢亨，字方厦，乾隆十六年（1751）辛未科进士，选翰林院庶吉士。李氏家族"三代皆进士，一门四翰林"，传为佳话。

李象元在翰林院时，康熙曾以"梅须逊雪三分白"为题，命词臣赋诗。题目出自宋代诗人卢梅坡的《雪梅》诗："梅雪争春未肯降，骚人阁笔费评章。梅须逊雪三分白，雪却输梅一段香。"此诗以梅雪争春，让诗人评判优劣的构思，颇为新颖，生动有趣。李象元呈上一首诗作：

> 梅花雪片共含春，素质清姿各自新。
> 疏瘦寒葩堪比玉，霏微冷艳更离尘。
> 同承天泽原无竞，静玩瑶华却有真。
> 调鼎资梅耕赖雪，容颜虽异德仍均。

在诗中，李象元不写梅雪争竞，而写梅雪共春的美好意境。"疏瘦寒葩堪比玉"的梅，与"霏微冷艳更离尘"的雪，"同承天泽"却"各自新"；梅调鼎味，雪助农耕，各司其职，各显其优，构成了"德仍均"的和谐统一画面。这种歌功颂德的描写，呈现出太平盛世的景象。康熙阅后龙颜大悦，钦定为第一，并把亲自书写的唐代诗人王昌龄的《斋心》书法作品赏赐给李象元。后来，李象元以病乞归，建造"赐书堂"于梅城凤尾阁，并将诗文集取名为"赐书堂集"。

李象元作出如此诗歌，自有原因。其一，他是清朝应试服官的幸运者，年幼家贫，鱼跃龙门，进入了翰林院这一清贵之所，怎不对清王朝感恩戴德？康熙朝正步入盛世，李象元享受着太平盛世的怡然自适，自然会抒情于诗中。其二，李象元的家乡梅州是著名的梅花之乡，他领略过梅花的丰姿和梅实的妙用。其《题张梅北山观梅图》诗及《送冯子兴任叶县》诗反映出他对梅花、梅实相当熟悉。他面对家乡梅树的凋零，打算"买山植万株"，要恢复梅州梅花的盛况，使之名实相符。作为梅州人，李象元是十分看重"梅"的。

正是由于对梅花的熟悉和热爱，李象元在劝导亲朋好友们读南宋末年诗人翁森的组诗《四时读书乐》中"冬"的部分时，将读书的氛围营造为——梅花伴读。"我所爱兮寒风惊，卷尽彤云散晚晴。几阵昏鸦栖不定，萧萧古木挂残星。川崖水落白石出，蛾眉凝积千峰雪。松柏似有古人情，相对书空复咄咄。呜呼我歌兮歌且接，梅花开满罗浮月。"他所作的诗与翁森的《四时读书乐》有相似之处。翁森《四时读书乐》中"冬"的部分写道："木落水尽千岩枯，迥然吾亦见真吾。坐对韦编灯动壁，高歌夜半雪压庐。地炉茶鼎烹活火，四壁图书中有我。读书之乐何处寻？数点梅花天地心。"两人的诗作都写及寒天雪地中绽放的梅花，"梅花开满罗浮月"与"数点梅花天地心"，其用意都在于以"梅花香自苦寒来"的昂扬精神来激励所有读书人。

李象元行为世范，十分喜爱读书，《乾隆·嘉应州志》评其"生平好聚书，手不释卷"。他在耄耋之年回顾一生，作诗《十月望夜》道："月满中庭露气清，老人不寐独闲行。轻风叶槁斜飘户，小暖梅花暗作英。卧枕听更聋每误，移灯看字近分明。年来八十成何状，只作蟫鱼过此生。"大意为自己已是一个耄耋老人，耳朵失聪了，眼力尚可，当夜晚天气变凉时，睡不着而独自闲行，发现枯叶轻轻地飘过，梅花暗暗地开放，他愿意像书虫一样，在书中度过此生。在诗中，李象元提及了梅花，"小暖梅花暗作英"，给人一种振奋向上的活力。

综观李象元的咏梅诗可知，梅花在他的眼里绝无凄冷悲苦的色调，而是一种昂扬向上精神的代表。这也许是生在太平盛世，又家住"自古梅所都"的人，对梅花特有的一种感情。

（四）魏成汉："我欲为梅重修谱"

魏成汉（1704—1785），字云倬，号星垣，梅州市五华县横陂镇人。十九岁补县学生员，雍正乙卯十三年（1735）中拔贡。在湘、鄂、京、川、滇等地当过官，历任知县、知府、道台等职，年老乞休归，八十二岁卒。为官清正廉明，政绩卓然，有"古循吏"之名。喜读书，博通经史，著作颇丰。

其诗多为纪游、酬答之作。因辗转多地当官，魏成汉将其诗作结为《浮萍诗草》四卷，曾作《感怀》诗云："自笑行年届古稀，未知六十九年非。无边宦海浮沉人，赢得诗笺满箧归。"其诗风精悍雄健，博厚有味，时人评价甚高。

魏成汉的诗歌也写及梅花。例如，他的《除夕》道："揩肘何年预草麻，明朝岁序又新加。空怀壮志骥千里，遥指白云天一涯。独对孤灯浇柏酒，那堪细雨滴梅花。湘南自古愁羁客，纵得安居未是家。"此诗作于魏成汉任湖南衡阳县令时。诗中"那堪细雨滴梅花"的凄冷景象，很好地渲染了诗人在新旧更替的除夕，空怀壮志、羁愁天涯的漂泊心境。《小阳春》中的"篱菊秋光老，江梅月影凉"和《长沙二尹石闻涿寄诗见怀次韵答之》中的"鬓毛已染征夫雪，心事难传驿使梅"，都借梅花传递出了诗人难言的凄凉。

值得注意的是，魏成汉的咏梅诗《春梅次罗晓山韵》别具一格：

> 咏梅诗句盈缃帙，平心讨论谁第一。
> 扬州官阁不尽传，却月之什真无敌。
> 笑指冷衙西斋梅，春酣犹喜见花开。
> 造物好奇连朝雪，分明欲与花相猜。
> 闰年之花今如许，我欲为梅重修谱。
> 煮酒与君细商量，落笔莫与石湖伍。

第一位为梅花修谱的人是"南宋中兴四大诗人"之一的范成大，他晚年赋闲于苏州石湖，自号石湖居士，开辟场屋，名曰范村，栽梅种菊，撰写了《范村梅谱》，这是世界上第一部梅花专著。随后，南宋人张镃的《梅品》、宋伯仁的《梅花喜神谱》、赵孟坚的《梅谱》、陈景沂的《全芳备祖》以及元代人吴太素的《松斋梅谱》等梅花著述，相继问世。魏成汉也想为梅花重新修谱，且与范成大《范村梅谱》的写法有所不同。魏成汉的这一想法，表现出了他对梅花喜爱之深，以及对梅花的相关知识掌握之丰富。

可惜，我们现在无法考证魏成汉是否真的为梅花重新修谱，但是他明确地表达"我欲为梅重修谱"的想法，让梅州后人多少可聊以自慰。

（五）蓝钦奎："不如翘首看梅花"

蓝钦奎（1706—1785），字景先，梅州市梅江区人。从小家境贫寒，在考取秀才后，多次赴广州参加乡试，均名落孙山，遂于梅城坐馆谋生。清雍正十一年（1733）考中进士，任户部主事，其家才摆脱贫困。

某年除夕，左邻右舍都操办酒宴，热闹喜庆，唯独蓝钦奎家清锅冷灶。他写了一首诗，自我解嘲："东邻设宴送除夕，西舍开筵贺岁朝。只有老夫忘肉味，一盘豆腐到元宵。"当时他还年轻，却自称"老夫"，其沧桑之感，自不待言。

他的妻子经常抱怨，开门七件事——柴米油盐酱醋茶，样样无着落。蓝钦奎每以"自然有"安慰她。一日债主上门，他却找借口溜出去赏梅花。梅花在寒风中盛开，繁花清香让蓝钦奎暂时忘记了烦恼，他翘首昂立，学习梅花坚强不屈的精神。他想起了明代"江南四大才子"之一唐伯虎所作《除夕口占》："柴米油盐酱醋茶，般般都在别人家。岁暮清闲无一事，竹堂寺里看梅花。"以及民间一位无名氏写的《避债》："门前索债乱如麻，柴米油盐酱醋茶。我也管他娘不得，后门走出看梅花。"蓝钦奎触景生情，不由胡诌一首诗："柴米油盐酱醋茶，件件都在别人家。今日自然然不得，不如翘首看梅花。"梅花可解忧除愁，疗饥御寒，催人奋进。于是蓝钦奎更加勤奋，寒窗苦读，坚持不懈，终于考中进士。

乾隆十年（1745），蓝钦奎出任西安知府，后改任山西按察使。乾隆三十年（1765），署理山西巡抚兼提督。他清正廉洁，政绩卓著，深得皇帝赏识与百姓爱戴。

乾隆五十年（1785），乾隆皇帝第一次举办千叟宴，已79岁的蓝钦奎应召赴京。宴会场面壮观，喜气洋洋。蓝钦奎被皇帝赏赐御制诗章、寿杖、玉如意、朝珠、绸缎、带板等十七件珍品，荣耀至极。蓝钦奎特别兴奋、自豪，受赐后作诗《千叟宴受赐》："酒赐千钟春浩荡，庭饶五世福绵延。幸逢嘉会蒙嘉赏，恩重如山岂易肩。"

与上文蓝钦奎胡诌的那首诗对比，可见其前后命运悬殊犹如天壤，真是"梅花香自苦寒来"啊！

（六）曹延懿："试种梅花看结子"

曹延懿，字九咸，号蓬庵，江苏太仓人，康熙三十年（1691）考中进士，被任命为程乡知县。他来到梅州，任职五年，精干有为，为百姓办了许多好事，如严保甲、练乡壮、惩讼师、设义学、节费宽征等，力反积习。他著有《蓬庵诗集》《蓬庵词》。《乾隆·嘉应州志》载录了他的两篇文章——《增建周王二先生祠更额九贤书院记》和《重建凌风楼记》。前者记载将七贤书院更名为九贤书院，在原祭祀刘安世、文天祥、张九龄、狄青、蔡蒙吉、韩愈等的基础上，增祭周敦颐、王阳明的祠位；后者阐述重建凌风楼，将四角楼改建成八角楼，寓"八面通八风"之意，让人慨然兴起读书致身之志。为将梅州建设成文化之乡，曹延懿确实作出了许多贡献，尤其是他大规模种植梅花，更是传为佳话。

曹延懿热爱梅州，从他的诗《初临程乡》可知："指点梅州胜，溪山万迭幽。峰悬双笔峻，洲涨百花浮。粘稻春先莳，天蚕岁再收。三时耕作苦，力役漫征求。"他希望把梅州建设好，其举措之一，是率领民众在城东十二里的阳东岩附近栽种成百上千株梅树。这是梅州历史上第一次被记载的人为批量种植梅花的盛举。

曹延懿在阳东岩大规模种植梅花，并赋诗记其事，云："试种梅花看结子，青酸一样斗风流。"他作为知县，大量种梅，无疑起到了提倡和示范作用，带动了梅州植梅的风气，延续了梅州产梅的历史，为今日将梅州打造成梅花乡奠定了基础。梅州盛产梅花的名声，广为传播。

当时，阳东岩成为文人雅士赏梅的佳处，每当梅花开放时，人们"买舟载酒，游览阳东岩，赏梅赋诗"。乾隆举人、梅州人林孟璜曾探梅阳东岩，作诗《阳东岩探梅有怀曹尹》："昔日曹县令，植梅于此山。时从风雪里，来叩白云关。余亦同潇洒，南枝几度攀。斯人渺不接，空对夕阳间。"他慕名而来赏梅，表达了对曹延懿县令文采风流的倾慕和不能相遇的惆怅。盛开的梅花，使林孟璜感动，让他觉得与曹县令"同潇洒"。

另外，梅州人张芝田《梅州竹枝词》中云："江面山稀一塔尖，阳东岩邃好穷探。问谁肯学曹公雅，补种梅花护佛龛。"描绘了阳东岩的景色，赞扬了曹延懿的风雅，亦表达了补种梅花的愿望。

"问谁肯学曹公雅？"张芝田的这一发问，的确有现实意义。因为到了清朝末年，梅城的梅树已经衰败，梅花难觅。当时的钟莲生作诗《梅城晚眺》："梅山梅水仰清华，一路芳菲眺望赊。笑煞县名香万古，城前城后少梅花。"华侨巨商、梅县松口人张榕轩亦云："吾梅夙号梅花乡，处处人家梅树旁。不知何时经剪伐，根株拔尽敛英芒。"

幸好，曹公的植梅风雅，已经得到今天梅州人的继承和发扬。1994年12月，梅州召开世界客属第十二次恳亲大会，通过了《建设梅州市为梅花乡》的提案。1995年春，从武汉中国梅花研究中心等处引进的数千株梅花苗木被种植在梅州。1996年5月2日，梅州市梅花协会成立。现在，梅城及其周边地区，已大规模种植梅树，达数万株。每年元旦前后，梅花开放，到处弥漫着梅花的清香。

（七）黄岩："手捻梅花春意闹"

黄岩（1753—?），字耐庵，又字峻寿，号花溪逸士，清乾隆年间贡生，梅州市梅县区人。黄岩著有《花溪草堂稿》《花溪文集诗集》《岭南荔枝咏》《医学精要》《眼科纂要》等，可知他擅长诗文，精通医术。《梅水诗传》卷九载黄岩诗18首，附小传云："……著有《花溪草堂稿》。耐庵先生著作等身，诗尤苍老，纯乎唐音。刻峻后，始得搜以殿全集，庶无愧色。"对他评价甚高。黄岩是诗人，也是小说家，40岁时创作了一部英雄儿女小说《岭南逸史》，罗可群在《广东客家文学史》中评其为"客家小说的滥觞之作"，在客家文学史中影响较大。

在黄岩现存不多的诗歌中，我们不见他吟咏梅花，但是，他爱花毋庸置疑。他有一首《饮酒》诗写道："饮酒须对花，花是酒中友。凌晨看花行，美酒常在后。花香袭人衣，酒色荡春柳。呼奴列杯盘，折花插左右。酒不辨清浊，花不择好丑。系花便当看，系酒便适口。日暮酒不继，对花殊愧负。花若怜我情，语我谋诸妇。对花谢长揖，感子意良厚。子当力自爱，吾当罄所有。"语言幽默风趣。

然而在小说《岭南逸史》中，黄岩写到了梅花，而且着力刻画了梅花式的女性形象。《岭南逸史》是一部叙述明代客家才子英雄黄逢玉，与客家女张贵儿以及瑶族女李小环、梅映雪和谢金莲等先后定情结合，共同对抗火带山强盗的章回小说，表现了古代客家人的爱情生活，以及客家人斗争而融合的社会生活。

小说第十回描写了岭南疍户寄身江水、生来不嫁、随意歌乐的别具特色的生活，正如小说中珠姐、云妹所唱的歌谣："手捻梅花春意闹，生来不嫁随意乐。江行水宿寄此身，摇橹唱歌桨过滘。"将梅花与疍户的逍遥自在生活联系在一起，富有美感。

小说第二回描写女主人公张贵儿的生长环境——罗浮山梅花村："行了数日，忽到了一个所在。一眼看去，山上山下，篱边溪旁，没缝的都是梅树。其时已是三月初旬，绿叶成荫，青子满枝。走将进去，幕天席地的都是。那绿荫中间，一道寒流潺湲可爱，两边有十数人家，竹篱茅舍，梅荫映带，雅韵欲流。"石桥边有一亭，匾题"师雄梦处"。小说坐实了这个传说：隋朝开皇年间，赵师雄游玩罗浮山，与一"言极清丽，芬香袭人"的美人共饮欢爱，"一绿衣童子歌舞在侧"。天明醒来，师雄"独自一人卧于大梅树下，上面翠羽啾嘈，月落参横而已"。接着，小说描写男主人公黄逢玉眼中的张贵儿——一位活泼与守礼的客家女子："原来是一个垂髫女子，年可十五六岁，拿枝小竹竿，在那里戏击青子。见逢玉走进来，徐徐放下竹竿，敛步而退。"她的美貌把黄逢玉看呆了。后来，张贵儿被父亲许配给黄逢玉。两人相遇、许亲的情节，让人联想起《诗经》那一首委婉而大胆的求爱诗《摽有梅》："摽有梅，其实七兮。求我庶士，迨其吉兮！摽有梅，其实三兮！求我庶士，迨其今兮！摽有梅，顷筐塈之。求我庶士，迨其谓之！"诗歌以梅起兴，表达了渴求爱情、珍惜青春的愿望。这美好的愿望，在两个客家青年男女黄逢玉和张贵儿身上，得到了实现。

作者黄岩有意将生长在梅花村的张贵儿，刻画成梅花的形象："梅花香自苦寒来。"在作者的安排下，"才情志节颇异庸流"的张贵儿，经历了一系列磨难：先是强盗夜袭张家，她与父母失散，女扮男装，独自长途跋涉，走到已订婚的黄家，孝敬公婆，并图谋复仇；后来在寻夫途中，身陷贼窟，依旧着男装的张贵儿以镇定的情绪、渊博的学识、潇洒的谈吐，折服了强盗头子蓝能，却被他强招为女婿；接着，张贵儿充分展现她的智慧，巧施计策——苦肉计和调虎离山计，完全赢得了蓝能的信任，授以兵权，封为军师，总督全部兵马；最后，她与统率朝廷军队、前来征剿的黄逢玉里应外合，一举歼灭了蓝能和众贼寇。张贵儿被作者黄岩安置在逆境中来刻画，丧家逃亡，身陷贼窟，她凭着过人的机智和胆识，经历种种磨难与考验，终于剿灭贼寇，立下大功，与亲人团圆，真所谓"梅花香自苦寒来"。张贵儿在小说中是一位梅花式的客家女性形象。

小说中另一位重要的女性人物梅映雪，也具有梅花般坚贞顽强的品格，人如其名。梅映雪敢爱敢恨，为了获得爱情，不惜发动大规模战争，为了营救丈夫，甘愿负荆请罪，放下面子，在战场上也能做到奋勇杀敌，视死如归。关于小说描写为了爱情而发动的战争，苏建新、陈水云在《〈岭南逸史〉：一部〈三国演义〉化的才子佳人小说》中评："其规模之大、势头之盛，令荷马史诗里特洛伊人与阿凯亚人为美人海伦发起的那场举世闻名的战争黯然失色。"在这些情节中，梅映雪被塑造成梅花式的人物，形象鲜明而生动。

《岭南逸史》中的主要女性形象，兼具佳人与英雄的才、美、善、胆、识、情、力等诸多优秀品质，是多元素质的完美组合体。西园老人为《岭南逸史》作序说："《逸史》者，离奇怪变，盖不知其几千万状也。即女子也，而英雄，而忠孝，而侠义，而雄谈惊座，智计绝人，奇变不穷，抑亦新之至焉者乎？"他赞扬《岭南逸史》塑造女性形象的成功。张俊在《清代小说史》中也说："但故事易闺阁佳人为巾帼豪杰，写她们凭借自己的机智既救黄逢玉于危难之境，又同力襄助他建功立业，表现了她们的痴情和胆略。比之其他同类小说，也颇有创意。"《岭南逸史》中这些新颖、成功的女性形象，张贵儿和梅映雪尤具代表性。她们这类梅花式的客家女性人物，体现了古代客家女性坚贞纯洁的品格。《岭南逸史》在一定程度上反映了古代客家女性的生活状况、思想感情以及超常的社会能力。

作为一名诗人，黄岩是爱花的，虽然我们没能从他的诗歌中看见梅花，这是一种遗憾，但是，从他的小说中我们却发现了梅花式的、新颖的客家女性形象，这也是一种意外的惊喜。

（八）宋湘："梅花自是君家物"

宋湘（1757—1827），清朝诗人、书法家、廉吏。宋湘极爱花，他居南寄北，走东闯西，与花结伴，不仅野外赏花，买花，瓶内插花，庭园种花，还为花吟诗作对。他的诗赋集《红杏山房集》保存了许多咏花诗，有名句"十载朝官诗一卷，三分花事七衔杯"。他亲自种植花木，并作《种花三首》等诗。他对花木饱含感情，当他离开京城、赴任云南曲靖知府时，作诗《出守云南留别园中花木》："匆匆万里出门时，行过药栏有所思。老屋只容花住稳，旧巢应有燕来知。寻常风雨篱关早，迢递云山竹报迟。桃李海棠俱手植，向人开拆莫离披。"他还作了《庭中花木朝夕相对，各赠一绝句，得二十七首》等咏花诗，歌咏了菊花、兰花、桃花、李花、梨花、荷花、茶花、海棠、牡丹、杜鹃花、水仙花、木棉花等。宋湘歌咏梅花最多。

宋湘的朋友鲍桂星在《觉生诗钞》卷四《题宋芷湾同年（湘）洱海诗，即送其还滇守任》中云："……忆我别君黄鹤楼，君南我北几春秋，至今梅花江上愁。梅花自是君家物，铁作心肠冰作骨，写入诗篇生气勃……"认为"梅花"是宋湘的家中物，梅花自有"铁作心肠冰作骨"的品格。

家乡梅州盛开梅花，给儿时的宋湘留下了美好的印象。成年后，他在惠州生活了近三年，任丰湖书院山长，视惠州为自己的第二故乡，他认宋代贬谪惠州的大文豪苏轼为同乡，"私公如桑梓"。惠州梅花开放，尤其罗浮山，更是赏梅胜地。宋湘饱览了惠州梅花的丰姿和神采："簇新亭子近书楼，新种梅花一百头。""处处梅花处处仙，村村卖酒在人间。""欲问罗浮月，梅花只掩关。""于是梅花之英，翠羽之灵，开林启扉，有情无情。"

古代咏梅诗，将梅花当作报春的使者，将梅花视为友谊或者故乡的象征。宋湘观赏梅花，也产生了思乡怀人的情感。他晚年在湖北任官，友人吴兰雪送来《九里梅花村舍图》，请求题诗，他抑制不住对梅花的喜爱和对故乡的思念，情感喷涌而出："为君题署村舍图，老农老农莫诋吾。我便提携明月到，打门呼酒招仙姑。罗浮狂客天下无，一醉千年今始苏，但认梅花不认庐。九里梅花在何处？请农先约梅花去。"梅花几乎幻化成了宋湘灵魂深处的故乡。

梅花是宋湘的家中物，离家的他将梅花视作故乡的象征。

宋湘的好友法式善曾作诗："使者生岭南，翩若孤鸿矫。雄篇亚韩杜，硬语出幽窈。中有梅花魂，着我芦帘裒。""使者"即指典试贵州的翰林院编修宋湘，认为其诗有"梅花魂"。

单从宋湘的咏梅诗来看，其作品确实表现出了梅花魂，即"傲雪凌霜""梅花香自苦寒来""淡泊宁静"等高尚操守。宋湘在其咏梅诗中，想象梅花将在"雪皑皑"的环境中绽放，品质顽强，格外动人；也表现了宋湘人生的惨淡和其坚韧不拔的精神。其赋《自锄明月种梅花赋》，刻画了梅花品质的卓绝，"镂冰为骨，刻雪作花"，恍若藐姑仙子。坚贞耐寒，超绝群芳，"桃李不敢蕊，牡丹不敢芽；山礬失其丽，山茶失其夸"。其诗《初夏独游龙泉观访古梅，题诗而返》，写初夏访龙泉观唐代古梅的所见所思所感，前半部分将古梅比作"壮士""将军"，称赞它"美人石肠青铁肝，中有万古相思魂"；后半部分写宋湘离家，在"荒山野水""蛮烟瘴雨"之地当官，得不到家乡的消息，"清梦久隔罗浮村"，因而萌发了辞官归隐的念头，戴上"角巾"，穿上"青鞋布袜"，假装隐士，"心迹要与林逋论"，从中表达了他归隐家乡的强烈感情。其《庭中花木朝夕相对，各赠一绝句，得二十七首》之《赠蜡梅》《赠梅》诗，都高度赞扬了梅花高洁清逸的品质。

宋湘的咏梅诗，借梅花表达了他的"梅花魂"——隐逸情怀。这鲜明地体现在他的《又游龙泉观看梅，感赋四律，仍题观壁》中。其一曰："潭水有神应识我，扁舟夜夜五湖边。"其四曰："若笑作诗人怪诞，梅花心事月光知。"作者以范蠡在越国灭掉吴国后，携西施归隐江湖的"范蠡泛五湖"典故，表达了他的"梅花心事"，即辞官归隐的心愿。"问客何因发兴孤，十年廊庙一江湖。青云富贵家家有，白日神仙处处无。放我出头争此著，弃家学道亦迷途。芒鞋竹笠青衫子，随意藜端挂酒壶。"此诗更加明确地表达了他辞官归隐的愿望。

宋湘的咏梅诗表达了他的隐逸情怀，可见他在清廉为官、勤政爱民时，仍有出仕之想，这反映了他长期离开家乡，在僻远的异乡任官，对故乡的热切思念，以及对官职不能升迁可能也有委婉的牢骚。宋湘的咏梅诗表现了他的真性情，从中我们可以了解到一个真实而丰满的宋湘。

在宋湘的《红杏山房集》中，其咏花诗以咏梅为最多，其次是咏菊。《秋晚》云："看过菊花秋事尽，好留明月照梅花。"梅花、菊花，由于品质高洁，同列为"四君子"，而成为宋湘的心爱之物。

宋湘在庭院里种植花木，其中必定有梅花。其赋《自锄明月种梅花赋》记叙了他"凌晨觅种，入夜荷锄"，在明月之下"郑重"植梅的情景，他认为梅是万木之中的"冠""魁"，"苟博观而选俊，更谁比于斯梅"。在明月下种梅，宋湘觉得自己也变得高洁起来："客有冰雪盟襟，清芬诵志，谢绝纷华，独标远致。"庭院里有梅，宋湘可以与梅花朝夕相对，感受其品质一流："拟聚黄金再筑台，置花高处看花开。陇头驿使还迟到，先报天心几日来。"

宋湘有时从野外采摘一枝梅花回来，插入瓶内，欣赏其芳华清香：

"独有梅花无限清，入瓶十日香如生。酒场易散仙人谪，自抱千秋万古情。"

有一年，梅花开了，宋湘却生病了，不能出去赏梅，他觉得很遗憾，于是责问自己和梅花："问我何为花日病，昏昏自塞众妙门。梅又何为病日花，默默只倚天何言。"病好后再去看梅，梅花早已谢了，树上"青子垂一园"，宋湘叹息不已，期望来年能一边赏梅一边喝酒，享受赏梅之乐。

在云南任官时，宋湘听说附近龙泉观有一株唐代的古梅，即使此时初夏无花，他单独一人也要去探望，"山尖片月光当门，留诗壁上花应闻"。后来他又再三前去观看，与古梅相对，题诗在壁。

朋友作补梅图，请宋湘题诗。他欣然而作，称赞朋友的"补梅"佳话。

宋湘作的咏梅诗，在其咏花诗中占比最大，更说明了他钟爱梅花。他的咏梅诗，或只点出梅花，不展开描写；或歌咏梅花，刻画详细。前一类作品，仅点出"梅"或"梅花"，如实而写，写的是真实的植物，并无深意；后一类作品，详细地描绘梅花，属于典型的咏梅诗作，通过描绘其姿态、神韵和品质，酣畅淋漓地倾泻出他对梅花寄予的复杂情感，托梅言志。他的咏梅诗，继承和发扬了中国古代咏梅诗的传统。

宋湘的咏梅诗，完全是他心灵的真实写照，体现了他的诗歌创作主张："我诗我自作，自读还赏之。赏其写我心，非我毛与皮。人或笑我狂，或又笑我痴。狂痴亦何辞，意得还自为。"

我们从宋湘的咏梅诗中可以知道，宋湘是梅花的知音，梅花是宋湘的精神安慰，也是他的精神家园。

（九）王利亨："巡檐瞥见玉精神"

王利亨（1763—1837），字襟量、汉衢，号竹航、寿山、寿山道人、寿山外史，梅州市梅县区人。乾隆五十四年（1789）中举人，嘉庆六年（1801）中进士，官翰林院庶吉士。嘉庆十四年（1809），铨选山西广灵知县，曾短暂署理过襄陵知县。因政绩卓著，道光元年（1821）升任忻州知州。道光四年（1824）丁母忧，致仕归家。三年后，掌教潮州韩山书院，前后约十年。精通诗书画，被誉为"三绝"，还喜古琴，工篆刻。诗集《琴籁阁诗钞》于道光八年（1828）刊印，道光十二年（1832）又重新结集刊刻，共十九卷。诗作养粹功深，富有灵气，出于自然，名句颇多，与宋湘、李黼平并称为"三杰"。现代诗人侯过赞曰："绣子诗格追盛唐，出入杜陵与杜曲。平分三杰宋王李，百年物聚惊凡目。"王利亨绘画擅长山水、人物，以及花鸟鱼虫、兰竹松梅。晚年在韩山书院传道授业，过着传统文人诗书画印琴的雅致生活。

王利亨写有多首咏梅诗，相比宋湘、李黼平，他更喜欢正面地歌咏梅花。宋湘、李黼平咏梅，诗题都较长，而王利亨咏梅，诗题则简明直接，这样的诗作有《咏红梅》《梅花》《早梅》《赏梅》《探梅》《养梅》《看梅》等。宋湘、李黼平咏梅，除了吟咏梅花的姿态、神韵和品质外，还会交代题目中所关涉的事件，由于篇幅较长，故多采用古体诗形式；王利亨咏梅，因为专注、集中，篇幅都不长，主要采用近体诗形式。宋湘、李黼平的咏梅诗，可以让读者看到作者的人生经历、爱梅之情以及对梅花品格的揭示，而王利亨的咏梅诗，几乎看不到作者的真性情，更注重反复地吟咏梅花的色相与内在精神和文化。

例如，王利亨的《梅花》："一笑无寒岁，凋残例可忘。霜桥光皎皎，石骨晚苍苍。铁干千年质，冰胎太古装。回看摇落处，天地尚荒凉。"专门描写梅花盛开的状态，即在寒岁荒凉时节，霜桥映射皎洁的冷光，乱石嶙峋，暮色苍茫，梅花却傲然地开放，并着意刻画梅花"铁干""冰胎""太古装"等特征，展现其坚韧、古朴的精神面貌。"一笑无寒岁"，梅花的顽强精神使人乐观。又如《早梅》："岭表寒香气已腾，试开东郭且重登。枳篱犬吠天初雪，溪岸渔归水正冰。昨夜高楼微有笛，几家村舍静如僧。松篁一径谁为伴，记得芒鞋庋未能。"也集中笔墨描绘了早梅盛开的景象，环境寂静，梅花的香气已腾空而起，吸引着人们脚穿芒鞋，踏雪寻访。诗歌刻画出了"梅花香自苦寒来"的特点。

除了直接描绘梅花及其所处环境外，王利亨的咏梅诗中还常运用典故，以表现梅文化的丰富和深厚。其诗云："索句曾闻此韵仙，捻须相对倍缠绵。段断鹤背叉双手，灞桥驴头耸两肩。邗上再开何逊阁，江南重擘庾郎笺。广平不作婵娟态，铁石心苗也吐妍。"其中"索句"借鉴了宋代范成大《再韵答子文》中的"肩耸已高犹索句，眼明无用且缮书"；"捻须"借鉴了唐代卢延让诗《苦吟》"吟安一个字，捻断数茎须"；"段断鹤背"借鉴了唐代司空图诗《杂题二首》"世间不为蛾眉误，海上方应鹤背吟"；"灞桥驴头"借鉴了唐代宰相郑綮被人问起是否有新作时所回答的"诗思在灞桥风雪中驴子背上"。"邗上"，指扬州，南朝梁人何逊有诗作《扬州法曹梅花盛开》。"庾郎"，指南北朝文学家庾信，他有诗作《梅花》："当年腊月半，已觉梅花阑。不信今春晚，俱来雪里看。树动悬冰落，枝高出手寒。早知觅不见，真悔着衣单。""广平"，指唐代宰相宋璟，撰《梅花赋》，富艳婉媚。这一首诗几乎一句一典，强烈表现出了梅文化的丰富多彩，读者要有较高的文学修养才能领会。故有人评价道："诗辞旨忠厚，惟喜引僻事，时有涩语。"

王利亨的咏梅诗，专一写梅，好用典故，在写法上独树一帜。这一特点也体现在其诗作《赏梅》中："巡檐瞥见玉精神，阁外寒葩索笑频。""巡檐"，指在屋檐下来回走动；"索笑"，即得到欢笑。"巡檐""索笑"两词，来自唐代杜甫的诗《舍弟观赴蓝田取妻子到江陵喜寄》其二："巡檐索共梅花笑，冷蕊疏枝半不禁。"由此也反映出王利亨喜用典故，深谙梅文化。"瞥见玉精神"，表明王利亨欣赏梅花，所重视的仅是梅花的"玉"精神，因此专心刻画这种精神；"索笑频"，表现王利亨歌咏梅花的用意在于突出乐观主义精神。

读王利亨的咏梅诗，我们仿佛看见了一位富有深厚传统文化底蕴的、具有高雅情趣的文人，他关注梅花的焦点在于：梅花本身的形象和梅花内在的精神与文化。

（十）李黼平："吾州亦是梅花国"

李黼平（1770—1833），字绣子，又字贞甫，号著花居士。他出身于书香门第，幼颖异，十四岁作《桐花凤传奇》，受人称赞。清朝嘉庆三年（1798）中举人，嘉庆十年（1805）中进士，任翰林院庶吉士，后被授为江苏昭文县知县。《清史稿》载："莅事一以宽和慈惠为宗，不忍用鞭扑，狱随至随结。公余即书一编，民间因有'李十五书生'之目。以亏挪落职系狱，数年乃得归。"他理政处事，宽厚仁慈，尤热爱读书。后改革漕运陋规，为奸吏诬告而入狱七年。出狱后，被两广总督阮元聘请为广州学海堂书院主讲，后又在广州越华书院、东莞宝安书院教书。他治学严谨，工文字学，善考据，精乐律音韵，著述甚丰，有诗集《花庵集》八卷以及《吴门集》《南归集》等。

李黼平的诗歌关注现实，真实记录了其人生遭际，乃其"心声所发"。诗风雄直，情感丰沛，在清代中期拟古诗潮中卓然而立，与袁枚的性灵诗南北呼应。李黼平与宋湘、黄香铁、黄遵宪、丘逢甲，被称为嘉应五大诗人。古直的《客人三先生诗选》中，将李黼平与宋湘、黄遵宪并列，说："三先生诗，光焰万丈，江河不废。"现代诗人侯过认为，李黼平的诗、王利亨的画、宋湘的书法，乃梅州"三杰"，鼎足而三。后人评说："绣子先生诗，不特粤中之冠，且有清二百余年风雅宗主之称也。"由此可见李黼平在诗坛的地位和影响力。

在诗中，李黼平曾自豪地宣称"吾州亦是梅花国"，表达了他对梅花的喜爱，对梅花高洁坚贞品质的推崇。梅花确实慰藉、激励了李黼平。

李黼平的弟弟曾经在梅花胜地——位于江苏吴中区西部的邓尉山，和根拔出了一株梅树带回梅州老家。时任昭文县知县的李黼平兴奋地写下诗歌《送舍弟升甫携梅还里》，道："吾州亦是梅花国，八口家依北枝北。老人爱花尤爱梅，野市溪桥远移植。一冬篱落初未花，思见江乡嫩寒色。君看邓尉花正肥，便和根拔携将归。悬知老人倚门待，紫蒂细英照衣采。亲交竞讶一枝春，小屋中涵香雪海。"邓尉山因东汉大尉邓禹隐居于此而得名，此地广植梅树，开花时一望如雪，名为"香雪海"，闻名遐迩。其弟携邓尉山之梅而归，"尤爱梅"的李黼平会多么惊喜！"亲交竞讶一枝春，小屋中涵香雪海"的场面，极其温馨欢快！这是由梅花带来的思乡念亲的深情，李黼平情动于中。

李黼平"少与梅结邻"，熟谙"故里东村百事新，残年风物也娱人。夭桃爱与梅相见，白雪红云不是春"的故里风物，以及"一院梅花春月好"的风景，对梅花的姿态、品性有深切的了解。在其诗《客有送梅花者索诗为谢》中也体现了出来："诗人于此花，遗貌欲取神。荒寒写风雪，孤洁出埃尘。……东村精庐畔，老树郁轮囷。左右带修竹，苔径研荒榛。高寄山泽内，怡然自含春。鲜云尽日闲，皓鹤终古驯。凭君说格韵，不类清与贫。今见铜坑秀，益宜玉堂珍。持问花亦笑，即此知吾真。"

孰料宦途艰险，李黼平竟因改革漕运陋规而身陷囹圄。"漕运"，是清朝的一件大事，即把南方的粮食通过河道转运到京城，清廷赖"漕粮"而存。李黼平的门生梁廷枏在《昭文县知县李君墓志铭》中说："昭文故岁收漕，奸民倚为衣食薮，师惩治之，则饰诉上官。缙绅以寡交往，故视之漠然也。会交代有弊，师病不亲察，又家远，至食指繁，费不时节，竟以亏空免官，系省狱。"说的是李黼平任昭文县令，管理漕运，改革漕规，惩治那些中饱私囊的奸吏，不料反被他们饰词中伤，"竟以亏空免官，系省狱"。"亏空"，并非李黼平贪污，而是管理不善所致，所谓"交代有弊""病不亲察"。于是，宽和慈惠的李黼平，与缙绅"寡交往"，老家又远，无钱赔偿，就不得不承担亏空的后果，坐了七年牢。

出狱后，李黼平情不能已，作《出狱》一诗言志抒怀："茫然返旅舍，有若久客归。握手见吾弟，欲言泪先挥。怀锦兼奉壶，六年靡不为。非君笃灭显，孰脱死丧威？招魂墙角根，蝴蝶同翻飞。传呼急丐沐，一洗尘与灰。"他出狱返舍，恍如隔世，与胞弟握手相见，深情地感谢他几年来的辛劳付出。"不知何处闻，戚友叩门来。邻叟亦迭至，杂坐团栾围。往居高城里，寒雨雪霏微。庭空悄无人，独处心暗摧。今夕定何夕？四壁明灯辉。"亲朋闻讯而来，团团围坐，灯光明亮，温情拂面，而狱中的苦难，已让他身心遭到严重摧残。"岁晏为予华，水仙红玉梅。梅以兴君子，清高冠瑶台。如仙寿命长，游戏穷九垓。随声各善祷，软语春风吹。反思良会艰，既是恐复非。为叹荷俦友，且愿停角杯。故山邈以递，曷月瞻庭闱！"又一年将要过去，水仙、红梅开放，它们给了李黼平精神上的激励；如此欢会，恍然在梦里……

"梅以兴君子，清高冠瑶台。"生在"梅花国"的李黼平，是深知梅花高洁坚贞的品格的。也许正是因为梅花陪他度过了一生中最艰难的岁月，促使其晚年献身于教育，最终成为岭南诗坛一颗璀璨的明星。

（十一）吴兰修："梅花开后最思家"

吴兰修（1789—1839），原名诗捷，字石华，梅州市梅县区松口镇人。嘉庆十三年（1808）戊辰恩科中举，官广东信宜书院县学训导，后任广州粤秀书院院长。阮元任两广总督时，开办学海堂，吴兰修为八位学长之一。精通经学、文史、算术，工诗词。名其屋曰"守经堂"，榜其门"经学博士"，又云"食四十两俸，藏三万卷书"。著有《南汉纪》《南汉地理志》《南汉金石志》《端溪砚史》《方程考》等，并撰诗集《荔村吟草》和词集《桐华阁词钞》。

吴兰修不愿当诗人或词人，曾云"唤作词人，死不瞑目"，但是，他的诗词创作很有成就，诗清丽，词别有风韵，"出以天然，词笔天生，一时无两"。他更愿意当一名学者，训导任满后，推辞荐举，要著书立说，"我本前生是蠹鱼，寒灰辜负力吹嘘。忍教白水重违约，欲买青山老著书"。吴兰修主持书院，积十数年之功，广征博采，撰写有关南汉史的学术著作，著作等身，富有开拓性。

吴兰修的成就，主要是在寄身广州时取得的。他远离家乡，"千树荔枝围草屋，十年尘梦别吾庐"，在著书立说之余，吟诗作词，抒发对故乡与亲人的思念。例如，《寄竹君侄》直抒胸臆："风尘百事与心违，况复龙堆雁讯希。六月荔枝三月笋，故乡那得不思归。"又如《得荷田书》间接衬托："八千里路讯迢迢，古寺秋灯破寂寥。一种愁声听不得，满窗寒雨打芭蕉。"甚至梦里回到家乡，与亲人叙说别后光景，感受温馨的亲情，然而梦被惊醒了，他独自一人，守着漫漫长夜，作《梦归》："街柝一声警，拥被仍天涯。起视窗未白，残灯冷无辉。翻恨醒仓猝，未及尽哀私。独坐呼僮仆，梦语答支呀。"

吴兰修的思乡之情，曾寄予在梅花上，"穷年毡幕此天涯，风雪寒灯感岁华。同有乡心消不得，梅花开后最思家"。他离开家乡于广州设帐，即使不远，也觉得到了天涯，思乡带给他的孤单凄清之感，犹如风雪寒灯般凄惶。梅花盛开时他最为煎熬，睹物思人，触动了他思乡念亲的愁肠。梅花在他的心灵深处绽放，一触及便深深地痛。

吴兰修通过梅花也寄托了其对友人的感情。其诗《同翁邃庵学使往玉山探梅》道："石桥西去绝尘氛，未到城根香已闻。几处林梢疑有雪，满天花气欲为云。樽前莫放人千里，笛里频留月二分。他日玉山重结社，只应猿鹤最思君。"梅花见证了他与朋友的交往，真情洋溢诗间。

张维屏在《艺谈录》中摘录了吴兰修《送铁孙之官藁城》诗中的两句："二分明月怜吹笛，一路梅花送出山。"从这两句可看出他借梅花写出了朋友之间深挚的惜别之情。

虽然吴兰修的志向不在作诗上，但是梅花会激发他的诗思才情，使他情不自禁地吟诗作词。他的诗《题折梅图（其一）》道："七年不作女郎诗，重为梅花唱竹枝。风露满庭秋似水，累人惆怅立多时。""女郎诗"，是金末元初文豪元好问用来形容宋代词人秦观诗的词，指诗风缠绵、情绪哀怨，具有贬义，如秦观《春日》诗："一夕轻雷落万丝，霁光浮瓦碧参差。有情芍药含春泪，无力蔷薇卧晓枝。"吴兰修将之引用，说明他对诗歌也不甚在意，但是，梅花触发了他作诗的激情，让他重新拿起笔来。梅花显然寄托了他的多种感情，梅花的美以及梅文化的丰富多彩，让吴兰修不能不为之歌唱赞颂。

吴兰修有寻梅之趣："十里溪山雪未消，瘦驴毡笠影萧萧。夕阳吟断孤村晚，一路寒香到石桥。"梅花的香气让他想去寻梅，使他战胜了寒冷与孤寂。骑驴踏雪访梅，乃唐代诗人的经典形象。吴兰修的寻梅之举，表现了浓郁的诗人趣味。

吴兰修还有探梅之趣："无端春色上梅梢，几度探梅载酒邀。十里晴云南北路，二分明月短长桥。笛吹黄鹤曾三弄，诗写扬州记六桥。莫怪道人行赤脚，朗吟风月兴偏饶。""江南江北路漫漫，尽日徘徊倚树看。毕竟美人初入梦，可怜高士不胜寒。灞桥驴踏溪光冷，野寺僧谈雪影残。欲折一枝赠相忆，满林消息月阑珊。"吴兰修探访梅花，不仅欣赏梅花的春色、梅花的品格，也体味梅花文化。例如，唐朝李白诗《与史郎中钦听黄鹤楼上吹笛》中有："黄鹤楼中吹玉笛，江城五月落梅花。"明朝高启诗《咏梅九首》中有："雪满山中高士卧,月明林下美人来。"梅文化的丰富内涵,让吴兰修心驰神往,津津乐道。

吴兰修也有赏梅之乐。梅花的美、西湖的美,让吴兰修向往不已,他希望像宋代隐士诗人林逋一样,去享有这人间绝美的风景。

寻梅、探梅、赏梅,以至咏梅,吴兰修情动于中,他给世人留下了丰厚的学术成果,也留下了瑰丽的诗词作品。

(十二)范荑香:"梅花寒供佛"

范荑香(1805—1886),原名菌淑,又字清修,梅州市大埔县三河镇梓里村人,官宦女子。祖父范彪,举人,曾任嘉应州学政;父亲范引颐,举人,曾任三水县教谕。她十二岁能作诗填词,二十一岁嫁给秀才邓耿光,三年后夫死无子,被夫家兄弟逼迫改嫁,她坚决不从,由父母接回娘家。她侍奉父母二十年,在父母去世后,誓志佛门,晚年定居于梅县白土堡珪潭乡(今梅江区东升乡圣人寨村)锡类寺,在左侧建"荑香静室"。诗名远播士林闺阁,作诗近千首,晚年欲付之一炬,被其侄从炉火中夺取一卷,取名"化碧集",仅存诗一百三十余首。诗歌主要写日常生活,咏物、咏人、咏事、酬答、拟古,抒发其愁苦哀怨之情,反映了客家女性的心声,缠绵苍凉,凄恻动人。范荑香非凡的才华和不幸的命运,令人悲叹,诚如举人梁光熙在为《化碧集》作序时所说:"怜其才,悲其遇,更感其贞……"

范荑香夫死无子、被逼改嫁而不从,在后来娘家父母双亡、无依无靠之际,无奈却主动遁入空门,其诗《自叙》反映了她所处的恶劣环境和内心的痛楚:"不遣痴呆学木人,由他雨怒与风嗔。从今休管尘寰世,一卷莲花了夙因。"《即事》诗也表达了她刻骨的痛苦:"春愁无事强拈针,花样虽新不忍寻。刺到莲房心自苦,谁知侬苦比莲深。"时人陈芷馨描述她的晚年生活:"参透真如理,悠悠八十年。梅花寒供佛,竹院静谈禅。梵呗甘寥落,铅华久弃捐。焦琴余一卷,合付梓人传。"范荑香过着"梅花寒供佛,竹院静谈禅"的日子,心如止水,甚至连平生心血所凝结的诗歌她都不愿留下,曾将之投于炉火。同为"客家三大女诗人"之一的叶璧华,为她写诗道:"心肠铁石托寒梅,寂寞银釭伴夜台。野寺钟声惊晓梦,新妆犹记侍儿催。"在众人眼里,范荑香犹如一株寒梅,潜迹佛门,散发出清冷的幽香。

范荑香自己也认同梅花的孤寒清瘦。她作咏梅诗《春初病感(其一)》

道："满窗月影照流黄，一枕残灯冷似霜。桐抱孤心应罢翠，梅含寒意亦慵妆。"生活在"一枕残灯冷似霜"的环境里，范荑香犹如寒梅，无心梳妆打扮。梅花孤寒的形象，其实就是范荑香的自我写照。其诗《荆山叔命和闺怨原韵》云："金屋无人贮阿娇，千重幽恨在今宵。自怜一样梅花瘦，哪有珍珠慰寂寥。"反用"金屋藏娇"的典故，衬托其寡居的寂寥，寡居的她，如梅花一样幽怨清瘦。

但是，要强的范荑香也从梅花身上汲取到了坚强贞洁的品格。"正是师雄晓梦中，横斜疏影绛纱笼。不知月下含章殿，学得新妆半额红。""玉骨冰肌"的红梅，成就了隋朝人赵师雄的美梦，也映衬了寿阳公主的芳容，是那么美好。范荑香将梅花视作"清友"，其《梅花清友》道："空山潇洒冷香多，一片冰心印素娥。惹得遄仙弹绝调，千秋何处著诗歌？"具有"冷香""冰心"特点的梅花，如此圣洁，竟引得宋朝人林逋写下了《山园小梅》等千古绝调。范荑香还借梅花"报春"和"调羹"的功用，祝福朋友科举高中、独占鳌头，成为国家栋梁："谁绘梅花岭上开？一枝先占报春魁。调羹定入琼林宴，御酒喧传第一杯。"梅花的坚贞、芬芳和功用，让孤寂礼佛的范荑香得到了些许慰藉，使她那颗寒冷的心感受到了温暖。

范荑香晚年能"转悲为喜"，作诗酬答士女，祝福她们，给予她们安慰，也许是寒梅寄托了范荑香的哀愁，她又从梅花身上汲取到了坚强的力量。

范荑香和叶璧华，同为诗人，同为寡妇，都守节明志，然而，一个遁世，寄身佛门，一个入世，投身女学，人生道路完全不同。她们虽选择了不同的人生路，但都是自己为自己的人生作主，都展现出了独立的人格魅力。时人黄豪五诗："韩江梅水多闺秀，丽句清词各有神；一作宣文一礼佛，千秋绝调两才人。"其说颇为中肯。

（十三）张其翰："结庐老梅树下"

张其翰（1798—1865），字凤曹，号榕石老人，梅州人。道光二年（1822）中举人，曾任广西柳州府知府、福建漳州府知府。著有《咏花书屋赋钞》《左氏撷腴》《重修龙冈古庙碑》《经说语要》等。曾任福建沙县知县的张道亨作诗评价张其翰一生的遭际，给予同情和赞扬："曲江文藻重骚坛，才大宁辞世路难。剿贼困时神剑在，居官到处口碑刊。谁知宦海随云黑，留取忠肝照日丹。二十年前曾立雪，京华遥望泪双弹。"

张其翰貌奇伟，性耿直，好饮酒，工诗文，善书法。在老屋留余堂东南角建造书斋——咏花书屋，成为张家子弟读书之所，也吸引了左邻右舍及慕名而来的就读者。张其翰为咏花书屋撰写对联："结庐老梅树下，读书深柳堂中。"

张其翰对梅花很有感情，曾写道："闲云春树闲，引我上春山。云自虹桥入，山连雉堞环。偶然风喷出，倦矣鸟知远。何日老梅下，花时同闭关。"

对于咏花书屋的环境，张乔森秀才作诗《咏花书屋春暮有感》，着意对其进行了描绘："阴柳摇曳碧栏遮，庭院沉沉午不哗。燕子归来春又暮，乱红如雨扑窗纱。"咏花书屋的环境优美宁静，正是读书的好地方。

张其翰常在咏花书屋聚集诗友，诗酒唱和。参加者有留余堂的张家子弟，也有嘉应州知名的诗人，如黄遵宪、张心谷等。一年四时，张其翰常以花会友，以赏梅花、菊花、桃花等为名目组织诗社活动，他俨然成了当时嘉应州的文坛领袖。他对年少的黄遵宪十分赏识，在黄遵宪的《王右军书兰亭序赋序》文稿上手批道："昔欧阳公有言：'三十年后，世人只知有子瞻，不知有老夫。前贤畏后生。'"

清同治元年（1862），张其翰在咏花书屋开菊花诗会，黄遵宪被邀请参加。黄遵宪《哭张心谷士驹六首》自注云："余与心谷及家锡璋兄，均以早慧知名，里中称为三才子。先凤曹师于壬戌之秋，在咏花书屋招饮赏菊，作忘年会。尔后，时以诗社相邀，见辄呼为小友。"张其翰那时已是一位老人，黄遵宪还是少年，故黄遵宪说"忘年会""小友"；在菊花酒会，人人即席赋诗，黄遵宪作的诗得到了张其翰的品评和指点，所以黄遵宪尊称张其翰为"先师"。咏花书屋，显然成了培育人才的一个场所。

生活在梅花环绕的村庄，梅花的香气萦绕着张其翰的梦魂。咏花书屋旁也种下梅树，张其翰辛勤地浇灌，精心呵护它们成长。梅花开放了，花朵灿烂，水中倒映它们的倩影；一枝花儿高挑，迎向朝阳；鸟儿鸣叫，蝴蝶围绕梅花翩跹。张其翰白天也闭门不出，独自在梅花下读书，忘记了时间的流逝。在如此美好的环境中读书，当是人生中最惬意的时光！

（十四）黎惠谦："品格由来早出群"

黎惠谦，字意庵，一字叔瞻，清朝道光、咸丰时人，优廪贡生，梅州市梅江区人。因仕途不顺转而学医，以眼科闻名。著有《余庆书屋诗文钞》六卷、《毛诗笺注举要》等，其诗古体尤擅胜场。

黎惠谦的咏梅诗很有名。其孙黎任的《嘉应文学史》（1997 年于泰国曼谷出版）中称其为"梅花诗人"，"以《梅花诗三十首》传诵一时"，颇多警句，如"一夜东风春有信，半天皓月影当窗""长途风雪频回首，匹马关山欲断魂""昨夜月明今夜雪，山中高士定中僧"等，赞其诗"意境超拔，亦可谓卓尔不群者矣"。

黎惠谦不仅写有《梅花（十一首）》，还作了《咏梅四首》《红梅》《忆梅》《岁暮》等咏梅诗，下面选取两首诗来分析。首先是《梅花（十一首）》中的第一首：

> 天地心传数点中，凌寒开际雪初融。
> 冰霜操可如君淡，桃花颜徒愧尔红。
> 一梦云同梨唤起，几生缘订月当空。
> 相看姑置人间事，莫待江楼晚笛风。

此诗写梅花凌寒开放，在天地一片雪白间盛开朵朵红花，这点点的鲜红显露了天地的心曲。梅花具有冰霜般高洁的操守，其鲜红的颜色让桃花也羞愧难当。白云轻飘，梅花寂静，此情此景，恍若梦境。赏梅要及时，且应抛开俗事，观赏梅花实际上是观赏者激励自己的人生，因此切莫等到梅花凋落而留下遗憾。"江楼晚笛风"，取唐代诗人李白的诗《与史郎中钦听黄鹤楼上吹笛》中"黄鹤楼中吹玉笛，江城五月落梅花"的意境。诗歌揭示了梅花耐寒坚贞的品性和艳丽的姿容，表达了人应如梅的美好愿望，情感真挚，意境优美，抒情言志，浑然一体。

再是《咏梅四首》之一的《守梅》：

> 知道传春吐暗香，恨无金屋与深藏。
> 游蜂得意休唐突，孤鹤同心为主张。
> 芳径三三来管领，雕栏一一藉关防。
> 山头邀得轻云在，封住花枝更不妨。

梅花传春、吐香，乃人间尤物，作者恨不得"金屋藏娇"。此诗采用拟人的手法，语言活泼，以"唐突""主张""管领""关防""邀得"等动词，写"游蜂得意""孤鹤同心"等，用"芳径""雕栏""山头""轻云"共同"封住花枝"，守护梅花，想象极丰富，轻盈空灵。诗名"守梅"，意为希望守住一份美好，强烈地表达了作者的爱梅之情。一般咏梅诗写爱梅之情，会写"种梅""赏梅""寻梅""折梅"等，此诗却写"守梅"，别出机杼。

黎惠谦对梅花十分喜爱，其情溢于诗中。他通过种梅、赏梅、咏梅，从中感受梅花坚贞高洁的精神品格。这也成就了他"梅花诗人"的称号。

梅江区黎屋巷的黎家，是书香世家，明清时出过多位举人。黎惠谦的祖父黎重光，字南垣，乾隆甲寅举人，官罗山知县，其诗与解元叶钧的诗齐名，被誉为"石亭渊茂南垣健，大雅才堪压岭南"。黎惠谦的姑母黎玉贞，乃"客家三才女"之一。黎惠谦的几个儿子中，最出名的是黎璿潢。他是医生，也是诗人，更是一名教育家。黎璿潢育有四子，皆在自己的领域有所成就。

黎惠谦曾写了两句咏梅诗："一生宜称未须分，品格由来早出群。"他借用这两句来形容黎家家族的诗书传家、兴旺发达。

黎惠谦的儿子黎璿潢，也写过多首咏梅诗。黎璿潢，字茂仙，亦优廪贡生。家中藏书甚富，他钻研经史百家之书，精于小学，旁涉篆、隶和雕刻，著有《茂仙文存》《茂仙诗存》。另外，与张芝田等人合编《续梅水诗传》，又与张芝田合编《梅水诗传再续集》。同时，他继承其父医术，行医治病，并先后任教于东山中学、梅州中学等学校，桃李满园，学生中著名的有画家林风眠。林风眠画过三幅画赠给恩师，其中一幅名叫"双下山虎图"，黎璿潢曾作诗《林生凤鸣为余画双虎图作长句》，记载此事。1930年2月19日，林风眠为恩师的诗集遗稿《茂仙诗存》作序。

在黎璿潢的《茂仙诗存》中，咏梅诗也颇有特色，如《踏雪寻梅图》："孤山渺何许，美人殊未来。携酒踏黄叶，冻云凝不开。天公作玉戏，大地琼瑶堆。翩然萼绿华，徙倚山之隈。"写出了寻梅之趣。又如《和熊君采宾咏梅次韵二首（其一）》云："月落参横入梦先，美人环佩韵璆然。久拼桃李羞为伍，不待冰霜操自坚。名士志原安淡泊，离骚经未写蔫绵。罗浮若可菟裘老，且署头衔号散仙。"揭示出了梅花淡泊隐逸、坚贞自立的操守。

从梅花诗人黎惠谦的"冰霜操可如君淡"，到其子黎璿潢的咏梅诗句"不待冰霜操自坚"，可见父子两人身上都传承着一种梅花精神。黎惠谦的孙子称祖父为"梅花诗人"，说明他感受到了梅花对祖父的重要意义，这也在一定程度上道出了黎家家族之所以成为"书香世家"的原因，即家族中传承着梅花"品格由来早出群"的家风。

（十五）张薇："回首故园频相忆"

张薇（1819—1892），字省卿，号星曹，又自号惺道人，梅州市大埔县西河镇漳北村人。清咸丰二年（1852）中举人，同治二年（1863）中进士。初任福建瓯宁县知县，后任河南省镇平县、唐邑县、洛阳县、西华县、杞县知县，为民办了许多实事。光绪十五年（1889），因治水、赈民等政绩突出，被朝廷授予四品衔，擢升直隶州知州，最终他以年老多病为由，辞官归里。光绪十八年（1892）在家病逝，享年七十三岁。著有诗集《且庵吟草》。事迹入编民国《大埔县志》以及《广东历史人物辞典》《客家名人录》等。

张薇是循吏，作诗自然雅健，被人称赞："诗不必摹唐仿宋而自得风雅之传，政不必笼赵架鲁而可入循吏之篇。"光绪二十四年（1898），时任广东巡抚的许振祎为其诗集作序云："同年星曹直刺，以名进士历仕闽豫，勤事爱民，所莅辄大治，当世牧令罕与伦比……案牍之暇，不废歌咏。其为诗油然粹然，多忠爱慈祥之所流露。寄辞事物，颐志娱游，陶写襟臆，靡弗归于性情之正，不屑矜奇炫怪。而雅健工浑，自非人所易到……君诗春容和易，自叶宫商。"亦从为官、作诗两个方面赞誉张薇，认为他勤政爱民，政绩卓越，诗歌雅健和易，成绩斐然。许振祎还督促张薇的儿子将诗集付梓，"贤吏之遗徽又何可秘也耶"。

张薇曾自序其诗集曰："窃思诗者，志之所之也，喜怒哀乐，情生于中，而寄诸吟咏，要不外抒其胸臆，以归于性情之正。至于润色之以花鸟风云，谐中于格律声调，则就其心灵以成章采，亦视其性之所近，而不可强其穿凿雕刻，以辟新境。拘守风派，以诩专家，则非予之所能至也。"表达了诗歌是抒情言志、发为心声、自然雅正的主张。

张薇长期在外地任官，对故乡的思念特别强烈、深挚。他的诗作《人日》表达了这种感情："岁岁逢人日，依然旧日人。一官百里宰，六十七年身。白发频催老，丹砂不疗贫。思归归未得，长负岭头春。"人日，指农历正月初七，人们常在此日思乡怀人。

张薇的思乡之情，从他的咏梅诗中亦可见一斑。其《忆梅》诗写道："林间雏鹤想翾跹，一别梅花倏九年。五岭有春传驿使，孤山何日返逋仙？凭将梦寄罗浮远，已觉心柔铁石坚。今夜故园枝上月，清辉应满绮窗前。"张薇借孤山逋仙（即宋代隐逸诗人林逋）"梅妻鹤子"的典故，表达了深切的思乡之情。"一别梅花倏九年""今夜故园枝上月"，可见梅花是故乡的象征，梅花是那么美好，故乡是那么美好，深深地扎根在他的梦里。

友人知道张薇是岭南人，岭南产梅，他也常因梅花而思念家乡，因此特意送来一幅墨梅图。张薇作诗道：

我闻庾岭早梅新，南枝首占天下春。
我家庾岭南复南，春信还先庾岭探。
年来看花向天北，万紫千红矜颜色。
雪消始见陇头春，回首故园频相忆。
刘侯知我岭南来，手持一幅为我开。

他欣赏了墨梅的虬枝铁干、神姿仙态，又云：

老笔纵横墨挥洒，不画牡丹惟画梅。
老株屈铁露坚瘦，新枝濯濯横空透。
忽然直干出槎枒，空外如闻风飕飕。
依稀写照月昏黄，缟袂仙人雅淡妆。
擎空一枝表奇特，又如孤鹤态昂藏。
低梢斜出朵复朵，水银泻地喷珠颗。
参差疏落高枝颠，荧荧三五晓星悬。
浓葩密花攒簇簇，雪聚万点光盈目。
余萼半破缀梢头，睡眼微醒半露眸。
高下横斜多风格，春满江城纸三尺。

梅花不仅慰藉了张薇的思乡之情，也激励着他塑造高尚的人格。

张薇辗转多地，在多年的宦海浮沉中，深知人情冷暖、仕途艰险。其《小像自题》云："四试选南宫，乃以七品仕。于闽于豫间，铜章六握矣。宦海去来潮，人情朝暮市！笑謇尚未工，经济奚论尔。劳生坎壈余，去日风尘里。七十犹折腰，一官老于杞。藐然于乾坤，一身特寄耳。"在不得志的风尘境遇中，梅花的高尚品格成了张薇学习向往的榜样。

梅花常在张薇的生活中出现，其《题刘海峰集后》中有"梅花窗下挑灯读，一一鹤声向夜阑"。他见过雪中的梅花，"老梅皎皎化琼枝"，因为瑞雪而"酒酣落笔兴偏豪，万古闲愁同一扫"。他看见白发也联想到梅花，"年来发白似梅花，花满岭头恰到家"，甚至专门骑驴去寻访早梅，"踏遍驴蹄未觉遐"。

张薇格外欣赏梅花的美。其《蜡梅》云："镜里梅妃巧换妆，天然颜色丽中央。日光掩映凭骄雪，风骨高华不染霜。绰约如仙逢萼绿，迷离有月照昏黄。折枝还向金瓶供，气作吹檀动暗香。"以唐代贵妃梅妃的美丽容颜来比拟梅花，写出了梅花"绰约如仙"的丰姿。

张薇由衷地礼赞梅花精神，曰"松老自高冬岭节，梅香争讯北枝花"，"偶露精神疑雪涤，独标格调占风华"。他的《梅花》诗写道："天然色相见精神，高格凭谁与写真。半夜树明疑有月，一时花放不须春。寒香远近飘驴背，疏影参差露鹤身。为有吟怀清似水，还将风骨证诗人。"梅花的"天然色相"，如明月般照亮黑夜，不待春天来临，独自开放，给人间提前带来了春天般的美好。疏影横斜，梅香飘扬，梅花的风骨给诗人以深刻的影响。

关于"高格凭谁与写真"，张薇在另一首诗中已作回答："人道梅花写我真，风骨肖我癯且清。"

（十六）张道亨："家住梅花里"

张道亨，字荫南，梅州市梅江区人。咸丰六年（1856）丙辰补行乙卯（1855）科，中举人。后寓居京师多年，参加进士考试多次，均不售。官福建省沙县知县。著有诗集《紫藤花馆诗》，多唱和之作，被评："……亦偶作示意，其古今体淋漓顿挫，得唐人格律，自有真气喷涌其中。"

张道亨的古诗的确是"真气喷涌其中"：

粤东梅岭东，有个梅花翁。种梅作花洲，肆颜曰梅州。梅花数十里，家住梅花里。来往在花中，梅乡老足矣。

每逢小阳春，梅花到处新。或在山之巅，抑在水之滨。铁干挺槎枒，金银花勃发。皙皙冰作肌，姗姗玉为骨。一夜雪中开，美人林下来。淡妆缟素服，微笑露亭台。好将酌酒贺，弄影云才破。光彩映红罗，师雄醉引卧。瑶岛抱春温，沉酣余半醺。情深复缱绻，暗香犹自薰。点上额出匀，粉扫眉接绿。数声铜笛吹，迭奏梅花曲。啼鸟忽啁啾，天明恨未休。徒抚梅树下，何以分离忧？欲留留无计，后会难相继。耿耿方寸心，挂在梢头系。

自与梅花别，驹鸣事长征。相隔一万里，关山无限情。梦也梦不到，此时徒悔懊。回念绮窗前，怎忘凤昔好？为尔梅之魂，细雨湿黄昏。为尔梅之影，写上屏风冷。为尔梅之馨，雪月满空庭。为尔梅之格，神仙藐姑射。会少别离多，流光苒苒过。天寒日又暮，花枝奈老何。辜负青春色，相逢几时得。梅花今动也，能不忆忆忆？

此诗分为三部分。第一部分从开头至"梅乡老足矣"，概括叙述粤东梅州有个梅花翁，他种植梅花，家就居住在数十里的梅花丛中。作者以梅花翁自喻，鲜明地表达出他的爱梅深情，以及他热爱梅花盛开的家乡梅州，愿意在此终老。

第二部分从"每逢小阳春"到"挂在梢头系"，具体描写作者欣赏梅花之美并沉醉于梅花的传说中。孟冬时节，天气温暖如春，俗称"小阳春"，梅花在山巅、水滨处灿然绽放，展现出勃勃生机。梅花的枝干似铜枝铁干，花朵如金银般绚烂，冰雪作其肌肤，碧玉为其骨骼，格外动人。隋朝赵师雄邂逅梅花美人的传说，让人心驰神往，作者将这一传说，写得迷幻、温馨和美丽，也写得短暂、惆怅与留恋。梅花的美，不仅美在外形，更是美在神韵。这都是作者念念不忘的。

然而有一天，作者作别了梅花，去往异乡，其情何以堪？第三部分从"自与梅花别"到结尾，集中写他对梅花的思念，对故乡的牵挂。连做梦也梦不到故乡的梅花，这怎不让人伤怀呢？作者愿意作为梅之魂、梅之影、梅之馨、梅之格，但是，现实是无情的，"相逢几时得"？只有对梅花的回忆，才能消除作者的痛苦。作者直抒胸臆，表达出对梅花的一往情深。

这首诗给人印象深刻的地方在于：诗中梅花翁的形象，醒目耀眼；诗人对梅花喜爱、思念的感情，喷涌奔腾。可见作者对"家住梅花里"感到幸福以及对其的牵念。

张道亨在他乡追求功名富贵的时候，内心常有一个柔软的角落，那就是对故乡与亲人的挂念。其作诗道："捷径梯荣枉费神，都成蕉梦一场春。可怜尘海穷愁士，忽忆江湖闲散人。岂服丹经长不老，只缘白简避无因。暗思莫悔终辞泪，乞得君恩合退身。"此诗道出了对"捷径梯荣"、企求富贵的痛苦和抵触情绪，他更愿意"退身"归家，做个"江湖闲散人"。

而且，家乡亲人们的罹难，是张道亨心中挥之不去的痛。其在诗中写道："梅子酸，梅子酸，客心更酸。去年辞家上长安，今年出都摧心肝。摧心肝，上长安，木叶萧萧风霜干。""黄连苦，黄连苦，出路更苦。昔日入都离故土，今日回家望乡树。望乡树，离故土，城郭已非人亦古。"咸丰九年（1859），太平天国将领石镇吉统领十万军队，攻占了嘉应州城，杀死清军和民团乡勇、妇女四千多人。在此浩劫中，张道亨的五个弟妹均惨遭杀害，家财被洗劫一空。张道亨以"梅子酸""黄连苦"来比拟、起兴，表达出痛彻天地的悲怆。

"家住梅花里"的张道亨，深知梅花之美，也深知梅子之酸，故乡永远是他的灵魂栖息的地方。

（十七）丁日昌："故园梅竹尚平安"

丁日昌（1823—1882），字持静，小名雨生，梅州市丰顺县汤坑乡人，未发迹时及晚年寓居揭阳榕城。清末爱国革新政治家，洋务运动主将，"客家八贤"之一。20 岁中秀才，因军功授琼州府学训导，后任江西万安知县、直隶州知州、两淮盐运使、江苏布政使、江苏巡抚等，获赏总督衔。爱藏书读书，藏书楼名曰"实事求是斋"（或"求是斋"）。藏书为当时广东之最，与范氏天一阁、黄氏百宋一廛齐名。著述甚丰，有《抚吴公牍》五十卷、《百兰山馆政书》十四卷、《牧令书辑要》十卷、《藩吴公牍》十五卷、《巡沪公牍》七卷、《抚吴奏稿》六卷、《抚闽奏稿》四卷、《百将图传》两卷、《保甲书辑要》四卷、《雨生中丞信札》（稿本）、《淮鹾摘要》三卷、《淮鹾公牍》一卷和《地球图说》《炮火图说》《法人游探记》《持静斋书目》等。《清史稿》《广东通志》《丰顺县志》《揭阳县志》《潮州府志》等皆有传。

丁日昌还撰有诗集《百兰山馆古今体诗》五卷，共收诗 631 首，词 14 首，楹联 41 对。其诗词大多作于入仕之前，主要为记游、题赠、唱和，表现一己之情，反映民间疾苦，诗风硬朗、奔放。《广东通志》中说丁日昌"少即喜为诗古文词，而诗境尤深"；李鸿章《复丁雨生中丞》中评价其"胸中积郁一发之于诗古文词，自谓不减大苏"；屈向邦《粤东诗话》中称其诗"雅淡朴淳，诗情甚挚"；温丹铭《潮州诗萃》曰："诗独写襟怀，浩浩落落，而高情逸韵，令人扑去俗尘三斗，盖实能兼有太白、东坡之长而又不为所局者，司空表圣所谓天风浪浪，海山苍苍者，庶几近之。"都对丁日昌的诗作给予了较高的评价。

丁日昌对于南宋诗人杨万里赞美家乡丰顺的十里梅花，颇为自豪地作诗道："尽日肩舆踏翠苔，瘦牛猴猱各崔嵬。奇峰乱插愁天破，飞瀑奔流恐石开。村酒不妨留客醉，高云难得出山来。岭梅曾识诚斋面，冷落人间不受埃。"梅花曾受到大诗人杨万里的赞美，即使生在荒山野岭，被冷落人间，也洁净自立，不染尘埃。

"冷落人间不受埃"的梅花，成了丁日昌思念家乡的最佳载体。丁日昌的乡土感情深厚，他长年离开家乡，在外仕宦，故乡的人物风情一直萦绕在他的心间。四十八岁时，他携母灵柩归乡，重谒太平寺，想起了八岁在此读书的情景，感慨万千，遂撰写一副对联："古佛又重参，五千里外初归客；旧题何处觅，四十年前此读书。"并在联匾的两旁书写小序："余八岁时，先光禄公携至太平寺，随达夫三兄读书，曾学联珠体疗一律于壁中，比自吴门奉太夫人讳，回里经营窀穸，复往来寺中，不见旧题，则已藓蚀尘封，无由辨识然距随父兄读书时，已四十年矣！怅然题此，以志鸿泥。"此时的丁日昌，已是巡抚，富贵显赫，然而他对从前的师友仍特别敬重。他将自己的塾师王玉山敬为上宾，"以师礼尊之"，并与三十年前的同窗好友握手言欢，分别赠诗，以作留念。离乡在外的丁日昌，常在诗中借梅花抒发其炽烈的思乡之情，如《园居杂兴（其一）》："梅花绕屋水环天，曲径缘篱竹系船。老去始知闲有味，病多方羡健如仙。烟波浩荡鸥难返，云树苍茫鸟独还。欲问昌黎驱鳄迹，海风吹没一千年。"诗一开头就描写"梅花绕屋"的家乡景物，可见这种环境对于丁日昌来说有十分深刻的印象。他的另一首诗也有类似描绘："昨从故园踏绿苔，千树万树梅花开。花魂雪意两高绝，肯侑丁子衔清杯。"他甚至认为，他与梅花有夙缘："悠悠暗虎都顽物，草草梅花但夙缘。"因此，梦中也见梅花开，作诗《客心》："客心久岑寂，抱影独徘徊。樽酒且斟酌，雁鸿飞不来。昨宵竹床上，梦见梅花开。不识故园里，何人扫绿苔。"故乡梅花若安好，他便能得到极大的心理安慰："萧萧风雨逼秋残，容易韶华感岁阑。无势及人将仆傲，有钱买画当山看。破庐结构聊容膝，广厦徘徊说庇寒。阅罢乡书翻一笑，故园梅竹尚平安。"

丁日昌也常用"冷落人间不受埃"的梅花来映衬杰出人物。例如，对于罗万杰，丁日昌的《明史部罗庸庵先生集题词》七律五首之一写道："百树梅花扑鼻香，盘湖地是证禅场。拼将佳句消残劫，赖有高风楼首阳。故国云深千里梦，空山秋老满头霜。至今陶社分题处，若得幽人话正长。"罗万杰（1613—1680），字贞卿，号庸庵，梅州市丰顺县汤南镇人。明朝崇祯甲戌（1634）进士，历任吏部主事、文选司郎中。以母亡归里。明亡后，卖家产筑金鼎寨于汤坑，与名士郭之奇、何士冢等结"陶社"，以匡复明室。后来自觉无望而隐居于家乡的逸老庵和揭阳黄岐山的盘福寺，衣不蔽体，了此残生。康熙初年，揭阳县令奉命敦请他出山仕清，他作诗谢绝。丁日昌此诗，描写了罗万杰晚年隐居的生活状态及其心境。"百树梅花扑鼻香"，不仅表现了罗万杰的生活环境，也刻画了他坚贞的品格。

再如对史可法，丁日昌在《梅花岭史阁部墓乱后荒废，瞻拜怃然》中写道："墓门春水绿生澜，尚照孤臣一寸丹。封事几曾消涕泪，阵云犹自护衣冠。欲收余烬同心少，想见残棋下子难。往日梅花今茂草，漫将兴废问双丸。"史可法（1602—1645），字宪之，号道邻，明末爱国将领，抗清英雄，河南开封人。官至督师、建极殿大学士、兵部尚书，世人称其为

"史阁部"。丁日昌此诗，以"往日梅花今茂草"作对照，揭示出史可法人生的沧桑变化，表达了作者的惆怅、凄凉之情。

又如对黄香铁，丁日昌的《赠香铁先生》写道："守门菘韭俗缘清，兼有寒梅伴凤盟。老获微官成大隐，闲分奇策到苍生。古人不作公难死，七子同时品莫京。我欲溯流迎海若，望洋浩叹不胜情。"黄香铁（1787—1853），原名黄钊，字谷生，号香铁，梅州市蕉岭县陂角霞黄村人。清朝嘉庆二十四年（1819）中举，官至内阁中书，博学多才，著有《读白华草堂诗集》九卷等，名列"粤东七才子"之一。丁日昌此诗，赞扬了黄香铁的隐逸情志和杰出的才华，用"寒梅"来映衬，恰如其分。

丁日昌的咏梅诗，抒发了他的思乡之情，也歌颂了"梅花"式的杰出人物，表现出一位政治家的真情实感和才情妙笔。

（十八）叶璧华："诗骨傲寒梅"

从清代乾隆至民国初叶，梅州大地上先后出现了三位知识女性：黎玉贞、范荑香和叶璧华，她们是客家女性中的传奇，是一道亮丽的风景。她们都出自书香门第，博涉文史，知书能文，被并称为"晚清粤东三大女诗人"或"岭南三大女诗人"。笔者认为，称她们为"客家三大女诗人"更为恰当。她们标志着客家女性从"类皆操井臼，亲缝纫""靸履叉髻，帕首而身裙，往往与佣保杂操，椎鲁少文"的体力劳动者，开始转变为富有书卷气、擅长吟诗作文的脑力劳动者，恰如黄遵宪为《古香阁诗集》作序时所称赞的，"其诗清丽婉约，有雅人深致，固女流中所仅见也"。客家女性形象的这一集体转变，叶璧华在其中作出了卓越贡献。她于1906年办起了梅州第一所女子学校——懿德女校，开创了客家女性学文化的新风；1913年，懿德女校与崇实女校合并，成立梅县县立女子师范学校，叶璧华被聘为学监。叶璧华不仅是客家女性的骄傲，也是促使客家女性觉醒的有功之人。

叶璧华（1841—1915），号润生，字婉仙，又号"古梅女史"，梅州市梅县区人。父亲叶曦初，举人，任广州教谕。叶璧华六岁随父亲寓居广州，十五岁开始写诗，有才女之名。十七岁归嘉应州，嫁给清末翰林李载熙之子李蓉舫，他是翰林院编修、广西提督学政，乃风雅之士。两人伉俪情深，常作诗词酬唱，被誉为清代的"李清照和赵明诚"。李蓉舫后来出外设馆授徒，叶璧华在家教儿奉亲，其思夫之情，常寄于诗词。叶璧华47岁时，其夫病逝于羊城。后来她由族叔叶衍兰招至广州，在广雅书院讲学。晚年回到梅城，创办女校。1915 年去世，享年 74 岁。

叶璧华擅长诗词文赋，生前结集为《古香阁集》。黄遵宪为之作序，受丘逢甲、叶衍兰等名流称扬，名闻一时。丘逢甲作诗曰："翩翩独立人间世，赢得香名饮越中。""桐花阁外论词笔，更遣香闺作替人。"赞叹叶璧华的文名和作词才华，认为她是清代嘉应著名词人吴兰修的继承人。叶璧华的文学作品，或咏物抒怀，或酬唱赠答，或忧患时事，或寡鹄悲鸣，皆字字见真情，哀婉缠绵，体现出了她既有婉约清丽的柔弱，又有巾帼豪杰的刚强。

叶璧华刚柔兼备的形象，正像其诗中常咏的梅花，既孤冷凄清，又香彻天地。有人认为叶璧华具有梅花般柔弱孤寒的形象，曰："身是寒梅第一枝，妆台针罢苦吟时。那堪姹紫嫣红笔，偏写珠愁玉怨词。掩面怕教明月妒，含情应许落花知。百般瘦损珊瑚骨，长抱离鸾寡鹄诗。"也有人指出，叶璧华汇聚山川灵气，具有梅花的凛然傲骨："岭表山川秀，兼钟女子来。仙心余寸草，诗骨傲寒梅。马帐家千里，骊歌酒一杯。朗吟三击节，巾帼此奇才。"

阅读她的文学作品，笔者认为，叶璧华就是梅花，梅花就是叶璧华，叶璧华乃梅花的精魂所化育，两者形神相通。

叶璧华爱花，她认为"鸟语恍弦管，花香通性灵"，"不把闲情供俗务，爱栽花木傍帘栊"。她爱兰花："我意素爱花，栽花傍砚北。旦夕勤灌溉，盆兰翠如滴。……素心欲共领，相寄如梅驿。"她爱菊花："生平爱此花，晨夕几踯躅。"她爱秋海棠："苔阶月出生清凉，主人爱花坐石旁。……呼奴携酒还独酌，一饮直倾三百觞。醉来不觉倚石睡，天鸡喔喔鸣东方。"她爱各种各样的花，因为"花也品格高，合供君子室"，她爱的是花的高洁的品格。

叶璧华尤爱梅花，"亭亭描出三生影，独爱梅花伴月吟"，"且携樽酒坐湖上，长看疏影摇清渊"。她在家门前、横跨清溪的小桥旁边，种植了多株梅花，曾在一首写给侄子的诗中道："何时重践寻梅约，得得吟鞭度小桥。"又作诗："一行疏柳数株梅，树当屏风石当台。扫径不须开篷户，青山四面任君来。"屋外的梅树，被当成她家的屏风。她在"残腊消寒""呵冻红窗袅篆烟，梅花压雪薄寒天"的冬日，读到黄遵宪的诗《今别离》，感慨非常，诵读数回后，"爱吟一律"，其中说："论到知交文字重，吟成别意古今传。输君绮岁腰横剑，击楫中流奋祖鞭。"她称赞黄遵宪中流击水的豪情，对黄遵宪吟咏的别离情绪，心意相通，特别在"梅花压雪薄寒天"的时候。甚至在洞房花烛夜，叶璧华不忘以梅花出对子，来试丈夫李蓉舫的才华："针穿纸孔，引得寒梅一段香。"

叶璧华对梅花情有独钟，其诗词中歌咏得最多的花是梅花，"梅花香里发清吟"。她关于梅花的诗还有《梅花（三首）》《红梅》《题画梅》《拟陆放翁湖上寻梅》《咏梅（二首）》《梦梅》《探梅》《惜梅》《寄梅》《忆梅》等，还作过词《高阳台·梅影》等。这些咏梅之作，在她现存的《古香阁集》中格外引人注目，倾注了她满腔的爱梅之情。

在传统的比德思想和"香草美人"写法的影响下，叶璧华也像李清照"人比黄花瘦"一样，在诗作中，将自己或者心爱之人比作梅花："翠羽明珰悉化尘，梅花百本恍前身。一杯春酒无情碧，吊汝芳魂锦水滨。"当她的丈夫离家授馆，迟迟未归时，叶璧华热切地盼望他回家，"晨昏倚栏眺，鹤立寄遐思"，她犹如"岭梅挺孤枝"，"瘦损幽人姿"，好像一枝山岭风雪中的孤梅，痴痴地翘盼丈夫归来……在她心中，夫妻团圆是最重要的："神仙岁岁伤离别，我羡鸳鸯不羡仙。"

阅读叶璧华抒发夫妻分离两地、丈夫死后的寡鹄之悲的诗词作品时，我们的眼前不由浮现出一枝冷艳凄清的寒梅来，那就是叶璧华！

叶璧华在诗词创作中，除了渲染寒梅的哀怨凄清外，还展现出了寒梅的傲骨，她自己的傲骨也由此得以揭示。有人评价叶璧华"诗骨傲寒梅"，可谓目光如炬。

叶璧华欣赏梅花"疏影情教明月伴，冷香时逐美人来"的美好形象，更赞叹梅花耐寒的旺盛生命力和铮铮铁骨。"天公着意催新韵，特放寒梅三两枝。""晓倚芳梅爱暗香，低头贪看睡鸳鸯。瘦仙应笑侬同瘦，底事输他铁石肠。""瘦仙"，指梅花。"铁石肠"，即铁石心肠，原指唐代宰相宋璟，为人刚正，曾奏请太平公主出居东都洛阳而被罢相，他作了《梅花赋》一文，梅花由此被视为具有铜枝铁干般傲骨的坚强者形象。

叶璧华对梅花的"铁石肠"一再吟咏："漠漠湖云淡淡烟，欣逢玉蕊占春先。不从芳谱矜凡艳，翻讶琼宫降散仙。大地既容香作海，百花难伴鹤高眠。人间历尽风霜苦，羡尔冰心铁石坚。""踏遍山隈与水浔，不嫌寒气冷相侵。清瘦久傲神仙骨，淡泊能舒天地心。脉脉幽姿香蘸水，离离疏影月窥林。师雄一自惊幽梦，寂寞罗浮烟雾深。"对于梅花的"冰心铁石坚"以及"清瘦久傲神仙骨"，作者是高度赞赏、羡慕的。她甚至用它来称赞同为"客家三大女诗人"的范荑香："心肠铁石托寒梅，寂寂银釭伴夜台。野寺钟声惊晓梦，新妆犹记侍儿催。"范荑香晚年独守佛寺，其坚守孤苦的"铁石"意志堪比"寒梅"！这让我们联想到叶璧华，她的孤苦，她的"铁石"意志，也堪比"寒梅"！

　　在叶璧华看来，寒梅的铁骨清癯还是才能的表现。她的侄子多年科考不售，他认为自己骨相清癯，恐怕没有这么好的命。叶璧华寄赠一首咏梅诗给他，道："既共群仙集玉台，岂容人世染尘埃。须知宰相和羹料，本自清癯瘦骨来。"梅花的"清癯瘦骨"是清洁、杰出的。"宰相和羹料"，指的是商王武丁欲立傅说为宰相而说的话："若作和羹，尔惟盐梅。"以用来调味食用的梅实，比喻辅佐君王、治理国家的贤才。叶璧华以梅树铁骨铮铮的形象、梅实的功用以及有关典故来劝导侄子，事也凑巧，侄子后来科考就高中了。叶璧华听到消息后，很高兴，于是又作了一首诗。

　　梅傲然屹立于风雪中，其铁石般的"傲骨"，深受叶璧华的欣赏、赞同，且惺惺相惜。

　　有人称赞叶璧华钟山川灵秀，为女中奇才，这种说法是有来处的。北宋文学家李廌哀悼苏轼云："名山大川，还千古英灵之气。"南宋张端义《贵耳集》载："蜀有彭老山，东坡生则童，东坡死复青。"两人说的意思都是，苏轼超群拔类的艺术气质与艺术才华，是雄伟秀杰、钟灵毓秀的蜀地山川所赋予的。而客家地区梅州山川的钟灵毓秀，赋予了叶璧华杰出奇绝的艺术气质和文学才华。

　　对此，张榕轩持相似的看法，他认为梅州梅花之精魂化育了才女叶璧华。为此，他作诗道：

　　吾梅夙号梅花乡，处处人家梅树旁。不知何时经剪伐，根株拔尽敛英芒。岂是大造秘钟毓，磅礴郁积久弥光。占气披图验分野，婺女一星耀文昌。千百余年出闺秀，吟成诗集名古香。冰为魂兮玉为骨，嫣红姹紫纷缥缃。瘦若癯仙斜竹外，劲若铁干凌风霜。清若冰雪照素月，艳若脂粉缀红妆。中有伤心哀怨曲，变征之声殊凄凉。黯兮孤鸾悲失侣，凄绝哀蝉咽夕阳。一枝冷艳歊寒雪，离离孤影空神伤。掩卷沉吟不忍读，拟将斯意质穹苍。君不见梅花冬日经霜雪，岩阿寂寞艰苦尝。一自冲寒占春出，天地之心数点藏。古香古色超凡品，苍松翠柏难比芳。花经盘错添绝艳，诗经磨折名弥彰。竹篱茅舍表素节，兰香桂馥梅荫长。和鸣在阴麋好爵，喜见白鹤时回翔。噫嘻乎！梅山梅水梅江月，尽入斯人古锦囊。焚香坐对梅花读，是梅是诗费评量。愧我绛纱频年设，效颦弱息列门墙。宣文师范人千古，学书独恨无钟王。购得梅本镂新版，金石之声殊琅琅。明季小鸾疏香阁，叶氏一门名并扬。吁嗟乎！梅岭精华钟闺阁，合与五子相颉颃。

　　张榕轩的长诗前半部分指出：梅州作为梅花乡，其梅花的毓秀精魂孕育了叶璧华，"梅岭精华钟闺阁"。叶璧华具有梅花的坚贞傲骨，其诗也是梅花形象与精魂的外现、结晶。

斯人已逝，世间留下了璧华亭和《古香阁集》。梅花之精魂已经回归梅州大地，在寒冬腊月，傲然绽放着灿烂的梅花；梅花之精魂已经刻入客家人的灵魂，化成客家精神，代代传承。

（十九）黄遵宪："偶尔栽花偶看花"

黄遵宪（1848—1905），现存诗歌1 000多首，咏物诗仅40余首，其中关涉梅花的诗则更少，大约5首。相比前辈宋湘、同辈丘逢甲，他的咏梅诗少得很。

这或许与黄遵宪的诗歌创作态度和人生追求有关。他虽然喜爱写诗，且以诗赢得盛名，但他不愿意平生仅当一名诗人，"穷途竟何世，余事且诗人"。成为进步的政治活动家、外交家，才是他毕生热烈追求的事业。黄遵宪临终前，在写给其弟黄遵楷的信中感叹道："平生怀抱，一事无成，惟古近体诗能自立耳，然亦无用之物，到此已无可望矣……"回顾一生，能使他"自立"的诗，他却认为"无用"。曾被李鸿章称为"霸才"的他，即使作诗，也要"别创诗界"，作出"新派诗"。他写当时重要的现实题材，"吟到中华以外天"，歌咏域外的奇异事物，而对"模范山水，雕镂词章，夸丘壑之美，穷觞咏之乐"这类内容的诗，视为"无益于用"，并不在意。虽然黄遵宪的咏梅诗数量很少，但还是值得我们关注的。

黄遵宪在戊戌政变后，罢官回家，忧愤地闲居在人境庐中，曾作大型组诗《己亥杂诗》，共八十九首，其十一云："天下英雄聊种菜，山中高士爱锄瓜。无心我却如云懒，偶尔栽花偶看花。"字面上说，三国刘备种菜、秦朝灭亡后东陵侯种瓜，其目的在于韬光养晦，而他栽花、看花，只是确实"懒"了，别无他意。如此这般表述，却给人留下"此地无银三百两"的感觉。黄遵宪栽花、看花，其实是有深意、有寄托的。

他说了一件植梅的事，即他嫁接了四五枝梅花，已经生根了，仆人每次浇水，都会检视一番，甚至搔摩它，最终导致梅花死掉。《己亥杂诗（其十五）》云："无端苞拆复援莎，误尽人非郭橐驼。甫见萌芽生意尽，对花负负奈花何。"并自注："接梅花四五枝已生根矣，而浇花人日拆视而搔摩之，卒不得生。"表达出责备、遗憾之情。"郭橐驼"是唐代柳宗元的散文《种树郭橐驼传》中的人物，他善于养树，"顺木之天，以致其性"；由此他批判"养人"之官"好烦其令"，扰民，伤民。黄遵宪在诗中的寄托,昭然若揭。

黄遵宪在变法失败后,遭受打击,罢官在家,忧愤于心,却不能直抒胸臆,只好以婉曲寄托的方式,借诗言志。《己亥杂诗(其十四)》写道:"墙外垂杨尽别家,平分水竹颇争差。万花烂漫他年事,第一安排旋复花。"亦有寄托——以"旋复花"的名称,暗含"旋即回复"的渴盼,即坚信变法维新事业即使一时受挫,也定能复兴。

黄遵宪《己亥杂诗(其二十二)》,对咏梅史发表了看法:"三千年上旧花枝,颇怪风人不入诗。我向秦时明月问,古时花可似今时。"并自注:"诗有桃李花,有梅实,而不及梅花。赋咏梅花,始于六朝,极盛于唐。以植物之理推之,古时花未必佳,后接以他树而后盛耳。"

黄遵宪对咏梅史的认识颇为正确。我国最早的一部诗歌总集《诗经》,虽涉及梅,但指梅实、梅树,而非指梅花。《召南·摽有梅》中"摽有梅,其实七兮。求我庶士,迨其吉兮",以梅子比兴,表达少女对美好爱情的渴望;《小雅·四月》中"山有嘉卉,侯栗侯梅",将梅树视为"嘉卉"。吟咏梅花的作品,最早见于南北朝时期。刘维才的《咏梅诗集锦》中说:"秦汉以来,现存最早的有关梅花的诗是南朝宋鲍照的《梅花落》。"到了唐宋,咏梅作品大量涌现。黄遵宪对咏梅史的正确认识,说明了他学识的渊博。

黄遵宪认为古时梅花未必佳,更加着眼于后世梅花的美丽。他深知梅花之美,不但欣赏了日本东京上野不忍池边的梅花,作诗《不忍池晚游诗(其一)》:"蒙蒙隔水几行竹,暗暗笼烟并是梅。微影模糊声荦确,是谁携屐踏花来?"也陶醉在家乡的梅花美景里:"……故乡梅花今已馨,在山泉水催我听。归携片石同君平,客槎奈犯牵牛星。"可惜的是,理性的黄遵宪并没有用较多的诗篇,来赞美梅花的倩影芳姿、高洁丰神,寄寓他那高远深沉、宽阔深广的情思和胸怀!

现在,已人去楼空的人境庐,仍默立在蜿蜒窅深的周溪河畔,河边开辟出了十里梅花长廊;对岸的中国客家博物馆也广植梅花,成为人们的赏梅佳处。如果黄遵宪在天有灵,他在这一民富国强的新时代,会尽情地歌咏梅花吗?

(二十) 饶芙裳:"此生修己到梅花"

饶芙裳(1857—1941),名集蓉,号德依、松溪老渔、大印山人,梅州市梅县区人,是知名的教育家、社会活动家和书法家。清光绪十一年

（1885）乙酉科举人。1912 年任广东省教育司司长，1924 年任广东省琼崖道尹，后辞官归里，倡办新学。著有《超庐诗稿》《辛庐吟稿》。今人刘奕宏、郭锐整理出版了《饶芙裳诗文集》，称赞他是"粤东北客家地区历史上一位文化修养深湛的宿儒"。饶芙裳诗歌多产，内容多涉及时事，表现出了一位社会活动家忧国忧民的赤子情怀；他还写了许多关于个人日常生活的诗，展现出一位文人率真的性情和高雅的情趣。他作的咏梅诗，就属于后者。

饶芙裳十分喜爱梅花。他作诗道："西风吹客老天涯，雪压青帘卖酒家。偏是夜深眠不稳，月明三起看梅花。"当夜深无眠时，梅花是他的朋友，通过对梅花的再三看望，如晤友一般，他得到了心灵上的慰藉。梅花让他领悟到人生的因果，于是活得随缘任运，顺其自然："有相皆清净，无才合隐沦。梅花香不歇，坐对悟前因。"

他大声地歌唱梅花，《梅花两律（其二）》云："直到群芳不敢开，雪花堆里见胚胎。长为天地留元气，能历冰霜是异才。耐冷只宜邀鹤伴，冲寒谁肯跨驴来。爱莲爱菊人争说，我亦从今说爱梅。"就像周敦颐爱莲、陶渊明爱菊一样，他也公开表明自己"爱梅"。他夸赞梅花的颜色好，作诗《红梅》："玉骨冰肌不再夸，倾城颜色艳桃花。风前绰约酣朝日，雪后精神斗晚霞。处士醉眠资白堕，仙人服食本丹砂。胭脂淡抹娇谁敌，无怪林逋只恋家。"他还歌唱梅花的品格高："冻云漠漠雪纷纷，遍赏芳林酒数樽。暗里浮香人不觉，空中照影月无痕。怡情久谢繁华梦，得气先还冷淡魂。难怪万花推老辈，心肠铁石品常尊。"

他愿意将自己修炼成梅花。在六十岁生日时，他总结人生，并展望未来，作诗《六十初度（余于夏历丙辰年十月十四夜生）》："白云何处是吾家，闪电光阴两鬓华。寒啖蔗浆甘未至，老嫌姜性辣弥加。百年事业由今始，一事桑蓬堕地夸。月满山窗风雪夜，此生修己到梅花。"岁月如白驹过隙，在六十岁时他仍表示要奋斗不已，希望把自己修炼成梅花，耐得住风欺雪压。老当益壮的饶芙裳，仍用"梅花香自苦寒来"的精神激励、要求着自己。

（二十一）丘逢甲："引杯自醉梅花乡"

像前辈乡贤宋湘一样，晚清杰出的抗日保台志士、教育家、诗人丘逢甲（1864—1912），也与梅花结下了不解之缘。他植梅、赏梅、咏梅，诗中寄托了他深厚的家国情怀。

早年在台湾，丘逢甲就写诗赞赏梅花，云："孕珠含玉短墙间，老干敧云藓有斑。一夜东风透消息，嫩寒春晓梦孤山。"枝干苍劲的梅花，含苞欲放，表示着春天即将到来，这让作者想起了林逋在孤山植梅、咏梅的著名典故，诗歌表达了丘逢甲的爱梅之情，揭示出梅花高洁的品质。

丘逢甲的朋友曾经许诺赠他一株红梅，却迟迟未送来，丘逢甲作诗去催，就像催促新娘梳妆出嫁一样："芳讯罗浮总未闻，双身曾许玉阑分。东风消息来何缓？久启妆台待紫云。"诗写得饶有情趣，表达了丘逢甲急切的心情，可见他喜爱梅花的真挚之情。

后来丘逢甲抗日保台失败，被迫离开家园内渡，他常常由梅花想起故乡台湾，念念不忘。其诗《忆旧述今，次韵答晓沧见赠十绝句（其一）》道："风雪关河有梦还，海天漠漠对孤鹇。暗香疏影寒溪月，万树梅花忆故山。"这种思乡之情，在他的许多诗中都有表现，诗句如："江湖游草添行卷，风雪寒梅问故乡。""太平策在终须用，且抱乡心付岭梅。""娟娟故国梅花月，应有仙魂化鹤过。"

丘逢甲离台以后，对故乡的思念相当深挚，对台湾被异族霸占感到十分痛苦。他临终时留下遗言："葬须南向……吾不忘台湾也！"丘逢甲的咏梅诗，将他的深厚的爱国怀乡之情，强烈地表达了出来。

丘逢甲内渡，先在祖籍广东镇平（今蕉岭县）澹定村定居，后到潮州、广州等地兴教办学，培育人才。闲暇时，爱访山看花。"我本山水人，深知山水意。""吾生寡嗜好，独嗜佳山水。""平生遇合多乖忤，不为看花不出游。"他怀着特别的情趣赏花，爱花如同爱人才，"平生有雅抱，爱花如爱才"，"惜花心与爱才同"。他吟咏最多的花，是菊花和梅花。

丘逢甲酷爱梅花，亲自栽种过梅花。他说："花好偏宜手自栽。""十年不负种花心，万玉千珠花气深。锄罢月明吾事毕，看栽成树树成林。"其诗《稚川手植梅枯久矣，拟就故处补植之（二首）》，记录了他的植梅佳事。而且，他想起南宋诗人杨万里歌咏梅州十里梅花的壮丽景象，产生了"补种诗中十里梅"的美好愿望："曾费诚斋策马来，临溪处处见花开。一庵拟筑蓝田曲，补种诗中十里梅。"

丘逢甲还四处探访梅花，欣赏梅花的玉骨冰姿、疏影暗香。其诗《牛山码头访梅》道："牛山曾约看花来，万树梅花绕将台。昨夜军书报梅信，弄寒花已五分开。"

丘逢甲热爱梅花，最欣赏的是梅花在飞雪寒冬中最先报春的精神。《次韵和友人除夕自寿》云："笑数雌雄几甲辰，梅花预报隔年春。"《除夕诗（其一）》曰："梅花一笑回春姿，弄笔尚自吟南枝。"《岭南春词

（其一）》有："万紫千红不敢开，先春独让岭头梅。"其《题画四绝句
（其一）》道："漫天飞雪净红尘，吩咐门前扫雪人。要向梅花问消息，空
山已放几分春。"《题画梅石（其一）》也写道："瘦石护寒梅，盎盎回春
意。借君铁笛声，吹起群山睡。"《寄怀公度（其一）》也写："梅花消息
最分明，已报山中岁欲更。野草初苏呼鹿友，江波微长受鸥盟。高门盘菜
神京梦，伏枕垆香画省情。一卷《公羊》宜起疾，先春重与订王正。"丘
逢甲歌颂梅花率先带来春消息的精神，可谓不吝笔墨。

梅花作为春的使者，不畏严寒，它的这种精神，对丘逢甲来说十分重
要。丘逢甲曾经惨遭战败，复台无望，长期挣扎徘徊，梅花的这一品格，
让他看到了希望、光明和美好，让他重新鼓起了奋斗的勇气，充满干劲。
于是他由衷地礼赞梅花。

丘逢甲虽然有时候也感到消沉，当他看见"孤城角冷梅花月"时，会
感觉"飘零落叶思朋好，憔悴梅花入客愁"，因此"闲赋梅花自写愁"，但
是更多的时候，他一再讴歌梅花意志坚强、崇高纯正的精神，以此激励
自己。

他深知中华文化中梅花的象征意蕴，赞叹道："岭梅最高品，着花冰
雪中。""男儿自保黄金膝，除却梅花不拜人。"

丘逢甲的咏梅诗，常以风雪来衬托梅花坚贞高洁的品格。其《题墨梅
（二首）》云："天寒岁暮漫神伤，天地心终复见阳。留得梅花风格在，空
山洒墨作寒香。""扫尽凡花是北风，孤芳原不与凡同。任他众鸟欣相托，
自放寒花向雪中。"《次韵陈汝臣见赠（其一）》云："梅花数点见天心，
寒入山村雪意深。想见闭门人觅句，暗香疏影伴沉吟。"

正因为欣赏梅花的高洁品格，丘逢甲竟然以梅花比拟迈进婚姻殿堂的
新人，其《贺林俊堂内弟（朝崧）新昏》诗，由新人的姓氏，即谢与林，
联想到历史名人——咏絮才的谢道韫和隐逸孤山的林逋，从而称赞新人的
才高德劭："春风吹上七香车，咏絮清才出谢家。嫁得孤山林处士，料应
风格似梅花。"这首诗反映了丘逢甲幽默风趣的性格。

丘逢甲晚年主要生活在南方，《游罗浮（其一）》有"岭南天早春，
故是梅花国"。丘逢甲在梅花国里，赏梅、咏梅，与友人酬唱，十分快活。
《早春有怀兰史，用高常侍人日寄杜拾遗韵》云："东风夜入说剑堂，引杯
自醉梅花乡……与君行觅咏诗地，我亦苍茫独立人。"《题王晓沧广文鹧鸪
村人诗稿》曰："何许鹧鸪村？乃在梅花国。花落梅子青，生为鹧鸪食。
鹧鸪工越吟，自唱南不北。诗人发乡思，对尔泪沾臆。归山岁云暮，寒巢
敛羽翼。手持《鹧鸪》诗，自写梅花侧……诵君《鹧鸪》诗，令我悦动

色。梅花落空山，风雪途未塞。展卷此留题，飞香洒寒墨。"有一年，丘逢甲作了《岭南春词（八首）》，序言道："小春十月，梅花已开，岭南固梅花国也。为作《岭南春词》八章，使诸生谱之风琴，其声盖颇雄而雅云。"

晚年生活在梅花国里的丘逢甲，一生忧患家国的丘逢甲，总是孜孜矻矻的丘逢甲，其风雅如此！

（二十二）李季子："寒梅自恨春难暖"

李季子（1883—1910），号朝露，因排行第三，故名"季子"，梅州人。清末同盟会会员，冷圃诗社社长，著有《泫然诗集》一卷。李季子年幼丧父，两位兄长皆早殁，他与母亲相依为命，然而天不假年，仅活到27岁。他能诗、善画、工书，时人称为"才子"。古直称赞他："李季子天才亮特，艺事皆能，郑虔三绝，君殆过之。"以唐代被誉为诗书画"三绝"的郑虔比拟他，甚至认为他更胜一筹。

李季子热爱梅花，喜画梅花，更喜欢咏梅，曾作《梅花杂咏》组诗二十首。这使他声名鹊起，被人称作"梅痴"。

《梅花杂咏》组诗聚焦于"寒梅"形象，刻画了寒梅生长的肃杀环境，抒发了寒梅蕴蓄的悲凉情绪，并吟咏梅花相关的典故，渲染出一种迷离凄清、哀伤低沉的情感氛围，令人心酸，令人怅惘。

在二十首绝句中，有些诗直抒胸臆，如第一首云："雪虐霜饕剩一身，故园春梦总成尘。寒梅自恨春难暖，一度风来不见人。"直接表现寒梅在"雪虐霜饕"的摧残中，春梦不成，春天无望，故园难存，有着风来凋零的悲剧命运。寒梅给予作者的悲伤情感，被直接抒发在诗中，如第三首："冷云和月扑衣襟，酬尽寒香恨转深。一拂妆成成底事，卿含芳意我酸心。"又如第十五首："迢迢江北旧家乡，三十年来梦一场。雪断云封何处是，晓风残月最神伤。"一"酸心"一"神伤"，情感显露无遗。

有一些诗则将情感寓于景物之中，含蓄隽永，达到情景交融的境界。如第二首："断桥流水雪漫漫，庾岭春来正薄寒。寂寞月横香不起，东风何处倚栏杆？"描写在"断桥""流水""雪漫漫""薄寒"的环境中，梅花寂寞地开放，了无香气。作者没有直接抒发情感，他的情感寓含在所刻画的景物中，描写萧瑟的景物，自然而然表现出了情感的消沉。第十八首："白首孤乌哭屋梁，朔月吹彻满林霜。才闻旧垒伤春燕，旋见朱楼送夕阳。"也成功地运用情寓于景的写法，达到了"状难写之景，如在目前，含不尽之意，见于言外"的艺术效果。

而较多的诗则采用梅花的典故，作者的情感寄托在典故之中，耐人寻味。如第七首："金樽又送月黄昏，人去孤山梦有痕。落尽横斜清浅水，更无孤鹤唳江村。"化用隐士诗人林逋的诗《山园小梅》之意，表现的情感十分凄迷。又如第十六首："江路濛濛认不真，霜中攀折若为情。放翁已死何郎老，无复银灯看到明。"涉及咏梅名家陆游和何逊，情蕴哀婉。再如第二十首："梅花落渡继春红，玉笛声声乐未终。凄绝江南贺梅子，断肠无句哭东风。"融入北宋词人贺铸《青玉案》中"碧云冉冉蘅皋暮，彩笔新题断肠句。试问闲愁都几许？一川烟草，满城风絮，梅子黄时雨"之意，情感凄婉。

在《梅花杂咏》二十首中，李季子不管是直接抒情，还是寓情于景物或典故中，总体表现出了寒梅的凄凉情蕴。他表现的寒梅形象和抒发的悲凉感情，凄迷婉转，颇有深意，显然是针对当时局势有感而发的。第九首"方听鹃啼悲故国，可怜蝶梦又前生。渐渐麦秀离离黍，一抹残阳画不成"和第十二首"江山无语又斜曛，铁汉楼空故国魂。细雨横风肠已断，乱山何处哭将军"，都表达出了忧虑国家命运之情感，突出而强烈，颇具代表性。恰如古直所言："李季子咏梅廿绝，诗中家国之恨，齐上心头……"

才华横溢的李季子本可以干出一番大事业，然而造化弄人，英年早逝。在他短暂的生命中，值得书写的有两件事。一是创办冷圃诗社，二是为梅州教育事业作出贡献。

1907年末，李季子加入同盟会，与从日本早稻田大学留学归国的同盟会会员钟动等人谋划组织文学社。1908年春，李季子在梅城北门外曾氏义祠设立冷圃诗社，旨意"冰雪万里，潜孕阳春，革命大业，宜有预备，一为鼓吹文学，二为教育灌注"。李季子号朝露，钟动号寒云，古直号层冰，曾伯谔号积雪，曾勇甫号繁霜，这五人是最初的"冷圃五子"，后增加曾晚节、黄慕周，号称"七子"。他们积极宣传民主革命、爱国救国的思想，从事文学创作，意图唤起民众，推翻腐朽的清政府，以振兴民族大业。

同时，他们兴办学校，培育人才。1908年夏，李季子与冷圃诸子在梅城创办务本学校（即梅州中学前身），培养了熊锐、彭精一等优秀学生。后来李季子又担任桂里小学的校长。1910年，曾伯谔出资开办梅州高等小学，由李季子首任校长。

1910年4月，李季子得了传染病，诗人黎璿潢后来饱含感情地写及此事："尝阅《梅州杂志》，其诗佳妙者，或谓为季子所作，乃知季子亦诗人也。未几以疾卒。当疾革时，以肩舆舁归，未至家而绝。冷圃诸子，竟扶掖以入，哭尽哀乃去。其时疫气流溢，莫不惊避，而诸子乃能为人所不能为，是诚难能而可贵者。而曾君伯谞，抚恤其孤而治其墓，其风义尤足嘉叹，语曰'一死一生，乃知交情'，诸子行事如此，诚足愧凶终隙末者矣。嗟乎，时至今日，不忍言矣。师尚可倍，况在友生。常且轻绝，况在时变。不有义者，孰砥中流。余于诸子，并不识面，第其事有足取者，春日偕友人过其墓，徘徊久之，如季子者，以一少年而能动其友如此，当亦有过人处，因作诗吊之。"高度赞扬了冷圃诸子的生死情谊，以及李季子的过人诗才。

李季子英年早逝的噩耗一传开，惊动全城。梅州高等小学为李季子举行了隆重的追悼会。许多挽联的内容都提到了梅花，如曾伯谞挽云："三生石上证此因缘，幸几日归来，同看明月；万树梅花尚祈栽种，奈孤坟咫尺独付劳人。"曾晚节挽云："梦也无凭，可怜黄土埋愁，算风雨人间半世；魂今安往，从此斜阳易晚，剩梅花开落空城。"钟动挽云："长天渺渺，沧海冥冥，问两戒山河，谁将情影飞来，每因片月三分，同看石上；相依似命，分手成愁，正相思无地，又道乘风归去，撇我孤魂万里，飘向人间。"

古直写下了诗歌《冷圃曲》，悼念李季子："东风绿遍梅州路，杜宇声声啼不住。白头老母泣路旁，痛彻心肝泪如注。"曾勇甫多年以后回忆李季子，作诗道："柴门重掩恨重生，空有文章比杜蘅。凄绝当年断肠处，无情芳草尚纵横。"对李季子的早逝，曾勇甫一直满怀忧恨，满目凄凉……

李季子如流星一般划过天际，对于这位才子的过早离世，人们怀着无限的悲痛……

（二十三）古直："我家本在梅花国"

古直（1885—1959），字公愚，号层冰，梅县梅南滂溪村人。中国同盟会会员，参与并组织了光复梅州的反清斗争。创办了梅州中学、龙文公学，培育了大量人才。一生著有《陶靖节诗笺》《陶靖节年谱》《诸葛忠武侯年谱》《汪容甫文笺》《钟记室诗品笺》《曹子建诗笺》《阮嗣宗诗笺》《客人三先生诗选》《客人骈文选》《客人对》等近五十部作品，内容涵盖中国古典文学、客家历史等研究领域，被誉为"海南婆娑明月珠"。另外，创作了《转蓬草》《新妙集》《东林游草》《隅楼集》等诗集。

他喜爱梅花，据说他考证其家乡梅南滂溪是当年南宋诗人杨万里歌咏的十里梅花生长地，于是计划重新种植梅树，再现当年盛景，但是因抗战的动荡时局而未能付诸实施。他留下了一些歌咏梅花的诗歌，至今仍在流传。

他赞颂梅花凌寒开放、报春消息为天下先的精神。他作诗道："忍寒相与讯冰肌，已放东风第一枝。秾李夭桃齐避面，春兰秋菊不同时。独排凡艳标高格，为护孤根接短篱。花下沉吟一凝望，满天风雪自哦诗。"又作诗云："当年锄月种黄昏，今日花开又一春。惆怅岭头芳讯杳，漫漫风雪独消魂。"

他借梅花表达了对朋友的深厚情谊："梦断罗浮又几年，寒香空锁岭头烟。一枝到眼惊还喜，坐对孤芳独黯然。""人日题诗寄故人，罗浮幽梦可能真。逋仙白石皆堪忆，吟啸湖山是幸民。"

他更为生在梅州这一"梅花国"而自豪，为先贤宋湘喜爱梅花而激动，为梅花坚强耐苦的高节而叹赏。作诗云：

> ……侧身乍见萼绿华，盘屈偃蹇枝杈枒。古貌荒唐有如此，对汝不觉长嗟咨。我家本在梅花国，庾岭罗浮皆侍侧。一作风波播荡民，师雄幽梦全相失。今日逃虚忽遇君，喜真空谷足音闻。况当春三时未晚，古香往往余氤氲。忆昔吾乡有宋湘，一麾出守苍山麓。亦常携屐相过从，赏汝阳春白雪曲。我生后宋五十年，客游万里羁愁煎。题诗聊复志鸿迹，才弱何敢追先贤。吁嗟乎！大地穷阴纷雨雪，幸汝枝柯皆似铁。乾坤会有清明时，忍苦撑拄汝高节。

古直由龙泉观的古梅联想到梅州历来为"梅花国"，庾岭、罗浮两地的梅花映衬着梅州的梅花。前贤宋湘喜爱梅花，常"携屐"外出，欣赏梅花的美，五十年后，他也"客游万里"，观赏梅花。

古直由衷地为自己生在"梅花国"而骄傲，希望众人凭借梅花精神，建设一个美好的家园。这一思想同样贯注在他为梅州中学校歌作词的内容中："五岭东趋尽揭阳，中有梅花乡。横枝独傲冰雪里，畸人节士代相望。流风犹未泯，大启我门墙，前临铁汉负雄岗。一堂济济，弦歌洋洋，媲前修而独立，芳菲菲其弥彰。行己有耻，为学之纲，自强不息，进德之方。勖哉吾辈，毋怠荒，毋怠荒，努力好修以为邦家光。"校歌今天唱起来，仍令人觉得无上荣光，浩气满怀。

（二十四）李烈妇："梅花今夜冷于铁"

李烈妇，不详其名，梅州市梅县区人，世家女，从小知书识礼，吟诗填词。十七岁嫁于郭大顺，夫妻恩爱。后来，李氏临盆，大顺却病重。大顺临终时对妻子说:"生男为我撑持门户,生女已矣,毋误若芳年。"意思说,如果生了儿子,就请李氏将他抚养长大,接续香火;如果生了女儿,李氏可以改嫁。李氏哭泣道:"生男称未亡人,生女径赴泉台,无他说也。"意思是若生了男儿,她将为夫守节,自称"未亡人";若生了女儿,她将随丈夫而去,成为烈妇。她坚定地表达了节烈之心。

天不遂人愿,李氏生下女儿。她大哭,守着丈夫的灵柩,七天七夜不吃不喝不睡。她抚摸灵柩,绕其走了三圈,喝了一口水,口占一首诗,突然一跃而死。

李氏作的绝命诗,只传下来两句十四个字:"天地岁寒始见心,梅花今夜冷于铁。"她的爱夫之心和节烈之心,也由此显现出来。今夜,苦寒中开放的梅花,格外僵冷似铁。有人评论道:"一字一泪,令人不忍卒读。"

人们将李烈妇的墓称为"梅花冷铁墓"。

李烈妇的遭遇令人长叹。但不得不说,她戴上的封建礼教枷锁,太沉重了。

三、梅州历代咏梅诗整理

（一）梅州流寓诗人咏梅诗（唐、宋）

【李德裕】

李德裕（787—850），字文饶，赵郡赞皇（今河北省赞皇县）人。唐代政治家、文学家。唐武宗时任宰相，封卫国公，"牛李党争"中李党的首领。唐宣宗时被贬谪为崖州司户参军，在崖州病逝，终年63岁。

到恶溪夜泊芦岛①

甘露花香不再持，远公应怪负前期②。
青蝇岂独悲虞氏③，黄犬应闻笑李斯④。
风雨瘴昏蛮日月，烟波魂断恶溪时。
岭头无限相思泪，泣向寒梅近北枝。

注释：
①恶溪：唐朝时称梅江为恶溪。因其瘴雾毒恶，使人生病；滩石险恶，致船毁人亡；再加上鳄鱼狞恶，吃人伤物，故名。
②远公：指晋代净土宗高僧慧远。
③青蝇：苍蝇。
④黄犬：黄狗。

【杨万里】

杨万里（1127—1206），字廷秀，号诚斋，江西吉水人。南宋高宗绍兴二十四年（1154）进士，授赣州司户参军。历任国子监博士、漳州知州、吏部员外郎秘书监等。晚年家居15年不出，病卒。著有《诚斋集》。

发通衢驿见梅有感①

忙中撩眼雪枝斜，落片纷纷点玉沙。
虚过一冬妨底事，不曾款曲是梅花②。

注释：

①驿：古代供来往送公文的人或出差官员中途换马或暂住的地方。现多用于地名。

②款曲：殷勤的心意。

晨炊浦村

水出何村尾，桥横乱筱丛①。

隔溪三四屋，对面一双峰。

过午非常暖，疑他不是冬。

疏梅照清浅，作意为谁容？

注释：

①筱（xiǎo）：小竹。

程乡咏①

市小山城寂，船稀野渡忙。

金暄梅蕊日②，玉冷草根霜。

注释：

①题目又名"明发梅州"。

②梅蕊：指梅蕾或梅苞。

明发房溪二首（其一）

山路婷婷小树梅，为谁零落为谁开。

多情也恨无人赏，故遣低枝拂面来。

汤田早行见李花甚盛二首

其一

此地先春信①，年年只是梅。

南中春更早，腊日李花开。

其二

似妒梅花早，同时斗雪肤。

新年三二月，还解再看无？

注释：

①春信：春天将至的信息。

雨中梅花

霜晴三日不胜佳，忽作阴霖送岁华。

客里清愁自无奈，却教和雨看梅花。

自彭田铺至汤田，道旁梅花十余里

一路谁栽十里梅，下临溪水恰齐开。

此行便是无官事，只为梅花也合来。

【蒲寿宬】

蒲寿宬，字镜泉，号心泉，福建泉州人。南宋咸淳年间任梅州知州。著有《心泉学诗稿》。

百花洲梅

孤根宁不在栽培，枝南枝北春一回。

尽道游鱼是佳谶①，不知洲上有花魁。

注释：

①佳谶（chèn）：吉祥的谶语。

梅阳郡斋铁庵梅花五首

其一

广平一寸铁①，不信句炼柔。

犹疑雪月竞，韬玉无处求。

神人藐姑射②，夜趁嫦娥游。

缥缈不可见，天风想琳璆③。

其二

孤山隐君子④，搜索入幻眇。

方且判鸿濛，倏尔得一窍。

童鹤俱不知，吟成忽自笑。

翛然脱情尘⑤，高标立寒峭⑥。

其三

江南擅名胜，雅爱陆敬风⑦。
岂无可以赠，折枝寄邮筒。
缄香不敢泄，千里一寸衷。
对雪感岁暮，白头漫西东。

其四

卓哉诚斋老⑧，驱车陟崔嵬⑨。
清风欲洗瘴，驾言为花来。
仰止冰玉人，念彼同根荄。
思翁不可说，江边重徘徊。

其五

枯株类铁汉⑩，瘴疠不敢侵。
岁寒叶落尽，微见天地心。
阳和一点力，生意满故林。
至仁雨露泽，不觉沦肌深。

注释：
①广平：指宋璟，字广平，唐朝名相，为人刚正，后封广平郡公，人称宋广平。
②藐姑射（miǎo gū yè）：传说中的仙女，也指仙山。
③琳璆（lín qiú）：指美玉。
④孤山隐君子：指北宋隐士林逋。
⑤翛（xiāo）然：无拘无束、自由自在的样子。
⑥高标：高尚的品格和情操。
⑦陆敬风：三国吴人陆凯，字敬风。这里作者有误。《赠范晔》的作者应是南北朝人陆凯。
⑧诚斋：指南宋诗人杨万里，曾东征梅州，发现了梅州梅花，并作诗歌咏。
⑨陟（zhì）：登高，上升。
　崔嵬（cuī wéi）：本指有石的土山，后泛指高山。
⑩铁汉：指刘安世。

（二）梅州客家诗人咏梅诗（明）

【梅县·叶文保】

叶文保（1345—?），梅州梅县区人。元末明初广东富商，知书好义，捐资修筑梅州城墙，被祀于乡贤祠。今梅城有文保路，以示纪念。

咏梅花（二首）

其一

邀朋三五赏梅开，地冻天寒送春来。

玉骨冰肌人人赞，清香飘动入琼台①。

其二

一院梅花万缕情，痴心偏爱伊精神。

此生难作林和靖②，月影仙姿倍觉亲。

注释：

①琼台：玉饰的楼台，泛指华丽的楼台。

②林和靖：指林逋。

【张琚】

张琚（jū）（1608—?），字居玉，梅州梅江区人。明崇祯十二年（1639）己卯科举人。不仕，操尚清洁，结庐周溪，多购奇书，训子侄，人称旋溪先生。著有《旋溪集》。

送陈醴泉夫子旋里①

春辞五岭去，公向八闽归。

明月照官路，梅花飘素衣。

风尘终不染，宦海早知几。

自买三间屋，云深鹤护扉。

注释：

①陈醴泉：即陈燕翼，字仲谋，福建侯官（今福州）人。

【廖衷赤】

廖衷赤，字荩孟，梅州梅县区人。明末举人。食贫力学，诗酒自娱。性和易，不形喜愠，人皆乐近之。其文采斐然，邑中著作多出其手。著有《五园集》等。

赵姬墓二首（其一）

落日萧萧天已昏，梅花月色暗销魂。

冷风古道无人迹，一树枯杨盖墓门。

【曾日唯】

曾日唯，字道生，明末诸生。著有《纺授堂诗集》。《续梅水诗传》曰："道生感时咏事，发为诗歌，独具一种磊落不群之慨，是不落寻常窠臼者。"

冬日山居

山居不思家，家居山在念。
去之秋涉冬，自然看一变。
衰柳如燥发，冬荷掀败扇。
霜橘胃娟篠①，青隐朱颜倩。
山菊当花时，欲开不肯先。
迟迟殿霜英，寒篱意高狷②。
严气伏丰条，劲风搜梅箭。
心知花未开，绕树日百遍。
众木次第疏，林外山渐见。
散步草堂前，日日开生面。
樵余寒木乔，暮鸟认巢便。
冬月胜秋月，习于山者辨。
长病荒酒杯，畏寒远笔砚。
添炉撷松子，霜夕閧茗战③。

注释：
①胃（juàn）：挂，缠绕。
　篠（xiǎo）：较细的竹子。
②高狷（juàn）：高洁正直，不肯同流合污。
③閧（hòng）：同"哄"，斗争，喧闹。

访友久居山中，将归阻雨

主人留客勤，更倩山作主。
犹恐客不留，益以潇潇雨。
客一而主三，岂复有去理。
况我留更易，无援亦自止。
此主兼此客，山中过岁矣。
失意过友生，篮舆百余里①。
出门谓家人，十日之游耳。

生平耐作客，濡滞无远迩②。

即我与我期，自疑未必尔。

往往订日归，不信于妻子。

果尔秋徂冬③，牵挽方未已。

固云我好游，一半为地主。

一半恋山中，一半滞病里。

一半待梅花，一半阻风雨。

其始则乘兴，兴尽终复始。

谓近不当游，游孰过于此。

注释：

①篮舆：古代供人乘坐的交通工具，形制不一，一般以人力抬着行走，类似后世的轿子。也说古时一种竹制的坐椅。

②濡（rú）滞：停留，迟延，迟滞。

③徂（cú）：往，到。

【丰顺·罗万杰】

罗万杰（1613—1680），字贞卿，号庸庵，晚号樵夫，梅州丰顺县汤南镇隆烟永丰村人。明崇祯三年（1630）庚午举人，崇祯七年（1634）甲戌进士。历任行人司行人、吏部清吏司主事、员外郎等。母亡归里。明亡，卖家产在汤坑筑金鼎寨。与名士郭之奇、何士家等结"陶社"，以匡复明室。后觉无力回天而隐居家乡逸老庵和揭阳黄岐山盘福寺，衣不蔽体。清统一全国后，收用明遗臣，揭阳县令劝他出山仕清，他坚决不仕二主，以诗婉谢，有"道人只合派峰顶，卧听康衢击壤声"，"首阳亦属周疆里，敢道茹薇不是恩"之句。居山二十余年，日习佛学，以僧至终。遗命题墓碑"龙山樵夫之墓"，墓在揭阳县曲溪缶灶村。乡人私谥为"文节先生"。撰有《瞻六堂集》等。

山居杂诗（其一）

冷落柴扉晚不扃①，爨烟遥映夕岚青②。

芒鞋转入茅冈去，折得梅花插胆瓶。

注释：

①扃（jiōng）：原指从外面关闭门户用的门闩、门环等。这里指关门，锁门。

②爨（cuàn）：烧火煮饭。也指灶。

奉使荆回宿万安僧舍，次壁间韵

征衣犹带洞庭沙，阅尽残冬未见家。
野寺寒灯独卧处，关心一夜到梅花。

【大埔·贺一宏】

贺一宏，又作"贺一弘"，字毅甫，号新溪，大埔人。明嘉靖十九年（1540）庚子举人。曾任萍乡县知县。胸怀恬淡，早年致仕，享山林之乐。著有《壁墩诗集》。其诗清淡闲适，富丘壑之趣，偶嫌于薄。

咏梅

点缀重重老树新，暗香疏影净丰神。
幽窗梦入罗浮后，明月孤村遇玉人。

廖韩泉拟俞敬堂内寄，次韵以和

满园红紫又芳春，三载音书那得闻。
折柳当时魂欲断，看花此日泪长纷。
心同皓月辉千里，身似寒梅瘦几分。
一种幽怀无处诉，兰房寂寞对残曛①。

注释：
①兰房：指高雅的居室。

志怀（其一）

松擎翠盖竹含斑，卜得岩居近碧山。
采药任从云外去，寻梅曾向月中还。

【郭辅畿】

郭辅畿（jī）（1616—1648），字咨曙，大埔人。明崇祯十五年（1642）壬午举人。著有《洗砚堂文集》，诗学温李，芬芳悱恻。

腊月祀灶词（其一）

云马香车欲上时，寒梅数点酒三卮。
东坡长吉文章在，带我新词作解颐①。

注释：
①解颐（jiě yí）：指开颜欢笑。

【黄渊】

黄渊，原名一渊，梅州字积水，大埔人。明季拔贡生。论诗学钟惺、谭元春，未免囿于一时风气之偏。然天分高，故所作皆奇险幽峭，戛戛独造。能有钟谭之长，而不堕其所短。明季时故当为一名家，被誉为明季岭东诸家之冠。著有《遥峰阁集》。

山溪得梅

幽溪青草结，沿爱适旁源。
深竹水流路，无人梅一村。
云烟寻不到，泉石自相敦。
明发须佳侣，香敲积雪门。

湖心亭候月

四窗欣大启，野水旷悠哉。
天上亦多事，几星独蚤来。
烟辉疑远树，花气混香梅。
待得宵深吐，光先掌上杯。

岁晚留别李其础兄弟

与君兄弟好，短别亦伤神。
举步梅花隔，旋舟岸草新。
敝襦陪杖履，余物寄闺人。
岂不美同岁，高堂有老亲。

夜过

皎月待门门不开，云房隙火照疏梅。
杖声时共霜花落，莫认高松子打苔。

书怨

赵璧隋珠买不回①，夜归倚暖雪中梅。
当年误食相思字，字字神仙解不来。

注释：
①赵璧：指赵国的宝玉和氏璧，价值连城。详见典故"完璧归赵"。
　隋珠：指隋侯的宝珠。先秦隋侯因救断蛇之伤而获得蛇的赠珠之报。

岁晚送琴师归闽

勿薄故人一斗酒，珍重携手是明年。

萧萧寒月梅花夜，幸有相思挥素弦。

【兴宁·张天赋】

张天赋（1481—1547），字汝德，号叶冈，自号爱梅道人，兴宁人。明嘉靖十一年（1532）选贡，官湖南浏阳县丞。著作颇丰，但多散失，仅存《叶冈诗集》四卷。《梅水汇灵集》载："汝德先生少负才名，从湛甘泉游，闻性命之学，即毅然自立。甘泉官南祭酒时，订正古本《大学》，刻石新泉精舍，特命先生作跋……"张天赋一生勤奋好学，才华出众。他为官清正，扬善抑恶，案无停滞，人心敬服。后因病归家，不久病逝，终年66岁，浏阳士民莫不痛惜。

梦登罗浮

潦倒湖海客，梦跻巀嶭峰①。

壮心凌青云，豪气吞长虹。

风翻凤凰衣，月照梅花丛。

玄洞飞蝴蝶，冲虚舞乐童。

秋波蘸铁桥，丹灶见葛翁②。

闽粤本异地，山灵纵奇逢。

青霞瑶草芳，朱明山带红。

云母发潇潇，水帘雨濛濛。

夜乐鱼春游，伏虎云时封。

翠袖笼青蛇，轰轰起潜龙。

逍遥跨白鹤，局踏嗟飞蠓③。

乾坤风景殊，笑宴诸天宫。

忽闻卓锡声④，嘹亮盈虚空。

惊觉东方白，凄然一枕风。

注释：

①巀嶭（jié niè）：也作"巀嶭"，高峻的样子。

②葛翁：指神仙。

③局踏（cù）：形容举止拘束。

④卓锡：指僧人居留。卓，植立；锡，锡杖，僧人外出所用。

怀陶涟洲大尹

病卧藜床欲断魂①，花开花落自黄昏。

白云界破西河水，明月梅花梦扣门。

注释：

①藜床：用藜草编成的床。

寄廖雪冈

纸帐梅花梦雪冈，经年两地恨参商①。

何时跨鹤仙人宅，风雨连床话短长。

注释：

①参（shēn）商：参和商都是二十八宿之一，两者在天空中不同时出现，此出彼没。比喻亲友不能会面，也比喻感情不和睦；或指有差别，有距离。

【何南凤】

何南凤（1588—1651），字道见，出家名觉从，号知非，又号雷山，称半僧先生或牧原和尚，兴宁石马人。佛教临济宗传人，也是一位才华横溢的诗人。

闲唱

学道无成方悔错，为僧到老始知闲。

闲来卸却乾坤担，错去彝除祖佛关。

桂魄烂空冰尚剧，梅光满地腊将残。

衲衣下事谁能会，只觉频年病怯寒。

神光山即事

屋后梅花正发时，三三两两赴招提①。

游人自得琴中趣，童子闲争局内棋。

注释：

①招提：指民间私造的寺院。

（三）梅州客家诗人咏梅诗（清）

【梅县·谢晖亮】

谢晖亮，字实庵，梅州梅县区人。清初诸生，投笔从戎，立功岭表，官东海窖参将。著有《东皋草堂诗集》。其诗刊于羊城，当时同里李梗曾为其评阅，年久散失无存。

岁暮途中见梅花

越尽峰峦过小桥，半边落日伴星轺[①]。
山头带冷连云出，马足冲寒踏雪消[②]。
名利羁人愁岁暮，驿亭逢使话途遥。
梅花路畔临风折，春信还须问老樵。

注释：
①星轺（yáo）：使者所乘的车。也借指使者。
②冲寒：冒着寒冷。

残冬夜雨闻喜书怀

滴沥声催烛未残，梅香暗透碧栏杆。
更深城柝敲风急[①]，夜静僧钟入雨寒。
踏雪常忧途蹭蹬[②]，凌云何惧足蹒跚。
灯花结尽惊新梦，禹贡尘冠带笑弹[③]。

注释：
①柝（tuò）：旧时巡夜打更用的梆子。
②蹭蹬：路途险阻难行，比喻遭遇挫折。
③禹贡：指《禹贡》，《尚书》中的一篇。

【李梓】

李梓，字其拔，梅州梅县区人。清初选贡。

仙花嶂

山容还太古①，花色艳新妆。

不用分枝叶，偏能傲雪霜。

题梅知国士，染柳占天香。

传得琼宫种，何劳蝶梦狂。

注释：

①太古：远古时代，指人类还没开化的时代。

【温文桂】

温文桂，字屹斋，梅州梅县区人。49岁始任山东考试官，后升任北城兵司马正指挥。著有《心远斋梦艺集》，古今体皆佳。

归田后游洋东岩作

洋东岩寺钟声响①，东岩寺外江波长。

江上人寻寺里来，划碎江光一枝桨。

一枝桨歇寺门开，山气扑落青莓苔。

迎门老佛向我笑，似欲招我登莲台②。

旃檀烟动一僧出③，口中喃喃犹念佛。

齿牙缺落发不绿，邀客转入梅花屋。

一曲阑干花一枝，对此正好吟新诗。

可惜寺僧都不知，一春孤负寒香吹。

梅花开早春亦早，我意嫌僧翻爱鸟。

鸟语似说花瓣好，三日啅之腹已饱④。

出门倏见天起风，一江水尽吹向东。

东山明月不肯上，夕阳红搁江当中。

注释：

①洋东岩：即阳东岩，曾为观赏梅花的地方。

②莲台：佛教用语，指诸佛的莲花座位，又叫"莲花台"。

③旃（zhān）檀：檀香，有"香料之王"的美誉。

④啅（zhuó）：同"啄"。

【李象元】

李象元（1661—1746），字伯猷，号惕斋，梅州梅江区金山人。清康熙二十六年（1687）乡试第二名，康熙三十年（1691）辛未科进士，乃清朝梅州入翰林院的第一人，先钦点翰林院庶吉士，后授翰林院检讨，曾任山东典试副主考。秉性正直，持躬谨慎而气度谦和，待人以礼。勤奋好学，生平好聚书，手不释卷，学问渊博，"为粤东最"。李象元儿子李端、孙子李逢亨，均中进士，授翰林院庶吉士，有"公孙三翰院"的佳话。著有《赐砚堂集》。

梅须邀雪三分白

梅花雪片共含春，素质芳姿各自新。
疏瘦寒葩堪比玉，霏微冷艳更离尘。
同承天泽原无竞，静玩瑶华却有真①。
调鼎资梅耕赖雪②，容颜虽异德仍均。

注释：

①瑶华：玉白色的花，借指仙花，比喻霜、雪。
②调鼎：调，烹调。鼎，古代的炊具。

题张梅北山观梅图

昔我至吴地，登高望古区。
渺然巨浸内，郁郁山盘纡①。
士人为我言，其中境界殊。
岩洞有灵迹，民俗恬以愉。
春至千林青，霜余万橘朱。
有梅四十里，寒葩映水敷。
皎洁清心眸，芬芳沁肌肤。
鼓枻欲从之②，而为尘俗拘。
张君何高怀，读书味道腴。
卜居此山中，烟霞足自娱③。
有石可为邻，有梅可为徒。
梅花方盛时，琴随书亦俱。
兀然坐盘佗④，耽玩口忘晡。
香雾随空飐，素云弥望铺。

清况惬幽情，诗思神为驱。
吾家在梅州，自古梅所都。
人情忽习见，芟伐任樵苏⑤。
我欲恢复之，买山植万株。
置吾山之巅，提挈榼与壶。
俯看梅花发，仰看浮云趋。
湖光与梅影，彼此俱相符。

注释：
①盘纡（yū）：回绕曲折，盘结回旋。
②鼓枻（yì）：划桨，指泛舟。
③烟霞：指烟雾和云霞，泛指山水景物，引申为红尘俗世。
④盘陀（tuó）：指不平的石块。
⑤芟（shān）：铲除杂草。
　樵苏：砍柴割草，也指砍柴割草的人。

十月望夜

月满中庭露气清，老人不寐独闲行。
轻风叶槁斜飘户，小暖梅花暗作英。
卧枕听更聋每误，移灯看字近分明。
年来八十成何状，只作蟫鱼过此生①。

注释：
①蟫（yín）鱼：一种咬食衣物、书籍的小虫，又称衣鱼、蠹虫。

四时读书歌

我所爱兮寒风惊，卷尽彤云散晚晴。
几阵昏鸦栖不定，萧萧古木挂残星。
川崖水落白石出，蛾眉凝积千峰雪。
松柏似有古人情，相对书空复咄咄。
呜呼我歌兮歌且接，梅花开满罗浮月。

送冯子兴任叶县

昔人称大器①，云非百里才。
百里苟能治，千里由此推。
冯君朴厚士，夙为贫所摧。

宦达不急营，胸次何恢恢②。
谒选诣铨曹③，缺出不疑猜。
远近由分定，讵由人所裁。
初得荆南邑，拮据困往回。
今兹州中地，足以试盐梅④。
膏泽培元气，精神起废颓。
宣圣昔有言，近悦远者来。
侧耳政声溢，三载趋垣台。
良马新鞍辔，清霜净微埃。
已幸服官荣，复愁行色催。
相赠但有言，临别更徘徊。

注释：

①大器：珍贵的器物，喻指有很高才能、能干大事业的人。

②胸次：胸间，亦指胸怀。

　恢恢：宽阔广大。

③谒选：官吏赴吏部应选。

　铨（quán）曹：主管选拔官员的部门。

④盐梅：古代作烹调之用的调料。

【陈鹗荐】

陈鹗荐，字飞仲，梅州梅县区人。清康熙三十二年（1693）癸酉科乡试第一，康熙三十九年（1700）庚辰科进士，官翰林院庶吉士，曾任上虞县知县。恬澹寡言，温柔敦厚，恭敬父母，笃爱兄弟。曾自书对联："孝友为家政，诗礼属世传。"辞官归里侍奉老母，课育儿孙，居乡三十年。热心公益，曾倡建渡船于渡江津。勤学苦读，博览群书，为文风格高雅，别具一格，著有《一经堂文稿》。

旅次扬州

八千归客路，今始到维扬。
岭月浑江月，他乡认故乡。
西风落叶紧，秋水逐船忙。
莫漫寻名胜，园梅入梦香。

【李恒煴】

李恒煴（yún），字用明，梅州梅县区松口镇人。清康熙四十七年（1708）戊子科乡试第一名。明末翰林李士淳之孙，李梗之子，从小聪明过人，长大后事父勤谨，不离左右。父殁后常静坐一室，手不释卷，为文卓绝，尤工绘事。

写梅二首

其一

骨格风标特地清，迥离群处了难名。

传将阿堵中间意①，薄胜娱嬉补广平。

其二

藤笺片片掇芳丛，各自呈姿各化工②。

似看罗浮三百树，不曾面目一相同。

注释：

①阿堵：六朝和唐代的常用语，相当于现代汉语的"这个"。

②化工：自然造化而成。

【李以贞】

李以贞，字石塘，梅州人。清康熙时布衣，以孝友闻。著有《石塘集》。

铁汉楼①

公也昔如铁，我来思铸金。

楼前古梅树，骨立冻云深。

注释：

①铁汉楼：程乡知县陈燕翼为纪念北宋名臣刘安世在梅城北门建造的楼。

【杨高士】

杨高士，字谦航，号实夫，梅州梅县区人。清康熙五十六年（1717）丁酉科举人，先后任湖北竹溪县、松滋县知县，署汉阳府同知。遗作由其子编成《松滋公遗集》。

咏梅

画堂开白玉①，春意动梅花。

影瘦怜明月，香寒怯暮鸦。

孤山三百树②，岭上几枝斜。

踏雪拟乘兴，直寻处士家。

注释：

①画堂：雕梁画栋的堂屋。

②孤山：山名，在浙江省杭州市西湖边。北宋隐士林逋在此隐居。

【杨仲兴】

杨仲兴（1694—1775），字直廷，号讱（rèn）庵，梅州梅江区金山人。清雍正七年（1729）己酉科举人，八年（1730）庚戌科进士，官福建清流县、广西兴安县知县以及江西瑞州知府、湖北按察使等。勤政爱民，兴利除弊，注重教育。《梅水诗传》称："公性刚直，精力过人，案牍皆手定、手披、口答，五官并用。官廉访时，风操益严峻，无所顾忌。改官刑曹，老成练达，为诸曹冠。古文才力沉毅，朴实廉悍，有如其人。曾勉士学博，推为近代岭南文第一。平生经济文章，卓然超绝，余事作诗人，亦存正始之音。"著有《性学录》《读史提要》《观察纪略》《四余偶录》诸书。

度梅岭

岭外冬来梅萼斜，岭上星回雪作花。

纷纷柳絮萦梢月，梅是菁英雪是骨①。

盐梅海上五丁公②，独立岭头当雪风。

辟云凿石通衢路，南北车马日无数。

北雪度岭南雪匀，南枝花落北枝新③。

潮阳刺史八千里，雪拥蓝关马痛矣④。

秦岭见雪不见梅，春山道上几徘徊。

吾家梅州昌黎化，梅花茁茁梅峰下。

握梅望雪想前人，今看梅岭雪精神。

岭头极目南与北，雪寒愈呈梅花色。

莫言逊雪三分妍⑤，自是梅花香在天。

君不见，岭上梅花香在天。

注释：

①菁（jīng）英：精华，精英。

②五丁：指古代蜀国的五位大力士，传说他们凿通蜀道。

③南枝花落北枝新：唐李峤《梅》云："大庾敛寒光，南枝独早芳。"白居易《白孔六帖》曰："大庾岭上梅，南枝落，北枝开。"

④雪拥蓝关马痡（pū）矣：唐韩愈被贬为潮州刺史。其诗《左迁至蓝关示侄孙湘》道："一封朝奏九重天，夕贬潮州路八千。欲为圣明除弊事，肯将衰朽惜残年！云横秦岭家何在？雪拥蓝关马不前。知汝远来应有意，好收吾骨瘴江边。"痡，疲病。

⑤逊雪三分妍：宋卢梅坡《雪梅（其一）》道："梅雪争春未肯降，骚人搁笔费评章。梅须逊雪三分白，雪却输梅一段香。"

【蓝钦奎】

蓝钦奎（1706—1785），字景先，梅州梅江区人。清雍正十年（1732）壬子科举人，雍正十一年（1733）癸未科进士，由户部主事晋升郎中，后任山西巡抚兼提督。乾隆五十年（1785），79 岁高龄的他，去北京参加了朝廷举办的首次千叟宴。

看梅花

柴米油盐酱醋茶，件件都在别人家。

今日自然然不得，不如翘首看梅花。

【李骎临】

李骎（jiàn）临，字淡斋，梅州梅江区人。

石壁坑

萧萧马头飔①，洒洒衣上雪。

飞峰压人来，乱石千层裂。

下有无底坑，微闻冻泉咽。

一线鸟道通，况值斜阳灭。

林深啸虎伥，山暝啼猿血。

何处有疏灯，人家露山缺。

入室慰羁魂，主人自亲切。

围炉觉火寒，酌酒回春热。

遥忆故园梅，开尽南枝月。

注释：

①飔（sī）：凉风。

秋日偕友游阳东岩

日出群动作，故人叩扉至。
谈笑未及终，促予驾行骑。
遥指阳东云，徘徊托情思。
行行遇竹林，晓风吹禾穗。
一路吟蝉清，千林枫叶菱。
突出跨涧桥，登临一惶坠。
曦日时当中，炎煎迫憔悴。
渺尔馌耕人①，杯茶适兹遇。
小饮凉肺肝，问途重振辔。
甫登数溪涧，豁然敞幽异。
侧势山欲飞，山腰倏坦地。
老石含嵯岈②，洞门辟奇邃。
四壁蛟龙蟠，百灵神鬼备。
决泉鸣松风，炉烟降鹤睡。
老僧不解人，裸头狎魑魅。
见客深怪惊，反身倏逃避。
出门造峰顶，眼明四山翠。
雕鹗盘空苍③，吟猿肃秋气。
茫茫大江波，东流若归去。
不见寒梅花，空思昔年醉。

注释：
①馌（yè）耕：为耕作者送饭。
②嵯岈（cuó yá）：错杂不齐的样子。
③雕鹗：雕与鹗，猛禽。

自在居小诗（其一）

宵深月未上，一曲弹流水
独怜亭中梅，瑟瑟坠霜蕊。

【林孟璜】

林孟璜（huáng），梅州人。清乾隆举人。

阳东岩探梅有怀曹尹①

昔日曹县令，植梅于此山。

时从风雪里，来叩白云关。

余亦同潇洒，南枝几度攀。

斯人渺不接，空对夕阳间。

注释：

①曹尹：程乡知县曹延懿，曾率民众在阳东岩大规模种植梅花。

【李坛】

李坛，字道登，号杏墅，梅州人。清乾隆三十九（1774）甲午科顺天举人，官至徐闻县教谕，廉俭自持。著有《退学轩诗文稿》。

寒月初上，步至西园玩梅

美人怨迟暮，寒夜聊相赏。

珮环隔墙见，繁饰辉琳琅①。

姗姗不可即，微风飘衣香。

思骖望舒驭②，弭节亲容光③。

注释：

①琳琅：指精美的玉石，比喻美好珍贵的东西。

②骖（cān）：古代驾在车前的三匹马。

望舒：神话中为月亮驾车的神仙，也借指月亮。

③弭（mǐ）节：驻节，停车。

【黎蓬仙】

黎蓬仙，字超凡，梅州人。清诸生。工笔札，其诗善于言情，曲而能达，悱恻缠绵。著有《盟兰馆诗钞》。

远思

远思怯长夜，残妆犹未卸。

微云出圆月，窥影入檐蜡。

钩帘通月光，炉香三余麝①。

鹦鹉不成眠，络索响风架。

商飚哀人心②，瘦竹一枝桠。

梅花犹未开，清泪湿罗帕。

注释：

①麝：麝香，一种香料。

②商飚：秋风。

古诗（其一）

河流千里远，不断水洋洋。

将水比妾心，不及相思长。

相思对寒梅，梅落花犹香。

欲折一枝寄，路远空彷徨。

日夕下罗帏，梦魂随风翔。

梦中无别事，夜夜啼君旁。

【刘庆绲】

刘庆绲（xiāng），字梅冶，梅州人。清乾隆五十九年（1794）甲寅恩科举人，官甘肃文县知县。著有《紫藤书屋诗钞》。《梅水诗传》载其"诗文敏捷，殆无与竞"。刘庆绲生平尤好作诗，脱口成章，不下 20 000 首，因两次发匪之乱，多化为灰烬。

寄舍弟上舍绥亭安远幕中，再用清虚堂韵

簿书琐碎纷虫沙，连年劳勚栖荒衙①。

令弟有才不我用，依人艳说丁香花。

虔州之南安远县，三百里近如吾家。

幕中勾留既九载，春语燕子秋啼鸦。

蜡梅时节动归兴，回看官阁仍含葩。

主人脱略但坐啸②，诇留纤芥烦搜爬。

午餐半调荸荠粉，夜话共煮莲心茶。

亦念陇头无驿使③，但疑徼外如老挝④。

即今塞鸿尽南向，望远翻教兄曰嗟。

何时捐珮谢羁靮⑤，与尔缚屋耕烟霞。

注释：

①劳勚（yì）：劳苦。

②脱略：放任，不拘束。

坐啸：指为官清闲或不理政事。

③陇头：陇山边。陇山，今陕西省陇县西北处。

驿使：古代专门递送公文的人。

④徼（jiǎo）外：塞外、边外。

⑤羁靮（dí）：指马络头和缰绳，比喻束缚。

【刘道源】

刘道源，字恕堂，梅州人。清乾隆五十九年（1794）甲寅恩科举人，官江西贵溪知县。著有《药亭诗钞》。《梅水诗传》载张芝田云："刘道源公为余外祖，与其叔梅冶先生同补博士弟子员，同登贤书，同出仕。生而仁恕，笃于骨肉，衣服饮食与诸弟无纤芥之嫌。罢官后贫甚，以笔墨自活。晚就扬州郑梦白都转之聘，主讲梅花书院，得士最盛，未几卒。"

人日寄家书回南，兼柬谢望亭二首①（其一）

人日惊心后，天涯极目初。

梅花三弄笛②，鸿雁一行书。

春草情无恨，阳关恨有余。

醉中分手易，归去倚门闾。

注释：

①人日：正月初七日。传说女娲初创世，在造出鸡、狗、猪、羊、牛、马等动物后，在第七天造出了人，是人的生日。

②梅花三弄：笛子曲名。

【宋湘】

宋湘（1757—1827），字焕襄，号芷湾，梅州人。其父为私塾先生。清乾隆三十三年（1768）应嘉应州童子试，名列榜首。乾隆五十七年（1792）中壬子科乡试第一名，嘉庆四年（1799）中己未科进士，选翰林院庶吉士，同年10月，因父病逝，返乡守制。嘉庆六年（1801），应惠州知府伊秉绶邀请，任教于惠州丰湖书院。后出任广州粤秀书院院长。嘉庆十年（1805），入京授为翰林院编修。后派往四川、贵州主持乡试。嘉庆十八年（1813），出守云南曲靖等地，十三年后任湖北督粮道，死于任上。有诗文集《红杏山房集》行世。精于书法，是清代著名书法家之一。黄钊《诗纫》云："宋芷湾先生以太白、东坡之胸次，运少陵、昌黎之气魄，豪情逸思，横绝一代。"

赋得山意冲寒欲放梅（得梅字五言八韵）

欲问春何处，千山更看来。

莫疑花寂寂，已透雪皑皑。

今日还明日，南开定北开。

风前疏影见，云外暗香回①。

惨淡峰如许，黄昏月亦才。

园林应偏到，篱落不须催。

人声惊头白，天时记管灰。

那无何逊兴，东阁动官梅②。

注释：

①疏影：疏朗的影子。

　暗香：清幽的香气。

②东阁：东亭。

　官梅：官府种植的梅花。

家园杂忆四十韵

作客何其久，回头昨少年。羁情空复尔，乡思故依然。

籍隶梅州古，村名白渡前。衡门当水曲，老屋负崖巅。

鳞次比邻接，瓜绵一脉延。世吾过二十，族众约三千。

鸡犬家家有，桑麻处处连。先畴耕共牧①，旧泽诵兼弦。

伏腊童翁集②，堂阶子姓联。豚蹄祈岁社，柏酒介眉筵③。

乐事邱园旧，良辰景物妍。冬初梅已笑，秋尽菊犹钿。

是岸排笙竹，逢桥有木棉。楼浓红杏雨，溪淡绿杨烟。

树树飞蝴蝶，山山答杜鹃。鹧鸪多草际，翡翠只沙边。

候过清明节，人忙谷雨天。茶时偏麦熟，馌日又蚕眠。

叱犊声喧野，湔裙影倒渊④。蓑衣携锸出，箬笠采山还。

有市才通里，凭栏即在川。两三江上阁，七八渡头船。

风雨归渔筏，朝昏响涧泉。桐蹊开酒店，榕径歇柴肩。

笋蕨纷投筥，鱼盐各守廛。檐堆柑子大，盘货荔枝鲜。

生小贪游戏，情闲那弃捐。趁圩呼辈行，绕膝索馋钱。

遇钓敲针学，逢花卷袖攀。长歌爱樵答，短笛美牛牵。

九日登高屐，中秋斗饮拳。踏青衫楚楚，访友带翩翩。

课旷愁师责，来迟得母怜。江湖宁此志，漂泊竟成缘。

始尚依南粤，今仍滞北燕。亭从五里别，月渐百回园。

积面尘难扫，骑驴蹇岂鞭。化缁原是素⑤，入梦必于田。

便好留盟誓，终当问陌阡。归来他日事，先倩画图传。

注释：

①先畴：先人所遗的田地。

②伏腊：亦作"伏臈（là）"，是伏祭和腊祭这两种古代祭祀的总称，也指伏祭和腊祭之日，或泛指节日。

③柏酒：指柏叶酒。古代习俗谓春节饮柏叶酒，可以辟邪。

④湔（jiān）：洗。

⑤化缁原是素：即成语"素衣化缁"，意指白衣变成了黑衣，形容灰尘极多。

湖居十首（其一）

欲问罗浮月，梅花只掩关。

迢迢佛迹水，莽莽象头山。

采药先春种，投丹几夜还。

颇愁多病骨，无分逐仙班。

李花

质莹香微重，于桃自弟兄。

世无梅再白，夜有月同清。

林僻孤烟醒，楼高冷眼明。

惟宜领张彻①，一访玉川行。

注释：

①张彻（？—821）：字华耀，清河人。师从韩愈，韩愈嘉许其才，以堂侄女妻之。

咏所居花木殆遍，而梅花开日，病中过去，聊用东坡松风亭下梅花盛开诗韵补题①

西湖雪后黄塘村②，中有羁客招病魂。

魂兮已归誓不死，留与草木司朝昏。

忽忆梅花看梅树，叹息青子垂一园。

有如学子废学久，奇书检束新寻温。

又如田父曝夕日，桑榆不似东隅暾。

问我何为花日病，昏昏自塞众妙门。

梅又何为病日花，默默只倚天何言。

魂兮梅兮且休矣，先生为判来年樽！

注释：

①东坡松风亭下梅花盛开诗：即宋苏轼《十一月二十六日松风亭下梅花盛开》诗：
"春风岭上淮南村，昔年梅花曾断魂。岂知流落复相见，蛮风蜑雨愁黄昏。长条半落荔
支浦，卧树独秀桃榔园。岂惟幽光留夜色，直恐冷艳排冬温。松风亭下荆棘里，两株
玉蕊明朝暾。海南仙云娇堕砌，月下缟衣来叩门。酒醒梦觉起绕树，妙意有在终无言。
先生独饮勿叹息，幸有落月窥清樽。"

②西湖：指惠州西湖。

湖上感怀四首寄伊墨卿先生① （其一）

读书堂角一梅花，昨夜今朝也自斜。

无处寄人春点点，何能伴我路叉叉。

乡愁岁暮真多感，白骨黄尘况万家。

谁信罗浮枝上月，曾经连月照悲笳。

注释：

①伊墨卿：即伊秉绶，字组似，号墨卿，晚号默庵，清代书法家，福建汀州府宁
化县人，人称"伊汀州"。

初夏独游龙泉观访古梅，题诗而返

何时泉边见梅树，传闻封殖自唐年。

风雷战斗壮士老，烟霞骚屑将军眠①。

高赛参天汉柏雨，低绕扑地秦松烟。

白摧朽骨何盘盘，苍皮远出青可怜。

春天花开大如盏，云中之君下来翩。

古香蓊勃遮远天，兰房蕙裕相新鲜。

美人石肠青铁肝，中有万古相思魂。

问君此情香何处，结子满枝空掩关。

吁嗟客心何可言，为官万里纷扰煎。

荒山野水走皮骨，蛮烟瘴雨沾衣裈。

狂游岂少阮孚屐②，清梦久隔罗浮村。

角巾东第定何日？手版西山聊暮云。
青鞋布袜古箧存，心迹要与林逋论。
举头万丈青天月，题诗壁上花应闻。

注释：
①骚屑：凄清愁苦。
②阮孚屐：即"阮孚蜡屐"，意为纵情所好，自得其乐。屐，木屐。

又游龙泉观看梅，感赋四律，仍题观壁

其一

君听何处鹤声圆，楼阁虚空雪后天。
旧岁梅花新岁看，今时明月古时怜。
行携酒伴谁闲得，坐对云山又惘然。
潭水有神应识我，扁舟夜夜五湖边。

其二

问客何因发兴孤，十年廊庙一江湖①。
青云富贵家家有，白日神仙处处无。
放我出头争此著，弃家学道亦迷途。
芒鞋竹笠青衫子，随意藜端挂酒壶。

其三

我岂无情入世来，君恩父德子孙材。
未能誓墓头先白②，到得还山日亦颓。
可更磨牛同道路，原知野马一尘埃。
独惭饱饮滇南水，涓滴曾无补？莱。

其四

从今便赋别花诗，开落春风又一时。
高士不妨留画看，美人终是隔林思。
岩边古佛扶吾醉，潭底神龙听此词。
若笑作诗人怪诞，梅花心事月光知。

注释：
①廊庙：指殿下屋和太庙，指代朝廷。
②誓墓：指辞官归隐。

奉题松云先生瞻园补梅图,先是先生舅氏梁文定公作藩江南时,先生随侍读书园中,后先生亦藩江南,故补梅焉,佳话也(二首)

其一

莫作扬州东阁看,官梅诗兴不因闲。
酷如其舅何无忌[1],又足相容庾子山[2]。
过去春风经饲鹤,重来明月照藏环[3]。
雪泥鸿爪寻常事,谁信前身此日间。

其二

指点平生一瓣香,白头旧事话来长。
相随客老韩康伯[4],此地人怀晋渭阳[5]。
明月自锄无限思,梅花修到可谁忘。
千春此木传香树,珍重江南水竹庄。

注释:

[1]何无忌:字无忌,东海郡郯县(今山东省郯城县)人。东晋末年将领,名将刘牢之的外甥。

[2]庾子山:即庾信,字子山,小字兰成,南阳郡新野县(今河南省南阳市新野县)人。南北朝时期文学家。

[3]藏环:见典故"羊祜识金环"。后世常用以哀挽幼儿早逝。

[4]韩康伯:即韩伯,字康伯,颍川长社(今河南省长葛市)人,东晋玄学家、训诂学家。

[5]渭阳:指甥舅情谊,也代指舅父。

奉题松云先生又一村中又补梅画卷,即以志别四首

又一村者,楚南巡抚署中别馆[1],旧日山阴人抚楚南,取陆放翁"柳暗花明又一村"句,节三字题其额。先生舅氏梁文定公自江南藩司迁楚南巡抚,先生仍随侍读书于此。今先生又自滇抚移楚抚,故画此卷。先生为予师方葆岩先生座师,故第四首有"几杖喜追随"等句。

其一

瞻园才道访花回,又一村中又补梅。
天上春光此流转,人间月色亦徘徊。
沙堤古路重重认,羹鼎新香续续催。
怪得湖湘诸父老,马前重话相公来。

其二

旧梦江南水竹居，无端饱食武昌鱼②。
宁知今日行春处，并到当年问字庐。
楚尾吴头新竹马③，花明柳暗老门闾。
一时齐向梅梢月，细数平生识面初。

其三

人生踪迹似鸿泥④，东影扶桑弱水西⑤。
燕子年年辽海记，桃花处处武陵迷。
曾谁古剑平津会，只说神珠合浦栖。
夫子莫非天上鹤，巢痕高处往来蹊。

其四

三年几杖喜追随，习见恒如初见时。
世界尽宜尊海岳⑥，人心能不奉宗师。
星辰北极移躔度⑦，草木南方惜别离。
安得村中梅树下，添余叠石砌清池。

注释：

①别馆：行宫，别墅。

②武昌鱼：我国特有的优良淡水鱼类，学名"团头鲂"，俗称"鳊鱼""草鳊"等。

③楚尾吴头：位于楚地下游，吴地上游，首尾相衔接，故称"楚尾吴头"，泛指长江中下游一带的地方。

④鸿泥：比喻往事留下的痕迹。

⑤扶桑：古代神话中的地名。后泛指遥远险恶或浩荡的江水河流。

⑥海岳：谓四海与五岳。通常指大海与高山。

⑦躔（chán）度：日月星辰运行的度数。

赠蜡梅

拟聚黄金再筑台，置花高处看花开。
陇头驿使还迟到，先报天心几日来。

赠梅

五百青钱五尺梅①，先规地势映楼台。
墙阴丛棘流传赋，感慨当年宰相来。

注释：
①青钱：青铜钱。

吴兰雪舍人属书九里梅花村舍图额，系之以诗

为君题署村舍图，老农老农莫诓吾①。我便提携明月到，打门呼酒招仙姑。罗浮狂客天下无，一醉千年今始苏，但认梅花不认庐。九里梅花在何处？请农先约梅花去。

注释：
①诓（kuāng）：欺骗。

西湖棹歌（其一）

簇新亭子近书楼，新种梅花一百头。
四面青山三面水，两湖明月一湖秋。

题何相文罗浮面壁图

天上玉京不可留①，人间何处寻瀛洲。青山白云不归去，红尘滚滚埋人头。闻君昨日画罗浮，同君今日话罗浮。大海中间峰四百，古来栖者皆仙俦。大石楼，小石楼，铁桥天风泉响流。梅花不开村酒愁，鲍姑葛令相唱酬②。蝴蝶飞何高，五色雀何求。夜半见日出，澒洞何悠悠③。近闻新宫亦寂寞，东坡过去经千秋。君今思归归果不？草铭群仙清骨道。此皆下笔一敌万，当年与我争王侯。君倘见之与绸缪④，为言我亦归乎休。留我五色芝，缝我五月裘。白石须烂煮，棋局随意投。灵运何人空比俦⑤，成佛生天吾不忧。但有未了诗千首，酒千瓯。再向人间住几日，蒲团一具从君游。归乎哉！从君游。石坛枕虎，碧涧驯虬⑥。头陀磬响⑦，浪子场收。君不见人间风，人间雨，人间风雨非罗浮。

注释：
①玉京：道家称天帝所居之处，指帝都，也泛指仙都。
②鲍姑：名潜光，葛洪之妻，鲍靓之女，晋代著名炼丹术家，精通灸法，是我国医学史上第一位女灸学家，中国古代四大女名医（晋代鲍姑、西汉义妁、宋代张小娘子、明代谈允贤）之一。
　　葛令：指葛洪，字稚川，自号抱朴子，丹阳郡句容（今江苏省句容市）人，东晋道教理论家、著名炼丹家和医药学家，世称"小仙翁"。著《抱朴子》。
③澒（hòng）洞：虚空混沌的样子。
④绸缪（chóu móu）：缠绵。

⑤比侔（móu）：齐等，等同。

⑥虬（qiú）：有角的小龙。

⑦头陀：梵语音译词，指不长住在一地、到处乞食、坚持苦行生活的僧人。

【王利亨】

王利亨（1763—1837），字襟量、汉衢，号竹航、寿山、寿山道人、寿山外史，梅州市梅县区松源镇圆岭村人。清乾隆五十四年（1789）中己酉科举人，嘉庆六年（1801）中辛酉科进士，官翰林院庶吉士，后任山西广灵县、襄陵县知县，擢升直隶州忻州知州。中年奉讳归，主韩山书院讲席约十年，桃李盈阶。平生书画称最，诗次之，兼善琴筝，工篆刻。著有《琴籁阁诗钞》。

咏红梅

铁石肠仍在，翻如出绛岩。

凤城分异种，鹤顶共头衔。

曲记当年艳，神趋几劫凡。

嫣然人误杏，莫漫试春衫。

梅花

一笑无寒岁，凋残例可忘。

霜桥光皎皎，石骨晚苍苍。

铁干千年质，冰胎太古装。

回看摇落处，天地尚荒凉。

咏梅二首

其一

夜凉玉笛怨黄昏，翠羽声中独掩门①。

记得师雄重梦处，前身合是此花魂。

其二

索句曾闻此韵仙，捻须相对倍缠绵。

段断鹤背叉双手②，灞桥驴头耸两肩③。

邗上再开何逊阁④，江南重擘庾郎笺⑤。

广平不作婵娟态，铁石心苗也吐妍。

注释：
①翠羽：翠绿色的羽毛，代指翠鸟。
②段断：指杭州西湖断桥。
③灞桥驴头：借鉴唐代宰相郑綮"诗思在灞桥风雪中驴子背上"之语。
④邗上：指扬州。
⑤庾郎：指南北朝文学家庾信。

早梅

岭表寒香气已腾，试开东郭且重登。
枳篱犬吠天初雪，溪岸渔归水正冰。
昨夜高楼微有笛①，几家村舍静如僧。
松篁一径谁为伴②，记得芒鞋度未能。

注释：
①昨夜高楼微有笛：乐府旧题有《梅花落》，是汉代笛曲，声音凄凉。唐李白《与史郎中钦听黄鹤楼上吹笛》诗道："黄鹤楼中吹玉笛，江城五月落梅花。"唐崔橹《岸梅》诗云："初开偏称雕梁画，未落先愁玉笛吹。"
②松篁：指竹与松，比喻坚贞的节操。

赏梅

巡檐瞥见玉精神①，阁外寒葩索笑频②。
满坞白云空看相，一池流水净无尘。
江城铁笛终宵梦，亭馆铜瓶昨日春。
掩蔼香风原我伴，曾描艳帐作芳邻。

注释：
①巡檐：檐下来回走动。
②索笑：索取笑容，取某人一笑。

探梅

回首罗浮梦未忘，花魁消息再思量。
鹤声满耳驿前路，犬吠隔篱桥外庄。
一笛吹翻风瓣白，双鞋踏破月痕黄。
孤山拟荐仙王庙，冰雪先携手一觞。

养梅

料得天公护惜勤，维摩莫任散纷纷①。
温存磬口需多日，勒住檀心待十分②。
蓄意深留迎腊雪，关情漫唤梦梨云。
江春拟作长安寄，驿使难稽缓送君。

注释：
①维摩：古代佛教著名居士，维摩诘的省称。唐李商隐《酬崔八早梅有赠兼示之作》诗道："维摩一室虽多病，亦要天花作道场。"
②檀心：指丹心，赤心。

看梅

蜂蝶喧阗趁小园，携觞扫雪敞层轩。
绿华平视青开眼，缟袂招邀玉是魂①。
妆就巡檐窥一笑，诗成倚竹悄无言。
归从玉照犹余兴，乱插铜瓶不厌繁。

注释：
①缟：白绢。袂：衣袖，指上衣。

望罗浮作歌

胸中怀抱峙五岳，时时脚底生云烟。蓬莱左股在咫尺，有约不到心拳拳。
忆昨梦骑五色蝶，飘飘引裾游灵山。坐我石楼之绿罽①，浴我水帘之飞泉。
饵千岁之黄精，服九转之金丹。琼室璇房倚碧落，琪花瑶草生元关②。
守梅双鹤化童子，亭亭侍酒皆朱颜。铁笛一声众籁静，璧月四照群峰妍。
下视人间万家梦，梦痕隐隐白于绵。忽听天鸡唱咿喔，龙光百道扶朝暾③。
烛龙扬鬐出沧海④，金鱼脱锁开天门。山云烂漫作五色，荡为春气周乾坤⑤。
醒来此景在胸臆，尚觉云气回氤氲。布帆十幅催人别，西风又送东江船。
山灵与我一挥手，青猿赤脚皆流连。太息浮沉在人海，铁桥归隐知何年。
且待向平毕婚嫁，候我四百二十奇峰巅。

注释：
①罽（jì）：用毛做成的毡子一类的东西。
②琪花瑶草：指仙境中的花草。
③朝暾（zhāo tūn）：初升的太阳。

097

④鬐（qí）：通"鳍"。古代也称马的鬃毛为"鬐"。

⑤乾坤：天地。

梅花山涧图

密霉霏霏掩几层，驴蹄行过石牛稜①。

小桥流水题诗处，香到梅花瘦到冰。

注释：

①稜（léng）：凹槽，浅沟。

【李黼平】

李黼平（1770—1833），字绣子，又字贞甫，号著花居士，梅州市梅江区较场背旺巷口人。清嘉庆三年（1798）戊午科举人，嘉庆十年（1805）乙丑科进士，后以翰林院庶吉士改官江苏昭文县知县。后改革漕运陋规，为奸吏诬告而入狱七年。出狱后任东莞宝安书院山长。《李黼平集》载："绣子先生，一字贞甫，年十四为《桐花凤传奇》，戴近堂刺史即赏之。通籍后，由庶常改官县令，教士谳狱外，辄手一编，民间因有'李十五书生'之目。革昭文漕规，为土棍中伤，系外台狱八载。吴抚胡果泉力为周旋，乃释。阮芸台相国督粤，雅重先生文学，延入节署，授诸子经。及主学海堂、越华、宝安山长，在宝安十年，造就尤众。卒之日，白衣冠泣送者数百人。先生覃心经义，其次则邃于诗。南海谭玉生云：'绣子胸有积书，故能自出机杼。'其门人番禺刘熊序曰：'先生尝言："生平为诗以示人，多不喜，惟故友叶石亭解元、方伯吴蠡涛先生知之。"盖先生求古人遗声于不言之表，而有以独得其传，不袭古诗曹、王、阮、陶、李、杜、韩、苏、黄之貌，而天地之元音萃是焉。'云云。"

萧生饷蜡梅赋谢

朝从东村游，暮就南楼宿。两株梅树争清香，烟雪霏微看不足。不知化工何年变法敷天花，点酥制就巧莫加。檀心玉蕊绝可爱①，一种要向诗人夸。往从学海精舍见，墙东百本开横斜。共言寒闺寂无事，手捻浓蜡装奇葩。又疑岁晚蜂亦懒，口喷香蜡匀新芽。蝇苞蝉叶乱无数，不计兰菊堆篱笆。山中念汝六年别，谁教咫尺成天涯。道人妆束不可见，梦骑白鹤飞君家。今晨根拔忽送似，眼明见汝忘咨嗟②。多情暮节肯伴我，黄童少小丰神佳。世无中天坡与谷，谁解握手贻瑶华？日长歌罢花正发，纷纷翠羽喧檐牙③。

注释：

①檀心：浅红色的花蕊。

②咨嗟：赞美。

③檐牙：檐际翘出如牙的部分。

蓝田叔画梅

崇祯以还论画手，擅场无过杨龙友①。

蓝生染缬还可人，没骨写生无不有。

晴窗突兀梅格奇②，野店官桥横几枝。

尘中一洗粗俗态，世外独写萧闲姿。

驴背何人寒太剧，眼明似是襄阳客。

饱从东阁沁脾餐，远向西冈亲手摘。

怜渠漂泊小朝廷，起陆龙蛇纷斗争。

步贴莲华何妩媚，歌传桃叶忽凄清。

沧桑一变那堪说，游戏丹青肠断绝。

梅花岭畔春色昏③，杜宇无声暗流血④。

注释：

①杨龙友：即杨文骢（cōng），字龙友，贵州人，曾流寓金陵（今江苏省南京市）。著名画家，博学好古，善画山水，为"画中九友"之一。

②梅格：梅花的品格。

③梅花岭：在扬州，岭上植有梅花树。

④杜宇：古蜀国国王，号曰望帝，退位后隐居西山，传说死后化作杜鹃鸟。

送舍弟升甫携梅还里

吾州亦是梅花国，八口家依北枝北。

老人爱花尤爱梅，野市溪桥远移植。

一冬篱落初未花，思见江乡嫩寒色。

君看邓尉花正肥①，便和根拔携将归。

悬知老人倚门待，紫蒂缃英照衣采。

亲交竞讶一枝春，小屋中涵香雪海。

注释：

①邓尉：指邓尉山，因东汉大尉邓禹隐居于此而得名。山上广植梅花树，开花时如白雪一片，故名"香雪海"。

客有送梅花者索诗为谢

客来太湖上，贻我早梅新。

极口索题咏，捻髭久逡巡。

诗人于此花，遗貌欲取神。

荒寒写风雪，孤洁出埃尘。

锦衣颜渥丹①，宁识非野人。

自从终南后，无复下笔亲。

我虽不解诗，少与梅结邻。

东村精庐畔，老树郁轮囷②。

左右带修竹，苔径研荒榛。

高寄山泽内，怡然自含春。

鲜云尽日闲，皓鹤终古驯。

凭君说格韵，不类清与贫。

今见铜坑秀，益宜玉堂珍③。

持问花亦笑，即此知吾真。

注释：

①渥（wò）丹：指润泽光艳的朱砂，形容红润的颜色。

②轮囷（qūn）：盘曲、硕大的样子。

③玉堂：指玉饰的殿堂。

除夕书怀（其一）

故里东村百事新，残年风物也娱人。

夭桃爱与梅相见，白雪红云不是春。

题杨掌生春灯问字图

维摩天女爱参禅，不及兰闺一对仙。

烛影摇红闻细语，似商写韵过今年。

纺车声歇漏初昏，河内尚书证斗文。

一院梅花春月好，评量都付魏城君①。

注释：

①魏城君：指妻子。宋苏轼有诗云"哀哉魏城君，宿草荒新墓"，其中"魏城君"即指苏轼死去的妻子王弗。

出狱

茫然返旅舍，有若久客归。
握手见吾弟，欲言泪先挥。
怀锦兼奉壶，六年靡不为。
非君笃天显，孰脱死衰威？
招魂墙角根，蝴蝶同翻飞。
传呼急丐沐①，一洗尘与灰。
不知何处闻，戚友叩门来。
邻叟亦迭至，杂坐团栾围②。
往居高城里，寒雨雪霏微。
庭空悄无人，独处心暗摧。
今夕定何夕？四壁明灯辉。
岁晏为予华，水仙红玉梅。
梅以兴君子，清高冠瑶台③。
如仙寿命长，游戏穷九垓④。
随声各善祷，软语春风吹。
反思良会艰，既是恐复非。
为欢荷侨友，且愿停角杯。
故山邈以遐，曷月瞻庭闱！

注释：

①丐沐：洗沐，比喻抚爱幼弱。
②团栾（luán）：团聚，环绕。
③瑶台：传说神仙居住的地方。相传梅花是由瑶池仙女的胎形变成的。
④九垓（gāi）：中央至八极之地，比喻全国。

徐子鸿宝（琢）招入石湖探梅五首

其一

十年石湖路，未克散腰脚。
坐忆冬仲交，寒梅压篱落。

其二

偶与故人话，遂荷扁舟诺。
舣楫傍苔矶①，蹑衣循菌阁②。

其三

裴徊绮窗下[3]，一笑逢破萼。
半映初日明，全笼晓烟薄。

其四

生气还宙合[4]，幽姿卧邱壑。
不知花与人，一代孰高格。

其五

范公去已遐，风物缅非昔。
寻春获心赏，缱绻芳林酌[5]。

注释：

①舣（yǐ）楫：划船靠岸。
②菌阁：指形如菌状的楼阁。
③裴（péi）徊：同“徘徊”。
绮窗：雕刻或绘饰得很精美的窗户。
④宙合：指囊括上下古今之道，世间或天下。
⑤缱绻：形容感情深厚。

【杨鸿举】

杨鸿举，字翼江，梅州人。清嘉庆三年（1798）戊午科举人，与李黼平同年中举人。著有《耕书堂诗草》二卷。

东兴旧居

梅屋三间是我家，芸编匏史作生涯[1]。
寒欺青女霜偏早[2]，暖送黄人日未斜。
笔耒莫锄书带草，砚田空种米囊花。
有时睡起前村望，一片闲云淡淡遮。

注释：

①芸编：指书籍。芸，香草，可置书页内。
匏（páo）：葫芦。从中间剖成两半可当作水瓢，民间将匏俗称“瓢葫芦”。
②青女：主管霜的女神。

夜坐

倦来闲坐一灯昏，吟到梅花夜有魂。

莫遣罗浮清梦断，暗香明月美人村。

【李仲昭】

李仲昭，字守谨，号次卿，梅州梅江区人。清嘉庆五年（1800）庚申恩科举人，嘉庆七年（1802）壬戌科二甲第一名进士，选翰林院庶吉士，授编修。后为御史，严惩盐商，朝野震服。晚年主惠州丰湖书院讲席六年，爱西湖山水，于湖之南辟"今是园"。今存《泰山》诗八首、《水中梅影》诗三十首，为士林传诵。

《水中梅影》并序（选六首）

凡影皆幻也。求影于水中，抑幻之又幻。嗟夫，孰知幻者之即真，真者之原幻耶！感于遇，发于情，而托兴于梅，天下事盖可知矣。故辄就和焉，以质同志。而悟境未融，绮语时至，要各随乎感触，期无玷于风雅云尔。草创已就，复杂殊甚，每欲稍加厘正①，更定次序，疏懒病未能也。年余复检得，不欲终没，聊复存之，且另成为一帙，徐俟订定犹前志也。

其一

悟到前因彻底空，香魂长住水晶宫。

似曾相识孤山下，却好寻来灞岸中。

几日浮生成昨梦，一年浪迹为春风。

冰心不共流波逐，看取幽情脉脉通。

其二

疏影横斜画不如，几番欲啖误游鱼。

谁知洛浦神人面②，却在湖山处士庐。

为问卿卿那得尔，相看渺渺只愁予。

前身我亦同心侣，珍重寻来水一隅。

其三

烟满长堤月满溪,无边风景冷凄凄。

钗光有意横秋水,鸿爪无心印雪泥。

寂寞梦回春昼永,黄昏愁压碧天低。

道逢魍魉如相问[3],清浅流边夕照西。

其四

直须放浪脱形骸,不是天涯定水涯。

订就知交如雪洗,得来佳句与君偕。

华清出浴春应倦[4],酒肆重寻梦已乖。

几度临流频怅望,更堪明月出幽斋。

其五

梦到东风第几家[5],依然林外一枝斜。

湘妃江上长啼竹[6],越女溪边又浣纱[7]。

顾影且怜波底月,断肠空折镜中花。

淡烟寒日迷离久,为访仙人萼绿华[8]。

其六

一枝与俗异酸咸,净体皈依自不凡。

看破空花仍梦幻,现来法相果庄严。

巢居阁下诗千首,玉照堂前画一缄。

茅屋三间山九里,任凭绝壑俯穷岩。

注释:

①厘正:考据订正。

②洛浦神:即洛水女神,后比喻美人。

③魍魉:古代神话传说中的山川精怪。

④华清出浴:唐代贵妃杨玉环曾在西安华清宫沐浴,以之比喻梅花之美。

⑤东风:泛指春风。

⑥湘妃:指舜的夫人娥皇、女英,又名湘夫人。后以"湘妃竹"指斑竹,表达忧伤相思之情。

⑦浣纱:洗衣服。浣,洗涤。纱,一种布料,也代指衣服。

⑧萼绿华:传说中的女仙名。

【吴兰修】

吴兰修（1789—1839），原名诗捷，字石华，梅州梅县区松口镇人。清嘉庆十三年（1808）戊辰恩科中举，官广东信宜县学训导，后任广州粤秀书院院长。精通经学、文史、算术，工诗词。名其屋曰"守经堂"，榜其门曰"经学博士"，又云"食四十两俸，藏三万卷书"。著有《南汉纪》《南汉地理志》《南汉金石志》《端溪砚史》《方程考》等，并撰诗集《荔村吟草》和词集《桐华阁词钞》。

寄阳晓帆明经（其一）

穷年毡幕此天涯，风雪寒灯感岁华。
同有乡心消不得，梅花开后最思家。

顾蔼庭水部椿入都，桂星垣编修文耀为珠江话别图卷，赋此三绝（其一）

珠江江水绿平堤，笛里斜阳渐渐低。
吹到凉州第三叠，梅花如雪断桥西。

送翁邃庵学使秩满入都（其一）

我本前生是蠹鱼①，寒灰辜负力吹嘘。
忍教白水重违约，欲买青山老著书。
千树荔枝围草屋，十年尘梦别吾庐。
即今腰板随人立，自笑平生计已疏。
越王山下读书台，曾奉先生上寿杯。
玉笛送将千里别，梅花吟到几分开。
匡刘自昔传经学②，班马如今作史才③。
他日长编三百卷，可能抄写寄南来。

注释：
①蠹（dù）鱼：又称蠹、衣鱼、壁鱼、白鱼、书虫或衣虫，是一种灵巧、怕光而无翅的昆虫，身体呈银灰色。
②匡刘：指西汉经学家匡衡和建安七子之一的刘桢。
③班马：指汉代史学家班固和司马迁。

同翁邃庵学使往玉山探梅

石桥西去绝尘氛，未到城根香已闻。
几处林梢疑有雪，满天花气欲为云。
樽前莫放人千里，笛里频留月二分。
他日玉山重结社，只应猿鹤最思君。

寻梅

十里溪山雪未消，瘦驴毡笠影萧萧。
夕阳吟断孤村晚，一路寒香到石桥。

题折梅图（其一）

七年不作女郎诗①，重为梅花唱竹枝。
风露满庭秋似水，累人惆怅立多时。
几生修许到林逋，消受梅花五百株。
但得金钱三十万，人间随处有西湖。

注释：

①女郎诗：指类似于婉约和阴柔风格的诗歌。

探梅二首

其一

无端春色上梅梢，几度探梅载酒邀。
十里晴云南北路，二分明月短长桥。
笛吹黄鹤曾三弄，诗写扬州记六桥。
莫怪道人行赤脚①，朗吟风月兴偏饶。

其二

江南江北路漫漫，尽日徘徊倚树看。
毕竟美人初入梦，可怜高士不胜寒②。
灞桥驴踏溪光冷，野寺僧谈雪影残。
欲折一枝赠相忆，满林消息月阑珊。

注释：

①道人行赤脚：明代杜巽才《霞外杂俎》载明代敖英《〈霞外杂俎〉后语》道："予得此书，尝物色所谓铁脚道人者，有楚客言，二十年前曾见道人于荆南，虬髯玉

貌，倜傥不羁人也。尝爱赤脚走雪中，兴发则朗诵南华《秋水篇》。又爱嚼梅花满口，和雪咽之，或问咽此何为，道人曰：吾欲寒香沁入肺腑。其后去采药衡岳，夜半登祝融峰，观日出，乃仰天大叫，曰：云海荡吾心胸。居无何，飘然而去，莫知所之。或曰道人姓杜氏，名巽才，魏人。"

②美人：美女，喻指梅花。

  高士：高尚之士，喻指梅花。

【蓝继沅】

蓝继沅，字芷香，梅州人。幼聪颖，生平以诗画出众。

题沈小沧梅花屋小照（时在饶平署）

客星不向钓台明，偏爱癯仙结旧盟①。
岂藉秾华随俗趣②，惟凭淡泊见天真。
吟余官阁春先到，兴寄罗浮梦亦清。
此日披图仰风格，暗香疏影证前生。

注释：

①癯（qú）仙：指骨骼清瘦的仙人，常用以形容梅花。
②秾华：指繁盛艳丽的花朵，比喻女子的青春美貌。

道光戊子寄砚普阳，是月将归里，口占一首

笔为锄耒促耕忙，每到归期苦自量。
怜我装轻借诗压，梅花驿路马蹄香。

除夕

人海茫茫岁月迁，椒花红映雪梅妍。
无求自诩闲居乐，老健还资内助贤。
选石小营丘壑意，窥池如住水云天。
何堪爆竹遥相应，催动荒鸡又一年①。

注释：

①荒鸡：指三更前啼叫的鸡。

【林丹云】

林丹云（1780—1839），字端甫，号绚阶，梅州梅江区人。清嘉庆十三年（1808）戊辰恩科举人，道光三年（1823）癸未科进士，官四川绥定府大竹县知县。林丹云除暴安良，以廉明著称。著有《涤冰斋诗文集》。

铁华①图为李秋田茂才赋，即送其羊城之行（用东坡梅花诗韵）

> 冷雪一树花一村，天工作态勾诗魂。
> 破冻人来叩白板，铁华相访当黄昏。
> 铁华足迹遍粤峤②，自画楼观耽邱园。
> 有田种秫取秋实③，扬葩摛藻含春温④。
> 海岛仙人足官府，琪花隐现扶桑暾⑤。
> 金银台阙相照耀，訇然洞豁开天门。
> 我与铁华诗中得此意，暇时坐对一一相忘言。
> 明日梅花亭下须送别，何时联吟把袂重开樽？

注释：

①铁华：指梅花。

②粤峤（qiáo）：指五岭以南地区。

③秫（shú）：古指有黏性的谷物，今指高粱。

④扬葩摛藻：即"摛藻扬葩"，形容文章写得华丽多彩。扬，张扬。葩，华美。摛，铺陈。藻，文采。

⑤扶桑：神话故事中的树名。

【李光昭】

李光昭，字秋田，梅州人。清中期廪生。与颜崇衡、徐青并称为"程乡三友"。著有《南汉小乐府》和《铁树堂诗钞》。《铁树堂诗序》曰："秋田少时好之后又屡变其体。逮来广州，馆龙山温氏，纵读其所藏名家诗集百数十种，酝酿益深而所业大进。尝自题其卷云：文有奇气，道自中行；诗杂仙心，我以禅悟。"

忆阴那（其一）

> 始游在甲寅，继游在乙丑。
> 相去十余年，相思亦至久。
> 惟时正仲冬，觅伴得三友。
> 一路风日和，送我到林阜。

阴晴忽不常，雨雪坠空陟。

三日扃僧窗，红炉煮村酒。

稍晴得出门，寒色满岩薮①。

十围溜两柏，似欲化龙走。

向来丁东泉②，亦作澎湃吼。

香炉袅余烟，飞掠白虎首。

忽有霜禽啼③，惊坼梅花口。

枝枝盘铁石，翦翦皆琼玖④。

花笑当风中，我吟出花后。

此游虽异昔，洒落亦堪取。

如为郊岛诗⑤，骨立期不朽。

虽然近寒酸，弥得净尘垢。

注释：

①岩薮（sǒu）：山泽，山野。

②丁东：即"叮咚"。

③霜禽：冷天的鸟儿。

④翦（jiǎn）翦：簇簇、丛丛的样子。

　琼玖：琼和玖，泛指美玉。

⑤郊岛：中唐诗人孟郊、贾岛的合称。孟郊比贾岛大 28 岁，两人都遭际不偶，官职卑微，一生穷困，一生苦吟。他们的诗多凄苦哀婉，故以"郊寒岛瘦"形容其诗歌风格。

踏雪寻梅

雪堆常碍足，花事又关心。

乍践琼瑶界①，言求锦绣林。

玉峰随步踏，香国费搜寻。

鼻观芬初扑，仙肌冷倍侵。

忍寒支瘦骨，索笑上遥岑②。

彼美三生契，相思一曲吟。

骊珠刚影现③，鸿爪已痕侵。

高士空山卧，今春有赏音。

注释：

①琼瑶：白玉，比喻白雪。

②遥岑：指远处陡峭的小山崖。

③骊（lí）珠：宝珠，传说出自骊龙颔下。

寄内子三首（其一）

忆别寒梅蕊蕊晨，楝花飞尽又残春。

此中天气多蒸燠，不必裁衣寄远人。

罗浮怀仙吟十首（其一）

野人与天游，或与愚氓狎。

或幅巾方袍，或黄冠败衲。

或山妇溪翁，或犬牛蝴蝶。

群儿意造之，謦欬疑形接①。

只有壁间书，煤痕蝌蚪法。

翠微惜春光，一坠人间怯。

梅花开未归，沧海云俱合。

注释：

①謦欬（qǐng kài）：咳嗽。借指谈笑，谈吐。也作"謦咳"。

云山杂咏（其一）

微香春麝山，凉月梅花国。

冷然御流风，有何行不得①。

戏拈松子抛，打折云端翼。

注释：

①行不得：鹧鸪叫声的拟意，好像在叫"行不得也哥哥"。表示行路艰难。

分和宋方孚若南海百咏（其一）

看花畏说大北胜，近日南风多不竞。

北门锁钥孰分司，七度禅关佛力劲。

佛天作镇地奠安，花雨弥空寺辉映。

紫微垣角开朝堂，寺应七星魁斗柄。

玄武龟蛇后苑蟠①，定池水月当空证。

偶逢朔雪寒梅开，疏影暗香迷曲径。

几处冷冷起风磬，北山又动晨游兴。

注释：
①玄武龟蛇：玄武，中国古代神话中的天之四灵之一，又名龟蛇。

【红兰主人】
红兰主人，女，李光昭之妻。娴于诗。

寄题仙槎老词坛图册，应秋田外子之嘱（其一）
曾闻五岳役风雷，又绘罗浮月下梅。

南国群仙遍相识，浮槎不负此番来①。

注释：
①浮槎：木筏。传说来往于海上和天河之间的木筏。

【徐青】
徐青，字友白，一字又白，梅州人。清中期廪生。写诗博雅拔俗，有"程乡一龙"之誉。著有《聿修堂诗集》。

程乡棹歌（其一）
阿侬生小住程乡，梅岭梅花满路香。

不爱山乡偏爱水，百花洲畔有鸳鸯。

寒夜感赋寄李云仙、黎心香
北风卷沙天欲雪，皮肉冻皱肌坼裂。河冰户墐鸟飞绝，君独何为行蹩躠。君行懔懔践严霜，蓝关秦岭道路长。岂知飞黄骎裹足①，翻服盬车上大行。忆昨驰驱战斗场，干戈矛戟纷森张。一朝失道误李广②，猿臂善射军中亡。我今不觅侯与王，愿脱羁勒高超骧③。此生拼送诗酒里，谁与侣者巢居子④。狂来散发西山头，濯缨倾泻银河水⑤。人生荣枯何足计，曳紫纤朱梦中戏⑥。君不见，昔日登场傀儡舞，或赫如神媚如女，或狞如鬼虓如虎。毕竟局残俱索寞，空花满眼纷纷落。李斯痛苦东门犬，陆机叹息华亭鹤⑦。决抢榆枋岂足乐⑧，王孙挟弹窥黄雀⑨。朝歌行路难，暮歌行路难，我行日日颓玉山。宁与刘伶同醉死，不学徐福求神仙⑩。君不见，蓬莱缥缈隔云海，安得方士付金丹。君听歌一曲，我歌君应续。峰前拂拂冻云飞，松江水落白鱼肥。梅岭梅花寒始开，黄公垆畔熟香醅⑪，千山万山雪霏霏，柴桑先生醉掩扉，山中人兮胡不归？

注释：

①飞黄：传说中的神马名，又名乘黄。

②李广：西汉名将，英勇善战，使得匈奴畏服，人称"飞将军"。

③超骧（xiāng）：腾跃而前。

④巢居子：泛指隐士。

⑤濯缨（zhuó yīng）：洗濯冠缨。

⑥曳（yè）紫纡朱：即"纡朱曳紫"，形容地位显贵。

⑦陆机叹息华亭鹤：即典故"华亭鹤唳"。《晋书·陆机传》载，陆机临死前叹曰："华亭鹤唳，岂可复闻乎！"

⑧抢榆：指仅能短程飞掠的小鸟。

⑨王孙：封王者的子孙，也泛指一般贵族子孙。

⑩徐福：秦朝著名的方士。

⑪黄公垆：指朋友聚饮之所，借以抒发物是人非的感叹。

【黄仲容】

黄仲容，号雪蕉，别字纫兰，梅州梅江区人。清嘉庆二十一年（1816）丙子科举人，道光三年（1823）癸未科进士，选翰林院庶吉士。散馆后任翰林院编修，不久转任江西、广西道监察御史，一度代理都察院刑科给事中，有正直之声。擅长书法，尤精小楷，有"黄小楷"之美名。晚年归里主讲惠州丰湖书院、潮州韩山书院，造就者众。诗稿多遗失。

拟青莲塞下曲（其一）

寥寂营门静，阴风动塞笳①。
烟云销日月，旌旗走龙沙②。
柳折三年梦，梅留一笛花。
归期原不远，作客莫长嗟。

注释：

①阴风：冬天的寒风。

塞笳：塞外的胡笳，类似笛子的一种管乐器。

②旌旗（yú）：泛指旗帜。

龙沙：指西北白龙堆沙漠。

【曹同书】

曹同书，字荔裳，梅州人。清嘉庆二十一年（1816）丙子科举人。少擅诗赋，诗稿多散失，仅从《阴那山志》中录存杂咏数首。

梅影二首

其一

和烟和雾影沉沉，写尽云心与水心。
漏月防伊惊鹤梦①，忍寒为汝立庭阴。
频怜花骨同人瘦，闲照窗痕入夜深。
冷沁不须重咽雪，池边篱落称清吟。

其二

寻到笆篱第几层，无多疏影羃腾腾②。
月痕亭角清谁惜，花梦宵阑冷不胜。
拈出应须金粟佛，踏来时共白头僧。
瘦吟对汝休抛却，十二栏杆取次凭。

注释：
①漏月：指多雨的月份。
②羃（mì）：指古代遮蔽脸部的布巾。也同"幂"，覆盖的意思。

【杨心湖】

杨心湖，字以敬，梅州人。清诸生。著有《心湖遗草》八卷。

探梅

枝南枝北见精神，远树交横画不真。
不向竹边供俗客，偏于世外伴高人。
丰姿绰约怜香伴，品格娇娆却梦频。
莫问绮窗花着未①，惟凭驿使寄枝春②。

注释：
①绮窗花着未：唐王维《杂诗三首（其二）》道："来日绮窗前，寒梅着花未？"
②驿使寄枝春：南北朝陆凯《赠范晔》诗云："折花逢驿使，寄与陇头人。江南无所有，聊赠一枝春。"

【叶轮】

叶轮，字曦初，梅州梅县区丙村镇庐陵村人。客家才女叶璧华之父。嘉庆二十一年（1816）丙子科举人，任广州府教授，钦加同知衔。"生平孝友慈惠，嗜读书，淹贯百家"，著有《松窝赋存》《松窝诗存》《松窝文存》等。

题谢玉山拈花玩石图

绕石巡梅去，知君兴不孤。

竹筛山月瘦，林挂晓星枯。

小摘春生掌，高吟雪满须。

欲从花下酌，醉倩丈人扶。

以琼南绛茧原质波罗纱寿珥山元兄轩

秋风索索天微霜，思君千里琼海阳。

海波山立阻珠浦，日日思君宽带纕①。

蜡梅花开寿君日，虽有九酝能跻觞②。

珠崖储珍茧若瓮，黎母脱籥机九张③。

丹秫朱湛新水凉④，薄云透日风微飏。

配以波罗轻且滑，着手淡写蕉花黄。

绉絺纤纩识寒燠⑤，与人入世平炎凉。

念君服食为君寿，蚕绩丝短心丝长。

昔君麻履谒光范，作赋摩空凌马扬。

谁知十上只蹭蹬⑥，翻为五斗縻羁缰。

晨驱雨雪华山侧，夜泛秋风汾水旁。

百里初展士元骥，三月谁期沈犹羊。

茧丝应耻作岩邑，大裘有意覆全杭。

人生穷达会由命，塞马得失谁能详⑦？

不怨蛾眉猝谣诼⑧，肯如凤尾随低昂。

郑虔老向真州去⑨，安非天假垂文章。

我才袜线本薄劣，却愧饥鼯偷大仓。

百年富贵况弹指，讵如夜对风雨床。

庐陵村前山可买，山中兄弟吟桂香。

大布粗衫足生计，从君归去收松肪。

酒熟延龄君且醉，祝君健饭加衣裳。

注释：

①纕（xiāng）：佩带。

②九酝：一种经过重酿的美酒。

③籥（yuè）：籥子，用作绕丝、纱、线等的工具。

④丹秫：古代用作染料的赤粟。

⑤绉絺（zhòu chī）：细葛布。

寒燠：即冷热。

⑥蹭蹬：困顿失意，险阻难行。

⑦塞马：塞上之马。比喻世事多变，得失无常，吉凶莫测。

⑧谣诼（zhuó）：造谣毁谤。

⑨郑虔：字趋庭，唐代文学家、书法家、画家。

【梁梅】

梁梅，字调生，梅州人。清秀才。

咏荔枝

荔篮日日爱兼收，明月珠光入夜浮。

嚼到梅花香满颊，琼瑶弹胜水晶球。

【饶轩】

饶轩，字輶（yóu）史，梅州梅县区松口镇铜琶村人。清道光二十六年（1846）丙午科举人，咸丰六年（1856）丙辰科进士，钦点为内阁中书，改授广州府教授。

舟次自述

只为浮名绊此身，天涯历遍尚风尘。

英雄自古多盘错，道路而今尽莽榛①。

我辈读书须有用，苍生讬命果何人②。

此邦差觉开怀抱，两岸梅花自在春。

注释：

①莽榛：丛杂的草木，比喻艰危、荒乱。

②讬（tuō）命：安身，寄托性命、命运。讬，即"托"。

【杨启宦】

杨启宦，字柳泉，梅州人。清咸丰二年（1852）壬子科举人，叙选知县。著有《诒燕堂诗草》。《梅水诗传》载："柳泉励品敦学，幼年读岳武穆、于忠肃传，辄感激涕零，盖忠烈其性成也。咸丰己未，发贼扑城，公与友壮烈慷慨，率众登陴，固守十余日，食尽援绝，城遂陷。公率团丁及弟姪辈数十人巷战，力竭阵亡。事闻，赐祭葬，荫云骑尉世职。著述尽失，仅存诗数首，因缮录之。"

红梅

迥异罗浮浅淡妆，风吹酒肆暗闻香。
美人醉后颜生晕，相对无言也自芳。

【张其翰】

张其翰（1798—1865），字凤曹，号榕石老人，梅州梅江区人。道光二年（1822）壬午恩科举人，曾任广西柳州府、福建漳州府知府。著有《咏花书屋赋钞》等。

谢向亭者，笃行君子也。自余权汉阴，俾延入幕中，十载相依。兹郡受代有期，拟即入都。向亭亦关聘有人矣，以蜡梅索诗，率成四绝，以博一笑（四首）

其一

信步山隈复水隈①，高低簇簇缀玫瑰。
不须酝酿先成蜜，怪底游蜂作队来。

其二

一卷金经证梵王②，微闻磬口自生香③。
风流时世休相讶，姑射神人也道装。

其三

菊衣未褪早胚胎，多谢金风着意催。
一样渠侬小装束，忍寒留待水仙开。

其四

杏黄衫子下瑶京，萼绿仙人证旧盟。
不信有心还惜别，画屏斜傍到天明。

注释：
①隈（wēi）：山、水等弯曲的地方。
②梵王：指色界初禅天的大梵天王。泛指此界诸天之王。
③磬（qìng）口：梅花品种之一，磬口梅花花瓣较圆，色深黄，香气浓，又称"檀香梅"。

儿子麟宝为我述风洞之胜，甲寅初春挈之同游，婿李兰皋先登杰阁

闲云春树闲，引我上春山。

云自虹桥入，山连雉堞环①。

偶然风喷出，倦矣鸟知远。

何日老梅下，花时同闭关。

注释：

①雉堞（dié）：古代在城墙上修筑的矮而短的墙，又称垛墙，上有垛口，可射箭和瞭望。

【刘汝棣】

刘汝棣（dì），字尊楼，梅州人。清道光初年（1821）优贡生出身，满洲镶蓝旗官学教习。著有《丛桂山房诗钞》。《梅水诗传》载张芝田语："先生为余舅氏，生而□□，九岁即解吟咏，十三岁作《梦梅花赋》，绝工，叔祖梅冶先生甚称爱之，后在甘肃文县署寄舅氏诗有云'当时羯未各裙屐，输尔清梦赓梅花'句，盖纪实也。乙酉北上不第，入天津郑梦白观察之幕，观察移节扬州，晋秩都转，有渔洋、雅雨两前辈□味。六月二十日为欧公作生日，与屠琴坞、吴清皋、陶凫香、邹公眉雅集平山堂，互相唱和，极一时之盛，见公诗，皆诧异。后抵京，那竹汀、何仙槎两尚书聘为记室，诗名益著。因疾卒于教习官廨，年仅三十四。身后遗稿尺许，两遭兵燹，仅存十之三四焉。"

归舟杂咏（其一）

天放新晴卷夕岚，阳和消息个中参。

客心已共梅花发，一夜随风度岭南。

题家鹿山先生怀德雪驴诗思图

君不见，襄阳诗人孟浩然，雪中骑驴耸吟肩①。又不见，荥阳相国郑蕴武，灞桥诗思足千古。先生意气凌风骚②，诗格直驾三唐高。酒酣往往发奇兴，帘栊画静挥湘毫。漫空瞥见玉龙下③，觅句思将碧驴跨。回溪一带冱流澌④，瘦竹千竿压茅舍。飞霙点点铺寒梅⑤，昨夜前村花已开。鞭丝帽影冲风去，叠嶂悬崖策蹇来⑥。踏遍三峰两峰雪，枝北枝南揩眼缬⑦。皑皑清气满乾坤，沁入诗心冷如铁。可似当年西子湖，湖上梅花三百株。清凉山翠扑人面，雪意浓皴绘作图。铜蠡响激银蟾冻⑧，更深定有罗浮梦。底须驴背作推敲，四百峰头骋紫凤⑨。

注释：

①雪中骑驴耸吟肩：即"骑驴索句"，指苦吟。

②风骚：原指以《国风》为代表的《诗经》和以《离骚》为代表的《楚辞》的并称，后泛指诗文。

③玉龙：喻指雪。

④冱（hù）：同"沍"，冻，闭塞。

　流澌（sī）：指江河解冻时流动的冰块。

⑤霙（yīng）：指雪花，雨夹雪。

⑥蹇：指驽马，也指驴。

⑦眼缬（xié）：眼花，亦指醉眼。

⑧铜蠡（lí）：指铜制的螺形铺首，也指铜制的号角。

　银蟾：月亮的别称。

⑨紫凤：传说中的神鸟。

盐山八景（其一）

不道朝来雪竟晴，好山当户转分明。

隔林暖日初涵影，绝涧寒流乍有声。

读画尽然描粉本，高吟应复启柴荆。

风停却拟骑驴出，只向梅花香处行。

送张凤曹同年其翰赴学使顾耕石师襄校之招

文光万丈腾南天，词曹星使真神仙①。

头衔清共冰壶抱，心秤平如金鉴悬。

抽沦掇沉遍越海，珊瑚铁网珍珠船。

暗中摸索得君喜，文字独证香火缘。

欲传元灯付衣钵，高张幕府搴红莲。

眼空四十万匹马，此愿或可酬方甄。

顾我与君交订久，竹园早计忘形友。

多君意气凌九霄，放声每作狮王吼。

衔官屈宋惊文章，驱使李温驵奔走②。

博识还应辨骀牙③，好饮况乃薄犀首。

自从聊缪入名场，云龙追逐相先后。

敢期桂籍会同庚，记勘芹香岁在丑④。

选钱君自奇半千，题糕我屡怯重九。

当年同受宗匠知，一时逐出风雅右。

118

此行快若登龙门，顿令声价重玙璠⑤。
立雪珠江侍绛帐⑥，采风琼海陪辀轩⑦。
山斋梅花寒破腊，话别聊复倾芳樽。
君知我心已数载，我赠君行无一言。
清兴止可谈风月，灏气要使留乾坤。
龙飞翙运才蔚起，会看健翮追鹏鹍。

注释：

①词曹：指文学侍从之官，借指翰林。

  星使：帝王的使者。

②駥（róng）：指八尺高的马。

③驺（zōu）牙：即驺虞，传说中的一种仁兽，不食生物。

④劚（zhú）：指用砍刀、斧等工具砍削，也指锄一类的农具。

  芹香：指考取功名或金榜题名。

⑤玙璠（yú fán）：指美德，也指品德高洁的人。

⑥立雪：指恭敬地向老师求教。源于成语"程门立雪"。

⑦采风：指对民情风俗的采集，特指对地方民歌民谣的搜集。

  辀（yóu）轩：古代使臣乘坐的一种轻便车子，也是古代使臣的代称。

都门赠范衍堂前辈四首，时同寓玉泉庵（其一）

莫缘乡思赋莼鲈①，自比扁舟范大夫②。
健骨吟忘支铁杖，臣心清可鉴冰壶。
但期棠荫垂新政③，若问梅花即故吾。
忧乐本关天下计，漫分廊庙与江湖④。

注释：

①莼鲈（chún lú）：莼菜与鲈鱼，借以表示"莼鲈之思"。比喻怀念故乡的心情或归隐的想法。

②扁舟范大夫：指范蠡。比喻功成身退，不恋官位，或比喻隐居江湖，另走经营新途。

③棠荫：比喻惠政或良吏的惠行。

④廊庙与江湖：廊庙，指朝廷。江湖，指民间。

得家书都门却寄（其一）

绮窗花可着寒梅，客里心情强自猜。
不及梁间双燕子，一年一度一归来。

【张道亨】

张道亨，字荫南，梅州梅江区人。清代咸丰六年（1856）丙辰补行乙卯（1855）科举人，任福建省沙县知县。著有《紫藤花馆诗》。《梅水诗传》载："荫南寓京师数载，喜与同人唱和，故积卷甚富。……亦偶作示意，其古今体淋漓顿挫，得唐人格律，自有真气喷涌其中。"

忆梅

粤东梅岭东，有个梅花翁。种梅作花洲，肆颜曰梅州。
梅花数十里，家住梅花里。来往在花中，梅乡老足矣。
每逢小阳春①，梅花到处新。或在山之巅，抑在水之滨。
铁干挺槎枒，金银花勃发。暂暂冰作肌，姗姗玉为骨。
一夜雪中开，美人林下来。淡妆缟素服，微笑露亭台。
好将酌酒贺，弄影云才破。光彩映红罗，师雄醉引卧。
瑶岛抱春温，沉酣余半醺。情深复缱绻，暗香犹自薰。
点上额出匀，粉扫眉接绿。数声铜笛吹，迭奏梅花曲。
啼鸟忽喁啾，天明恨未休。徒抚梅树下，何以分离忧？
欲留留无计，后会难相继。耿耿方寸心，挂在梢头系。
自与梅花别，驹鸣事长征。相隔一万里，关山无限情。
梦也梦不到，此时徒悔懊。回念绮窗前，怎忘凤昔好？
为尔梅之魂，细雨湿黄昏。为尔梅之影，写上屏风冷。
为尔梅之馨，雪月满空庭。为尔梅之格，神仙藐姑射。
会少别离多，流光苒苒过。天寒日又暮，花枝奈老何。
辜负青春色，相逢几时得。梅花今动也，能不忆忆忆？

注释：

①小阳春：时节气候名，指的是孟冬（立冬至小雪节令）期间一段温暖如春的天气。民间有"十月小阳春"之说。

己未下第出都，旅次疥壁二首（其一）

梅子酸，梅子酸，客心更酸。去年辞家上长安，今年出都摧心肝。摧心肝，上长安，木叶萧萧风霜干。

【李闳中】

李闳（hóng）中，字秋畲，一字企韩，梅州梅县区雁洋镇人。清道光五年（1825）乙酉举人，先后任官阳江、电白、三水县等县教谕、琼州府教授。著有《榕屋诗抄》《琼南百咏》等。

咏墨梅①

廿番风信早成吟，忽幻寒梅映水浔②。
守黑岂宜邀俗鉴，含元真足见天心。
鹤睛光定何愁炫，鸦鬓装成未许簪。
相对一般风味好，樽开秬黍酿频斟③。

注释：
①墨梅：画中梅，也指楝树嫁接的梅花。
②水浔（xún）：水边。
③秬（jù）黍：即黑黍，可以酿酒。

【杨懋建】

杨懋建，字掌生，号尔园，梅州人。清道光十一年（1831）辛卯恩科举人，官国子监学正。晚年主阳山书院讲席。著有《长安看花记》《丁年玉笋志》《辛壬癸甲录》《梦华琐簿》等。《梅水诗传》载："孝廉聪明绝世，才华冠两粤。年十七即受知阮文达，公叹曰：'掌生冰雪聪明，吾不如也。'肄业学海堂，淹通经史，贯串百家，自天学、地学、国书、掌故及中西算法、历代乐律无不精，工诗、古文、词。癸巳春闱已中会魁，时文达公为总裁，以其卷多写说文字，违磨勘例，填榜时撤去，遂放荡不羁，竟以科场事遣戍。晚归粤东，与方梦园方伯最称莫逆，遂延主阳山讲席，优游以终。生平著述等身，惟未付手民，率多散失，士论惜之。"

素馨坟踏青二首（其一）

葬花绝好此埋忧，花落花开诉旧游。
歌舞可怜终北胜，绮罗无赖付东流。
曾经故国春如海，不断生香梦亦秋。
四百卅峰仙路近，瘦梅凉月忆罗浮。

方子箴方伯量移两淮运使纪恩赋，叠韵步和，奉呈录别四首（其一）

杨柳千株复万行，玻璃风换好篇章。
停云诗咏留萌渚①，雅雨声名重蜀冈。
南国梅花初的的，西园草木自苍苍。
绿杨城郭开图画，何日缄縢寄漫郎②。

注释：

①萌渚：五岭之一。五岭指越城岭、都庞岭、萌渚岭、骑田岭、大庾岭。

②漫郎：指唐代诗人元结，借指放浪形骸、不受世俗检束的文人。

【杨懋修】

杨懋修，字卓生，梅州人。清诸生。著有《梦梅仙馆诗钞》。《梅水诗传》曰："卓生少与伯兄掌生同负时望。弱冠游庠，居羊城，与仪墨农、黄石溪、谭玉生诸老宿角逐词坛，年二十七，捐馆省垣，未竟其业，时论惜之。"

题黄半溪夫子枕溪老星图（其一）

几生修得水云居，胜把梅花带月锄。

万树阴浓归画卷，十年风雨爱吾庐。

不妨容好频开径，每到公余只著书。

消受林泉清福在，岂真踪迹混樵渔。

【萧树】

萧树，字滋圃，梅州人。监生。少工诗。著有《听雨楼删存》，皆三十岁以前所作之诗。其诗风神婉约，善于言情，于朋友骨肉之间，描写尤为尽致。

闻雁南在羊城，诗以寄之

秋风人上越王台①，书剑飘零剧可哀。

只有黄金能结客，更无青眼解怜才②。

数株杨柳笼烟碧，十里梅花照水开。

回首故园风景好，问君何事不归来。

注释：

①越王台：在今广东广州越秀山，为汉时南越王赵佗所筑。

②青眼：正眼看，黑色的眼珠在眼眶中间，指对人喜爱或器重的意思。与"白眼"相对。

寄怀都门旧游陈阜亭参军、王干山明经

黄金台下送归鞍，泪染征衣未忍看。

杨柳玉关人渐远，梅花古驿梦添寒。

隔年有约曾无定，此后重逢恐更难。

纵使汉南风景好，一缄何靳报平安①。

注释：

①靳（jìn）：吝惜。

寄张松涛兼柬同学诸友（其一）

古梅书屋里，往岁住机云①。

夜雨韮初剪，春灯酒半醺。

闻鸡纷起舞，脱帽共论文。

此梦何年续，裁诗一问君。

注释：

①机云：晋陆机、陆云两兄弟的并称。借称两位杰出的兄弟。

【李家修】

李家修，字心梅，梅州人。诸生。著有《得月楼诗存》。

得月楼梅花歌示张雁南，兼怀萧滋圃

吹转风头迫寒气，如刀割面令人畏。忍寒相伴园西行，为问寒梅着花未。

想见花从昨夜开，芒鞋未到香先来。满园不日成香国，导我前驱有蝶媒。

沿径叶红杂苔紫，迂回共入瑶光里。时闻翠羽互啾嘈，似报花知客来矣。

蓦见嫣然一笑容，孤芳冷艳当严冬。合呼亲友平生好，忆别经年喜又逢①。

茅屋数间想高蹈②，生成瘦质常排奡③。苦寒原不受人怜，一具稜稜骨何傲。

果尔癯仙凤久闻，相逢缟袂难为分。瑶琴弹落松间雪，铁笛吹开竹外云。

云散雪消月华送，此身恍在罗浮洞。空山流水寂无人，纸帐竹床寒有梦。

梦觉今朝慰我思，折梅合与故人期。不烦驿使殷勤寄，便向花前赠一枝。

数瓣铜瓶好相证，归将供养催诗兴。雅人功甫早知名，二十六将列宜称。

倘得新词妙写神，胜持琼玖报情亲。此时笑语相倾倒，忽忆天涯听雨人。

天马行空那羁得，天生颖士才奇特。每怜同辈二三人，青眼高歌尽胸臆。

犹记当时和我歌，歌声宛转绕梁多。自从相送沧江去，花也销魂奈别何。

123

一别茫茫十余载，颇闻气尚豪湖海。如今回想旧游欢，惟我与君故乡在。
且喜时过得月楼，看花依旧园林游。直须长伴青莲士④，一醉同消万古愁。
太息人生几聚首⑤，年来常恐饥驱走。不知何日俱还山，风雨岁寒话三友⑥。

注释：
①经年：数年。
②高蹈：隐居。
③排奡（ào）：刚劲有力，矫健。
④青莲：指李白，号青莲居士。
⑤太息：出声叹气。
⑥三友：即"岁寒三友"，指松、竹、梅。

聘初兄重往韶州，别后却寄

兄昔未归来，常从梦中见。兄今真归来，犹作梦中看。
别已七年久，归才十日遍。乃复匆匆别，将毋等梦幻。
此别几何时，予怀尚缱绻。况是穷冬天，一声咽寒雁。
为束轻行装，随身笔与砚。只为饥驱人，游乎岂不倦？
世事防风波，交情真冰炭。幸兄所止处，宾主旧相恋。
一枝仍借渠，亦适鹪鹩愿①。未知今岁冬，可到过元旦。
梅花应笑人，岁岁他乡惯。风俗各相亲，客怀且自遣。
无为感梗蓬②，有事加餐饭。已往千里遥，全凭一身健。
平安好报书，见字还如面。昨欲随兄行，一家累如绊。
贫非易出门，予所为长叹。此后思迢迢，又将梦魂乱。

注释：
①鹪鹩（jiāo liáo）：小鸟名，比喻弱小者或易于自足者。
②梗蓬：比喻漂泊流离。成语有"梗迹蓬飘"。

访饶云卿偶赠

聚散真如水上萍，相过且共校茶经。
三间老屋依梅白，一领青衫染柳青。
意气几曾藏剑匣，才名空复付旗亭。
传闻近习岐黄术①，药可医愁愿乞灵。

注释：

①岐黄术：是一种古老的查病治病的医术。传说由远古时代的黄帝及其大臣岐伯所创立。后人运用黄帝与岐伯对话的方式，写成《黄帝内经》，奠定了中华医学的理论基础。

暮春偕萧次云彦初、滋圃访张雁南兄弟于临江草堂，踏月夜归，得诗二章（其一）

梅花仍旧一株寒，太息年年故纸攒。
如我愁将向谁诉，寄君诗合避人看。
思量物外身高卧，笑语尘中累半拼。
但得相逢须尽醉，平生能有几场欢？

【张其邦】

张其邦，字昌廷，梅州人。例授巡政分司。善居积，富有田园，筑精庐，读书其中，闲暇时以诗自课，并教其弟子。其诗淡雅，自成一家。

初春雪后晴望

新春景色遍天涯，雪后登楼望眼赊。
帖写右军情独快①，诗庚和仲韵争夸②。
远峰日射明光炫，高树风摇碎点斜。
最是澹烟笼不住，横窗孤影有梅花。

注释：
①帖写右军：指东晋书圣王羲之的法帖。
②和仲：指苏轼。

【钟汉翔】

钟汉翔，字竹田，梅州梅江区西阳镇人。清诸生。弱冠游庠，所交多知名之士，互相推重。其诗多唱和之作，诗笔质雅，为世推重。著有《仙花书屋诗草》。

探梅

偶持樽酒过山家，驴背闲吟兴转赊。
寻到灞桥深雪里①，东风先放一枝花。

注释：
①灞桥：今陕西省西安市灞桥区。

晚春留别李秋田（光昭）、颜湘帆（崇衡）、家退山（凤举）

蹩蹩去故里，珠江驾言适。
扬帆乘长风，海峤穷扪历。
廿午拙株守①，茧足荒村侧。
习静道房炉，坐钓溪潭笠。
歌月步江皋②，题云扫岩石。
蓦然奏骊歌③，折柳悲横笛④。
策杖即前途，青青杨柳陌。
春风知别意，惜苦游人摘。
侧听鹧鸪声，声声行不得。
浦绿眺生波，回看春草碧。
昨夜虚楼中，茅檐春雨滴。
坐隐间无人，挑灯光四壁。
忆昔前年秋，啸咏东山夕。
论诗则往古，把盏倾琼液。
莳花草窗前，绿天红露积。
时或展遨游，兴着明山屐。
松子湿泠泠，浦花闲寂寂。
绝壁碎寒流，挥镵凿月日。
年来各云散，回忆常凄恻。
今我远行迈，九万抟风击。
四方丈夫事，志岂安槽枥⑤？
画楫掉珠江，为访越王迹。
梅花皓罗浮，径造琅环宅。

注释：
①株守：参见寓言"守株待兔"。指死守不放，比喻拘泥陈规，不善变通。
②江皋（gāo）：江岸。
③骊（lí）歌：指告别的歌。
④横笛：汉代横吹笛曲中有《梅花落》。
⑤槽枥：喂牲口所用的食器，也指养马的场所。

【黄大勋】

黄大勋，字笑山，梅州人。清廪生。著有《黄雪山房诗草》。

至山亭观梅歌

神仙昨夜来南天，羽衣缟袂飞蹁跹。化身忽在玉山顶，天花散落盈中千。朔风飕飕雪花大，凌寒愈见呈娇态。千树万树春风先，一枝两枝越台外。吾生幽讨屐未停，探芳直上至山亭。红栏四面围曲曲，白月十丈铺冥冥。老干槎枒趾交错，迂回一径悬空落。此身俯仰琼瑶中，雪地花天俱玉琢。何殊山阴道上行，应接不暇心屡惊。光摇银海眩无定，高寒境界同瑶京。又如晓入众香国，一缕旃檀衣袂袭。幽馥先从鼻观参，浓薰直逗天风溢。栽培却美主人贤，树木殷勤已十年。看花须及花时好，今朝索共巡檐笑。斟绿蚁^①，举红螺，欣看香雪已成窠，莫使蛮风蜑雨愁东坡。对铜瓶，依紫阁，铁笛吹来才破萼，何必秋水南华吟。赤脚越井冈头翠，羽翔梨云^②唤起月昏黄。偃蹇空山里，栖迟老屋旁。勿迷处士罗浮梦，愿效前贤铁石肠。

注释：

①绿蚁：指新酿制的酒表面泛起的泡沫，后用来代指新出的酒。
②梨云：指梨花，或指梨花云（如云似雪的缤纷梨花）。

【黎昱】

黎昱，字竹园，梅州人。清举人。

癸巳北上

万里之行志壮哉，马当风送出群才。
云迷高阁看难见，雪压疏蓬扫不开。
天意何因知默相，人情多半入怀来。
宵寒莫谓衾如铁，春到江边已放梅。

梅影二首

其一

梅花风信动前宵，疏影娟娟傍绮寮^①。
明月乍添和靖宅，微云轻映段家桥^②。
扶持清梦痕无着，检点芳魂冷未消。
最是叩门人隐约，吟驴踏雪酒旗招。

127

其二

栏下花样亦横斜，鹤欲归时误几家。

踏雪不应寻画本，和烟偏自上窗纱。

云烟冷逼人难扫，纸帐寒多月半遮。

折取铜瓶看仔细，夜深还与伴灯花。

注释：

①绮寮（qǐ liáo）：指雕刻或绘饰得精美的窗户。

②段家桥：即杭州西湖断桥。

【杨鸣韶】

杨鸣韶，字南琴，梅州人。清诸生。

试场杂咏（其一）

两行银烛鼓催衔，淡墨如需尺一麻。

画月团团黏粉壁，研朱九九点梅花。

阴阳未判先天卦，姓氏轻笼古寺纱。

此是转轮仙佛榜，罡风莫更堕星槎①。

注释：

①星槎：往来于天河的木筏。泛指舟船。

【廖纪】

廖纪，字秋乔，梅州梅江区人。清诸生。生而颖异，自幼力学，十二岁即授徒自给，后游学羊城学海堂，屡试不捷，困于乡举，落落寡合，遂弃去举业，致力于诗。少年以梅花、梅影诗得名。著有《万松斋诗钞》。与杨秋衡、李秋田并列为"梅州三秋"。

梅花诗三首

其一

费此生修到此身，空山落拓可怜春。

相逢喜忭徒为尔①，不合时宜只笑人。

恨向冷中藏骨格，花不疏处倍精神。

眼前真实看如此，丘壑多应是误臣。

其二

脱巾入手万花前，小住居然一日仙。
久有短筇携鹤志，愧无长券买驴钱。
魂消缓缓春来约，梦绕姗姗月几圆。
翠袖寒多修竹暮②，娉婷不惯惜婵娟。

其三

绝世清姿拜藐姑，如侬称否字花奴③。
梨云唤起亭亭玉，碧月吟成串串珠。
镜里芙蓉悲寂寞，桥边风雪记模糊。
年来不少相思意，此遇差堪一慰吾。

注释：

①忭（biàn）：高兴，喜悦。
②翠袖寒多修竹暮：唐杜甫《佳人》诗云："天寒翠袖薄，日暮倚修竹。"
③花奴：唐玄宗时汝南王李琎（jìn），小字花奴。

梅影（四首）

其一

山北山南与我期，羌无故实怅多时。
纵横古意如云泼，宛在高踪有水知。
伫断板桥人悄悄，经过茅店马迟迟。
相思费尽春痕薄，一片心教掬寄谁？

其二

赤脚抟香满地呼，云何究竟是真吾。
片光片影含犹豫，成佛成仙定有无。
阆苑日华凝欲滴，楞伽风色脆难图①。
依稀记得从来处，似倩银云淡淡扶。

其三

慧业迷因漫合并，须知着眼自分明。
几番冻雨寒初破，数点零星晚忽晴。
为尔不曾闲半日，阿谁相与证平生。
倏然啸罢春光晓，隐有龙鸾似我迎。

129

其四

模糊消息定何如，八表停云怅起居^②。

高阁别来无恙否，后园今又小寒初。

重重苦赚瑶台月，侃侃空传玉貌书。

咫尺天涯遥夜怨，夫谁持赠与双鱼？

注释：
①楞伽（léng qié）：山名，相传佛在此山说经。
②八表：又称八荒，指极远的地方。

续和南海百咏（其一）

夙慕广平公，肝肠铁面冷。

而况食旧德^①，遗爱在五岭。

瓣香拜空堂，独吊梅花影。

注释：
①旧德：指先人的德泽或往日的德泽。

【张其畴】

张其畴，字寿田，梅州梅江区人。清监生。《梅水诗传》曰："少擅诗赋，壮岁幕游珠江垂三十年。到处题咏，半在画中，以先生工诗兼工画也。晚入李若农学使幕中，归寓意渔钓，终日垂纶不倦，其素性然也。"著有《务劳心暇斋诗钞》。

题养真斋诗集（其一）

示我新诗卷，知君感慨多。

言情参绮语，逸兴讬悲歌。

香草思如此，寒梅瘦若何？

真吾今解悟，陶写得天和^①。

注释：
①陶写：陶冶性情，消愁解闷。

和彦高弟松鹤便面诗（其一）

鬐龙掀处碧毿毿^①，一曲南飞兴自酣。

我欲为君觅鹅绢，竹梅添写岁寒三。

注释：

①毵（sān）：毛发、枝条等细长的样子。

【张其翽】

张其翽（zēng），字彦高，晚号砚农老人，梅州人。清道光十四年（1834）甲午举人。博通经史，少为学海堂名宿，与谭玉生、陈兰甫、邹特夫诸君情好最笃。尤精算学。历主韩山书院讲席，兼学海堂学长，成就后进甚众。著有《辩贞亮室赋钞》。

凌风楼怀古

朔气初积云不流，摄衣自上凌风楼①。
凌风之楼高百尺，文山此地同千秋。
忆昔临安事旁午，三道长驱迫蒙古。
文山慷慨起江西，自率群羊搏猛虎。
国家养士三百年，欲以身为忠义先。
少日豪华满声伎，一朝流涕向江边。
可怜国势荼然虐②，穷追方叹敌氛恶。
弟妹妻儿天各方，空坑已败五坡缚。
时数从来有废兴，楚囚车传相频仍。
无处包胥乞秦救③，好从柴市见思陵④。
权词浪说黄冠服，空还齿发章江曲。
两祭梅边生死文，十年皋羽东西哭⑤。
狱里当时感杜公，梅州回首泣西风。
寒光惨淡斗城里⑥，热血淋漓廿字中。
水折必东金百炼，城北窝公同铁汉。
白鹇亦复殉崖山⑦，铜驼莫再悲梁汴⑧。
太息梅州此战场，遗子徒存古卜杨。
人披公传怜邹沨⑨，我向前朝吊国殇。
吾州神童蔡进士⑩，与公同志先公死。
俎豆无闻配此楼，姓名何处搜遗史？
遗史丛残亦漫搜，忠肝暗里定相酬。
赵氏江山无寸土，梅州今古此危楼。

注释：

①凌风楼：原在梅州，今不存。

②苶（nié）然：疲惫的样子，形容衰落不振。

③包胥：指申包胥，春秋时楚国大夫。

④思陵：指宋高宗赵构，他死后葬于会稽之永思陵，故后人尊称"思陵"。

⑤皋羽：指谢翱，宋末元初爱国诗人、遗民诗人。

⑥斗城：今陕西省西安市。《三辅黄图·汉长安故城》载："城南为南斗形，北为北斗形，至今人呼汉京城为斗城。"后借指京城。

⑦白鹇（xián）：鸟名。头上的长冠及下体为蓝黑色，有光泽，上体和两翼为白色。尾长，头的裸出部分和足为红色。分布在中国南部，常栖于高山竹林间。

崖山：位于广东省新会市。

⑧铜驼：铜制的骆驼，比喻亡国。

⑨邹沨：字凤叔，江西吉水人，南宋抗元民族英雄。

⑩蔡进士：即蔡蒙吉，广东梅州人，南宋爱国诗人、抗元民族英雄。

腊月十九日，彭南屏牧伯邀集衙斋作东坡生日

坡公一去八百年，奇哉今日事犹传。

重公不已重生日，摭公事实陈当筵。

黄州是日赤壁前，酒酣飞上高峰颠。

下界何人忽吹笛，仙人咳唾随风圆①。

都门当日扬州还，山西老将饶诗篇。

霜枝云翩发远意②，五图九龠腾真筌③。

王郎祝釐驰尺笺④，彭城一别缘何悭。

建溪云腴信非报，披写肺腑真缠绵。

阿同老弟剒鞠泉，石鼎得自张乐全。

平生借汝铭三德，居焚不炎忍且坚。

丈夫少子殊爱怜，七年瘴海随南迁。

北归不酌银皮酒，但祝梨枣赢归田。

先生本来玉堂仙，先生之文光竟天。

精神自足贯千载，家火何事烧丹铅？

今日华堂集群贤，主人仙吏情意虔。

管领梅花一万树，春风荡荡来无边。

侯师百岁老彭篯，蓝丈八十眸炯然。

座中更谁似坡老，认取寿骨巉两颧。

二更月出未下弦，壬戌癸亥相后先。

漫谈蝠暝燕晨事⑤，且续酒龙诗虎缘⑥。

客过三爵殊迁延，主人拇战已出拳⑦。

北楼铁汉方戒酒，不得与主相周旋。

注释：

①咳唾：咳嗽而喷吐唾液，借指称赞对方的言论、诗文。

②云翮：凌云高飞的鸟。

③五图：指《五岳真形图》。

 九籥（yuè）：指《九籥集》，为明代宋懋澄撰的笔记小说集。

④祝釐（lí）：祈求福佑。

⑤蝠暝燕晨事：比喻无意义的争吵。

⑥酒龙：指以豪饮著名的人。

 诗虎：比喻作诗能手。

⑦拇战：酒令的一种，也叫"划拳""豁拳"。因划拳时常用拇指，故称之。

【李载熙】

李载熙，字采卿，梅州梅江区人。道光十九年（1839）己亥科乡试解元，道光二十年（1840）庚子科进士，授翰林院编修，后升翰林院侍讲。素抱济世之志，深谙方略。著有《集论坐位长短联》。

自杭至苏舟行杂咏（其一）

手拓篷窗把酒杯，北新关下布帆开。

树如磨蚁随堤旋，山似江豚拜浪来。

天远鸟拕烟漠漠①，村深犬吠雪皜皜。

半林乌桕离离实，错认冲寒已放梅。

注释：

①拕（tuō）：同"拖"。

【李在中】

李在中，字乐山，梅州人。清监生。著有《铁桥诗稿》。

友人招游阴那山，适梅初开，喜折一枝，因纪其事

结侣携筇强自支，行行足下带云移。

闲来不借游山兴，来趁无遮启会时①。

啜茗偶添煨芋火，问樵曾看烂柯棋②。

欣逢十月梅先放，且学拈花折一枝。

注释：

①无遮：没有掩盖，裸露。佛教每五年会举行一次布施僧俗的大斋会，叫无遮大

会，又称无碍大会。

②烂柯：谓岁月流逝，人事变迁。

【张骊】

张骊，字六琴，梅州人。清岁贡生。好读书，博通经术。《梅水诗传》有："棘闱久困，屡荐不售，遂舍举业而就幕焉。尤工于诗，生平著作丰富，惜两遭兵燹，遗稿所存无几，兹仅搜辑数十首而已。"

西湖竹枝词（其一）

岭南无雪本寒轻，湖上梅花早弄清。

影自横斜水清浅，疑花疑雪未分明。

呈赠盛定舟明府，兼以志谢

廿载曾殷御李情①，梅州题句爱冰清。

郗超入幕羌初志②，王粲登楼已擅名③。

狱有平反阴德被，法无偏倚智珠明。

读书自具真经济，蜗角何须与世争④。

大吏咸推判断才，孙宏东阁为君开。

照人肝胆秦宫镜，比我襟怀庾岭梅。

相国喜招今雨去，中丞曾拜下风来。

此时说法前身现，又把甘棠遍地栽。

注释：

①御李：指亲近贤良的人。

②郗超：东晋书法家、佛学家。

羌（qiāng）：同"羌"。

③王粲：字仲宣，山阳郡高平县（今山东省微山县两城镇）人，"建安七子"之一。

④蜗角：蜗牛的角，比喻微小之地。

点瑟将希，蒲帆言返，鸦涂偶寄，鸿迹借留，题绢殊惭，笼纱有待。录示诸同学。时馆于平海龙泉寺（其一）

归思遽动更心酸，斫地狂歌夜欲阑①。

旧岁梅花新岁见，故乡明月异乡看。

艰难科第文增命，翻覆人情胆易寒。

二十四年重把盏，今宵珍重酒杯干。

注释：

①斫（zhuó）地：意为砍地，表示愤激。

【张伯海】

张伯海，字琴山，梅州人。清廪生。著有《心弦馆诗草》。《梅水诗传》载："性好吟咏，其诗格律精细，兼以跌宕取致，故风调雅近渭南。闻其遭寇变，犹手挟诗卷以自随，托好友收藏。归里遽卒，人皆伤之。"

立春前一日柬徐松石

风雪萧萧暮景寒，书生事业百忧攒。

点金有术成仙易，耕砚无秋卒岁难。

广厦何人吟杜老①，空山几日卧袁安②。

知君腊酒翻花熟，墙角红梅倚醉看。

注释：

①广厦：高大的房屋。

②袁安：字邵公（一作召公），汝南郡汝阳县（今河南省商水县）人，东汉名臣。后以"袁安高卧"指身处困穷不乞求于人、坚守节操的行为。

归舟

北风猎猎水漫漫，江上寒云竟日顽。

一棹归心添白发，百年生计负青山。

世途久历人情薄，行路深尝旅况艰。

故里梅花应笑我，残冬只载蠹书还。

【黄昌麟】

黄昌麟，字月卿，梅州人。清布衣。著有《岳麓堂诗草》。

怀古四咏（其一）

水冷沙汀两岸浮，梅花开落古江头。

晓吟不怕霜风紧，傲骨还支铁汉楼。

【梁心镜】

梁心镜，字鉴三，梅州人。清道光二十八年（1848）戊申举人。

题彭南屏牧伯磊园诗事图

天地为逆旅，吾生偶讬足。

吴粤况异地，舟车邈山谷。

蹢蹢泽畔吟，将毋生是独。

天风作空吼，吹聚浮萍绿。

峨峨使君公，琴案无留牍。

理堪日多暇，辟圃为休沐①。

周匝阑干红，回廊曲复曲。

怪石倚疏梅，围屏借修竹。

天然图画本，粉稿伊谁属。

岸然履杖来，相对绝尘俗。

好景与雅怀，三章严刻烛。

墨渖翻怒涛②，心花吐奇馥。

拍案发狂吟，不顾惊凡目。

酬庸进巨觥，一饮倾百斛。

跳身入酒海，倒挽酒龙浴。

放歌彻天衢③，起舞旋地轴。

造花夺春回，万化开绕屋。

双鬓我如霜，抚膺百感触。

微名只吓鼠，远志谁知鹄。

与陈北关书，盍咏东篱菊。

今年麦两歧，仓箱溢秋谷。

随境得所安，属餍小人腹。

心闲梦亦清，瞳瞳上朝旭。

酒味清花香，诗篇带草渌。

何以作纪游，岁华书可读。

杜老笔有神，生绡图一幅。

注释：

①休沐：休息洗沐，犹指休假。

②墨渖（shěn）：指墨汁或墨迹，借指学问。

③天衢：天空广阔，任意通行，如世之广衢，故称天衢。也指京都的大路。

南屏牧伯于东坡生日置酒祝张彦翁雅寿，诗以纪之（其一）

梅已全开月已圆，万家春熟敞琼筵。

鲁公堂上天随子①，不作神仙作寿仙。

注释：

①天随子：指陆龟蒙。陆龟蒙，字鲁望，自号天随子、江湖散人、甫里先生，唐代诗人、农学家。

【谢天爵】

谢天爵，梅州人。清诸生。

诗思

闭门觅句似枯禅①，心袅炉香一缕烟。

灞岸寻梅欹笠去，吴宫听雨背灯眠。

餐花气韵初胎后，修月工夫濯魄前。

肠胃由来涤水雪，清才合唤作词仙②。

注释：

①闭门觅句：形容作诗时冥思苦想。

②清才：卓越的才能。指品行高洁的人。

【宋廷赞】

宋廷赞，字黻卿，梅州人。清廪生。

赠戴刺史近仁入觐

我闻昔有吴隐之，贪泉不易夷齐心①。亦越宋之包孝肃②，不持一砚羊江浔。

二公清节高岭表，珠浦石门谁嗣音？我公受命刺梅郡，辉映后先无古今。

懋绩未易更仆数③，冰壶秋月寒森森。臣门如市臣心水，率属时严清白箴。

玉尺量才仰山斗④，有如披拣沙中金。惠民治谱多要术，树德绿遍甘棠阴。

春风听骊携柑酒，诗肠鼓吹俗耳针⑤。梅花白雪映东阁，暗香弹入朱弦琴。

群公荐剡达圣眷⑥，济旱时欲书商霖⑦。征南将士分旁午⑧，因之屈公为监临。

即今蒲轮征入对⑨，长亭柳汁沾征襟。父老遮道留截镫⑩，桃花潭水离情深⑪。

行装不载官舍物，海南瓣香投浦沉⑫。芦沟烟月燕山雪，西清夜直葡萄衾。

从此一岁九迁秩⑬，百啭流莺栖上林。南辕北辙皆保障，何止五岭垂云霙。

但愿公如广平好，阳春有脚相追寻，遗爱颂续越江吟。

注释:

①贪泉:《晋书·吴隐之传》载:"晋吴隐之操守清廉,为广州刺史,未至州二十里,地名石门,有水曰'贪泉',相传饮此水者,即廉士亦贪。隐之至泉所,酌而饮之,因赋诗曰:'古人云此水,一歃怀千金,试使夷齐饮,终当不易心。'及在州,清操愈厉。"

夷齐:指商朝贤人伯夷和叔齐。

②包孝肃:即包拯,字希仁,庐州合肥(今安徽省合肥市)人,北宋名臣。

③懋绩:大功绩。

④山斗:泰山、北斗的合称,犹言泰斗,比喻负有盛望或学术高深,为世人景仰的人;也可用为敬称,称呼对方。

⑤诗肠鼓吹俗耳针:指听见黄鹂的叫声,可以清净俗耳,引发诗情。

⑥荐剡(yǎn):指推荐人的文书,引申为推荐。

⑦商霖:称济世之佐。用于称誉大臣之词。

⑧旁午:纵横交错,四面八方。比喻事物繁杂。

⑨蒲轮:古时迎聘贤士,以蒲草包裹车轮,使车子行走时减少颠簸,坐起来安稳舒适。也指古人乘坐的车子。

⑩截镫:指对离职官吏说的挽留惜别的客套话。

⑪桃花潭水:唐李白《赠汪伦》诗曰:"桃花潭水深千尺,不及汪伦送我情。"

⑫瓣香:佛教语,指一瓣香,表示祝福敬慕之意。

⑬迁秩:旧指官员晋级。

【张星曹】

张星曹,字槎使,梅州人。清诸生。诗笔排宕有致。

游罗浮

蓬莱清浅神仙府,谁同洪荒割左股①。
浮来炎海启丹邱②,两山离合因风雨。
南岳峨峨佐命雄,标奇第七洞天中。
开辟阴阳发灵闷,斡旋元气通鸿濛③。
芙蓉四百青霄峙,璇室瑶房夸异致④。
福地清虚羽客栖⑤,精庐佳胜名贤寄。
岚影朝昏紫翠浮,垂虹饮涧挂飞流。
湫潭云雨潜龙起,岩洞烟霞哑虎游。
珍禽绿蝶相飞逐,朱草紫芝杂芳馥。
古雪千年古刹梅,绿云百尺仙符竹。
山水平生结习缘,游筇乍驻兴悠然。

却寻葛令烧丹灶，载访麻姑卖酒田⑥。

来迟幸免山灵怪，喜与山灵穷变态。

飞云岭上荡心胸，见日台前开眼界。

此身真似到蓬瀛，吸雾餐霞慕玉京⑦。

何当上挹浮邱袖，风马云车驭气行。

注释：

①洪荒：指混沌蒙昧的状态。特指远古时代，洪荒世界。

②丹邱：即"丹丘"，传说中神仙居住的地方。

③鸿濛：远古时代。指宇宙形成前的混沌状态。

④璇室：指用美玉装饰的宫室，相传为夏桀所建。也作"璇宫""璿宫"。

　瑶房：玉饰的房屋，多指华美的宫室。

⑤羽客：也称"羽流"。道士，也可指仙人。

⑥麻姑：中国道教神话中的一位女神，在民间影响广泛。

⑦玉京：道家称天帝居住的地方。

梅花村

欲作梅花友，来访梅花村。

香雪化黄云，穋稑弥平原。

美人已仙去，何处招芳魂？

空怀众香国，难探太古春。

酒田没宿莽，心醉光风薰。

唧啾罕翠羽，明月虚黄昏。

沧海阅八代，俯仰迹成陈。

何意蓬莱股，变迁同世尘。

翍兹百年内，泡影伴吾身。

去来一弹指，孰辨幻与真。

言寻抱朴老，浩劫询前因。

【张长龄】

张长龄，字子寿，梅州人。清布衣。工诗，在广州觅馆，应学海堂季课，获赏。

春意

记取江梅欲放时，严寒犹未解南枝。

诗人小坐谁先觉，流水无踪或已知。

微雨淡云同酝酿，狂风痴蝶斗相思。

从今好订探春约，芳讯传神不肯迟。

【黄仲安】

黄仲安，字薰仁，梅州人。清道光二十九年（1849）己酉科副贡生。性情高雅，不慕荣利，掌教东山书院并潮属各书院，成就后进者甚多。善画山水，好吟咏，曾选清朝五家七律，合刻为家塾课本。

留别榕江诸友（其一）

作客天涯仗砚田^①，光阴弹指又三年。

世情叵测从今信，直道难容自古然。

何日金台售骏骨^②，几人青眼识鸢肩。

他时若访厐居士^③，都在梅花万树边。

注释：

①砚田：旧时读书人以文墨维持生计，故把砚台称砚田。

②骏骨：指良马的骨头或称良马，后用以比喻贤才。

③厐：同"庞"。

戊午冬至前留别直乡叶总戎、湘桥梁先生，暨老滩镇上诸友（其一）

葭灰飞动赋归时^①，唱罢骊歌酒满卮^②。

久住翻成初别客，再来难定隔年期。

鸦因返哺还山早，云本无心出岫迟^③。

闻得家园梅信息，阳春开遍向南枝。

注释：

①葭（jiā）灰：也叫葭莩之灰。葭是初生的芦苇，葭莩是芦苇秆内壁的薄膜。古人烧苇膜成灰，置于律管，放密室内，以占气候。某一节候到，某律管中葭灰即飞出，示该节候已到。

②卮（zhī）：古代一种盛酒的器具。

③出岫（xiù）：指出山洞、山穴。岫，山洞、山穴或山。

【黎炳枢】

黎炳枢，号能吾，梅州人。清诸生，被保举候选同知。

冬日书怀，寄李小登、钟芸石

西风吹雨过山头，轻寒郁郁行人愁。山上梅花昨已放，行人犹在海南州。去时分手惠阳路，我欲还家君不顾。去时只说夏秋还，岂知却被冬风误。雪花如掌风如刀，海风十月惊飞涛。海波平立起突兀，山岚白昼干云霄。行人衣薄囊复罄，满目萧骚不堪听①。上有高堂母，下有妻与孥，祈神问卜日复日，但愿归来毋踌躇。我怀君兮君忆我，我幸还家计非左。一堂吟咏驱穷愁，食贫长侍萱帏坐②。人生不满意，口腹长为累。我今母老难壮游，舌耕岁恶聊自寄。安得南郭数亩田，断斋画粥成吾事。

注释：

①萧骚：风吹树林的声音，形容萧条凄凉。
②萱帏：即"萱闱"，指萱堂，母亲。

【梁光熙】

梁光熙，字墨林，梅州人。清咸丰元年（1851）辛亥恩科举人，官青海西宁训导。少年时辟一诗社，众人拈题分韵迭唱其中，名曰"淡香斋"。

江村探梅，梅花未发，因题树下

谁向江头羯鼓挝①，水边疏影未横斜。
旁人莫为嗟迟暮，终是春风第一花。

注释：

①羯（jié）鼓：古代一种腰部细的鼓，起源于羯族。
　挝（zhuā）：同"抓"。这里指击鼓。

【黄基】

黄基（1831—1890），字簀山，梅州梅江区人。清咸丰元年（1851）辛亥恩科举人，同治二年（1863）癸亥恩科进士，官礼部主事，专司祠职，后任江苏知府。著有《万事好庐诗钞》《覆瓿诗草》等。天资超迈，诗学杜工部，书法摹效二王，画则入大痴之室。

咏梅花

驴背闲吟策策迟，早梅同笑未离披。
今年雪压寒花重，知是新枝胜故枝。

梅雪

梅撑冰骨冷，雪压花枝亚。
清梦两扶持，高风共潇洒。
飞雪不着梅，始知梅已谢。
梅谢雪何依，纷纷向空下。
东风如雨水，余痕渍台榭。
梅残何处寻，雪舞亦旋罢。
胶膝给不解，尚须人工假。
岂若梅雪清，同生且同化。

寓羊城五叹（其一）

一官十载赋归来，秋风两度滞鸿迹。
回家十日赋出门，天涯阅尽客中客。
作客百年能几何，旧墨磨残砚田石。
呜呼二叹兮叹弥坚，故乡梦断寒梅天。

【杨承谟】

杨承谟，字次典，号藕塘，梅州人。清咸丰二年（1852）壬子举人，著有《友石山房诗钞》。《梅水诗传》载："次典性孝友，博学工诗，兼精制艺。壬子乡闱，主试为孙文节公，得其卷激赏之。尤击节试帖诗，以为实冠通场，赠联云：'诗书自富三余业，湖海人高百尺楼。'平生好山水，淡于荣利，授徒罗阳，裁成甚众。卒之日，门弟子皆感泣云。"

夜雨有怀柳泉兄

兀坐西窗下，惟看灯火亲。
可怜今夜雨，遥忆古心人。
萍迹寄何处，梅花开及春。
临风正相望，归计想应频。

【杨亮生】

杨亮生，名瑛，一字守璞，梅州人。清光绪二十七年（1901）辛丑恩科举人。著有《守璞斋诗抄》。

咏梅

日日巡檐契古欢，众芳摇落不知寒。
文章老境归平淡，风谊穷时见胆肝。
青眼早看频拂拭，白头相对苦汍澜①。
隔墙乌桕婆娑树，一夕经霜尽染丹。

注释：
①汍（wán）澜：形容流泪的样子。

早梅

高卧南窗手一编，映檐白醉庆羲年。
一池水绉干卿事，十亩桑闲与子旋。
鸿绪公归将信处，鹤噪声远定闻天。
杞人忧坠何曾坠①，稍喜梅花得气先。

注释：
①杞人忧坠：即"杞人忧天"。比喻毫无必要的忧虑和担心。

咏梅花四首

忆梅

结屋梅峰下，花时偶未回。
霜天断消息，月地屡徘徊。
香淡谁能领，林高鹤共猜。
倚门瞻望久，日待故人来。

寻梅

水村山郭外，遍地访寒香。
疏影溪桥侧，斜阳老树旁。
曾无人迹处，定是野梅乡。
一笑留鸿爪，泥深雪无妨。

赏梅

华堂开玉照，新宴启红罗。

雪重诗情淡，香浓酒意多。

红炉还煮茗，碧玉试征歌。

莫唱江城曲，尊前觯易皤①。

咏梅

纸帐铜瓶际，诗情袅袅生。

吟香知雪意，写影占风情。

姑射神传远，孤山品共清。

高歌吾击钵，寒雀莫争鸣。

注释：

①皤（pó）：白色。

【梁云骞】

梁云骞，字秋薇，又字秋湄，梅州人。清诸生，保举教谕。著有《山中天诗草》。《梅水诗传》载："少工吟咏，积卷甚富，于古体尤擅胜场。后入西秦，游广西，诗格一变。今读遗诗，思深吟苦，中自有磊落不可遏之气。归里方谋集全稿付梓，未果，遽卒。闻者惜之。"

冬夜听雨有感

暮云漠漠西风紧，阴沍严冬怯宵冷。

霎时小雨滴空阶，坐对空房灯耿耿①。

耿耿银灯夜正长，一星窗畔色凄凉。

茅檐一阵潇潇响，顿起忧愁百结肠。

回首百结愁无极，忍听凄凉与萧瑟。

香冷炉空篆暗消，窗低纸薄痕全湿。

窗湿香消人正寒，卷开懒读愁衣单。

漏点迟迟送凄切，铃声隐隐添辛酸。

辛酸易起愁难止，怨彼风风兼雨雨。

助响惟闻疏竹摇，销香那管寒梅吐。

疏竹寒梅两悄然，抱衾倚枕待成眠。

绳床辗转不能寐，如此风光忆去年。

去年秋夜听雨愁，去年冬夜听雨喜。
今年秋愁冬更愁，雨似去年人不似。
昔时行乐此时愁，人世哀荣不可知。
为语儿童休夜读，伤心听诵蓼莪诗②。

注释：

①耿耿：形容明亮。

②蓼莪（lù é）：一般指《诗经》中的一首诗，即《小雅·蓼莪》。此诗写子女追慕双亲的抚养之恩。后以"蓼莪"指对亡亲的悼念。

【李星枢】

李星枢，字少白，梅州人。清诸生。"工词赋，学使者试古学，辄拔冠其曹。晚年郁郁不偶，遽卒。其诗清丽芊绵，迥殊涩体。"

铁汉楼怀古

殿中有虎慑豺狼，此老肝肠百炼钢。
忍见六州同铸错，不辞万里远投荒。
倚天剑影寒奸魄，绕阁梅花发古香。
一语留题定千载，至今瞻拜壮金汤①。

注释：

①金汤：形容城池险固。成语有"固若金汤"。

【林锦】

林锦，字昼堂，梅州人。清诸生。《梅水汇灵集》曰："昼堂自守颇高，为诸生三十年，贫困以卒。"曾赋《菊影》有句云："处士风流矜自写，先生迹象倩谁摹。"又曰："风雨重阳霜落后，须眉一样月来初。"再曰："半生傲骨从人寄，一抹凉痕着地知。"皆为对自己的写照。

送梁秋湄之陕西（其一）

梅花岭上雪花团，报道先生跨去鞍。
天地无情歧世路，风尘有债累儒冠。
十年旧雨离愁暂，百二秦关匹马寒。
莫向长安空叹息，出门西笑便长安。

赠梁介奇

君家相隔一村幽，十里梅花水共流。

直有赠袍怜范叔①，屡蒙推毂作曹邱②。

论文未得开樽酒③，栖砚将依夺锦楼④。

今日题诗新寄语，权为桃李我先投⑤。

注释：

①范叔：即战国著名政治家、纵横家、外交家范雎，字叔。

②推毂（gǔ）：荐举，援引。

③论文未得开樽酒：唐杜甫《春日忆李白》诗云："何时一樽酒，重与细论文。"后遂以"樽酒论文"谓一边喝酒，一边议论文章。

④夺锦：指科举及第或竞赛优胜者，用以称赞文才出众或被宠赐。

⑤桃李我先投：《诗经·卫风·木瓜》云："投我以木桃，报之以琼瑶。"即对别人给的好处，加倍来报答。

冬夜送友人

人生离别不须忧，况乃随心任去留。

但忆明朝风雨里，梅花时节独行舟。

【刘元度】

刘元度，字芷汀，梅州人。清诸生。《梅水诗传》载："……工书法，善画兰，诗才尤敏茂，每画兰，题跋信手拈来，顷刻淋漓殆遍。篇什甚富，晚年屡欲付剞劂，未遂其志而殁。"著有《定静安室诗钞》。

九日游东山文昌阁和友人原韵（二首）

栽花暂许住岩隈，兰桂纵横更菊梅。

商略此时须饮酒①，重阳天付好诗才。

倜傥才华逸兴飘，传来字字比珠跳。

红妆宝马龙邱子，取次探梅过小桥。

注释：

①商略：商量，讨论。

【黄鸿藻】

黄鸿藻，字雁宾，号逸农。黄遵宪之父。清咸丰六年（1856）丙辰补行乙卯举人，官户部主事，改官广西署思恩府知府。著有《逸农笔记》《思恩杂著》《退思书屋诗草》等。

消寒绝句二首（其一）

欹斜梅影覆庭除，风透疏棂月满庐。

寒气不来花气隔，教人窗下两踌躇。

张船山先生有八冰诗，冬日与同人戏咏，分题得四首（其一）

残冰凝若此，冷艳自清华。

不借雕镌力，真成顷刻花。

春光疑欲到，色相幻无涯。

相对寒如许，梅梢月又斜。

夜雪

星月皆沉影，银云冻不行。

打窗寒欲语，落地夜无声。

春冷梅花瘦，更深鹤梦惊。

明朝灞桥上，泥印马蹄轻。

【张鹿苹】

张鹿苹，字秋苓，梅州人。清诸生。

蟹爪水仙（其一）

宝甓盘贮有如筐①，文石冰苔位置长。

趁有脚春青坼甲②，似团脐处簇输芒。

脱踪钩弋三生石，小影湘娥半面妆③。

只伴梅花窗外放，那曾趁稻熟江乡。

注释：

①甓："瓷"的异体字。

②坼甲：即甲坼，指种子发芽时外皮裂开。

③湘娥：指湘妃。

【杨鑫】

杨鑫，字羡吾，梅州人。清诸生。《梅水诗传》载："遭兵乱，两次城破，庐舍荡然，归后补筑数椽，栽花种竹，时招宾朋饮酒赋诗其中，悠然自乐，其为人脱略可知矣。"著有《蕉琴小筑诗钞》。

东堂种竹

连年经兵燹，三径俱就荒。
小构数椽屋，种植谋东堂。
友人赠绛桃，兼及梅桂芳。
惟时值炎夏，酷热不可当。
遍乞数竿竹，种辄枯欲僵。
郁郁不如意，何日慰衷肠？
今年春事了，意谓无复望。
何期广文师，遣使来匆忙。
谓值微雨后，种竹竹易长。
命介即荷锄，移植自宫墙。
余谓立夏过，岂不速披猖。
不意连朝雨，天公助赞襄。
珊瑚闲翡翠，龙凤舞翔翔。
忽疑秋先至，又讶日潜藏。
坐中有桂士，文史足雌黄①。
平生快意事，浮白尽一觞②。

注释：
①雌黄：一种矿石，主要成分是三硫化二砷，有剧毒，颜色呈柠檬黄色。古人用黄纸写字，常以雌黄涂抹错误之处再改易。借以指修改文字。
②浮白：原意为罚饮一满杯酒，后指满饮或畅饮。

【温见心】

温见心，字复初，梅州人。清同治九年（1870）庚午举人。

题画鹰梅图（三首）

其一

一片寒香纸上寻，谁教金距守难禁。
丹青别有凌云笔，不写胎禽写鸷禽①。

其二

看来骨格两离奇，合向瑶林借一枝。

抱得暗香吹不散，拳霜立雪已多时。

其三

刘褒腕底妙无穷②，点缀英姿有化工。

生恐商飚初起处，空留香雪画图中。

注释：

①胎禽：鹤的别称。

　鸷禽：猛禽，如鹰、鹯之类。

②刘褒：汉代画家。代表作品有《云汉图》《北风图》。

【张弼亮】

张弼亮，字子颖，梅州人。清岁贡生。《梅水诗传》载："子颖少年意气豪迈，锐于进取，入荐不售，以明经老，非其志也。晚居城塾训徒，酒酣耳热，赋诗自遣，多伉壮激越之音。读其诗者，可以知其志矣。"著有《吟秋阁诗钞》。

祝彭南屏牧伯尊人偕德配双寿（其一）

寿星辉处众星迎，旌驻余杭有政声。

宇宙才名谁首屈，神仙奇福让公并。

潮看东海杯堪举，秋静西湖月倍明。

湖上梅花三百树，只闻人说似官清。

【张驺】

张驺（zōu），字宛来，梅州人。清诸生。胸怀洒落，为诗闲淡冲和，自成一格。

九日登东山文昌阁诗（其一）

巍然高阁倚岩隈，此地谁栽处士梅？

重隔沧桑今再到，恍疑华表鹤归来。

【林承俊】

林承俊，字彦卿，梅州人。清廪贡生，官候选训导。笃于内，行性冲和。诗原本性情，发于伦纪，深得六义微旨。著有《茗香居诗草》。

客中喜张稼孙见访，临别作此以赠

作客年复年，多与亲友疏。
只身走五岭，梦寐怀乡闾。
竭来告梅岭，寒暑迭告徂。
衙斋守寂寞，冷与梅花俱。
性不好谐人，坐此陋且孤。
此邦信多士，往往非吾徒。
每读停云诗，搔首重叹吁。
西风入庭树，凉秋八月初。
跫然闻足音，君马临长衢。
入门一握手，真气惊庭除。
问君何为来？云自岩下墟。
历过江广间，辙闻箧常肤。
径欲白当事，雄州王大夫。
大夫我居停^①，治寇方追逋。
返旆未卜日^②，且为待斯须。
瞥眼既浃辰^③，平原酒累沽。
抵掌旅馆中，话旧相欷歔。
忆昔少年时，眷恋唯庭趋^④。
君行念关中，我行指洪都。
翩翩两年少，有弟皆明珠。
回首倏廿载，鬣鬣各有须。
君负磊落才，皇路当驰驱。
我愧一第艰，局促辕下驹^⑤。
笔耕舆舌耕，生计甘酸迂。
一斟复一酌，欯欯中肠摅^⑥。
沉沉数残更，兀兀倾百壶。
况复秋正中，月皎纤云袪。
异乡得良友，佳节聊可娱。
忽忽又重九，闻君治行舆。

却忆匝月聚，畅然忘旅居。

旅居本非计，君行展良图。

一官足禄养，宁复营区区。

俊也实不才，且效虫蠹书。

五十苟不达，取笑买臣朱。

别筵兴益豪，临歧转踟蹰。

登高念故乡，取次簪茱萸。

何时遂归计，团圆荫枌榆？

留君泼醉墨，为君株青乌。

明日望君舆，茫茫天一隅。

注释：

①居停：指寄居、歇脚之处。

②返旆：班师，回师，返归。

③浃（jiā）辰：借指十二天。

④庭趋：趋庭参拜，指接受父亲的教诲。

⑤辕下驹：指套在车辕下的不惯驾车、局促不安的幼马。喻指少见世面、器局不大的人，也比喻人受束缚而局促不安，不能施展手脚。

⑥中肠：指内心。

宿红梅驿，赠聂辛孙少尹（其一）

到来已见日西斜，彩棒高悬静不哗。

却怪当关先识我①，去年曾此看梅花。

注释：

①当关：守门人。

【林承藻】

林承藻，字采辰，梅州人。清诸生。《梅水诗传》云："采辰性孝友，朴实笃挚，有古君子风。家贫游幕省垣，争相延聘。道宪益公雅重其品，延其教女公子。撄疾卒，益使女公子为之服，异数也。其诗思深吟苦，力捐浮艳，惜存稿无多，故所录止此。"著有《求愈昨斋诗草》。

题养真斋遣愁集

我生癖嗜画，亦复酷爱诗。
作画可忘寝，吟诗可忘饥。
引手自推敲，泼墨常淋漓。
胸怀郁不开，借以陶写之。
栖心入毫素①，所乐乃在兹。
妍花笑春坞，幽鸟啼秋枝。
屡颜②双展远，略彴一笃迟③。
于焉参画理，因之作诗资。
但恨根柢薄，不能副心期。
发箧陈篇什，搜讨风雅辞。
诗豪代不乏，颇难自得师。
建安逮正始，五字何嵚崎④。
六朝迄唐宋，浓淡杂平奇。
学之二十年，堂奥犹未窥⑤。
有时安一字，锻炼晷景移。
有时累千言，挥洒风雨驰。
人事夺光阴，未许穷攀追。
竭来走珠海，食砚龙江湄。
孟阳老词客，一方同旅羁。
欢言同促膝，赏析奇与疑。
示我济叔集，曰叔殊不痴。
一榻静养疴，万卷手自披。
性癖耽佳句，往往生妙思。
遥山抹浅黛，轻风弄晴漪。
味酽饮醇酒，泽古罗鼎彝⑥。
幽艳能到骨，隽爽能沁脾。
泠泠振寒玉，灿灿悬色丝。
繄我读此篇，正值梅花时。
诗情与花气，音韵相迷离。
高歌待月来，侑以清酒卮⑦。

注释：
①毫素：指笔和纸。
②屡颜：参差不齐或斑驳陆离的样子。

③彴（zhuó）：指独木桥，或指溪流中用以过人的踏脚石。

④嶔崎：险峻，比喻品格卓异。

⑤堂奥：指屋子的角落。比喻学养高深的境界，或高深奥妙的道理。

⑥鼎彝：古代宗庙中的祭器，或烹饪的器具。

⑦侑（yòu）：劝食，助兴，陪侍。

自曲江之翁源道中四律（其一）

晴日欲出海，晓霜寒满山。

梅香幽涧曲，草白野塍间①。

石叠路逾滑，村孤门尚关。

岚烟和水气，浑不辨孱颜。

注释：

①塍（chéng）：指稻田间的路界。

【张其翱】

张其翱，字瘦梅，梅州人。清监生。《梅水诗传》载："诗才绮丽，因抱脾疾，困顿床褥间，故得博览群集，专心诗学。少居一小楼，时邀群从诸朋角枝联吟，互相唱和，数十年如一日。年届强仕，积集盈尺，其吟咏可谓富矣。晚年穷瘁郁伊而殁。其诗长于五古，冲淡闲远，颇近陶韦余体，亦清丽可喜。"著有《养真斋诗集》。

冬夜作

阳月初临亥，寒宵倍觉长。

年华棋换局，志气剑催铓。

梅影三更月，钟声万瓦霜。

一灯人未寐，檐马正丁当。

【黄彬】

黄彬，字子鹤，梅州人。清诸生。著有《倚剑室诗钞》。

红梅（二首）

其一

盖代丰姿不染尘，百花头上见精神。

清癯骨相如君贵，入世何妨现色身①。

其二

酒倩轻痕晕玉颜，每于竹外怅珊珊。

传神画也难工处，只在嫣然一笑间。

注释：

①色身：佛教用语。指肉体，肉身。

【宗安和尚】

宗安和尚，字格庵。工诗，随笔所之，皆有意趣。著有《吟梅馆诗钞》。

梅花（二首）

其一

世外灵根莫有边，真机一露脉相传。

出于尘劫人皆傲，超却繁花佛亦怜。

精品本来无相相，仙姿原是不妍妍。

清癯面目今犹在，隔断红尘万里缘。

其二

长松之下板桥边，姓冷名寒不待传。

傲骨自应仙骨并，冰心唯许素心怜。

相依翠竹枝枝寂，未破红椒粒粒妍。

寄语寻春驴背客，莫嫌雪阻负来缘。

【钟锦章】

钟锦章，字绣君，梅州人。清诸生。嗜吟咏，久居凤城，所作诗不下数千篇，多忧愁抑郁之词，境使然也。

望乡吟

我本梅江人，莆里编茅屋。

池塘水三分，门外千竿竹。

传家只砚田，父书聊可读。

乘月自锄梅，开径闲种菊。

兴至蜡屐游，悠然堪悦目。

缓缓来陌头，歌声出樵牧。

山鸟自呼名，催耕鸣布谷。
渴饮玉井泉，饥食桃花粥。
佳日适春秋，有客来不速。
何以佐盘飨？鸡黍与麦菽。
即此已陶然，岂谓食无肉。
何意岁凶荒？频年叹枵腹①。
书剑别故乡，风尘乃仆仆。
鹪鹩借一枝，吹嘘赖推毂。
廿载客韩江，尚无担石蓄。
放荡不为家，朋友邀征逐。
今岁更途穷，频惹双眉蹙。
搔首问青天，长歌聊当哭。
鹰隼自高飞，归山殊难卜。
树杪起秋风，离愁觉万斛。
寄语勉寒妻，怀古仰贤淑。
时上望夫山，踟蹰日往复。
屈指计归期，理棹返云谷②。
尚足惬吟怀，茅檐百花覆。

注释：
①枵（xiāo）腹：空腹，饥饿。
②理棹：整治船桨。指行船，启航。

寄友人

洒落襟怀迥绝尘，诗筒茗椀养天真①。
虚心似竹常留客，傲骨如梅不媚人。
惯听黄鹂穿柳径，时邀红友坐花茵②。
米家书画曾摇舫，共泛清溪曲水滨。

注释：
①椀：同"碗"。
②红友：酒的别称。

【张皋言】

张皋言，字惕夫，梅州人。清诸生。

155

祝彭公尊人偕德配双寿（其一）

官清人说似梅花，银烛光中早放衔。

江上士民看舞彩，筵间杯酒尽倾霞。

文章政绩超前代，富贵神仙合一家。

愧我揄扬无大笔①，升堂遥拜乐何加。

注释：

①揄扬：称扬，赞誉。

【王辰枢】

王辰枢，字筱航，梅州梅县区松源镇人。清监生。为寿山太史王利亨长子，生平以诗自娱，即景留题，故诗篇日富，幕游所至，人争赏之。著有《元岭山庄吟草》。

"再见梅花又隔年"，去年咏梅句也。兹又梅花盛开，仍次前韵，戏书题壁

茅舍竹篱何处边①，横枝斜月淡溪烟。

隔年又见梅花发，争说花多胜旧年。

注释：

①茅舍竹篱：宋谢逸《梅六首》其二道："城中桃李休相笑，林下清风汝未知。本是前村深处物，竹篱茅舍却相宜。"

【王惠琛】

王惠琛，字莳珊，梅州梅县区松源镇人。清增生，官广西主簿。为寿山太史王利亨次子，其诗渊源有自。广西学使吴峻峰赏之，比之摩诘、昌龄，其诗名噪于桂管矣。著有《七琴山房诗集》。

自良杂感（其一）

山川历历野云开，四载三从此谒来。

官舍明知同傅舍，也将隙地种疏梅。

【萧光泰】

萧光泰，字兰谷，梅州人。清廪生。少即肆力为诗，风格遒上。经太平天国之乱，诗稿俱丧失无遗，所存诗作多崇尚朴实。

拟东坡《再和杨公济梅花十绝》原韵（七首）

其一

玉箫吹罢倒金樽，皎月升余日又昏。

想到春光流转处，溪南溪北总销魂。

其二

酿得香多不易开，岂关铜笛紧相催。

君看高卧山中客，可是蒲轮召得来。

其三

生就檀心爱雪肌，倚栏吟遍一枝枝。

才高自合君王宠，只惜肥环妒莫医①。

其四

卧雪眠云定几家，空斋合榜思无邪。

此生占得神仙福，知胜人间富贵花。

其五

萍水消处柳风和，吹得东风上树多。

能道禅心忘色相，动人诗思奈渠何。

其六

铁作干兮五作花，不随溪柳斗攲斜。

托根欲问居何处，认取孤山处士家。

其七

烘来初旭觉寒轻，笼得疏烟影转明。

肯为巡檐呈一笑，不惊傲骨太无情。

注释：
①肥环：指唐代贵妃杨玉环，身材丰满。

【黄莹章】

黄莹章，字樵云，梅州人。清布衣。著有《四芗堂诗钞》。

春日偶成

来时霜冷梅初放，今日春寒又酿花。

能使此心无内顾，望中处处是吾家。

【张熙春】

张熙春，字月槎，梅州人。清诸生。少工诗，久困童试，远游台湾，寓居朴仔口，辟仰高斋授徒。旋受知梁公，拔冠一军。秋试得而复失，才丰命啬。诗多散佚。

大雪行

风头如刀面欲割，冻雪千村万村合。雪花四散大于拳，天作阴寒破残腊。我来百尺楼头耸吟肩，怪底滕六舞到梅花边①。恍疑瀛洲橘叟交棋罢②，玉尘万斛籭来大罗天③。又疑生公说法蒲团上④，手挥玉如意，天花乱坠莲台前。锡飞天竺国⑤，米掷麻姑仙⑥。玉龙战败鳞甲飞，百万天公玉戏变幻随云烟⑦。何由披路群芳之鬓，登王子猷之船⑧？我方罢挂吟诗笏，奚奴已报香茗煎⑨。画图欲向霁时索，谁倩右丞搦管插入湘云笺⑩。

注释：

①怪底：难怪。

滕六：神话传说中的雪神。

②橘叟：古代传说中的隐藏于橘中的老人，后指善弈者。

③玉尘：玉屑，传说中道家炼丹所用的材料。也指雪或花瓣。

万斛：形容容量之大。

籭（shāi）：同"筛"。

大罗天：道家所指的最高最广之天，是"三清天"的统称，即仙界。

④生公：指晋末高僧竺道生。

⑤锡飞：即"飞锡"，指僧人出行。

⑥米掷麻姑：即"麻姑掷米"。原指用法术点化事物，后比喻诗文经点窜后，脱胎换骨，变得优美而新颖。

⑦玉戏：指下雪。

⑧王子猷：指王徽之，东晋时期名士、书法家。

⑨奚奴：童仆。

⑩搦（nuò）管：握笔。

【张莘田】

张莘田，字子珊，梅州人。清光绪元年（1875）乙亥恩科举人。《梅水诗传》载："子珊工诗赋，久困童试，中年始举京兆，与同年李子基沿路唱和，归里后历主潮、惠及梅州书院，裁成极众。晚选顺德教谕，赴任未久卒，人咸惜之。"

山行杂咏（其一）

隔水频呼渡，逢山屡问名。

老牛横道卧，小鸟带云行。

石共梅花瘦，烟霏柳絮轻。

晚来晴更好，霞彩万峰明。

和王月槎见寄原韵四首（其一）

重把新诗读，王郎一例才。

丝多工刺绣，线密细缝裁。

字自珠玑满，篇真锻炼来。

梅花清绝处，桃李作舆台①。

注释：

①舆台：指奴仆或地位低下的人。

舟中望罗浮山

生平好游山，看山健腰脚。

五岳远归来，又有罗浮约。

约不到罗浮，梦中时猜度。

幸自珠江回，舟行山在握。

一山锐而高，一山瘦而削。

一山清而奇，一山峻而崿。

连蜷百余里，梯栈交相错。

奇绝顶上峰，无从寻脉络。

空中作合离，隐隐有炉橐。

我来值孟冬，明净犹如昨。

寒叶黄满林，霜花红绽萼。

山灵知我心，天晴雨不作。

开窗一览之，眼花几缭乱。
绝妙同舟人，向我言凿凿。
昔时游此山，好景曾领略。
见日一声鸡，穿云五色雀。
瑶草与琪花，幽岩间细壑。
中藏寺观多，隐现楼与阁。
时有仙人来，携锄半采药。
时有异僧居，梅花当咀嚼。
五百廿四峰，峰峰云不着。
因念我平生，萍踪半漂泊。
故乡此奇山，竟未能约略。
岂与山无缘，聊把村醪酌[①]。
几时恣遨游，一开眼界拓。

注释：

①村醪（láo）：村酒。醪，本指酒酿，引申为浊酒。

【彭炜瑛】

彭炜瑛（1859—1931），字肇颖，梅州人。清光绪十四年（1888）戊子科举人，在京供职冬曹。著有《趣园诗钞》。《梅水诗传再续集》收录有彭肇颖诗两首，曰：“彭肇颖，号趣园居士，举人，设馆东门城内授徒，能诗，著有《趣园诗钞》。”

梅花（四首）

倚窗无事，岁晏风骚，庭前有梅一株，冲寒而花，风雪中觉暗香疏影，如在画图也。爰呵冻毫，以成斯什。

其一

朔月卷地直惊沙，驴背诗成日未斜。
晴雪满林香煮梦，小春十月暖争花。
板桥流水诗人画，老屋孤山处士家。
何处罗浮寻旧观，道人倚树诵南华[①]？

其二

抚罢瑶琴悄素弦，分明林下影娟娟。
天寒却与花无睡，境僻都疑鹤亦仙。
老干盘拏山鬼嗅②，冷音清绝寺僧禅。
夜阑闲煞檐前月③，色相通灵悟慧缘。

其三

乞将佳种自瑶京，曾记携锄劚月明。
沾笔好凭诗写照，落花应急笛凄清。
神仙风格原高逸，宰相词章属太平。
一笑山家无俗事，年年除夕倍关情。

其四

汉书读罢嚼花吟，花里吟声透雪岑。
小住园林亦清福，除将松柏几冬心。
霜禽背冷栖巢稳，瘴虎闻香绕树寻。
欲赛西湖千百本，托根高寄岭云深。

注释：
①南华：指《南华经》，即《庄子》。
②盘拏（ná）：形容纡曲强劲。
  山鬼：山中的精灵。
③夜阑：夜深。

【张麟宝】

张麟宝，字稼孙，号拙庵，梅州人。清咸丰二年（1852）壬子举人。著有《拙庵诗草》。《梅水诗传》载："大令为凤曹太守长嗣，性敦笃，心怀利济。办团事，力任艰钜。屡受荐举，以眷恋慈闱，不出。倡建崇实书院，效学海堂，专课经史，士气藉以振兴，著《劝戒纪实》五卷刊行，简朴深厚，论者谓可继纪文达公《阅微草堂笔记》云。"

次韵彭南屏刺史堂东辟地种竹纪事

柳州补柳廿星霜，浩劫消沉迹又荒。
洗眼忽惊千个绿，关心犹忆万条黄。
名园得主难为别，健翮抟风正远翔①。
东阁诗成应寄我，老梅花下是东厢。

注释：
①抟：凭借。

【张麟安】

张麟安，字贞子，梅州人。清岁贡生。著有《真吾斋诗草》。《梅水诗传》载："贞子少负才名，胚胎家学，接迹骚坛。其诗格律精细，入关后意境一变。一赴京兆不遇，归里试古学，叠冠侪偶。秋闱屡荐不遇，晚贡明经，非其志也。后继其父，主讲崇实，以古学授生徒，其津逮者远矣。所作诗几经易稿，手自订定，临终时付其少子收藏。"

寄远词

西风吹流云，寒色萧条暮。
停杼倚西阁，平原障红树。
瞥见黯然伤，欲见一回顾。
回顾又添愁，秋光怅虚度。
年华往何速，不为韶颜驻。
行人久不归，归期经几数。
明知异地遥，非是寻常路。
斜阳古道车，微雨寒江渡。
千山复万水，历遍艰难步。
连岁举烽烟，征途更多故。
纵欲束装还，式微安可赋①。
费我辗转思，屡为裁尺素②。
临毫无一言，但作怀人句。
却从何处邮，那得便鸿附。
惘惘萦寸忱，积愁向谁诉。
阿妹尚关怀，昨来深眷注。
欲我忘旧情，谈笑饶风趣。
彼未伤别离，相看转相妒。
降心强自遣，下帘爇兰炷③。
罗幌怯新凉，侧移画屏护。
思君倦遂眠，冀或梦中遇。
随梦达君所，不畏行多露。
不辨曩时衣，悤悤欣把晤④。

往事忆频年，开怀悉倾吐。
幽会如平生，岂谓蕉缘误。
残钟响山寺，栖魂陡惊寤。
屋角晓啼鸦，哑哑惹人恶。
晨妆拂尘镜，香粉不堪傅。
情绪殊无聊，侍婢偏触忤。
重开西阁窗，云岭屹回互。
关山如可越，愿逐飞鸟赴。
悄立望遥天，双双泪如澍⑤。
凝神结痴想，久若抱沉痼。
圃菜落水霜，篱花委烟雾。
夙怕出门行，长依阁中住。
寒梅又早香，对我铭贞固。

注释：
①式微：借指国家或世族衰落，也泛指事物由兴盛转为衰落。
②尺素：小幅的丝织物，如绢、帛等。也可指代书信。
③爇（ruò）：点燃，焚烧。
④悤（cōng）：同"匆"。
　把晤：会面，互相执手晤谈。
⑤澍（zhù）：同"注"，灌注。

题梅花生日后图

去年画此有余兴，今年又画重持赠。问翁两画画一诗，后画何如前画胜。前画依稀记不真，翁言推陈妙出新。画成□以前画较，果然后画运笔尤精神。古来同物不同爱，用其次者忘其珍。门前桃花习见好，不知更有天台春。今看斗室常悬止前幅，两幅并挂却嫌复。两画孰佳漫品量，当日清赏足娱目。即兹气韵流溢楮墨间，一览但觉迥非时手俗①。噫嘻，人情好胜难平情，持论能通情自平。翁母栩栩后画胜，前画草创润色交姿而有成。不然曾未画前画，后画曷以参观损益得分明。作诗亦与作画同，点缀涂改求其工。篇成往往稿辄易，得稿易稿相为功。翻澜有舌又有说，天然妙造何工绝。君不见，春风着花便工绝，一样花枝谁巧拙。

注释：
①迥："迥"的异体字，遥远。

曩有"老贞生日正梅花"句，戏作梅花生日诗

玉照堂开霁雪妍，招呼清友入华筵。

春风一笑曾相识，明月三生不记年。

横笛何人寿坡老，有儿如鹤拜逋仙。

与花合是谁宾主，把酒瑶台欲问天。

八十七叟芷文再为余绘梅花生日图

漫天冻云涌模糊，雪花飘飘寒透窗。

烛龙嘘和转前色，碧落一洗纤毫无。

疏林香霭欲皱玉，碧峰皓月如悬珠。

铁花老人静不寐，冷阶索笑行躩躩。

此时空庭扣门响，瑶台散仙步城隅。

飘然入门一相见，客来何至孤山孤。

足下历历蹑三岛，胸中浩浩吞五湖。

青山不老逸人在，画师为公诗客吾。

前年梅花宴生日，丹青一幅吟诗图。

小别襄阳已隔岁，羽觞醉月怀清娱。

对花更欲为写照，捻髭微笑春风俱。

要使南枝①入高咏，万树取次破吟胪。

天风下吹兴飙举，云气欲出声腾呼。

呵温冻毫香并集，喷散渍墨烟横铺。

山光水色互辉映，忽疑涤笔寒冰壶。

人间那有此神骨，万象超旷真仙乎。

何时绛霞吸花乳，昨夜晴雪团葶柎②。

樽前拟揖寿星坐，诗情画意相追摹。

岂无吹笛学李委③，还须劝酒招林逋。

群仙旧歌间新调，醉倒石上琼云扶。

梅花正开月亦皎，我怀云何酒辄斟。

清狂时复矫首啸，妙境不以浮情拘。

罗浮归来添两本，园林持植三百株。

嫩寒春晓一欣赏，画中先为开名区。

注释：

①南枝：指梅花。

②柎（fū）：花萼。

③李委：宋苏轼《李委吹笛（并引）》道："元丰五年十二月十九日，东坡生日也。置酒赤壁矶下，踞高峰，俯鹊巢。酒酣，笛声起于江上。客有郭、石二生，颇知音，谓坡曰：'笛声有新意，非俗工也。'使人问之，则进士李委闻坡生日，作新曲曰《鹤南飞》以献。呼之使前，则青巾紫裘，要笛而已。既奏新曲，又快作数弄，嘹然有穿云裂石之声。坐客皆引满醉倒。委袖出嘉纸一幅，曰：'吾无求于公，得一绝句足矣。'坡笑而从之。"

题梅花亭

青山犹有古烟霞，樵父幽踪处士家。

我亦罗浮旧游客，一声清兴寄梅花。

闺词（其一）

细腰闲倚画栏斜，云液斟余紫笋茶。

香雪半阶寒不扫，香拈银管①赋梅花。

注释：

①银管：以银为管的毛笔。后泛指笔。

咏梅四首

未开

巡檐闲步一微吟，才动诗怀又转深。

红豆有情绵绮梦，绿珠无语抱芳心。

试调铜笛云沉阁，迟上银灯月隔岑。

自是南枝偏作态，含苞如不嫩寒禁。

初开

破晓寻芳碧玉亭，好风吹度得微馨。

娟娟疏影三分月，落落寒光几点星。

清涧忽逢来缟袂，绮窗刚写到黄庭①。

湘帘半幅玲珑卷，浅笑先传入镜屏。

半开

一苞敷艳一含香，两种风情费较量。
著雪浅深参画意，隔烟离合见神光。
与谁留唱红罗曲，未许全窥玉照堂。
先后不争寒暖气，平分秋色作年芳。

盛开

开遍山边与水边，水光山色并澄鲜。
搅成香海云千叠，吹尽西风雪一天。
银管快飞吟墨客，金樽满引醉瑶仙。
罗浮春拥繁葩出，四百峰齐峙眼前。

注释：
①黄庭：道教典籍《黄庭经》的简称。

【杨恂】

杨恂（xún），字楚材，梅州人。清诸生。

忆梅

自与梅花别，相思直到今。
记曾篱外种，时向水边吟。
笑想巡檐索，香都隔浦寻。
何时明月夜，慰我故园心？

守梅

鹤为梅花守，天寒亦不眠。
惟妨人折损，爰乃日盘旋。
岂有冰心托，相看瘦骨怜。
暗香浮动处，更觉意缠绵。

【张养重】

张养重，字威伯，梅州人。清诸生。著有《聊自娱草》。性谨厚，兼工辞赋，惜壮年殂谢。

咏花书屋梅花盛开，用东坡《十一月二十六日松风亭下梅花盛开》原韵

> 我家夙住梅花村，梅花开时萦梦魂。
> 前年移植咏花屋，读书梅下忘朝昏。
> 呼僮月夜每布席，抱瓮清晨劳灌园。
> 渐着密蕊缀秋爽，忽发幽艳含春温。
> 低桠濯魄映池水，一枝高出迎朝暾。
> 天风飘飘忽吹去，日高往往还闭门。
> 鸟歌蝶舞皆绕树，我独兀坐终无言。
> 问花花亦笑不语，且待月出开芳樽。

蜡梅

> 漫从天女问根芽，黄面瞿昙散解花①。
> 百八牟尼成一串②，此花合供梵王家。

注释：

①瞿昙：释迦牟尼的姓，佛的代称。这里指和尚。

②牟尼（mù ní）：牟尼子，亦称"牟尼珠"，即数珠。佛教徒念佛、持咒、诵经时用来计数的成串珠子。

【刘燕勋】

刘燕勋，字少尊，号鹿樵，梅州人。著作等身，著有《秋声堂诗钞》《三斛珠传奇》等。《梅水诗传》载："尊楼先生哲嗣也，生于满洲镶蓝旗官学教习官舍。甫四月，尊楼先生归道山，母陈氏乳抱旋里，能言教以四子书及古乐府暨唐宋诸家诗，故先生人品学问多取益于母教。年十六，奋志力学。年十九，补博士弟子员。每逢大比之年，非母氏力劝不赴试，有询其故，辄流涕曰：'余少孤，无多兄弟，远游非所愿也。'孝养五十余年，未尝少懈，殁后寝苫枕块，未尝见齿。黄公度京卿《怀人诗》首叙及之，纪其实也。以舌耕赡家计，衣食淡泊，性行耿介，一时如梁居实、李景旸、张资溥诸孝廉及张曾诏、张骧两大令，皆出其门下。……博览群书，耄犹好学。"

庾岭

> 天开文运起炎方，相业巍峨史册芳。
> 岂但声名喧两粤，终怜风度冠三唐①。

书编金鉴传名语，岭簌梅花吐异香。
当日胡奴能早戮，何劳遣使奠朝堂？

注释：

①三唐：诗家论唐人诗，多以初、盛、中、晚分期，亦以中唐分属盛、晚期，即初、盛、晚三期，谓之"三唐"。

【张资溥】

张资溥，字元博，号稚威，梅州人。清光绪十五年（1889）己丑恩科举人。著有《瀚泉山馆诗草》。《梅水诗传》载："孝廉为凤曹太守曾孙，稼孙大令文孙，威伯茂才令嗣也。少失怙，祖父教之成立，性聪敏，淹通经史，泛览百家，工诗词骈文，善书画，兼通算学，受制府南皮张公知，调入广雅书院肄业，院长梁星海太史极器重之，弱冠登贤书，三上春官，俱荐而不售，竟不永年而卒，士林咸叹息之。"

壬辰十一月二十九日，大雪一尺，余闻人言，山中有三尺者。既霁，偕诸弟纵步东郊，登南城，上迤东谯，纵目诗成，欲属问渠和之

五岭以南无雪吹，天公特遣梅代之。
梅城斗大万梅里，香雪年年人未奇。
天公翻新出玉戏，璇宫夜奏飞琼女①。
尽移积玉出昆山，不使撒盐夸海煮。
祝融失色玉龙骄②，鳞甲飞扬影晃摇。
粉本河山银界画，一声天地豁琼瑶。
城东丽谯二十丈，登高壮观穷殊象。
平皋欣霁碾银床③，远岫惊寒偎鹤氅④。
征蓬咫尺玻璃飞⑤，白波失素没苔矶。
平沙南向皓一色，拳鹭下集浑忘机⑥。
东山之下银海湄，中有老屋花成围。
芳妍远斗不相下，但觉十里花光肥。
就中更有江湘种，晕破胭脂檀矜宠。
林梢见日欲昏黄，独以颓霞傲凡冗。
玉楼冻合人未归，梨花酿熟絮径微。
还须更泛雪溪艇，乘兴去叩山阴扉。

注释：

①飞琼：指许飞琼，神话传说中西王母的侍女，泛指仙女。也指飘飞的白色物体，如雪、梅花等。

②祝融：又称祝诵、祝和，号赤帝。后世尊为火神。

③平皋：指水边平展之地。皋，水岸。

④远岫：远处的峰峦。

⑤征蓬：随风飘零的蓬草，犹指飘蓬。比喻漂泊远行之人。

⑥忘机：道家语，意指消除机巧之心，与世无争。

【徐殿英】

徐殿英，字峤云，梅州人。清诸生。著有《绿玉斋诗草》。

重访碧蕉居士（其一）

西风如健仆，扶我踏云来。

野色一鞭瘦，松花夹路堆。

径曾前度扫，门倚夕阳开。

何以赏幽寂，铜瓶香绽梅。

【叶受崧】

叶受崧，字鹤珊，梅州人。清诸生，著有《守真山房诗草》。

阻风罗阳放歌

松风自爱吾庐好，又恐轻为户下老。不惜驱车远道游，行李半肩殊草草。漂泊天涯西复东，十年身世如飞蓬。丈夫原以竹帛贵，人生何必铜山终。历碌几乎半天下，苍苍生我何为者。忍看胡骑日横戈，如此长川空饮马。拔剑谁登大将台？此邦恢复藉雄才。长缨若许终军请①，定见王羁南越来。事权自笑吾何有，士不逢时聊饮酒。高歌长啸风雨哀，挥毫落纸烟云走。忆昔作客广州还，三日卧看罗浮山。时有飞仙笑招手，愧我此时难追攀。今日江头又来泊，连宵梦入梅花国。知是山人有意欲留人，故使递风吹船行不得。

注释：

①长缨若许终军请：见典故"终军请缨"。后指主动担当重任，建功报国。

【谢沧期】

谢沧期，字可斋，梅州人。《梅水诗传》载："袭父兄业，颇饶于财。性嗜小学，每以未及著小学音韵之书为憾。然性嗜风雅，好读工部诗，后泛览诸家，尤好王孟。"著有《红叶山庄诗钞》。

晴雪初霁，同仙航步东坡先生尖叉韵（其一）

满林积素照啼鸦，野巷难来熟客车。
得句任人夸柳絮，耐寒容我伴梅花。
开门莽荡疑银海，车展迂回过酒家。
一醉如泥缘底事，连朝频落挂钱叉。

【谢锡琛】

谢锡琛（1846—1902），字式南，梅州人。清诸生。《梅水诗传》载："光绪年间在蕉岭教书十余年，后游南洋，不习水土，卒于槟榔屿。为人和蔼，壮年出游广西，得山川清淑之气，诗境益进。所就金、陈二明府馆，主宾相得，暇即以诗自娱。其诗淡而腴，洁而精，不落纤小家数。"著有《漱芳斋诗集》。

题梅

春风作意寒，甫见临源雪。
岭梅初吐香，梅底层冰结。
霁色明遥空，飞花散林樾。
应知拥鼻人，诗怀清到骨。

【池焕圻】

池焕圻，又名甫，字伯度，号介园主人，梅州人。晚清庠生，屡困场屋。著有《介园存草》。

咏梅二首

其一

凌霜傲雪影参差，春占林间第一枝。
地毓幽香称特品，天钟冷艳见奇姿。

其二

众芳摇落真无匹①，瘦格精神更有谁？
独许广平心铁石，赋吟丽句与清词。

170

注释：
①众芳摇落：百花凋零。

【张言】
张言，字省吾，梅州人。清宿儒。著有《晚香堂诗集》。

奉和贞子先生梅花生日诗（二首）
其一
岁寒相契结缘因，默默无言自可亲。
此日琼杯同介寿①，当年冰骨悟前身。
名园早识无双品，香国先传第一春。
我亦癯仙生共日，与君樽酒话良辰。

其二
开来曾向百花头，瘦影横斜水自流。
福命岂能凡骨换，冰肌应待几生修。
琼台共羡千林放，绛帐依然一砚留。
毕竟托根高处好，春风先已到罗浮。

注释：
①介寿：指祝寿之词。

【陈棠】
陈棠，号树南，梅州人。清诸生。

菊梦
西风吹入黑甜乡①，引我蒈腾睡味长。
与蝶共迷三径月，将梅同耐一阶霜。
寒禁梨院忘秋老，雪压蕉园入夜凉。
且喜近招彭泽令②，悠然高卧乐羲皇③。

注释：
①黑甜乡：指梦乡，形容酣睡。
②彭泽令：指古代彭泽县的县令，这里指东晋陶渊明，他曾任彭泽令。彭泽，在今江西省九江市。
③羲皇：指伏羲氏。

【李嗣元】

李嗣元,号树棠,梅州人。清诸生。

蜡梅

自号黄香小字奇,还从蜡国忆来时。
钗横豆蔻三春恨,额点酴醾第几枝[①]。
种别花魁高骨格,支分仙尉旧门楣。
娇开磬口含情久,笑问东风知不知?

注释:
①酴醾(tú mí):本酒名,后花名。因颜色似酒,故从酉部以为花名。

【吴鸾藻】

吴鸾藻,字小园,梅州人。清廪生,试辄优等。著有《毋自欺斋诗草》。

步黄宾如明经"东窗月上,空庭悄然,幽怀枨触,情见乎词"原韵(其一)

诗人才调本清幽,重整骚坛逸兴悠。
旗鼓中原当一面,冰壶方寸照千秋。
梅花骨格严凝见,杯酒功名咳唾求。
放眼南州谁健者[①],如君磊落数从头。

注释:
①南州:泛指南方地区。

【陈璋】

陈璋,字璧生,梅州人。清诸生。

梅溪秋泛(其一)

百花洲畔片帆开,水复山重次第来。
拨动圆沙鸥梦醒[①],低飞近港雁声催。
绕堤遍种千竿竹,沿岸多栽一路梅。
共说今宵明月好,夜深未肯放舟回。

注释：
①鸥梦：指隐逸的志趣。

【罗端行】
罗端行，字立宾，梅州人。清诸生。

不见瘦梅已十年矣，近日过访，重诉旧谊，得五绝句以赠（其一）

养到真吾是此身，梅花明月证前因。

风流合说张京兆①，古往今来几许人。

注释：
①张京兆：指汉代张敞，字子高，茂陵（今陕西省咸阳市）人。

【黄炳枢】
黄炳枢，名质彬，字绍文，梅州人。清诸生。著有《闲忙诗草》。

咏梅

菊殿群英梅占先，春光秋色岂徒然。

元霜已炼金精老，白雪应磨铁干坚。

战罢玉龙鳞簇簇，开逢驿路思绵绵。

果然魁首天心属，格比高人韵亦仙。

咏梅（三首）

其一

几日冲寒天气赊，似云似雾雨天花。

算来欲助春消息，送到枝头风更斜。

其二

雨横风狂又一天，喜闻沽酒酹诗仙。

酒徒欲厕诗狂列，也对梅花笑助妍。

其三

主人何必问谁何，百首诗篇不厌多。

只恐阳春与白雪，不从巴下里人歌①。

注释:

①巴下里人:即"巴人下里""下里巴人"。指古代楚国民间流行的一种歌曲,用以称流俗的音乐或比喻通俗、粗俗的文学艺术。

梅花(六首)

其一
托根原不借瑶台,自向西湖傍水开。
明月满林无著处,独赢疏影护青苔。

其二
南枝阳气忽潜回,水郭山村取次开。
别有风流高格调,肯教蜂蝶索春来。

其三
冰霜如骨雪为花,隔竹盈盈影自斜。
寂寞孤山和靖去,不知何处是卿家?

其四
未看细雨垂青子,且占春风第一枝。
堪笑东园桃与李,未能免俗倩谁医?

其五
寒雪纷纷冻不飞,仙禽因护最高枝。
月明酒醒浑无迹,疑是银山欲倒时。

其六
凌波仙客冷无家,对尔吟诗思不邪。
自是国香清绝处,莫将轻薄比桃花。

【刘组璜】

刘组璜,字子霞,梅州人。刘少尊长子,事亲笃孝。业儒,中岁不能青其衿,潦倒以殁。其诗骨力清苍,具有法度,古体尤胜。

拟东坡《十一月二十六日松风亭下梅花盛开》，诗用原韵

> 玉梅乍放疏烟村，中有万古诗人魂。
> 冷雪微茫积瑶砌①，寒月皎洁疑黄昏。
> 先生有酒可相酌，何愁枯寂在荒园。
> 疏篱茅屋自潇洒，玉妃一笑春为温②。
> 病鹤归来不须守，年年睡足罗浮暾。
> 只听翠羽时鸣树，不闻□□来敲门。
> 拟向孤山配逋老，两人相喻殊无言。
> 缟衣偕老亦自得，不须檀板同金尊③。

注释：

①瑶砌：用玉砌造或装饰的台阶、地面等。这里比喻积雪的石阶。

②玉妃：指仙女。

③檀板：唱歌时打拍子用的檀木拍板。

金尊：珍贵的酒杯。尊，同"樽"。

【黎惠谦】

黎惠谦，字意庵，一字叔瞻，梅州梅江区人。清优廪贡生。著有《余庆书屋诗文钞》《毛诗笺注举要》，其诗古体尤擅胜场。

梅花（十一首）

其一

> 天地心传数点中，凌寒开际雪初融。
> 冰霜操可如君淡，桃花颜徒愧尔红。
> 一梦云同梨唤起，几生缘订月当空。
> 相看姑置人间事，莫待江楼晚笛风。

其二

> 寻春镇日自春容①，恰上罗浮一笑逢。
> 雪净传神增皎洁，风流作态独清丰。
> 前身明月谁能识，对影春冰尔自惊。
> 偃蹇虬枝勤护惜②，恐随雷雨化游龙。

其三

芳醪准备酌银缸，香色犹争雪未降。
一夜东风春有信，满天皓月影当窗。
吟情到此应无二，图画如今实少双。
任是晚寒侵袂冷，贪看还欲过徒杠②。

其四

唐昌碎月莫相疑，节励冰霜瘦亦奇。
曲卷短篱余半面，板桥清水见横枝。
分花入牖曾旌孝，掩户留香自笑痴。
莫怪放翁身欲化③，此香端不遣人司。

其五

品自清高影自疏，水边篱落许相于。
关心此日频吹笛，着意前番记荷锄。
三径月明人静后，一溪雪冷鹤归初。
不教凡卉窥颜色，得意完春独羡渠。

其六

几年种就白玻璃，画阁东偏粉竹西。
流水声清人小立，夕阳影淡酒频携。
圆曾九九消寒写，径好三三为客徯。
自向东风先得意，不知桃李下成蹊。

其七

一生宜称未须分，品格由来早出群。
胎孕芳心凭雀啅，裙裁白练似羊欣。
依依隔岭初疑雪，脉脉和烟欲化云。
最是遣伻相赠馈，当年郑重至梁君。

其八

几椽茅屋认孤村，香玉谁曾为尔温。
岁晚忽惊游子梦，月明曾叩酒家门。
长途风雪频回首，匹马关山欲断魂。
问讯窗前花著未，故乡韶景待评论。

其九

好景相看恨雪悭，更嫌竹外欲频删。

梦随流水杳然去，魂破香魂倏尔还。

三尺短篱笼薄雾，一钩新月挂柴关。

娇痴婢子无灵性，私折低枝插鬌鬟。

其十

夜月茫茫月挂梢，每因风向绮窗敲。

青山同志松征契，白水忘年鹤订交。

幸有溪桥通雪径，不妨篱落在云坳。

赵师雄岂神仙侣，一梦罗浮只解嘲。

其十一

神人姑射认依稀，一息能参造化机④。

寒里出身香特异，静中养气色都非。

天公夜镂冰为骨，仙子春妆雪作衣。

原祝东风莫相妒，怕教斜月玉鳞飞。

注释：

①春（chōng）容：指香气飘扬，或舒缓从容，闲雅。

②徒杠：只可容人步行通过的小木桥。

③放翁：指南宋爱国诗人陆游。

④造化：指孕育万物的大自然。

红梅

一夕东皇到绮寮①，要令有色傍桃夭。

酥春久矣容华炫，索笑嫣然颊晕潮。

无碍风流高格调，愈怜月下美丰标。

名园眼界新开日，倚遍栏干意也消。

注释：

①东皇：主管春天的神。

咏梅四首

种梅

园林难得俗情驱，鸦嘴携来种几株。
珍重情深和露植，横斜枝好倩云扶。
春风他日应先到，皓月今宵已不孤。
从此微吟幸相狎，新诗且与和林逋。

寻梅

杖履无端逸兴加，委怀疏影问横斜。
羊肠径绕寒云合，雁齿桥通断岸赊。
香雪迎风渺何处，小轩临水定谁家？
遥知野鹤飞鸣际，姑射仙人媚物华。

守梅

知道传春吐暗香，恨无金屋与深藏①。
游蜂得意休唐突，孤鹤同心为主张。
芳径三三来管领，雕栏一一藉关防。
山头邀得轻云在，封住花枝更不妨。

折梅

却幸花时愿未违，高枝攀处晓寒微。
鹤惊清兴舒翘觑，蜂恋幽香绕袖飞。
玉色近人含意久，冰姿入手俗情稀。
行行转喜添诗料，我有癯仙作伴归。

注释：
①金屋：华美之屋。

岁暮

天寒日暮倍无聊，老大催人意也消。
驴背一鞭风雪冷，蟾光千里梦魂遥①。
好浮竹叶倾新酿，为探梅花过野桥。
苦忆经时将改岁，夜长无寐一灯挑。

注释：

①蟾光：也作"蟾彩"，指月光。

忆梅

门巷阴阴欲雪天，闲庭对鹤忽情牵。

曾延疏影开三径，自别东风又一年。

半桁帘垂人悄悄，前溪冰泣月娟娟。

传春破腊应相问，消息依稀意渺绵。

【叶世琅】

叶世琅，字君达，梅州人。清诸生。《梅水诗传》载："性坦直，少聪敏，平生好学，淹博诸书，尤擅长诗词，兼工书画。且好客，少年随父宦广州教授，所交多名士，有孟尝君之遗风焉。"

咏雪四首（其一）

瑶池泻水正飘飘，南北西东入望遥。

最喜野梅开万树，莫疑明月照今宵。

祛寒何处寻红友，作画于今悟白描。

自笑填胸多热血，搏来细嚼可能消。

【蓝绳根】

蓝绳根，字雁村，梅州人。《梅水诗传》载："弱冠屡困场屋，光绪甲子、乙丑间，曾与卓参戎襄校军务。"著有《西园书屋诗钞》。

程江放棹歌（其一）

百花洲畔水淙淙，古渡斜阳系钓艭①。

知是晚来吹玉笛，梅花片片破寒江。

注释：

①艭（shuāng）：小船。

【张学敦】

张学敦，字石农，梅州人。清宿儒。《梅水诗传》载："人极诙谐，逞其舌辩，每惊四筵。诗亦如其人，天马行空，不可羁勒。"

酒后戏作长句

我不烹陆羽茶①，我不煮卢生饭②。醉乡是我小生涯，境在温柔乡前睡。似闻醉翁之意不在山，兴酣走上槽邱台。菊花飞尽梅花开，红友归去黄娇来。我效绝缨客，仰天大笑倾一石。知章眼顿花③，长万面忽赤④。破帽炉头当一掷，双手劈熊啖其白。忽然玉山推到巨罗前，梅花引梦飞入罗浮国。因思旧年前，骑驴小住西湖边。脚著谢公屐⑤，手携阮公钱⑥，邀白傅⑦，招青莲，同上花间船。一卷入云去，飘然如神仙。探海外岛，游洞中天。蓬山花落买一醉，鹅黄蚁绿输如泉。唾壶击碎日未午，乌乌一曲惊当筵。一朝人散如云烟，美人不知处，陶家老子依旧酒为年。钓诗钩，扫愁帚，九万仙人长在还手。酒乎，酒乎，我今已惯饮三焦，劝尔邀诗来作香山友。

注释：

①陆羽：字鸿渐，唐朝复州竟陵（今湖北省天门市）人，茶学家。撰《茶经》三卷，对茶的性状、品质、产地、种植、采制、烹饮、器具等皆有论述，成为世界上第一部茶叶专著。他被誉为"茶仙"，尊为"茶圣"，祀为"茶神"。

②卢生：唐沈既济《枕中记》中的人物。写卢生在邯郸旅店住宿，入睡后做了一场享尽一生荣华富贵的好梦，醒来时却发现睡前煮的小米饭还没有熟。"黄粱梦"或"邯郸梦"，即出于此。

③知章眼顿花：唐杜甫《饮中八仙歌》道："知章骑马似乘船，眼花落井水底眠。"知章，即唐代著名诗人贺知章，嗜酒。

④长万：即南宫长万，也称南宫万，春秋时宋国将领。

⑤谢公屐：指南朝宋诗人谢灵运登山时穿的一种木鞋。鞋底安有两个木齿，上山去其前齿，下山去其后齿，便于走山路。

⑥阮公钱：《世说新语·任诞》载："阮宣子常步行，以百钱挂杖头，至酒店，便独酣畅。虽当世贵盛，不肯诣也。"阮修，字宣子，喜好《易经》《老子》，善于清谈，安于家贫，亦爱饮酒。

⑦白傅：指白居易。

【张学健】

张学健，字旋六，梅州人。清监生。

梅江冬晓

雪映花洲水面浮，晓来梅影满江头。
独怜傲骨年年在，香送凌风百尺楼。

吧城旅邸书寄瘦梅先生（其一）

久不亲颜色，难承左右欢。
故交殊寂寞，眠食可平安。
秋雨暗山郭，郊梅开岁寒。
寄君惟一语，晨夕望加餐。

【李耿元】

李耿元，字思楼，梅州人。清儒生。其诗骨力清苍，具有法度。

三月晦日，用红豆村人原韵

春从何处来？且看梅开处。
梅放几何时，垂垂子满树？
吹嘘几日风，成功非急遽。
红绿万家春，自来还自去。

【张怀清】

张怀清，号墨池，梅州人。《梅水诗传》载："髫龄颖异，好吟咏，工于体物，年甫逾冠，遽赴修文，士林惜之。"

白茶（其一）

簇簇盆中异样妍，生成纯白本天然。
凌寒不畏冰霜逼，耐久偏能岁月延。
无事丹砂惊绚烂，只宜碧水共澄鲜。
偷闲试绎群芳谱，同调梅花小阁前。

【梁国琛】

梁国琛，字介南，梅州人。清末廪贡生。《梅水诗传》载："生平论文，严重体例，所为诗不自收拾，仅得数篇，吉光片羽，亦足珍贵。"

梅花七律四首

其一

报道东风昨夜至，梅开竹外诗情寄。
清癯莫遣俗人看，冷淡雅宜高士意。
绘出精神雪满天，现来法相云迷地。
堪嗤儿女太痴生，点额靓妆争妩媚①。

181

其二

疏枝老干植山庄，岁晚寻芳径未荒。
粉本画图临水月，冬心珍重抱冰霜。
安排日后和羹事②，羞作风流绝世妆。
五夜禁寒魂有主，任吹楼笛韵悠扬。

其三

藐姑宝相本庄严，下步尘埃人未识。
三径松筠订故交，满山桃李空争色。
无心别样斗丰姿，素质天然去雕饰。
占到人间第一春，群芳压倒魁花国。

其四

当头皎兔清辉映，春色春花心不竞。
冷彻三更鹤梦幽，图开数点天心正。
空山流水寄孤高，俗艳浮华俱扫净。
纸帐铜炉伴寂寥，闲来抱膝工吟咏。

注释：
①靓（jìng）妆：用脂粉打扮。
②和羹：为羹汤调味，烹调丰美的汤食。后比喻良相贤臣辅佐帝王治理国家。

【温仲和】

温仲和（1848—1904），家名位中，字慕柳，号柳介，梅州梅县区松口镇大塘村人。光绪十一年（1885）科试得优贡，入京肄业于国子监南学。光绪十四年（1888）中顺天乡试举人，次年与丘逢甲同为乙丑科进士，钦点翰林庶吉士，散馆授翰林院检讨。四年后归里，与丘逢甲一道创办新式学堂——岭东同文学堂，得士极盛，治学严谨。《求在我斋集》序中有云："最精熟者，经则三礼，史则两汉三国志。兼为古文辞，其致力也，初则取径桐城，继则追踪东汉。人之慕先生者，咸服其训诂考据之精，词章之美，信矣。"丘逢甲铭其墓曰："制行则古之君子，讲学则今之通儒也！"温仲和生平著述甚富，有《求在我斋集》等传世。撰梅岭亭联云："世间重任实难挑，菱角凹中，亦可息肩聊坐凳；天下长途不易走，梅花岭上，何妨歇足漫斟茶。"

三生曲为饶吏部作^①

对镜忽不乐，自叹须眉恶。欲将华发媚红颜，幻拟倾城夸带索。饶侯落想天下奇，为男翻笑荣启期^②。入梦庄周思化蝶，知雄老子还守雌。自言前身好女子，家在吴江习图史。高门派与水云同，小名韵悟丝桐理。玉雪肌肤锦绣肠，门环万树梅花香。偶然弄笔调鹦鹉，便解吹箫引凤凰。偃蹇良缘迟百两，梁鲍高风劳梦想。何图天壤有王郎，竟遣才人嫁厮养。薄命平生只自知，牢愁幽怨寄歌诗。桃李无言子满树，梧桐半死孙生枝。轮回有说应难究，妆阁长斋将佛绣。菩萨倘还大士身，腐迁定讶张良秀。果然诚感动天机，昔时雌伏今雄飞。一世聪明悟冰雪，九霄咳唾生珠玑。今春对策来都下，赐宴曲江看走马。吏部任呼韩退之，前生漫说卢行者。时遮便面过章台，特访当时姊妹来。十二楼中齐阅遍，三生石上忽惊猜。似曾群玉山头见，春风依旧桃花面。忆昔同时谪彩鸾，只今美汝为飞燕。镜中花影掌中身，几生修到才佳人。相对书生惭白面，何年窈窕复青春。此生休矣他生卜，阿娇本愿藏金屋。非同神女欲行云，即作小姑甘独宿。我闻君语笑君痴，身非尔有子为谁？宋玉纵然或好色，张敞何妨学画眉^③。继思君语解君意，天女神通托游戏。宁效蛾眉西子颦，不为奥灶王孙媚。君不见，战国丈夫推衍仪，术工妾妇徒尔为。又不见，三国英雄夸仲达，甘施巾帼求自活。富贵即今谈膴仕，刺绣何如市门倚。佞学祝鮀美宋朝^④，曷若笄珈金步摇？君闻我语莞然笑，谓侬我诗为写照。我亦绿章乞天公，脂韦欲作滑稽雄。天阍荡荡人难至，闭门聊复谈奇字。

注释：
①饶吏部：指饶轸，字辅星，是作者温仲和的同乡。
②荣启期：字昌伯，春秋时隐士。
③张敞何妨学画眉：张敞替妻子画眉毛，旧时比喻夫妻感情好。
④祝鮀（tuó）：春秋卫国人，能言善辩，有口才，为时世贵之。

【钟毓华】

钟毓华（1844—1928），字莲生，梅州人。清同治七年（1868）戊辰庠生，25岁时往澳门教书，后因病回乡。再后因土匪乱乡，避走南洋新加坡，84岁卒。著有《莲生诗草》。

梅城晚眺

梅山梅水仰清华，一路芳菲眺望赊^①。
笑然县名香万古，城前城后少梅花。

岁寒咏梅

四序迁移气正寒，连朝飞雪白漫漫。
阳和自在心头暖，闲对梅花一笑看。

题梅雪读书图

清吟起早独凭栏，冻雀惊回晓梦残。
人共梅花忘臭味，空山风雪不知寒。

咏梅（六首）

其一

仙骨姗姗远出尘，古香古色世无伦。
师雄笑倒心凡俗，夜半花前梦美人。

其二

大地冰霜怪独温，冲寒先返岭头魂。
教君认取香心暖，莫把凡花共品论。

其三

岂贪花国占高魁，百卉齐甘让早开。
庭院月明晴雪霁，赏心只许鹤飞来。

其四

皓雪空山结净因，竹松以外更无邻。
林家唤作闺中妇，不信名花果字人。

其五

开向寒林别有天，暗香疏影自年年。
何郎讽咏嫌多事，又结逋仙不了缘。

其六

冰心独抱气清华，清韵供宜处士家。
雪月园林香茗案，几人青眼岁寒花。

【叶璧华】

叶璧华（1841—1915），号润生，字婉仙，梅州梅县区人。生于书香之家，精通经史，尤精诗词。后嫁给龙桥李蓉舫，李氏亦风雅之士也。曾讲学广雅书院，后创办懿德女校，一时游其门者颇众，开嘉应兴办女校之先河。

梅花（三首）

其一

村北村南皆是雪，不知深处有花开。
山僧昨夜敲门报，吟客更番击鼓催。
疏影倩教明月伴，冷香时逐美人来。
江边几许春风树，只少诗人劚月栽。

其二

绿珠昨日下瑶台①，剩有疏香点翠苔。
羌笛乍惊幽梦醒，段桥刚逐晓寒开。
石床雪冷人初煮，竹屋云封鹤未回。
似尔几生修得到，点妆端合寿阳来。

其三

宜烟宜雨更宜晴，雪里丰神太瘦生。
倚树微吟空有恨，巡檐索笑亦多情。
铜瓶纸帐春如画，流水空山梦不惊。
一觉罗浮浑未醒，啾啾翠羽度林鸣。

注释：
①绿珠：西晋荆州刺史石崇的爱妾，美丽无比，善吹笛。

红梅

点额从教附粉繁，冰肌谁为染脂痕？
只缘风雨秋江夕，招得红蕖一段魂①。

注释：
①红蕖：红荷花。蕖，芙蕖，喻指女子的红鞋。

题画梅

烟月一帘清，霜姿半幅呈。
端相空有恨，索笑总多情。
独鹤难巢树，疏花不点楹。
罗浮人在否，香梦未分明。

寄君达兄兰花一枝

我意素爱花，栽花傍砚北。
旦夕勤灌溉，盆兰翠如滴。
当风展瑶苑，媚人写秀色。
无聊祇自赏，幽居赋岑寂。
何处望书帷，层云鲤塘隔。
素心欲共领，相寄如梅驿。
把此奇异姿，毋与常卉掷。
花也品格高，合供君子室。
对兹复思人，可慰离群忆。
独怜栽花者，扶病吟花侧。

吊彭对英女士六首并引（其一）

翠羽明珰悉化尘①，梅花百本恍前身。
一杯春酒无情碧，吊汝芳魂锦水滨。

注释：
①明珰：用珠玉串成的耳饰，泛指珠玉。

还家后，粗修一舍，以庇风雨，适杨玉环年姊谐诸女士过访，笑书一绝赠之

一行疏柳数株梅，树当屏风石当台。
扫径不须开荜户，青山四面任君来。

奉题彭南屏（汉孙）牧伯磊园诗事图（其一）

花石林泉点缀宜，诗中有画画中诗。
天公着意催新韵，特放寒梅三两枝。

蓉舫之潮，订于重阳回里，至残冬仍未赋。归作此缄寄（其一）

> 水仙碾琼蕊，岭梅挺孤枝。
> 马儿何劳劳，车儿何迟迟。
> 抑有新人托，不解蒲苇丝。
> 屋角飞龙骨，瘦损幽人姿。

病况寄外（其一）

> 晓倚芳梅爱暗香，低头贪看睡鸳鸯。
> 癯仙应笑侬同瘦，底事输他铁石肠。

赠范黄香八首并述（其一）

　　余笄年时，得黄香诗一卷。珠莹玉洁，清丽芊绵，什袭藏之，十余年来，不知为何许人也。近始悉黄香是大埔名门女，适宦家子，早寡无嗣，遭遇迍艰。更因兵燹之变，无家可归，遂脱簪珥，祝发云游。一肩经杖，两鬓风霜，几历春秋，仍无定止。前数年，吾梅绅耆，鉴其苦而怜其才，因留居锡类庵，始得少坐蒲团，潜修悟道。噫！才人落魄，彼苍何梦梦乎！黄香蕙叹芝焚，寸心伤感，遁迹空门，特欲证他生因果耳。余爱其才，更悲其遇，爱制绝句八章赠之。

> 心肠铁石托寒梅，寂寂银釭伴夜台。
> 野寺钟声惊晓梦，新妆犹记侍儿催。

题美人月下横琴图

> 剪剪轻风漾绿荫，碧天如水夜云沉。
> 挥弦漫道柔荑弱，弹落梅花月满襟。

拟陆放翁湖上寻梅

> 雪痕初霁风凛寒，菊枝不傲梅争妍。
> 湖水湖云独清绝，千株占尽江南天。
> 几日蓬关未启门，忽逢狂兴追吟鞭①。
> 忍寒早随老鹤去，不教蜡屐探我先。
> 古干奇杰蛟龙盘，惺忪春意寒冲烟。
> 暗香蘸水月初吐，仿佛当年姑射仙。

欲去不去心情牵，勾留应惹情癃怜。

何须绝磴重攀援，芒鞋踏遍孤山巅。

且携樽酒坐湖上，长看疏影摇清渊。

注释：

①吟鞭：指诗人的马鞭，多用以形容行吟的诗人。

忆春九首为兄嫂云姬作（其一）

万片飞花点翠苔，忍寒犹自倚孤梅。

忘形我已经三载，那管阳春去复来。

咏梅（二首）

其一

漠漠湖云淡淡烟，欣逢玉蕊占春先。

不从芳谱矜凡艳，翻讶琼宫降散仙。

大地既容香作海，百花难伴鹤高眠。

人间历尽风霜苦，羡尔冰心铁石坚。

其二

踏遍山隈与水浔，不嫌寒气冷相侵。

清癯久傲神仙骨，淡泊能舒天地心。

脉脉幽姿香蘸水，离离疏影月窥林。

师雄一自惊幽梦，寂寞罗浮烟雾深。

春日寄孔惠兰女弟子

偶向琅环小寄身，梅花香里发清吟。

听鸡同剪三更烛，煮茗闲披一卷经。

去日红楼空入梦，如今绿树又成荫。

比来水月襟期盛①，珍重鳞鸿寄好音②。

注释：

①比来：近来。

　襟期：襟怀，志趣。

②鳞鸿：鱼雁的代称，比喻书信或信使。

将发少琴函，忽见窗外梅花香彻肤骨，遂系一绝于函后

烟深梦破一鹤语，暗香脉脉熏人衣。
邮筒欲寄殷勤语，春在江南第几枝。

晓峰侄在都致余书云，自揣骨相清癯，恐无玉堂金马福命，乃寄咏梅一绝赠之

既共群仙集玉台，岂容人世染尘埃。
须知宰相和羹料，本自清癯瘦骨来。

梦梅

小阁清寒玉漏遥①，冻云晴雪路迢迢。
迷离不辨琼瑶地，半是孤山半断桥。

注释：
①玉漏：古代对计时的漏壶的美称。

探梅

琴自停弦鹤自眠，支筇步屐独争先。
琉璃世界重开眼，却喜幽香破晓烟。

惜梅

罗浮佳种自天然，合伴瑶池第几仙？
玉骨自禁风雪冷，问君何事到人间。

寄梅

高怀落落孰同论，梦到梅花忆到君。
省识冰心同领略，临风遥赠一枝春。

忆梅

雪满柴门香满庭，每从浅水觅琼英。
何堪月上黄昏候，空对横枝翠羽鸣。

卖花吟

一肩挑得几枝春，馥馥幽香扑鼻新。
卖向红闺应有幸，云鬟簪傍解吟人。

感怀（其一）

岂乏凌云志，蜗居且待时。
苔斑稀屐迹，花懒向人欹。
古调知音少①，新笺问答疏。
苍凉一片意，惟有老梅知。

注释：

①知音：传说古代俞伯牙善鼓琴，樵夫钟子期善听琴。钟子期能从琴声中听出"巍巍乎志在高山""洋洋乎志在流水"。钟子期死后，俞伯牙痛失知音，将琴摔了个粉碎。

双仙世妹寄答赋韵四章，幽情侧艳，绮语缠绵，读之如子野闻歌，辄唤奈何，天下伤心人同声一泪。乃吟绝句六章以奉赠（其一）

尚喜寒梅傲骨道，珊珊弱质怕经秋。
桐阴午倦闲抛绣，莫向西风独倚楼。

辅星先生，前身乃吴江女史汪玉珍，今为壬辰进士，官吏部主司。张小莪、温慕柳两公曾为咏三生曲。余见其幻果离奇，为一时佳话，乃作东施之效颦，奉吟六章（其一）

冰雪聪明写素心，不教纤翳着胸襟①。
亭亭描出三生影，独爱梅花伴月吟。

注释：

①纤翳（yì）：微小的障蔽。多指浮云，也可指事情的障碍。

寄少颖侄倩八首（其一）

梦里谈诗兴倍饶，雷江珠海路迢迢。
何时重践寻梅约，得得吟鞭度小桥。

兰台先生命试早梅四律

其一

才闻律候应黄钟①，却喜晴光倚户通。
几日嫩寒经酝酿，一枝疏影绽玲珑。
横梢笼月疑残雪，浅水浮香送晓风。
知是寿阳消息近，点妆新样可曾工？

其二

曾从月下抚瑶琴，一梦罗浮直到今。

玉笛催寒春有信，银笺呵墨夜微吟。

冰魂早践风霜约，傲骨先传天地心。

描得孤山新画本，坐看独鹤守庭阴。

其三

得得吟鞭度小桥，瘤仙风韵雨中饶。

浦荷褪绿犹擎盖，岸柳残黄不舞腰。

弄粉未和晴雪点，冲寒初带晓烟摇。

直须小着高人屐，指点清溪路几条？

其四

衡阳飞雁影徐徐，庾岭征人絮拥裾。

铁甲乍怜关外冷，冰肌偏向雪中流。

调羹有待仍思子，索笑无言独伴予。

聊折一枝供砚右，茶烟花气淡吾庐。

注释：

①黄钟：我国古代音乐十二律中的第一律。

残腊消寒，无聊特甚。忽诗五袖到公度《今别离》诸作见示，诵读数四，足征文字之交，万里不隔。爱吟一律，寄覆海天

呵冻红窗袅篆烟，梅花压雪薄寒天。

几人解慰客中况，一纸颁来海外篇。

论到知交文字重，吟成别意古今传。

输君绮岁腰横剑，击楫中流奋祖鞭①。

注释：

①击楫中流奋祖鞭：击楫中流，亦作"中流击楫"，比喻立志奋发图强。

高阳台·梅影

积雪捎寒，横枝摇暝，画栏亚处阴轻。脉脉幽芳，谁怜绰态婷婷。鹤归几向苔阶认。隔清溪、浅水盈盈，写环姿微步凌波，独显丰神。啁啾翠羽催春梦，怅参横月落，绮袖难亲。淡抹烟痕，玉人思折还停。分明描出瘤仙格，倩人谁、移上云屏。有湖山、小结因缘，相对双清。

【张榕轩】

张榕轩（1851—1911），名煜南，梅州梅县区松口镇人。华侨巨商。著有《海国公余辑录》，捐资编纂《梅水诗传》。

题叶璧华诗集

吾梅夙号梅花乡，处处人家梅树旁。不知何时经剪伐，根株拔尽敛英芒。岂是大造秘钟毓，磅礴郁积久弥光。占气披图验分野，婺女一星耀文昌。千百余年出闺秀，吟成诗集名古香。冰为魂兮玉为骨，嫣红姹紫纷缥缃[①]。瘦若癯仙斜竹外，劲若铁干凌风霜。清若冰雪照素月，艳若脂粉缀红妆。中有伤心哀怨曲，变征之声殊凄凉[②]。黯兮孤鸾悲失侣，凄绝哀蝉咽夕阳。一枝冷艳歊寒雪，离离孤影空神伤。掩卷沉吟不忍读，拟将斯意质穹苍。君不见梅花冬日经霜雪，岩阿寂寞艰苦尝。一自冲寒占春出，天地之心数点藏。古香古色超凡品，苍松翠柏难比芳。花经盘错添绝艳，诗经磨折名弥彰。竹篱茅舍表素节，兰香桂馥梅荫长。和鸣在阴縻好爵，喜见白鹤时回翔。噫嘻乎！梅山梅水梅江月，尽入斯人古锦囊。焚香坐对梅花读，是梅是诗费评量。愧我绛纱频年设，效颦弱息列门墙。宣文师范人千古，学书独恨无钟王。购得梅本镂新版，金石之声殊琅琅。明季小鸾疏香阁[③]，叶氏一门名并扬。吁嗟乎！梅岭精华钟闺阁，合与五子相颉颃[④]。

注释：

①缥缃：指书卷、书籍。缥，淡青色。缃，浅黄色。古时常用淡青、浅黄色的丝帛作为书囊书衣，因以指代书卷、书籍。

②变征：我国古代七声声阶中的第四个音级，比"征"声低半音。

③小鸾：指明末才女叶小鸾。工诗，善围棋及琴，能画，曾绘山水及落花飞蝶，皆有韵致。

④颉颃（háng）：本指鸟上下飞翔，后指双方相较不相上下。

【黄遵宪】

黄遵宪（1848—1905），字公度，别号人境庐主人，梅州人。儿时聪颖，被誉为"神童"。清同治六年（1867），参加院试，入州学，成为秀才。同治十年（1871）为岁试第一名，补廪膳生。同治十二年（1873）考取拔贡生。光绪二年（1876）考中举人。历任驻日、英参赞及旧金山、新加坡总领事。后署任湖南按察使。参加戊戌变法，奉命准备出使日本，未行而政变起，罢归。在家乡热心桑梓教育事业，创办东山初级师范学堂。论诗主张"我手写我口"，以表现"古人未有之物，未辟之境"，倡导

"诗界革命"。其诗宏富异常，大行于世。长于古体诗，形式变化较多，语言较通俗。对帝国主义侵略和清统治集团的腐朽颇多暴露，体现出改良政治的要求。著有《人境庐诗草》《日本国志》《日本杂事诗》等。

不忍池晚游诗（其一）

蒙蒙隔水几行竹，暗暗笼烟并是梅。

微影模糊声荦确，是谁携屐踏花来？

感怀呈樵野尚书丈①，即用话别图灵字韵

海南巨鳄顽不灵，非人非鬼绝睹聆。

诎强弥隙百无策②，罔两铸鼎谁能铭？

方今五洲犹户庭，云帆飙舰来不停。

海波漫漫槃不掩，天阙荡荡门无扃。

突然太行扼井陉，欲上无梯驰无轮。

守门猖猘黑犬吠，传书杳杳飞鸾青。

背盟绝客出何经，更索钜岛屯飞舲。

蛙蛤相呼只取闹，蛟螭攫人先染腥！

我生遇合如迳庭，累百感心万劳形。

西逾万里大漠绝，东居三年瀑雨零。

于今忽作闭口瓶，焚香依佛昼锁厅。

平生踪迹默自数，将南忽北飘浮萍。

故乡梅花今已馨，在山泉水催我听。

归携片石同君平，客槎奈犯牵牛星③。

注释：

①樵野：张荫桓，字樵野，广州府南海县（今广东省佛山市）人，清末大臣。

②诎（qū）强：使强敌屈服。

③客槎：指升天所乘的木船。

己亥杂诗（八十九首）

其十五

无端芟拆复接莎，误尽人非郭橐驼①。

甫见萌芽生意尽，对花负负奈花何②。

其二十二

三千年上旧花枝，颇怪风人不入诗。
我向秦时明月问，古时花可似今时。

注释：

①郭橐驼：唐柳宗元《种树郭橐驼传》中称，植树人郭橐驼认为种树之道在于养树："顺木之天，以致其性。"由此推论出"养人"的道理，为官治民不能"好烦其令"，反对官吏扰民、伤民的行为。

②负负：极惭愧。

【蓝蠹】

蓝蠹，字伯高，梅州人。《梅水诗传》载："以词章受知张伯熙学使，补弟子员，曾办师范及中学堂。黄公度廉访奇其才，常为之揄扬不置。"

梦游罗浮歌

仰望青霄时矫首，平生洒落兼诗酒。徜徉每许泉石间，往来麋鹿为侪友。兴至猖狂不可知，酌我痴仙饮大斗。醉中好梦多绝奇，探极洞天与云薮。变化倏忽风云驰，神魂飞离不可持。越水吴山顷刻至，千岩万壑何崎岖。一身历尽三千界，尽纳须臾于一芥。乘风吹度至罗浮，此中端合壮遨游。仙女峰头供眺望，何论方丈谈瀛洲。上绝顶，转高邱。仰举星辰摘，俯瞰江海流。长啸一声天地震，悄然消破半生愁。别转琼房七十二，玉楼历历千百记。观蹑长寿凌冲虚，瑶石台前探怪异。琴援绿绮试一弹①，神禽丹凤皆来至。回翔飞舞云霄间，玉笛鸾笙卿学吹。玲珑法曲和三终，枕石昏昏思假寐。台登花首会仙班，葛洪陶八相追攀。上宾谁列丹邱籍，姓字依稀说得颜。琼浆酣醉烟霞外，空濛香雾绕云鬟。狂歌一阕催人起，梦中堕落下尘寰。余音缭绕身初觉，何缘身在罗浮山，但闻瀑流潊潺群峰间②。迟迟兮睡足，策杖兮闲闲。寻途兮欲返，缓步兮思还。循铁桥兮半渡，见云边兮日暮。月华皎洁照行人，美人林下心倾慕。淡妆素服惹幽情，梅花村里娇容妒。芬芳馥郁染罗衣，珍馔佳肴纷列布。东方欲白晓钟鸣，响促睡乡因觉寤。层峦叠嶂化烟销，起来庭院皆如故。始知何幻复何真，奚必前途多谬误。梦中更入梦中游，醒来还有醒来趣。梦中有醒醒谁知，醒来又梦梦难悟。人生如梦亦非醒，大衍谁穷五十数③。醒时虽失梦时寻，孰曰神仙不可遇。

注释：

①绿绮：指琴名。相传西汉司马相如所用的琴，叫"绿绮琴"。

②潨（cōng）：水声。

　淬（jiàng）：大水泛滥。

③大衍：五十的代称。

【杨沅】

杨沅，字季岳，梅州人。清光绪十七年（1891）辛卯科举人，光绪二十四年（1898）戊戌科进士。光绪二十八年（1902）与温廷敬在汕头创办《岭东日报》。继黄遵宪任嘉应兴学会会长。著有《假中杂咏》《梅谚汇笺》《海隅诗草》等。

题程乡胜迹图

人为梅花也合来，异芳销尽剩苍苔。

归山点缀无它计，先把南枝十里栽。

【王晓沧】

王晓沧（1850—1905），名恩翔，梅州梅县区雁洋镇人。自幼家贫而好学，饱读诗书。早年为嘉应州庠生，后获拔贡。曾在海南、潮汕、福建等地做官。与本州名士黄遵宪、温仲和、丘逢甲以及番禺潘兰史过从甚密，多有唱和。著有《鹧鸪村人诗稿》。

忆旧述今，赠丘工部十绝句①（其一）

维桑风辈订诗盟②，吟到梅州思更清。

十里寒香万株雪，独携瓢笠拜元城。

注释：

①丘工部：指丘逢甲。

②维桑：代指故乡。

独立图再为兰史题

噫嘻吁！雌剑升天雄剑在，一剑苍茫发光怪。伤心不见古时人，来者为谁欲谁待？杯酒难销万古愁，狂歌直上太白楼。谪仙一去无消息①，枫叶寒芦送秋日。秋日满潇湘，相思空断肠。为君歌一曲，愿君听我且驻足。不多时立天地春，梅花万树皆吾身。

注释：

①谪仙：原指神仙被贬入凡间后的一种状态，引申为才情高超、清越脱俗的道家人物，犹如自天上被谪居人世的仙人。

岁除日与丘工部共登金山

岁阑铁笛上金山，吹放寒梅腊雪间。

爆竹满城春气逗，万人如海两人闲。

岁暮客韩江（其一）

岁暮荒寒尚此游，石龛梅影负清幽。

粗余毡席犹无暖，薄有山田只半收。

目倦物情疲蝜蝂[①]，角争世界困蜗牛[②]。

怀人觅句添诗卷，古柳金城迹更留。

注释：

①蝜蝂（fù bǎn）：寓言故事中的一种好负重物的小虫。

②角争世界困蜗牛：指"蜗角之争"，比喻所争者极小。

【张乔柯】

张乔柯，字韵琴，梅州人。清末诸生。《梅水诗传》载："娴吟咏，精医理。徐花农学使曾拔置医学第一，赠以'探微枢景'匾额。"著有《读杜史斋诗集》《医门类考》《本草经读补遗》等。

送公度先生蜡梅（二首）

其一

金光滟滟色如柑，香蜡融来杏蒂含。

偶折一枝动君兴，也应回首忆江南。

其二

杏黄衫子茜罗裳，尤物生来亦可伤。

一自标题有坡谷，问名终得号黄香[①]。

注释：

①黄香：即黄香梅。

【张芝田】

张芝田，字仙根，梅州人。清光绪诸生。著有《梅州竹枝词》《晚史论存》《海国咏事》《嘉应乡土志》。

梅州竹枝词

江面山稀一塔尖，阳东岩邃好穷探。

问谁肯学曹公雅[①]，补种梅花护佛龛？

注释：

①曹公：指程乡知县曹延懿。

【黄小帆】

黄小帆，名绍庭，梅州人。清光绪诸生。著有《清园随笔》《清园诗草》《清园诗话》等。

咏梅

指点溪桥外，梅花绕四围。

寒侵高士梦，香沁美人衣。

翠羽偎烟睡，冰肌带雪飞。

不须逢驿使，自折一枝归。

梅花和玉兰女弟子四首（其一）

珊珊玉骨几生修，世上群芳莫与俦[①]。

自觉尘中难插脚，直来天外任昂头。

花光皎皎千岩彻，香气蓬蓬满岫浮。

寂寞疏离谁作伴，晨昏绕树鹤声留。

注释：

①俦：匹敌，相比。

月夜

回视茅斋仅半开，呼童聊籍笛声催。

香清忍使严寒勒，质洁宜邀皓月陪。

扫径只堪杯独把，敲门未许客频来。

更深倚槛犹难寐，为费平时几度培。

雪朝

凌晨急雪舞楼前，飞入花丛色倍妍。
早有幽人筇独倚，尚无粉蝶影联翩。
味余冷淡堪寻绎，品抱孤高岂受怜。
一到岁寒谁不殒，羡渠风骨炼弥坚。

赠友

良朋话别雨初晴，赠到琼花露尚萦。
入手幸饶千点洁，拂衣唯有十分清。
香随骏马增行色，春逐征人到帝城。
只恨故园霜满树，一樽独对太无情。

野梅（三首）

其一

疏疏瘦影印回塘，落落虬枝傲晓霜。
不屑华堂供赏玩，自甘曲坞散幽香。
桃粗李俗眸慵盼，地老天荒骨倍苍。
茅舍未须嫌局促，清高端可压群芳。

其二

老干轮囷未入时，任从人世笑支离①。
自来不见超凡识，几处能窥旷代姿。
素质只凭明月照，奇芬岂借好风吹。
空山谁动寻幽兴，满径苔痕只鹤知。

其三

横斜偃蹇卧荒园，修竹村边避众喧。
映水不辞寒彻骨②，傍林常觉淡无言。
何烦粉蝶随风至，赢得高人倚树论。
好共岁终伴松柏，长承雨露总天恩。

注释：

①支离：分散，残缺。
②寒彻骨：寒冷到骨头里，形容极其寒冷。

【涂镜溪】

涂镜溪，梅州人。清光绪诸生。著有《求多闻斋诗钞》《涂氏集吉通书》。

咏红梅二首

其一

傲兀寒梅骨，嫣红时世妆。

丰姿虽混俗，终自暗飘香。

其二

癯仙一自落红尘，易貌更衣体态新。

料想独清争白眼，也涂胭脂对凡人。

【李廷奎】

李廷奎，字子玑，梅州人。清光绪元年（1875）乙亥恩科顺天举人，己丑大挑一等，分发直隶，试用知县。《梅水诗传》载："甲午中日战争后，观世变日亟，无心仕途，即归养家山。其生平居处之恭，执事之敬，与人之忠，州人士咸推重之。"

舟行杂咏（其一）

小小成村落，参差见数家。

树梅围屋角，种柳傍檐牙。

农老锄田草，娃娇插鬓花。

牧童归去后，徙倚夕阳斜①。

注释：

①徙倚：即徘徊，流连忘返。

【侯萼文】

侯萼文，梅州人。清末布衣。

梅落更开

一枝直压破檐斜，已落重开衬晚霞。

漫道花疏只数朵，随风香解入窗纱。

【梁璜】

梁璜，字滨玉，梅州人。晚清诸生。著有《秋爽轩诗草》。

咏梅

破腊开常早，依依带月明。
是梅堪作友，即雪便怜卿。
最适诗人意，偏宜处士情。
巡檐相索笑，向阁句新成。

咏梅

报道阳春小节回，横斜疏影斗霜开。
纵无驿使江南去，偏约诗人庾岭来。
何逊阁前供雪咏，林逋山里傍云栽。
为妻若解清高乐，一抹群英独占魁。

东峰梅雪

东峰密密晓云笼，陇上梅开雪里融。
正是霰花铺地冷，宛如疏影锁寒空。
玉山早绝飞禽影，冰径全迷处士踪。
即景题诗原不俗，瘤仙滕六两玲珑。

【黎璿潢】

黎璿潢，字茂仙。黎惠谦之子。清末廪贡生。常钻研经史百家之书，精小学，旁涉篆、隶和雕刻。著有《茂仙文存》《茂仙诗存》。

残腊独出

山空野梅香，携琴自孤往。
一鹤昂然来，亦有紫霞想①。

注释：
①紫霞想：指飞升成仙。

七月之望，惠州舟中望罗浮

纤云飞尽碧秋空，俯仰名山水枕中。
翠羽未来梅又落，不胜惆怅赵师雄。

踏雪寻梅图

孤山渺何许，美人殊未来。

携酒踏黄叶，冻云凝不开。

天公作玉戏，大地琼瑶堆。

翩然萼绿华，徒倚山之隈。

墨梅熊君文荃属题

东风昨夜至，春满罗浮颠。

美人珊珊来，揉雪装花钿①。

白月冷于雪，照见琼姿妍②。

清影收不得，忽坠金尊前。

注释：

①花钿（diàn）：古时妇女修饰脸的一种花饰。

②琼姿：美好的丰姿。

题叶璧华女史古香阁集，并乞其全稿（三首）

其一

梅江女学始萌芽①，提倡端推道蕴家。

若使金针能普度，当栽十里万梅花。

其二

随园女弟子升堂②，独爱丹徒鲍茝香。

福慧人间援双绝，古香洵可抗颜行。

其三

赋茗才华久饫闻，香名遥挹岭梅芬。

未窥全豹心先折，可得容余一脔分。

注释：

①女学：女子教育，或女子学校。

②随园：清代著名诗人袁枚的别墅名。袁枚有别号"随园老人"。

和熊君采宾咏梅次韵（二首）

其一

月落参横入梦先[1]，美人环佩韵璆然。

久拼桃李羞为伍，不待冰霜操自坚。

名士志原安淡泊，离骚经未写蔫绵[2]。

罗浮若可菟裘老[3]，且署头衔号散仙。

其二

改装时事白为先，说与梅知也莞然。

天地闭时开化早，江山险处立根坚。

能揉雪掌团成体，不怯风头力折绵。

兴起何须待青帝，元来豪杰胜神仙。

注释：

①月落参横：出自唐柳宗元《龙城录·赵师雄醉憩梅花下》。

②蔫（niān）绵：柔美的样子。

③菟（tù）裘：地名。在今山东省泗水县。后指退休养老的地方。

咏梅二首

其一

皎皎峣峣自古今[1]，崛兴从不待春临。

独持正气凌寒色，一洗凡姿峙碧岑。

天下盛名归傲骨，老来奇士尚雄心。

萧寥世界翻香艳，相赏休辞月满襟。

其二

试教人海识人豪，急景凋年节愈高。

扫却群芳才出首，狂飞严雪不肤挠。

偏从天地幽时见，独立江山险处牢。

落落风尘论物色，真知应有九方皋[2]。

注释：

①峣（yáo）峣：高峻的样子，比喻高傲刚直。

②九方皋：春秋时善相马者。九方皋曾受伯乐推荐，为秦穆公相马三个月。他相马看重其内在的精华，注重本质，不求表面，"得其精而忘其粗，在其内而忘其外"。

帘角梅花盛开（时十一月二十三日）

去年花始开，今年花转盛。
色赢三分清，势有千尺劲。
高不寄人篱，静若临水镜。
宵月冷不孤，朝霞回相映。
心淡格自高，意庄色弥正。
独立荒寒天，永保贞固性。
孤标肆排挤，群卉失盼倩。
矫首客频来，鼓翅蜂屡诇①。
与我同清癯，有时发吟咏。
相对淡无言，久交两无竞。
一笑春潜通，新醅喜相庆。

注释：
①诇：侦察，刺探。

某女史手捏菊花梅花各一枝见赠（二首）

其一

冰雪聪明锦绣才，更施妙手助花开。
嫦娥几度相窥笑，长见花光入镜来。

其二

竟使花神叹巧才，万花真可自由开。
但凭女史司花事，菊蕊梅香作伴来。

【黎伯概】

黎伯概，字定祥，号善侯，梅州人。清末廪生。《梅水诗传》载："精岐黄之术，能诗，旅居星洲甚久，著有医书多种与诗文集八卷行世。"

说雅庐春日感怀（其一）

铸错真成铁九州，海天何处可遨游？
人情冷暖疑难化，诗债缠绵不易酬。
静坐也应偕鹤睡，清心端合对梅修。
蓬山未许轻舟近，帆小无风且逗留。

石扇村归途中杂兴

一舆山径出，四十里程开。
峰势随村转，溪声接境来。
社神岩立祀，怪石路生苔。
不肯迟行迹，亭前待赏梅。

【颜舜华】

颜舜华，清末梅州女诗人。

种梅

门前一任藓痕遮，插竹为篱势半斜。
地窄莫教他族占，尽芟荆棘种梅花。

【孙汝兰】

孙汝兰，女，字湘笙，咸丰朝鲁山（今属河南省）人。《梅水诗传》载："少聪慧，能诗，十七岁嫁于张啸峰，夫妇唱和无虚日，常诫啸峰毋轻示人，又不自珍惜，故诗存者少。及卒，啸峰检点奁箧，得诗若干首，名之曰'参香室剩稿'，梓而行世。"

看花有感

冰天发孤梅，憔悴老空谷。
漫山桃李妍，人间复嗤俗。
颇闻朱门客，凤尚在罂粟。
香液炼作膏，俊味吸以竹。
可怜千黄金，消磨一灯煜。
区区数茎草，酿祸何其酷。
人自说嗜好，花岂知宠辱。
未闻太古春，波及方隅毒。
真赏忘色相①，斯乃得清福。
平等视群英，聊且娱我目。

注释：
①色相：佛教用语，指物质的特征，引申为人的声音容貌。

【丰顺·丁日昌】

丁日昌（1823—1882），字持静，小名雨生，丰顺人，晚年定居揭阳榕城。清诸生。初任江西万安知县，后官江苏布政使、江苏巡抚等。清朝军事家、政治家，洋务运动主要人物。著有《百兰山馆政书》十四卷等。温丹铭《潮州诗萃》曰："禹生中丞以深谙夷务见赏中朝，政绩尤为当时疆吏之冠。诗独写襟怀，浩浩落落，而高情逸韵，令人扑去俗尘三斗，盖实能兼有太白、东坡之长而又不为所局者，司空表圣所谓'天风浪浪，海山苍苍者'，庶几近之。"

客心

客心久岑寂，抱影独徘徊。

樽酒且斟酌，雁鸿飞不来。

昨宵竹床上，梦见梅花开。

不识故园里，何人扫绿苔。

正月二十四日，舟次长乐七都河口。午后，微云漫空，北风猎猎起林木间。薄暮，冻云四积，密雨如霰。被重裘，炽炉火，犹战栗也。继而蓬背琤瑽①，舟人相呼曰"雪"。起视，则一白无际，船头已厚三四寸矣。长年三老咸诧，以为五六十年未见之事。柳子厚有云："越中无雪，遇大雪，则群犬苍黄走吠。"洵不诬也。然蓝关亦粤地，韩诗有云："雪拥蓝关马不前。"则此间古亦有雪矣。古今之气候不同欤？姑纪之，以质高明。并赋七古一首

生平赋雪未见雪，夏虫对冰真结舌。天公怜我寸眸小，故遣腾六斗光结。冷寒入骨醒始知，惊怪满空飞玉屑。篷窗试起何皓然？清光一片水接天。我欲破裘足自傲，却愁冻僵云中仙。昨从故园踏绿苔，千树万树梅花开。花魂雪意两高绝，肯侑丁子衔清杯。凝云渐散风瑟瑟，长年束手犹战栗。岁丰定兆三白瑞，腐儒一饱百忧失。世途屯塞眼福亨，意外遭逢天不弃。君不见，锦帐羊羔醉未阑，那识人间行路难。

注释：

①琤瑽（cōng）：象声词，金属撞击发出的声音，也可形容流水声。

明吏部罗庸庵先生集题词①

百树梅花扑鼻香，盘湖地是证禅场②。

拼将佳句消残劫，赖有高风接首阳③。

故国云深千里梦，空山秋老满头霜。

至今陶社分题处④，若得幽人话正长⑤。

注释：

①罗庸庵：即罗万杰，字贞卿，号庸庵，晚号樵夫，明朝揭阳蓝田都上阳（今丰顺县汤南隆烟永丰村）人。曾任吏部清吏司主事、验封司员外郎、都察院右佥都御史等职。

②盘湖：指盘湖庵。

③首阳：山名，一称雷首山，相传为伯夷、叔齐采薇隐居之处。

④分题：诗人聚会，分探题目而赋诗，谓之分题，又称"探题"。

⑤幽人：指幽居之士，隐士。

赠香铁先生

守门菘韭俗缘清①，兼有寒梅伴夙盟。

老获微官成大隐，闲分奇策到苍生。

古人不作公难死，七子同时品莫京。

我欲溯流迎海若②，望洋浩叹不胜情。

注释：

①菘（sōng）：古时对白菜类蔬菜的通称。

②海若：即"北海若"，传说中北海的海神。

榕江宫舍偶咏

萧萧风雨逼秋残，容易韶华感岁阑。

无势及人将仆傲，有钱买画当山看。

破庐结构聊容膝，广厦徘徊说庇寒。

阅罢乡书翻一笑，故园梅竹尚平安。

途中杂咏（二首）

其一

尽日肩舆踏翠苔，瘦牛猴崒各崔嵬。

奇峰乱插愁天破，飞瀑奔流恐石开。

村酒不妨留客醉，高云难得出山来。

岭梅曾见诚斋面，冷落人间不受埃。

其二

蓬莱右股割何年，重此经过［觉］惘然①。

才子声名艰一相，仙人鸡犬易升天。

悠悠喑虎都顽物，草草梅花但凤缘。

我欲携筇登绝顶，四更时看日华鲜。

注释：

①据《百兰山馆诗》补"觉"字。

梅花岭史阁部墓乱后荒废，瞻拜怃然

墓门春水绿生澜，尚照孤臣一寸丹。

封事几曾消涕泪①，阵云犹自护衣冠②。

欲收余烬同心少，想见残棋下子难。

往日梅花今茂草，漫将兴废问双丸③。

注释：

①封事：指密封的奏章。古代臣子奏事，以皂囊封板，防止泄露，称为"封事"。

②阵云：指浓重厚积形似战阵的云。古人以为战争之兆。

③双丸：指日月。其形皆圆如丸，故称。

园居杂兴（其一）

梅花绕屋水环天，曲径缘篱竹系船。

老去始知闲有味，病多方羡健如仙。

烟波浩荡鸥难返，云树苍茫鸟独还。

欲问昌黎驱鳄迹①，海风吹没一千年。

注释：

①昌黎驱鳄：指唐代韩愈在潮州驱除鳄鱼之事。

【大埔·萧翱材】

萧翱材（1628—1687），字匪棘，号石溪，大埔人。清顺治八年（1651）辛卯科举人，顺治十五年（1658）戊戌科进士，任湖南巴陵县知县。勤于著述，著有《松存轩文集》《松存轩诗集》《韩江萃英录》《青柳馆集》等。

梅花三首

谑红梅

巡檐一笑把芳枝，醉拥美人红玉歆。

怪得守宫还在臂①，靓妆才是嫁林时。

叹红梅

脱却冰衫换绛罗，可怜眉畔皱双蛾。

也知素质自矜贵，入世谁嫌世态多。

赏红梅

尘外仙姿谪世间，红颜应是带羞颜。

但教玉骨蜕飞去，一种浮华尽可删。

注释：

①守宫：旧说将饲以朱砂的壁虎捣烂，点于女子肢体以防不贞，谓之"守宫"。

【释道忞】

释道忞，俗姓林，字木陈，大埔人。挂单于浙江天童山寺庙。清世祖顺治赐号弘觉禅师。著有《布水台集》。《潮州诗萃》载："木陈早岁与明季名公交，耳濡目染，故其诗文多黍离麦秀之词。及后感新朝知遇，顿改其素，故当时遗老如黄梨洲辈，讥之究之。方外之士，与食禄者固殊，固不必深责之也。"诗如《哭黄介子》《次赵将军》及《挽清世祖》等作，皆有裨当日史事。

春前五日，寄怀唯一道兄，不及作书，用除夕诗申意

寒鸿将北燕南图，寄问寒暄近复如？

怯冻未开新岁笔，折梅先发去年书。

莫嫌韵短寄方绝，须信怀深海有余。

驿使怕传春信后，计程隔夜到君庐。

答钱开少贻书自衡阳

衡阳旅雁度长沙，期我湘江二月花。

我折一枝梅寄报，蚤催春信到君家。

丙午立春二首（其一）

斗杓初转一年春①，数采梅花便可人。

旭日晴开千户晓，和风暖散四乡匀。

爆声未歇哄稚子，椒酒犹馨寿老亲②。

群向枝头低眼看，青青笑煞化工神。

注释：

①斗杓（sháo）：即斗柄。北斗七星中的前四颗星，古人称为"斗魁"，又名"璇玑"；后三颗星，被称为"斗杓""斗柄"。

②椒酒：指用辣椒浸制的酒。元旦向长辈献椒酒，以示祝寿、拜贺之意。

漫兴

名花招妒美人妆，隐傍山中日月长。

休叹枯梅叶落尽，冬春依旧发天香。

【萧宸捷】

萧宸捷（1661—1725），字俞聘，号筠洲，大埔人。清康熙五十年（1711）辛卯科举人，康熙五十七年（1718）中进士，选翰林院庶吉士，散馆授编修。著有《椒远堂诗钞》。

梅花（二首）

其一

关山冻合百花残，一树琼瑶浥露干。

皓齿庞眉苏属国①，闭门高卧汉袁安。

冰心岂为因人热，玉笛何须怨岁寒。

却笑铅华污洁白，置身长在水晶盘。

其二

潇洒琼姿玉一围，清斋疏影更依依。

冲寒翠袖临风舞，入梦香魂带雪归。

织素佳人愁岁暮，怀春季女乐朝饥。

攀枝欲赋思同志，莫使孤芳和咏稀。

注释：

①苏属国：指西汉时期杰出的外交家、民族英雄苏武。

【杨缵绪】

杨缵绪（1697—1771），字式光，号节庵，大埔人。清康熙五十六年（1717）丁酉科举人，康熙六十年（1721）辛丑科进士，选翰林院庶吉士。钦命顺天闱监试，因不媚权贵，不肯画题，被罢官。归家教导弟侄，数以科甲仕宦。掌教广州粤秀书院。后以知府起用，初任甘肃庆阳府知府，后任江苏松江府、广西桂林府知府，官至陕西按察使。乾隆二十四年（1759）告老还乡，诰授通议大夫。著有《粤秀课艺》《佩兰斋诗文集》等。

瓶梅二首

其一

似曾相识罗浮路，忽见横斜傍水根。

玉骨不愁侵瘴雾，冰肌谁与伴黄昏。

一枝瘦影归帘栊，半夜寒香入梦魂。

寄语邻人莫吹笛，月明惆怅酒家村。

其二

胆瓶绰约对琼姿，仿佛寒光雪照帷。

标格自同林处士①，风流莫问党家姬②。

扬州官衙无消息，大庾岭上怅别离。

邂逅瘴乡颜色好，且倾杯酒话相思。

注释：

①标格：风度，姿态。

　林处士：指北宋隐士林逋。

②党家：比喻粗俗的富豪人家。

【范元凯】

范元凯，字于岸，号松轩，大埔人。清康熙五十二年（1713）甲午举人。著有《松轩诗文集》。

梅花

分种罗浮一段香，年年占得好春光。

百花未发饶先放，六出初飞已早芳①。

月魄销魂长夜酒，冰心映玉几更霜。

寿阳点额天工错，行看调羹入庙堂。

注释：

①六出：指雪花。

【杨为龙】

杨为龙，大埔人。清乾隆三十年（1765）乙酉举人。官彭城知县。祀名宦。

马山歌赠广静和尚

马上古寺礼金粟①，水中龙分陆中象。

丹榵紫阁罨画工②，清净三身空色相③。

梅州广静惠然来，鸠工庀材炫幽幌④。

巨然惠休古诗僧，规之矩之雅相望。

军持铜钵此生毕，伽梨安庀梵声朗⑤。

我来凭眺值冬序，芒履幅巾筇竹杖。

松柯垂荫平以楚，塔峰倒映影几丈。

近褒石濑浅浅流⑥，却谢塺尘非非想。

三山岨峿如虎牙⑦，两砌高低破雷浪。

银羌□渴气已吞，梅树枝寒花欲放。

舟人渔子浦潨泊，牧竖樵夫于喁唱⑧。

西岩兀突更魁奇，朝岚夕翠呈新样。

七十三峰列矛戟，桓桓虎貔宛相向⑨。

溪南溪北一水流，自东徂西中宕漾。

北岸高埵南岸堭，原田每每错绣壤。

同人不辞屐齿折，伴结三三偕两两。

曲径城房烹蔎茗⑩，蟹眼沸分鱼眼荡⑪。

招我卢仝饮七碗⑫，一洗今昔因果障。

注释：

①金粟：泛指钱财与粮食。这里是"金粟如来"的省称，佛名，即维摩诘大士。

②罨（yǎn）：指捕鸟或捕鱼的网，引申为覆盖。

③三身：佛学术语，又作三身佛、三佛身、三佛。身即聚集的意思，聚集诸法而

成身，故理法之聚集称为法身（代表着佛法，绝对真理，也指存在于每个人心中的佛性，法身不现）；智法之聚集称为报身（经过艰苦修行，证得真理而成佛，它是佛的一种客观存在相，形态圆满富态，极为高大，常为诸菩萨说法，报身时隐时现）；功德法之聚集称为应身或化身（是佛的变化身，佛为了教化众生，可现为六道众生，以各种生命形式显现，活佛就是佛以人体的形式显现来教化众生）。

④鸠工庀（pǐ）材：指招集工匠，准备材料。

⑤伽梨：亦作"伽黎"，即袈裟。

⑥裛（yì）：同"浥"，沾湿。

　石濑（lài）：水因石激而形成的急流，或指石潭。

⑦岨峿（jū wú）：指山交错不平的样子，比喻不顺当。

⑧喁（yóng）唱：相应和。

⑨桓桓：威武勇猛的样子。

⑩荇（shè）：古书上说的一种香草，也是茶的别称。

⑪蟹眼：古时称煮茶之水初沸时泛起的小气泡，如螃蟹眼大小。

　鱼眼：指沸汤泛起的小泡沫，如鱼眼。

⑫卢仝：唐代诗人，初唐四杰卢照邻之孙，早年隐于少室山茶仙泉，后迁居洛阳，博览经史，工诗精文，不愿仕进，被尊称为"茶仙"。

【杨天培】

杨天培（1721—1773），字孟瞻，号西岩，大埔人。自少颖异，博览群书，清乾隆九年（1744）甲子科举人，乾隆十三年（1748）戊辰科进士，官贵州石阡府龙泉县知县，后改任惠州府教授。著有《西岩诗钞》《西岩文稿》等。《梅水诗传》载："百侯杨氏，清代科名之盛，冠于大埔全郡。而诗人则少，独杨天培五古澄淡学韦柳，七古及五七律俱出入唐宋。不事矜才使气，沨沨乎自具雅音。"

探梅

城头佳气接山隈，数点春光破早梅。
香暗远从篱外发，影孤斜傍水边开。
石桥野兴随风逸，草阁吟心对雪裁。
何逊林逋皆好事，相逢同覆掌中杯。

【饶庆捷】

饶庆捷（1739—1813），字德敏，号漫唐，人称太史公，大埔人。清乾隆三十年（1765）拔贡生，阅卷官学士翁方纲视他为天才。任广东从化教谕。乾隆三十五年（1770）庚寅恩科举人，乾隆四十年（1775）乙未科进士。选翰林院庶吉士，散馆后授翰林院检讨，参修《四库全书》，后改内阁中书舍人。六十岁致仕回乡，主纂《大埔县志》。著有《桐阴诗集》。

入都记别（其一）

大庾初程雪，芒鞋几日经。
梅花高下陇，柳色短长亭。
远梦牵荒驿，寒鸡念暮垌①。
情知北堂雨，此夕更难听。

注释：

①垌（jiōng）：离城市很远的郊野。

咏梅

十里园亭万树芳，嫩寒初试绿华妆。
行经石海衣先冷，吟到韶山韵亦香。
有约未虚驴背兴，多情偏胜板桥霜。
故人路远无由寄，欲折琼枝思渺茫。

【张对墀】

张对墀（1749—1808），字阶登。别字丹崖，大埔人。清乾隆五十三年（1788）戊申举人，考授觉罗官学教习。

送观察刘韩斋先生去任入觐

岭海沾濡赖①，轩车一再行。
臣心秋水净，宦绩夜潮盈。
白马朝难驻，寒猿暮有声。
罗浮梅可赠，携去祝和羹。

注释：

①沾濡：滋润浸湿，比喻恩泽普及。

送学使李雨村先生（其一）

文星夜照越王台，吏部声名日下来。
玉鉴横空烟瘴净，珊枝满网浪云开。
三春雨遍江南草，十月风披岭上梅。
为国树人勤种植，何方不得豫章材？

菊枕

东篱竟日采残英，文锦绦将一枕横。
满帐梅花香共绕，一床桐叶韵偕清。
延龄差异黄梁术，入梦何关素女情①。
莫怪陶翁眠不起，夜来呼起酒樽盈。

注释：
①素女：相传为上古时代的女神，精于音乐。

咏梅

石壁风高雪未阑，参横影在碧云端。
山前山后闻香甚，谁问山中彻骨寒？

【杨既济】

杨既济，字溥泉，大埔人。著有《东郭山房诗草》。

次王参军笛浦梅花原韵（三首）

其一

梅放窗前蝶影纷，丰姿潇洒气芳芬。
得松为友真堪对，与雪争春尚未分。
一宿梦醒迷落月，数声笛响遏行云。
参军游赏多诗兴，花底吟哦四座闻。

其二

最好琼姿浅淡妆，几番雨雪过昏黄①。
清吟何逊观东阁，畅饮师雄入醉乡。
鬓插一枝忘我老，樽浮片蕊引杯长。
莫嫌今日无高兴，坐对风前扑鼻香。

其三

百花魁首信知渠②，占尽群芳只自如。
香到不嫌幽径窄，影来那计短帘疏。
石桥官路人多赏，湖水孤山我独居。
忆昔浩然高寄处，冲寒踏雪倒骑驴。

注释：
①昏黄：即黄昏。
②信知：深知，确知。

寄台湾知己

病骨多年冷布衾，隆冬又觉响寒砧。
墈山月照孤松影，鹿港梅开两地心。
未尽殷勤惭德薄，远承关注感情深。
樽前欲快平生话，不卜何时惠好音。

【杨文焱】

杨文焱，字思纲，大埔人。清诸生。著有《南溪吟草》。

连山立冬

作客年尚少，逢时心易哀。
不堪多病日，又入万山来。
伏枕空留剑，骑驴懒访梅。
试看东郭外，朝露已曾开。

【萧搏上】

萧搏上，大埔人。清诸生。著有《慈竹草堂诗存》。

闺吟四首（其一）

约证红梅影半枯，蒲桃马上客醒无。
梦缘鹤警惊残漏，心怯灯寒唤小姑。
人泪桃花双滴沥，新书故纸两模糊。
白头坐惜文君老，几见相如恋旧乡。

【萧抡英】

萧抡英，字莒斋，大埔人。清贡生。

望罗浮山有怀梅花村美人

罗浮山高峙百粤，烟云隐隐流双阙。群峰四百开瑶京，山下梅花冷浸月。我望罗浮盘碧空，灵光蟠郁连天通。山下美人望不见，何年林下逢师雄？师雄本是烟霞客①，偏爱村前皓月白。珊珊玉质来林间，绰约清姿殊风格。倾醽交酌何嫣然^②，婵娟共醉竟永夕。我今蓦地见罗浮，芳心欲醉思蜡屐。仙源一辟经千年，淡妆黄昏竟谁怜。林逋处士亦邈矣，幽芳孤赏疏篱边。望云乘舆学陶令^③，溯洄秋水仰山巅。从来客子无钟情，烟波一棹惟心倾。罗浮举首空见月，清溪寒雪梦中生。美人醉卧知何处？只有萧萧蓬影银河月落与参横。

注释：
①烟霞客：指寄情山水、超凡脱俗的雅士。
②醽（líng）：美酒名。
③陶令：指陶潜渊明。

【邱对颜】

邱对颜，字玉珊，一字金门，大埔人。清诸生。著有《听松山馆诗草》。

次罗秋甫茂才赠韵

大笔挽天转，罗君信异才。
浮山有仙境，与汝共探梅。
招手云中去，回环海上来。
长江变春酒，白也共传杯。

梦梅图题小邺上舍小照

奇花皎皎现初胎，转恐寒云赛不来。
笑煞神仙多托梦，璇闺亲见一枝开^①。

注释：
①璇闺：用美玉装饰的住房，亦指女子的闺房。

【郭懋桢】

郭懋桢（1808—1883），字开桐，号西樵，谥蕴厚。清布政司经历。

偶吟

忽忽年光一瞬间，雪花吹染鬓丝斑。
酒狂犹许心常醉，诗钝翻嫌骨亦顽。
千里云泥春梦客，六朝脂粉夕阳山。
却怜心绪知谁似，一树梅花鹤伴闲。

【何探源】

何探源，字秋槎，大埔人。清咸丰九年（1859）己未进士。由庶吉士改官阆中知县。著有《北游草》《宦蜀集》等。

年年

年年苦说湘城住，每到春时郎不顾。
休言世态多波澜，倡随且被虚词误①。
儿线亲缝十二龄，但愿随爷通五经。
拖裙拥髻自操作，黄昏此味殊萧索。
儿肥郎瘦费猜疑，梦魂常恐潮头落。
纵郎文字满天涯，难补长贫妾在家。
安得十年成薄宦，与郎同坐酌梅花。

注释：
①倡随：即"夫倡（唱）妇随"。比喻夫妇感情和睦，也指夫妇以诗词相唱和。

自嘉应登陆至会昌，山行连日，风雪交作，残腊已将尽矣（其一）

不如年已到，身在万山中。
人语梅兼赣，行程雨又风。
黎糕忙妇女，笳鼓闹儿童①。
借问劳劳者，乡心可尽同。

注释：
①笳鼓：笳声与鼓声，借以指军乐。

【萧锌】

萧锌，号警斋，大埔人。清诸生，教学授徒。

梅花纸帐①

笔纹如水帐纹斜，卧雪眠云自一家。
雪既不寒云又暖，引人清梦到梅花。

注释：
①梅花纸帐：指用画有梅花的纸所制的蚊帐。

【杨丹凤】

杨丹凤,字梧村,大埔人。清庠生。

踏雪寻梅

逸思飘然不可攀,梅开踏雪径相寻。
频劳屐齿溪桥印,漫袖诗囊石磴吟①。
分管疏林横淡月,还看古干挺寒林。
清姿直待高人赏,不尽香风吹我襟。

注释:
①诗囊:贮放诗稿的袋子。

【郭光墀】

郭光墀(1850—1901),字芹甫,谥敏建,大埔人。清岁贡生。《梅水诗传》载:"幼聪颖,八岁随四兄往大埔三河从邓介石师游,两人被许为鹤立鸡群,异日定为领袖器。稍长,师事四兄,切磨成学,弱冠承何宗师廷谦擢游泮。兄继选拔,学界艳羡之,先达尝许云:'元方与季方,文场堪一战。'生平性潇洒,赴人难,若不及,然不自衿伐。创修施建,莫不慨然赠助。孜孜以奖掖后进为己任,出门下者多倜傥士。壮年橐笔岭海间,掌教贵山等书院,都人士蒸蒸向化,几有古邹鲁风焉。尤长于词赋,出笔必擅清新,故见赏宗工者多以此。县令莫欲质贺云:'一家词赋旧知名。'道实也。"楹语丰富,多脍炙人口。遨游海外,著有《之钦》《游台》《研耕集杂作》等。

消寒(其一)

铁石心肠未易摧,此身曾占百花魁。
休嫌冷眼观尘俗,我本前生岭上梅。

高司马仰止将归江右,诗以送之(其一)

编成兰圃把余芳,我亦吹篪上画堂①。
骨似梅花偏易瘦,声悲雁阵遽分行。
借谈旅况倾同恨,转喜诗情付别肠。
读罢浩歌楼幻蜃②,唾壶击碎问苍苍③。

注释：
①篪（chí）：同"箎"，中国古老的横吹竹管乐器。
②浩歌：大声歌唱。
③唾壶击碎：把痰盂打碎，形容对文学作品的高度赞赏。

【范黄香】

范黄香，原名蕾淑，大埔人。范引颐孝廉之女，诸生邓耿光之妻。诗才华富健，寄托遥深，著有《化碧集》。

和群芳十友诗（其一）

空山潇洒冷香多，一片冰心印素娥。
惹得遁仙弹绝调，千秋何处著诗歌。

红梅（二首）

其一

正是师雄晓梦中，横斜疏影绛纱笼。
不知月下含章殿，学得新妆半额红。

其二

玉骨冰肌冻不侵，一番中酒闷沉沉。
唐宫敕赐丹砂盒，知是江妃恩正深。

中秋自闽回，偶逢梁兄课毕散步，索题扇头并蒙赐礼物，因成俚句（其一）

谁绘梅花岭上开？一枝先占报春魁。
调羹定入琼林宴，御酒喧传第一杯。

梅妻

蓝田良玉种多时，空色偶然学画眉。
相约孤山偕老处，新诗斗酒赠相宜。

荆山叔命和闺怨原韵

金屋无人贮阿娇，千重幽恨在今朝。
自怜一样梅花瘦，哪有珍珠慰寂寥。

春初病感（二首）
其一
满窗月影照流黄，一枕残灯冷似霜。
桐抱孤心应罢翠，梅含寒意亦慵妆。

其二
忏愁欲乞莲台化，却病难求橘井方。
百种幽怀删不得，饮冰茹蘖沁肝肠。

【林达泉】

林达泉，字海岩，大埔人。清咸丰十一年（1861）辛酉举人。官至台北府知府，政声卓著，赠太仆寺卿。著有《海岩文集》，未付梓。诗虽非专门，然气骨故自不凡也。

题史阁部遗像（其一）
熙朝宽大发幽光，尽报亲王作作芒。
一代圣明褒节义，千秋气数感兴亡。
归骑箕尾心难死①，葬到梅花骨亦香。
拜阅遗容宸翰焕，扶持人极在纲常。

注释：

①骑箕尾：亦作"骑箕翼"，或作"骑箕"。有游仙、仙家、高升或去世等意思，这里指去世。

【郭铨】

郭铨（1803—1864），字铜君，大埔人。清贡生，晚年在乡间办桃源书院。著有《小吟山馆诗钞》，未付梓。雅负时名，豪迈之气间出惊人。然而落笔太易，且多半应酬之作。

元旦后一日，长女绰娘来旅舍省亲。相见哽咽，两不成声。饭后促归
未归母氏敢盘鸦①，竟越关河渐慰爷。
若是奇男先累尔，为怜弱女促归家。
强留一滴春开瓮，无可相贻夜绩麻。
斋白不嫌辛屡受②，公孙应兆早梅花。

注释：
①盘鸦：指妇女盘卷黑发而成的头髻。
②蓆白：即"黄蓆白饭"，指粗恶的饭食。

岭南怀古八首（其一）

台传古迹噪珠江，智勇兼人望气降。
神器自然归赤帝，寇仇终不让南邦。
嚣佗以外才无敌①，蛮越之间鼎独扛。
心祝瓣香台岭上，梅花盈树酒盈缸。

注释：
①嚣佗：指任嚣、赵佗，两人是秦汉时岭南的统治者。

忆梅

卧雪经年梦未真，相思一度一伤神。
多情只有孤山月，屡向黄昏照故人。

【张玉珊】

张玉珊，大埔人。清诸生。

柬张金山

气肃庭梧渐作威，骊歌唱后几晨晖。
怀人春讯孤鸿递，老我秋风一叶飞。
酒为消愁醒不醉，梦成欢喜是耶非？
菊花争折同梅寄，题罢新诗月满扉。

【张薇】

张薇（1819—1892），字省卿，号星曹，又自号惺道人，大埔县西河镇漳北村人。清咸丰二年（1852）中举，同治二年（1863）癸亥恩科中进士。先任福建瓯宁县知县，后任河南镇平、唐县、杞县、洛阳、西华等八县知县，以廉洁自持，乃一时循吏。晚年辞官归里。著有《且庵吟草》。诗作自然雅政，五古尤得汉魏遗意。

梅花

天然色相见精神，高格凭谁与写真。

半夜树明疑有月，一时花放不须春。

寒香远近飘驴背，疏影参差露鹤身。

为有吟怀清似水，还将风骨证诗人。

早梅

踏遍驴蹄未觉遐，疏篱新透一枝斜。

前身月好微窥影，扑鼻香生忽见花。

偶露精神疑雪涤，独标格调占风华。

仙人缟袂来何处？欲向罗浮讯酒家。

忆梅

林间雏鹤想翩跹，一别梅花倏九年。

五岭有春传驿使，孤山何日返逋仙？

凭将梦寄罗浮远，已觉心柔铁石坚。

今夜故园枝上月，清辉应满绮窗前。

十九日冬至，炽孙以是日展寿筵

百年鼎鼎又骎骎①，七十欣逢至节临。

新绣线添成寿字，老梅香动见天心。

钟调半子阳初夏②，斗酌曾孙酒满斟。

九九寒消春又到，日长还任我长吟。

注释：

①鼎鼎：盛大的样子。

  骎（qīn）骎：形容马跑得快，比喻事业进展得快。

②半子：指女婿。

雪后即景

栖栖绕树噪寒鸦，城郭炊烟漠漠遮。

松老自高冬岭节，梅香争讯北枝花。

晨光见睍初消雪，夕照含辉欲吐霞。

涂洿未休牛马力，万缗催运赤铜车。

马仲雅上舍（家驯）附舟回浙至苏而别，见赠四绝，次韵寄酬（其一）

年来发白似梅花，花满岭头恰到家。

争似稽山春正富，诗人归去兴尤奢。

喜雪

窗前一夜朔风峭，破晓窗明雪光照。

老梅皎皎化琼枝，儿童翻呼惊梦觉。

先生推枕起嫌迟，颠倒衣裳侧着帽。

掀帘正对玉戏酣，笑谢天公乞诗料。

霰飘初作盐撒空，寒重渐看泥冻淖。

柳絮团团影翻飞，鹅毛片片光乱摇。

乾坤四望皓无声，一白漫漫咽万窍。

龙鳞万畛地铺银，圆壁方规气相耀。

麦熟来年让农骄，客阻高轩容吏傲①。

红炉座暖酒朋招，白战坛开诗将召②。

高歌剧饮觥筹飞，险韵尖叉斗新妙。

酒酣落笔兴偏豪，万古闲愁同一扫。

注释：

①高轩：指高大宽敞的房屋，或指显贵者所乘的车子，或尊称他人的车子。亦借指贵显者。

②白战：空手相搏。

题刘海峰集后

大笔淋漓气郁盘，词锋锷锷剑芒寒。

侧身空叹九州小，着眼难为千古宽。

姓字自传科第外，风标如挹楮毫端①。

梅花窗下挑灯读，一一鹤声向夜阑。

注释：

①风标：风度，品格，格调。

楮（chǔ）毫：纸和毛笔。楮，木名，可造纸，借指纸。

蜡梅

镜里梅妃巧换妆，天然颜色丽中央。

日光掩映凭骄雪，风骨高华不染霜。

绰约如仙逢萼绿，迷离有月照昏黄。

折枝还向金瓶供，气作吹檀动暗香。

蜡梅非梅种也，以其时同，其香同，故亦名梅。旧呼黄梅。东坡、山谷始命为蜡梅。谓其花黄似蜡，非腊月之腊也。此种南方绝少，少时曾于潮见之。今至河南，遍地皆花。所谓磬口者，香、色形为第一，余亦未之辨。回思旧日所见，已摇落江头矣。因作前诗附成一律

骄容巧作汉宫妆，留得佳名唤小黄。

风里乱飞金蛱蝶，雪中也软石心肠。

丸封破腊传春信，蜜点融丝动暗香。

回首江头摇落尽，铜瓶空忆一枝芳。

和刘晓村题画梅绝句原韵（二首）

其一

四百峰高不见巅，罗浮遥倚海南天。

梅花树树春先占，开到江南已隔年。

其二

罗浮万树倚云巅，尽化珊瑚照海天。

莫问种花何岁月，养成丹鹤已千年。

题刘晓村（谟）见赠墨梅幅

我闻庾岭早梅新，南枝首占天下春。

我家庾岭南复南，春信还先庾岭探。

年来看花向天北，万紫千红矜颜色。

雪消始见陇头春，回首故园频相忆。

刘侯知我岭南来，手持一幅为我开。

老笔纵横墨挥洒，不画牡丹唯画梅。

老株屈铁露坚瘦，新枝濯濯横空透。

忽然直干出槎枒，空外如闻风飕飕。

依稀写照月昏黄，缟袂仙人雅淡妆。

擎空一枝表奇特，又如孤鹤态昂藏。

低梢斜出朵复朵，水银泻地喷珠颗。

参差疏落高枝颠，荧荧三五晓星悬。

浓葩密花攒簇簇，雪聚万点光盈目。

余萼半破缀梢头，睡眼微醒半露眸。

高下横斜多风格，春满江城纸三尺。

何须雪月探罗浮，已觉心肠柔铁石。

人道梅花写我真，风骨肖我癯且清。

我思添画岁寒友，不知松竹似何人？

【何如璋】

何如璋（1838—1891），字子峨，号璞山。大埔人。清同治七年（1868）戊辰进士，授翰林院庶吉士，官詹事府少詹事，中国第一任驻日公使。《梅水诗传》载："诗文俱宗惜抱（姚鼐），故所作古文，极有义法。诗亦声光炯然。使东时，彼国士夫慕其文采风流，执赘者不绝。唱和之什，辉映坛坫，亦一时盛事也。"著有《使东述略》《使东杂咏》。

辛巳十一月五日，大雪，独饮墨江酒楼，步公度前游原韵，得诗七首（其一）

篱落探古梅，簇簇香而清。

老鹤向人舞，翩翩若为情。

忽然戛翼鸣，当花胡不平？

伊藤老人赠梅竹二幅，诗以谢之，并乞画梅竹合图为二亲寿，时老人年八十矣

东海神仙窟，先生骨相殊。

结交贞岁晚，观化与天徒①。

贶我梅兼竹②，爱君清且腴。

愿求新画稿，归奉老亲娱。

注释：

①观化：观察变化，观察造化。

　与天：指凡合乎天道者，则得天助。

②贶（kuàng）：赠，赐予。

甲子元旦试笔二首（其一）

贡珠人自海邦来，春入皇州第一回。
宫阙暖分初日丽，蓬莱高接晓云开。
迎年椒酒同欢饮，隔岁梅花早占魁。
凤纪喜编新甲子，中兴鸿业上元恢。

读青山氏昆季名花有声画诗集题辞，即用青山季卿原韵（其一）

抚枪气壮推奇侠，咏史词雄逼大家。
堪怪广平心铁石，梅花不赋赋樱花。

向岛看樱花，即席次同人韵（其一）

倚楼酒竞碎蒲桃，海外看花第一遭。
欲把寒梅比标格，添些香雪韵同高。

梅花

一枝梅向客窗开，有脚春先海外回。
欲问山中近消息，更无人自故乡来。

【郭光海】

郭光海，字小瀛，大埔人。清拔贡。著有《读史论略》《读左测蠡》等。

冬日漫兴

乐景缠绵感岁华，超然物外兴偏赊。
诗书万卷凭谁伴？云月双清是我家。
榴洞拓开仙世界，桃源留住古烟霞。
一时夜读发清响，知否梅开几树花？

【何寿松】

何寿松，大埔人。何如璋之侄。

寻梅

斜抱银瓶是处寻，芒鞋踏去路深深。
玲珑晴雪横疏影，自有高人订赏音。

【杨国璋】

杨国璋（1845—1919），字璧臣，大埔人。清光绪元年（1875）举人，次年登丙子恩科进士，先后官户部主事、陕西清吏司行走、江西宜春县知县。曾主持潮州金山书院，受聘任创办汕樟轻便铁路总办。著有《心畊书屋诗稿》。

咏梅（四首）

其一

羞将浓艳诩风流，洗尽繁华一笔钩。

数点芳心订冰雪，不知也费几生修。

其二

山深地僻不成村，疏影横斜月下门。

夜静短墙三尺里，暗香一缕恋诗魂。

其三

梅花高格孰知音？风里书声月下琴。

逸韵直超凡卉上①，竹篱茅舍见天心。

其四

寻香踏雪几徘徊，风味依稀灞上回。

异日和羹应有待，尚书久已重盐梅。

注释：

①逸韵：指超逸豪放的风韵。

【杨洪简】

杨洪简，字少山，大埔人。清光绪岁贡生。

梅影（二首）

其一

纸帐残灯睡起迟，隔帘花影忽横枝。

依稀倩女离魂处，缟袂单寒月上时。

其二

月华如水浸楼台，满地清阴傍绿苔。

仿佛玉容窥不定，碧纱窗外玉人来。

【徐树椿】

徐树椿（1858—1938），字寿吾，大埔人。清光绪十六年（1890）庚寅府试冠军，道试取府学第一，郡庠，辛巳科试补增广生。教学历五十年，遗著《传经书室诗钞》《联语》各一卷。

折梅一枝，携归房中盛以瓶水（二首）

其一

领取银瓶一段香，者番我欲笑林郎[①]。

喧传曾聘为新妇，果否迎卿到洞房。

其二

罗浮山下赵师雄，月落须臾梦已空。

我较师雄赢一着，美人亲迓到房中[②]。

注释：

①者番：这番，这次。

②亲迓（yà）：指迎接。

补窗

连日西风逼画堂，取将故纸补窗忙。

恰留空隙如针小，引得梅花一线香。

探梅

春风又到故园来，探看梅花日几回。

坚韧数分犹未放，不知笑口为谁开？

【徐始雄】

徐始雄（1858—1923），字雨渠，大埔人。清宣统年间考取恩贡生。一生从事教育工作。遗作多散佚。

梅花五首

其一

暗香清绕画堂东，乐在巡檐索笑中。

雪里艳开花骨瘦，癯仙都怯夜来风。

其二

当年和靖结为妻，惹得诗人觅旧题。

到此谁为林处士，能留疏影不沾泥？

其三

物理原来有屈伸，垂垂老干每生新。

时开时落凭谁管，邓尉山头共怆神①。

其四

西来踪迹判西东，聚散抟沙一笑中②。

君示归期归便得，待容来岁把清芬。

其五

有无斗酒问山妻，乘兴吟诗扫石题。

唱和一年旋唱别，人生谁处问鸿泥？

注释：

①怆（chuàng）神：伤心。

②聚散抟沙：沙无黏性，抟之成团，放之即散。

【饶咸中】

饶咸中，字谦谷，大埔人。清岁贡生。著有《豫章游草》《羊城游草》。《梅水诗传》载："饶咸中与弟饶云骧（次骏）齐名，兄弟间相为师友。其诗虽不及其弟之精深，而才力恣肆，不肯寄人篱下，亦骚坛之有丈夫气者也。"

二月十七，偕邱君蕉云同发嘉应（其一）

预订庐山约，斯游为尔来。

幸逢东道主，同折北枝梅。

眼界名都拓，心花履迹开。

此行真得偶，端不羡蓬莱。

【饶云骧】

饶云骧，字次骏，大埔人，饶咸中之弟。清诸生。著有《潜窝诗文集》《唾余草》。《梅水诗传》载："怀才不遇，又生值洪杨太平天国之乱。故其诗牢骚郁勃，沉酣壮恣。盖深得力于昌黎，而更参以初唐四杰、少陵、东坡。感乱诸作，可为当时诗史。林海岩作传，盛称其博古文。不知其文虽有杰作，然颇累于时文，不及其诗之造诣精深也。"

观饥鹰觑雀图

写梅着笔在梅外，生气勃郁与古会。
瞥看健翮据横枝①，睨他眈眈欲何害。
勾吻稍厉花阴幽，下有寒雀声啁啾。
两斗俱伤苦不休，争鸣得意雄其俦。
那识饥鹰睄上头，将搏未搏神为愁。
吁嗟弱肉忍强食，境岂逼人人自逼。
我读此画参此情，春光一树透消息。

注释：
①健翮：矫健的翅膀，借指矫健的飞禽。

张衡史、林海岩谓移梅坐月诗寓意深婉，逸趣横生，有苏家风味。东坡诗雄奇隽快，摹拟绝难，予谢未能也，用集中谢郭祥正赠诗原韵

荡胸奇气不得出，郁为块垒炼为石。
石破忽然秋雨飞，赖有惊雷走墙壁。
学诗无才等描画，独喜坡翁恣笑骂。
乘兴聊复一效颦，个中香味谁知者。
扶梅爱剧明月光，笔花璀璨争毫芒。
子野逋仙今巨手①，双管直欲化龙吼②。

注释：
①子野：即张先，字子野，北宋长寿词人，婉约派代表人物。
②双管：乐器名。将两支笛管并排扎结在一起的吹奏乐器。

【范沄】

范沄，字玉墀，或玉池，大埔县三河坝人。清诸生。为范引颐孙，诗笔清新绮丽。"早岁时饶云骧题其集，推赏备至。虽有溢词，亦不为无因也。"

留别门人，并乞梅花、汉书（二首）

其一

两载侯门砚席居①，才同袜线愧何如②。

今将言别无他乞，一树梅花一汉书。

其二

卷帐萧然返敝居，还将献赋望相如。

循陔拟讽前人句③，细嚼梅花读汉书。

注释：

①砚席：借指学习或执教之处。

②袜线：才疏学浅。

③循陔（gāi）：奉养父母。

答陶庵（其一）

山中梅花开，丈人尺书至。

诗句在花笺，花香似诗思。

三年鸿爪迹，弹指成往事。

别去乃依依，流连旧游地。

矧此谈笑侣，结契托文字。

反覆读雅吟，缠绵见真意。

岂唯骚人风，且兼古人谊。

驿使今不来，梅花情谁寄？

咏水仙花，索和金陶庵先生（其一）

开过梅花候又经，银盘金盏见亭亭。

汉皋神女来前浦①，洛水仙娥在远汀②。

一缕香魂浮荡漾，半帘清影印玲珑。

降王漫说楼罗历③，笑尔婵娟化素馨。

注释：
①汉皋：山名，在湖北襄阳西北处。
②洛水仙娥：指洛水女神。
③楼罗历：指花名册。

【饶宗韶】

饶宗韶，字史琴，大埔人。清光绪岁贡生。著有《风萧草》。刻意苦吟，其《自序》云："初学汉魏，失之蒙糊。继学李苏，失之飘滑。终学韩杜，失之刻涩。"可见其用力之深矣。

喜见钟记室雨农（兆霖），复言别

乍见方私慰，别离又已催。
清风来负郭，斜日下荒台。
碧草留春色，青山落酒杯。
何时重剪烛，有约数寒梅？

悲来乎（其一）

少读李集，有《悲来笑矣》诸篇。以供奉之奇，悲笑固自惊人。若仆廿余年，牢落孤怪，潦倒空山，自反唯有悲耳。偶一握为笑，所谓破涕为笑，强颜向人也。寒灯一炷，往事千回，作《悲来乎》三十首。

凄凉往事不堪怀，又是梅花破晓开。横逆都从谦里受，辱身每自傲中来。西州空洒羊昙泪①，北海难逢文举杯②。堪笑冬烘尽头脑③，韩陵一片为谁才。

注释：
①羊昙：东晋时期名士、音乐家，太傅谢安之甥。
②文举：指孔融，孔子二十世孙。东汉末年文学家，"建安七子"之一。
③冬烘：指思想迂腐，知识浅陋。

【邱光汉】

邱光汉，字少白，大埔人。清廪贡生。笃于友谊，遇地方利弊，无不尽力。诗文如施愚山所谓"瓴甓土石，一一从平地筑起"者。惜遗稿多散佚。

送超九弟之汉口（节选）

四方多事忍安居，橐笔中原壮志摅①。
此去讵同羊祜鹤②，随缘且食武昌鱼。

> 离亭枫叶霜明后，故里梅花月上初。
>
> 云白波苍山莽莽，天涯独立渺愁予。

注释：

①橐笔：古代书史小吏，手持囊橐，簪笔于头，侍立于帝王大臣左右，以备随时记事，称作"持橐簪笔"，简称"橐笔"。后指文士的笔墨耕耘。

摅（shū）：表达，发表。

②讵：难道，岂。

羊祜鹤：羊祜，字叔子。西晋时杰出的军事家、政治家、文学家。性爱白鹤，常取鹤教舞以娱宾客。有一只鹤在吃饱喝足后尽情狂舞，羊祜向客人夸奖鹤如何有灵性，当客人前去观看，鹤却怎么也不起舞。客人大失所望，说这是一只不会跳舞的鹤。后人用"不舞之鹤"，比喻名不副实的人。

【兴宁·胡展元】

胡展元，字善甫，兴宁人。清嘉庆诸生。《梅水汇灵集》中载："祖叔善甫公制艺典质澹折，嘉庆癸亥与楚香从叔祖并受知姚秋农殿撰入学。年六十余，无疾而逝。先君挽诗所谓'论世几人才学识，悬崖此老佛神仙'是也。……届六月，公卒，曦往视，敛祭酹挽以联云：'八秩历考，终歌到犊翁，栅屋妖气销瘴气；一衿仍冷，恨抱来鹤子，草堂清梦证梅花。'"

送仲柘庵明府师振履步奉调东莞，寄别兴宁父老诗原韵

> 南头葱郁气佳哉，怅别讴吟上道才。
>
> 铁嶂云多堪赠石，珊云春满又行台。
>
> 风清旧部蛮烟扫，雷厉新疆海瘴开。
>
> 报最应期三不朽①，梅花旌节望公来。

注释：

①三不朽：指立德、立功、立言。

【王嵘】

王嵘，字晓园，兴宁人。道光初被举荐为孝廉方正。

梅花

> 疏影月初浮，因风忽暗投。
>
> 袭人清鼻观，有鹤睡枝头。

【杨兆彝】

杨兆彝，字铭庵，兴宁人。清道光九年（1829）己丑岁贡。《梅水汇灵集》中载："铭庵明经授徒甚众，持己严谨，先师陈烁林先生受业师也。曾手录嘉应州属各志为纂要一卷，又著《消炎录》一卷，记兴宁山川、宦绩、人物、地产。七律三百余首，以其稿呈潞河白小山宫詹镕。时方督学粤中也，宫詹署其卷曰：'志地之书参乎史，咏史之书近乎评。'故作志。"

朝天围（在兴宁西一里，相传文丞相驻节拜阕地）

残旅循州道间关①，荒围旷代溯文山。

衣冠典礼官仪在，戈镞销沈古戍间。

天地无情心不死，孤臣有恨事多艰。

水西一片如燕月，惨共梅庵照血殷。

注释：

①循州：主要包括今天的惠州市、河源市、汕尾市、梅州市的大部分地区。

间关：形容旅途的辗转艰辛。

【陈其藻】

陈其藻，字鲁堂，兴宁人。清廪贡生，同治初荐举孝廉方正，保用知县，历署教谕训导。布衣蔬食，寡于嗜欲。连年战乱，力为防御排解。著有《毋自欺斋集》十二卷、外集五卷，《羊城古迹诗章帖》一卷。楷书初摹柳，再摹欧，晚岁稍自然，然颓放处，又近于米，亦如河帅谓其诗"过于豪猛"。所刊诗叙述时事，或多近于琐屑。

春柳四首，用王渔洋秋柳原韵（其一）

白榆相约降精魂，独种陶家栗里门。

膏雨绵绵培有力，春风暗暗剪无痕。

浓阴远送云千里，嫩绿低围水一村。

莫道东皇偏着意，梅花香雪总同论。

【胡曦】

胡曦（1844—1907），字晓岑，号壸园，兴宁人。自幼颖异力学，从名儒陈炳章明经游。年十七，补博士弟子员。与嘉应州黄遵宪、梁诗五，镇平钟孟鸿、陈雁皋，长乐陈元焯等相交友，以诗古文辞、经世之学、乡邦文教，相与议论。同治十二年（1873），考选拔贡生。翌年朝考报罢，即一意阐扬先业。自云："吾粤人也，搜辑文献，叙述风土，不敢以让人。"《刊印兴宁先贤丛书引》有云："穷居著述，积数十年，成《兴宁图志考》《枌榆碎事》《莺花海》《梅水汇灵集》《湛此心斋诗文集》等三十余种。大要以推源治本，昌明绝学，宪章名节，宏扬风雅为依归。"光绪三十三年（1907）卒于乡，享年六十四岁。

铁汉楼秋感

老榕叶脱群鸟语，城头骷髅泣秋雨。危楼剥落坠须眉，不见元符殿中虎①。呜呼大狱同文衰②，新英再贬公至梅。蛇神剑客不眼挂，一纸付奴如酒杯。岳岳如公立无党③，尽言一录志孤往。直吴谇程勿遽訾，申志先人矢忠谠④。呜呼！公有母公范滂⑤，公之师司马光。名臣读史识言行，去取何论朱紫阳⑥。铁冷梅花吊山水，公去千年神则逝。三贤堂记叹莫搜，杨铁庵铭嗟已矣。思陵末造蜩螗秋⑦，慷慨守者陈仲谋。东坡两字系铁汉，祀公城北之谯楼。尔时西北烟尘绝，使君眼中若飞铁。思公俯仰慨时艰，习射忘劳郁热血。剧怜阅世三百年，芜城一角楼孤悬。寇火劫逾大小放，灵期黯澹凄神弦⑧。山川既非城郭晚，野哭西方来北爆。如生状貌不可摹，转忆金人盖棺遁。

注释：
①元符：宋哲宗赵煦使用的年号。
②大狱同文：宋代刑狱名。
③岳岳：耸立的样子。
④忠谠（dǎng）：忠诚正直。
⑤范滂：字孟博，东汉大臣、名士。
⑥朱紫阳：宋代理学家朱熹的别称。
⑦蜩螗：蝉的别名，亦作"蜩螗"。比喻喧闹，纷扰不宁。
⑧灵期：死期。
　神弦：心弦，指精神。

兴宁竹枝杂咏古迹二十首（二首）

其一

十三都远行不极，十二岭高无尽头。
一路梅花开不断，牵人诗思小罗浮。

（罗浮十三都，邑极北境，十二岭，毗连江西）

其二

古驿梅花客里思，周塘山色画中诗。

翠屏峭立银河倒，想见先生驻马时。

（周塘驿，邑南濮洞六十里，崇正间提学魏仲雪先生过此，有《周塘道中逢梅》诗。又驿壁题句："揽辔看山日未晴，邮程值得抵文逋。翠屏峭立银河倒，腊月吴天有此无。"余巫讽之，翠屏句用诗中语也）

【萧大澍】

萧大澍，字子善，兴宁人。清末太学生。《梅水汇灵集》载："子善久客湘楚，寓居长沙，不复归。从军黔南，以功保举某职。宦途多不如志，时为诗见意。"刊有《和风斋集》二卷。

咏梅花（二首，残句）

其一

涉世生涯虽冷淡，对人丰骨自嶙峋。

其二

天纵严寒香不损，貌虽消瘦格尤奇。

【胡锡侯】

胡锡侯（1861—1920），字叔蕃，号弓园，兴宁人。清光绪二十年（1894）甲午举人。《梅水诗传》载："少问业于从叔父胡曦，即抗心希古经史而外，肆力于诗古文辞，尤工骈俪，兼善画，用意逼近襄阳。戊戌政变后，并究心西史、舆地、格致、博物诸学。天算一门，于代数、微积、几何、历象、盈差之法，尤探索幽奥，殚竭精微。尝主兴宁墨池书院，训士考课，士林翕服。宣统二年（1910），粤督袁树勋保送入京考职廷试，以监大使分发山东。越年，武汉事起，遂弃官归里。民国九年（1920）遭疾卒，年六十岁。"所撰《弓园吟草》今行于世。

湖口

已过春分霰又逢，朔风吹雨洒蒙茸①。

吟梅坐拥羔裘冷，对雪杯擎蚁酒浓。

人想佛狸才逸世②，江掀彭蠡浪成峰③。

年来颇厌嚣尘苦，听否寒山半夜钟。

注释：

①蒙茸：指覆盖。

②佛狸（bì lí）：北魏拓跋焘（太武帝）的字。

③彭蠡：即鄱阳湖。

【五华·魏成汉】

魏成汉（1704—1785），字云倬，号星垣，五华县横陂镇华阁村人。生有异征，十九岁补弟子员。清雍正十三年（1735）乙卯，以选拔贡，廷试一等一名。历任湖南安乡、通道等县知县，后署松茂道。《梅水诗传》载："有能声，恩威并济，民苗咸服。时杨抚军锡绂，谓成汉实心爱民，品端才裕，有古循吏风。所历任上，正己率属，察吏安民，劝农桑，兴学校，政绩传在人口。年老乞休归。生平谦退，遇事则多中机宜，果决明敏，故所至，上台多依重焉。"著有《易经要义》《易经说钞》《浮萍诗草》等。

春梅，次罗晓山韵

咏梅诗句盈缃帙，平心讨论谁第一？

扬州官阁不尽传，却月之什真无敌①。

笑指冷衙西斋梅，春酣犹喜见花开。

造物好奇连朝雪，分明欲与花相猜。

闰年之花今如许，我欲为梅重修谱。

煮酒与君细商量，落笔莫与石湖伍②。

注释：

①却月之什：指南朝何逊的诗《扬州法曹梅花盛开》，其中云："枝横却月观，花绕凌风台。"

②石湖：指范成大，字至能，晚号石湖居士。南宋名臣、文学家。

除夕

搘肘何年预草麻①，明朝岁序又新加。

空怀壮志骥千里，遥指白云天一涯。

独对孤灯浇柏酒，那堪细雨滴梅花。

湘南自古愁羁客，纵得安居未是家。

注释：

①搘（zhī）：同"支"，支撑。

小阳春

名春犹是小，问夜已偏长。

篱菊秋光老，江梅月影凉。

秦正真谬妄[1]，巴曲未荒唐[2]。

调燮人间事，天公却喜阳。

注释：

①秦正：指夏历十月。正，一年的开始。秦以夏历十月为正月。

②巴曲：巴地的民间歌曲。

长沙二尹石闻涿寄诗见怀，次韵答之

迹比飘萍有是哉，迁流又到古灵台。

鬓毛已染征夫雪，心事难传驿使梅。

易水寒歌怜壮士[1]，长沙湿地老奇才。

欲图良晤知何日，幸可期君报最来。

注释：

①易水寒歌：指古歌《易水歌》。

【甘在中】

甘在中（1718—1807），原名庐桑，号吉裳，五华县华阳镇大坪长安村人。清嘉庆三年（1798）戊午科举人，亚魁官，先后任长宁、崖州、番禺、连平教谕学正，后升广西宜山知县，改任海阳教谕。八十岁致仕，例授都察院都事衔。平生著作颇丰，有《易经纂要》和《读左汇观》八卷，未刻；《五经诗课》二卷、《诗课续编》一卷，已刻。另有《长庚吟草》，惜已散佚，遂从县志辑得其《咏梅花》诗八首。

咏梅花（八首）

其一

东皇消息几回探[1]，报导江南又岭南。

素影传神多近水，高枝绕韵半攒岚[2]。

闻风嚼雪香先沁，对月吟诗口亦甘。

家在罗浮真咫尺，前村载酒梦初酣。

其二

曾向琼宫种凤根，独先群卉返香魂。

山中夫妇幽人宅，梦里江声旧笛村。

古竹斜枝刚料峭③，短篱孤月恰黄昏。

故乡若问春花信，廿四风传第一番。

其三

色空诸色自天真，写貌何如写远神。

村落微烘三径雪，溪山横出一枝春。

岂无相国抒多媚，只有逃禅下笔亲④。

脱尽尘根清到骨，梢头明月现前身。

其四

不待东风竞物华，孤山有客共为家。

美人立格宜多秀，处士怀芳总绝瑕。

老屋生香春暗透，小桥流水月初斜。

魁名早与天心合，输我南枝岭上花。

其五

叠石成盆老干孤，含胎欲放色香俱。

海棠何日将妻聘⑤？林鹤因池若子呼。

韵取萧疏三五点，格高红紫万千株。

愿栽别野锄明月，也学仙逋作丈夫。

其六

姗姗玉骨貌如天，同咏霓裳半列仙。

俗状尘容凡辈远，如冰比雪此生全⑥。

他时宜附和羹望，是处争看得气先。

香国一般清世界，花南花北尽芳妍。

其七

折来驿使几枝擎，插入铜瓶倍觉清。

信到绮窗春一刻，香回纸帐梦三更。

冰壶心迹凭谁问？秋水文章悟此生。

最是台高开玉照，镜中留影认分明。

其八

路入溪南水浅流，远村几曲最清幽。

香云十里谁家树，玉笛一声何处楼？

踏雪寻来寒竹外，骑驴吟过小桥头。

藐姑仙子无凡骨，欲向前生问好修。

注释：

①东皇：春神。

②攒：积聚，聚拢。

　岚：山中的雾气。

③料峭：形容微寒，风冷。

④逃禅：指逃避到佛教中的人。

⑤海棠何日将妻聘：唐冯贽《云仙杂记·梅聘海棠枨子臣樱桃》引《金城记》："黎举常云：'欲令梅聘海棠，枨子臣樱桃，及以芥嫁笋，但恨时不同耳。'"

⑥如冰比雪：指梅花。

【魏浣初】

魏浣初，五华人。清广东提学。

周塘道中逢梅

乱山青可了，宿雾发初开。

谁唤江南梦，真逢岭上梅。

客程随历短，使节逐春回。

有信应须至，无烦折赠来。

【赖鹏翀】

赖鹏翀（1743—1809），字秉云，号漱石，又号莲池，谥文贞，五华县华城镇观源村人。资禀颖异，年十七补弟子员，乾隆二十七年（1762）壬午科乡试，乾隆三十一年（1766）丙戌科中进士。乾隆四十二年（1777）丁酉选河南卢氏县令，后改任山东省乐陵县知县。《梅水诗传》载："清厘案牍，吏役不得高下其手。惩治刁衿，不少贷。始谤终畏，法立知恩，讼息民安。重修书院，颜曰'枣林'，捐设膏火，文风以振。在任五年，谢病归。再起，补泗水县令，数月解组去。晚年主讲金山书院，造就家乡人才，并以诗酒自娱。"《梅水汇灵集》曰："漱石进士宰山东乐陵时，甄拔寒士，有藻鉴之称。所著《总宜集》一卷，具有清逸不群之

240

概。登兖州南楼云'孤云犹上下，荒草自春秋'；谢病别乐陵士庶云'春声鸠雨绿，秋色枣云红'；谒周公庙云'杀兄戮弟持孤主，辟地开天仅一人'，俱可诵。"著有《总宜集》《尘余诗草》。

西湖杂感八首（其一）
孤山树木总斜斜，凭吊单寻处士家。
似对湖头千万树，梅花开后更无花。

重宴琼林六首（其一）
争传老树又生华，再饮三觞认紫霞。
若较春风先后到，杏花头上是梅花。

【刘统基】
刘统基（1746—1810），字末山，五华人，后家住广州。乾隆五十一年（1786）考中举人。官阳江训导。著有《南石山房诗钞》二卷，已刻。

初冬夜过符慎余斋，适其友人馈白菊至。同用人字
晚节留清白，残篱点缀新。
香分寒夜露，淡似素心人。
采去秋容老，移来友谊真。
梅花开尚未，想见雪精神。

冬夜同友人蒲涧探梅
乘兴同探十月梅，三株五株花正开。
空山有约夜能到，古涧无人春自回。
几树冷风吹短褐，半林斜月照残杯。
美人佐酒成酣醉，不用寒香入梦来。

冬夜杯酒与故人谈
客至当寒夜，松梢月影斜。
自来贫不讳，何幸酒能赊。
纵论无今古，回头感岁华。
岭南春信早，相约看梅花。

归度梅岭

去年雪里度梅关，雪点梅花映客颜。

回首春风曾几日，萧萧黄叶满秋山。

种竹（有序）

小竹一丛，友人符君慎余手植二十年矣。所居之屋，主人售他姓，仓皇移徙，无以位置，此君见予扬化楼讲斋，院落清敞，欣然命童子扶来，择尺地立之。回环周视，俨然有得，所状不可无诗。

故人亲遣此君来，何异刘郎手自栽。有节应知能特立，虚心宁患不成材。浓期滴沥檐前露，好拟参差屋角梅。每日平安无用报，雨余风际几徘徊。

饮酒歌

美酒浇愁愁不开，萱草忘忧忧复来。拔剑击柱欲起舞，仰观星斗中徘徊。丈夫志气蕲有用①，牢骚愤懑胡为哉？黄鹄再举见天地，山川纤曲如浮埃。风尘万里匹马路，一鞭直到黄金台。虎子不在虎穴外，筋力未惫心宁灰。呼僮酌我酒，痛饮拓我怀。眼前失意且勿计，菜根咬尽天亦哀。人情翻覆似云雨，凭空出没无根荄②。本分须眉却自在，毋庸与世工和谐。君不见高秋夜半云霄唳孤鹤，又不见深冬雪际屋角开寒梅？人生遇合有迟速，莫将斗筲郁抑成凡材③。

注释：

①蕲（qí）：通"祈"，祈求。

②根荄（gāi）：比喻事物的根本。

③斗筲（shāo）：指斗与筲，形容量小。比喻才识少，器量小。

自题梅轩独坐小照（三首）

其一

须识岁寒松柏心，早春消息到园林。

美人不在寒香外，莫向师雄梦里寻。

其二

谁探竹外一枝斜①？此是孤山处士家。

最爱香中别有韵，夕阳微雪对寒花。

其三

独坐寒斋思渺然，梅花与我两忘年。

残编一卷披吟罢，春满枝头雪满天。

注释：

①竹外一枝：指梅花。宋苏轼《和秦太虚梅花》道："多情立马待黄昏，残雪消迟月出早。江头千树春欲暗，竹外一枝斜更好。"

除夕

才尽长安乞米书，杪冬踪迹感离居①。

闲愁暗与年俱转，呆气难随岁共除。

柏酒一杯春寂寞，梅花几点夜何如？

更阑灯炧不成寐②，起数残星望太虚③。

注释：

①杪冬：暮冬。

②炧（xiè）：指残烛，或者指灯烛熄灭。

③太虚：指天空，引申为深玄之理、道或气。

肇庆郡博李充之手植梅株花开，索句作答（二首）

其一

清绝孤标倚夕阳，小园春气入微茫。

依依竹外一枝好，脉脉风前几度香。

真赏凭谁开冷眼，沉吟许我索枯肠。

师雄梦后花魂杳，留得奇姿压众芳。

其二

不是篱边与水边，飘然世外若神仙。

相看错落才数点，回忆栽培已十年。

石上横琴风寂寂，林闲吹笛月娟娟①。

主人悟得天心复，定与尧夫契妙诠。

注释：

①娟娟：同"涓涓"，姣好、柔美的样子。

【温鸣泰】

温鸣泰，字一斋，五华县龙村镇登畲人。清嘉庆三年（1798）戊午科举人，官花县训导。著有《一斋诗集》二卷，未存。温训修县志，称："鸣泰诗各体俱善。北上五古三章缠绵悱恻，尤足动人。""鸣泰诗，与吉履青、甘在中相伯仲。今吉诗尚搜得四十五首，甘诗八首。鸣泰诗仅余一首，盖亦非其至者，文献零落如此，可叹也。"

瑞洪湖守岁

四十五年余此夕，二千三路叹何因。

一家骨肉分南北，半夜风光换旧新。

乡国梅花初入梦，江头爆竹既催人。

欲呼如愿思何愿，暗祝阳回万象春。

【温训】

温训（1788—1851），字宗德，一字伊初，别号登云山人，五华县龙村镇登畲人。资禀英迈。年廿，补弟子员。清嘉庆二十三年（1818）戊寅之羊城粤秀书院，肄业三年。阮元辟学海堂，收为门下士，数获优赏。道光五年（1825）乙酉选拔，十二年（1832）壬辰举于乡，十五年（1835）乙未，北上春官，不第，留寓于京师，文名胫走。十八年（1838）戊戌回里，丁母忧，继遭父艰。二十六年（1846）丙午春，邑令侯君聘修邑志，总纂其成，博宗要删，称精审焉。其为学也，讨源先秦，旁求纵览，一归纯正。古文尤擅胜场，一时许为必传。诗亦托体杜韩，风裁雅上。平居恬淡，一志于学。孝友笃恭，动不踰矩。可谓粹然儒学之士矣。三十年（1850）庚戌，下第归，未几卒，年六十有四。著有《登云山房文集》四卷、《登云山房时艺》一卷、《梧溪石屋诗钞》六卷，已刻。

喜晴

前日立春天气佳，微风不动暄阳熹。县官盛卫出东郊，土牛彩胜盈通街。道旁观者笑开口，熙熙已似登春台①。今日甲子天更好，万里无云日杲杲。檐边乾鹊鸣何乐②，庭前古梅槁亦缟。三冬雨雪嗟连绵，令我一旦舒怀抱。不怨天公频岁荒，只望明年臻丰穰。江南转漕数百万③，民力竭矣何可长？即令鬻男卖女遍衢路。呜呼！民力竭矣何可长？

注释：

①登春台：指春日登眺览胜之处。

②乾鹊：即喜鹊，其性好晴，其声清亮。

③转漕：转运粮饷。陆运称"转"，水运称"漕"。

甲午腊月至虞山，蒋伯翁招同立人大令一角园小饮，得五律四首（其一）

八年重握手，一角且论心。

微雨黤成雪①，寒梅香在林。

杯浮鸟目翠，槛接尚湖阴。

今日登堂客，雄谈不可禁。

注释：

①黤（yǎn）：深黑色。

过梅关

南归随塞雁，迢递度梅关。

不见梅花发，空循驿路还。

山川雄霸业，文物辟夷蛮。

丞相祠堂外，秋林满目斑。

西湖

出城望湖光，平铺镜一面。

群峰如佳娥，一一临妆见。

古人比西子，素质不待绚。

滟滟媚轻柔，娟娟濯秀蒨①。

置身于其间，何殊环众嫒。

始游在癸巳，梅雪清练练。

今来荷花开，红云烂片片。

佳境不可留，徒使心眷恋。

注释：

①蒨（qiàn）：同"茜"，形容草长得茂盛。

【曾泰】

曾泰，五华人。清道光二十二年（1842）廪膳。

恭祝浩然李太翁老先生七秩华诞四首（其一）

骨格嶙嶙岭上梅，盈阶玉树倚云栽。

九如祝着庚申降①，二首疑年作亥猜。

竹榻茶铛闲检点，山青水绿自徘徊。

称觞不进鸠头杖②，袖把浮邱笑语陪。

注释：

①九如：指九种祝寿之辞：如山，如阜，如陵，如岗，如川之方至，如月之恒，如日之升，如松柏之荫，如南山之寿。后用于给人祝寿。

②鸠头杖：杖头制成鸠鸟形状的拐杖。有健康长寿的寓意。

【余翰香】

余翰香，五华人。清廪生。

恭祝浩然李太翁老先生七秩华诞四首（其一）

何者为君寿？罗浮有古梅。

年年春不老，催着百花开。

【温纶涛】

温纶涛。字瀚秋，晚号卧云子，五华县龙村镇登畲人。清邑庠生。著有《卧云草堂诗钞》，已刻。温章衡《小阮山房诗话》曰："盖吾族言诗，首推一斋公，伊初叔祖继之。今继两公而起者，其惟余三伯父茂才瀚秋乎。伯父自号为卧云子。弱冠后，养疴家园，不营情于世务。虽生长素封家，独能脱然无累，一肆志山水间，凡风云月露虫鱼草木以及可惊可愕之状，不尽泄之诗不止。"

云山乐居，拟即罗浮风致

山拟罗浮住即超，曙看红日海天遥。

庵森窗竹归云静，屋漏檐梅得月饶。

秋壁冷泉人入道，春台香韵客吹箫。

年常星斗摩峰过，俯视风尘问市朝①。

注释：

①市朝：市即民间贸易的场所，朝即朝廷、政府办事的地方，市朝泛指人口聚集的公共场所。

【徐焕麟】

徐焕麟（1797—1866），字子训，一字玉甫，五华县梅林镇招田村人。清邑庠生。温训题词曰："五古、格律句调苍劲，迥异俗手，七律亦清古镵刻，山水能作奇语，七言间有豪放之作。"著有《小蓬山房诗钞》，未刻，诗多散佚。

短短疏篱犹存菊影，层层峻岭又报梅开。值此佳辰，爰成十韵（存一首）

山居有古风，扶疏树连屋。
扶杖出郊坰，处处怡心目。
篱落夕照间，尚余半丛菊。
傲霜留残枝，供餐采盈掬。
隔陂境亦奇，梅花映幽谷。

【周祚】

周祚（1817—1861），字魁敏，五华县横陂镇石华人。

月下菊影

东篱昨夜试新装，处士先开玉照堂。
好与梅花同入梦，故人无恙白云乡。

【李南金】

李南金，字琛生，五华人。清庠生。

赠梅州牧戴公擢任刺史

越溪供帐送斑骓①，刺史征还锦水湄。
夜月梅花弹别鹤②，春风柑酒听鸣鹂③。
西河竹马来时望，南国甘棠去后思。
最是行装无长物，江亭拾得满囊诗。

注释：

①供帐：亦作"供张"，指陈设供宴会用的帷帐、用具、饮食等物，也指举行宴会。
　　斑骓：指毛色青白相杂的骏马。
②别鹤：乐府琴曲名。
③柑酒：以柑子为原料酿的酒。

【温章衡】

温章衡，字凤书，五华县龙村镇登畲人。温纶涛之孙。清廪生。著有《第一峰山房诗钞》四卷、《小阮山房诗话》。

晚蝶

夕照忽西匿，依依何所之。

满天正寒色，独自过东篱。

无复花丛梦，斜随叶落欹。

暗香与疏影，魂断古梅枝。

【赖逵云】

赖逵云（1825—1885），字鸿轩，号仪可，五华县安流镇樟潭村人。同治六年（1867）丁卯游庠。设教于乡，诲人不倦。诗高秀深警，遗诗未刻。

初春喜雨二首（其一）

马上敲诗湿满鞭，梅花驿路早春天。

方塘活水来浮鸭，野渡新波上钓船。

云里万家青龙阔，江头千树绿沉烟①。

分明化物功无限，那识恩膏遍陌阡②。

注释：

①江头千树：指梅花。宋苏轼《和秦太虚梅花》道："多情立马待黄昏，残雪消迟月出早。江头千树春欲暗，竹外一枝斜更好。"

②恩膏：指恩泽。

元日

爆竹声声彻晓天，碧梅朝放满江鲜。

杯浮柏子千家酒，盘献椒花万寿筵①。

银烛高辉添禧岁，金鸡初唱入新年。

人人爱纳平康福，遍贴迎门利市钱。

注释：

①椒花：亦作"椒华"，椒的花。晋刘臻妻陈氏曾于正月初一献《椒花颂》，后常用为春节之典。

【李兆庚】

李兆庚（1828—1907），字星楼，别号西垣居士，五华县安流镇坑阜村人。清贡生。著有《醉月楼诗钞》，已刻。

客思

年年压线不停针，话到家山隔远岑。

睡蝶迷离凄客梦，征鸿宛转寄乡音。

岭梅信早魂先续，篱菊开迟候已深。

可惜边关游子意，寒衣望切感秋砧①。

注释：

①秋砧：秋日捣衣的声音。

夏日谒梅冈寺有感，限"梅冈"二字分赋二首（其一）

危楼杰阁自相偎，到此巍然眼界开。

满目江山供吐属①，两廊佛圣引低徊。

花缘避俗能留客，酒为浇愁忍放杯。

却爱高僧还解事，舍南曾植几株梅。

注释：

①吐属：谈吐。

丙子元旦

欣看万户换桃符①，差类尚书壁粉涂。

颂献椒花欢最洽，痕余宿草梦初苏。

盆梅数点雪中酿，山鸟一声林外呼。

且喜时清当岁有，大家春燕效投壶。

注释：

①桃符：古代在春节辞旧迎新之际，在大门上挂两块画着门神或题着门神名字的桃木板，即桃符，以此来辟邪。

握别芑生兄口占

二月二十日，三更三点时。

留君苦无计，将子意何之？

夜漏响逾急，晓钟报尚迟。

明朝梅树下，独立影离离。

古海帆主讲安流小塘之翰香斋，阶下栽花不过数本而所称午时梅、百日红者，天然配合，目所未经见也，分咏绝句各二首

其一

十分开遍太娉婷，姓字梅花齿亦馨。

自笑抛书多午梦，那堪汝醉我偏醒。

其二

朝开暮落恼春风，每叹花无百日红。

合与此君交耐久，解嘲何必倩扬雄。

其三

天然高格偶输梅，买遍胭脂画不来。

底是得他多夏气，炎炎烈日每争开。

其四

移根乞种枉情深，供养银瓶赏不禁。

折取归来生意在，妒花仍是惜花心。

奉和黄宾如二首（其一）

曾因观海陟高岑，叔度胸怀海等深①。

诗为能名方寿世②，人非同调莫推心。

坛资杏树浓交荫，香到梅花冷独吟。

好是涪翁家法在③，尚饶声价焕鸡林④。

注释：

①叔度：指东汉贤士黄宪，其品学超群，尤以气量广远著称。

②能名：能干的名声。

　　寿世：指造福世人。

③涪（fú）翁：指黄庭坚。

④声价：名声和社会地位。

题松竹梅兰，用芸石韵步和四首（其一）

风流别样具仙姿，自信繁华非我思。
地老天荒留正气，根深骨峭衬高枝。
传神绝少生花笔，溷迹仍依护菊篱①。
记得前身明月共，香奁虽艳莫题诗。

注释：
①溷（hùn）迹：也作"混迹"。

辛巳一阳生之月，为干臣同年五十初度诗以寿之

百岁光阴度半时，遥从五十祝期颐①。
乐天岂必今知命②，有酒何妨预介眉③。
岭上早梅魁独占，阶前古柏干难移。
康强就此夸逢吉④，兰桂森森得荫迟。

注释：
①期颐：一百岁。
②知命：知天命，认识天命，有"乐天知命"之词。后用"知命"指代五十岁。
③介眉：祝寿之词。
④康强：安乐强健。
　逢吉：大吉利。

又为古友明光题帐屏

一亭一石，一水一船。渔樵生意，风月因缘。扑尘氛数斗，此中去别
有坤乾。问梅花安乐否？知不恼城中，定多闲散神仙。

题古梅画轴

亭亭傲世雪霜姿，老干离奇不入时。
自是前身有仙骨，淡中着笔耐人思。

【曾传诏】

曾传诏，号绣屏，五华县华城镇人。

买梅

买得梅花手自栽，爱它疏影雪中开。
只因骨格清高甚，不惜黄金聘汝来。

咏雪

朔风吹玉上窗纱，深巷无声静不哗。
野水疑成千里镜，彤云散作一天花。
寻梅高士骑驴去，沽酒渔翁短棹斜。
试取烹茶留客饮，浅斟低唱又谁家？

园中植梅花一树，已十易星霜矣。从无蓓蕾，今岁盛开，余喜不自禁，题三绝句以志之

其一

植根十载未开花，空费骚人眼望赊。
今日巡檐欣一笑，满庭明月影参差。

其二

奇花最好是初胎，欲写幽姿愧赋才。
玉树满阶香满屋，思量不负十年栽。

其三

儿时灌溉颇殷勤，先祖每期着手春。
今日花开翁不见，闻香凄绝断肠人。

迎春

梅花放尽一冬晴，今日青旆载道迎①。
春似故人来有信，月如美女媚初生。
乍看苹藻韶光转②，极目山光气象更。
我与东皇曾有约，准摩双眼看繁荣。

注释：
①旆：古代一种带铃铛的旗帜，上面有龙的图案。
②苹藻：苹与藻。皆水草名。古人常采取作祭祀之用。

梅

庭前耐冷一枝梅，每到隆冬花满开。
最好月明残雪夜，隔窗时有暗香来。

奉和鹄芗寄怀

梅花开后岁匆匆，读罢瑶章感不穷①。
妙句欲驱骚命外，醇醪端拟圣贤中②。
莫将高蹈疑猿鹤③，欲把相思附雁鸿。
只慨萍踪真莫定，年年劳燕各西东。

注释：

①瑶章：对他人书信的美称。
②醇醪：浓烈精纯的美酒。
③高蹈：高尚的行为，或指有崇高品行的人。

春日寄怀捷登同窗诸友作

春风百草香，杂花亦生树。
念我盍簪人，衷怀岂无顾？
四载共升堂，砥砺原有素。
欲咏必同吟，欲行且同步。
客冬握手时，岂愿遽归去？
不料梅花开，腊残岁云暮。
一别隔云山，各缠尘俗务。
当日不知欢，此日索居苦。
人生倏聚散，有如江上鹭。
但祈德业进，何必朝夕晤？
作诗慰故人，努力腾云路。

咏梅花

清芳每向雪中开，索笑巡檐日几回。
只恐月明疏影里，惹它千载鹤归来。

冬夜

炉拥残冬夜，城头噪冻鸦。
霜风飘木叶，寒月映梅花。
绿蚁新醅酒，乌龙活火茶。
耸肩良友聚，好斗韵尖叉①。

注释：
①尖叉：指旧诗中的险韵。

咏梅花绝句

团圝明月认前身①，清影婆娑又一春。
可喜雪晴风静夜，满庭玉树烂如银。

注释：
①团圝（luán）：浑圆。

喜冬夜友人至

一株梅放影横斜，苦竹当窗扫雪花。
虽得夜寒来好友，纵无美酒且烹茶。

咏梅花

擎云傲雪最清幽，铁干盘空孰与俦？
笑我平生无媚骨，为君风格也低头。

【陈元焯】

陈元焯（1856—1912），字伯桓，号再艻，又号绛尚，五华县华城镇人。清同治十二年（1873）癸酉拔贡，光绪十五年（1889）己丑副榜。历任江西铅山、万安、东乡、兴国等县知县。风度翩翩，童年选拔，人境庐赠诗，所谓"拔萃当年十五余，倾城看煞好头颅"，为时贤所器重。游宦四方，所交尽知名人士。志怀匡济，诗境亦自开拓。所著《铅山公牍》已刻，《思阙斋文集》《可庶堂诗稿》未刻。

题周瀚如观察庾岭憩云亭补梅图四首

观察名浩，安徽人。图为守南安时所作。京外士夫题咏甚多，现官江西吉南赣宁兵备道。

其一

雄关九蹬矗层云，北地南天一线分。
闻道岭南春最早，风流争忆管知军。

其二

兵火连年大角侵，万山无语气萧森。
登高欲问梅花国，落日荒烟何处寻？

其三

二穗双岐报政成，名山亦自费经营。
憩云亭外春如海，万斛寒香对月明。

其四

手提尺剑岭南来，百雉坚城一战开①。
记得纪功碑尚在，可曾驿使报春回。

注释：

①百雉：指城墙的长度达三百丈。

自遣

无端漂泊大江滨，郁抑秋思意转频。
欲知故鬼看新鬼，敢薄今人爱古人。
殷鉴任凭三寸舌①，欢愁等是百年身。
去来颇悟盈虚理，岭上梅花数点春。

注释：

①殷鉴：《诗经·大雅·荡》曰："殷鉴不远，在夏后之世。"意思是殷人灭夏，殷人的子孙应该以夏的灭亡作为鉴戒。后来泛指前人的教训或前人失败之事。

腊月西窗有感二首（其一）

独坐西窗竟若何，梅花消息报庭柯。
道非有尽须寻溯，理到无穷费揣摩。
读罢深宵寒更恋，吟来终日兴偏多。
文章处处参瑕瑜，只待同心共琢磨。

【陈元煜】

陈元煜,字叔永,五华县华城镇人。光绪十年（1884）甲申拔贡,光绪十七年（1891）辛卯举人。署福建前江场太使,后掌教龙山书院、金山书院。著有《乡土地理》《枌社琐记》。

别韬白

等是鸾飘凤泊身①,天涯相见总相亲。
□谈风月无虚夕,如此江山亦可人。
丛菊乍逢岁寒友,岭梅拟访故乡春。
不须别后增惆怅,努力加餐各自珍。

注释:
①鸾飘凤泊:原形容书法笔势潇洒飘逸,后比喻夫妻离散或文人失意。

【平远·凌瀛】

凌瀛,字螺洲,平远县大柘镇人。清岁贡生,其仕途宦迹不详。传说凌瀛少年时曾在南台山白云寺侧的岩洞中攻读,常废寝忘食。一年端午,家人送来粽子与糖浆,他边看书边吃,竟把粽子蘸到墨汁中,吃完仍不觉。后来人们把这一岩洞谓之"螺洲洞"。

次日酹朝云墓

灯影栖霞一点青,前身明月证空灵①。
禅参檐葡神犹聚,修到梅花骨总馨。
委化蝶衣千劫蜕,剩缘香火六如亭②。
生憎塔卓湖东影,定力风中却语铃。

注释:
①空灵:形容景色变化不可捉摸,或者诗文写得灵活生动,不落俗套。
②六如亭:位于广东省惠州市西湖孤山东麓,是苏东坡为侍妾王朝云所建,亭后为王朝云墓。

【钟鸣】

钟鸣,字声远,平远人。清监生。

送戴州牧擢任刺史

自我公度梅关来，南山先种花满邑。
大吏廉访笑牛刀，迁移海疆牢绥辑①。
期月三年报政成，除授梅州立斯立。
吾州东岭号繁区，峰分水分旧治集。
清芳洁艳岭头春，大庾罗浮通呼吸。
顾名思义公当之，清逾梅兮香偏裛②。
仁声善教数难举，口碑先后著篇什。
幸隶宇下籍平阳，义化之乡毗连及。
缘以煮海客瀛洲，荏苒年华几二十。
桑梓家园未云遥，歌思讴诵耳闻习。
累牍述写美难穷，公事公言无蹈袭。
忆在丙午丁未间，遍灾成饥民食急。
我公自击心以伤，仰屋而筹思补葺。
酌盈剂虚果如何，经营久之民乃粒。
嘘枯得活如有神，依然人赐与家给。
斯盖陈平宰割心③，不嫌升斗频注挹。
更陈切已醵政通④，剔弊一时宵小戢⑤。
盐产于场场运桥，湘江以上小舠入⑥。
道阻日远亡赖徒，侵渔□厄相沿翕。
公烛其奸令森严，篙师榜工凛法执。
内流一带披霜威，山海之藏利浦浥。
是皆公政之余波，千里河润联疆隰。
五城翘首望方奢，尸祝千秋舆情湒⑦。
夫何循绩纪御屏，莺迁凤披占用汲。
行矣飞旌耀晴霓，无计攀辕承维絷⑧。
梅峰高兮梅水长，纪公恩兮靡阶级。
山高花放百花魁，水长香泽流原隰。
公真盐梅舟楫资，他日彼都重台笠。
难为此日罗拜人，拥云遮道气于悒。

注释：
①绥（suí）辑：安抚集聚。
②裛（yì）：缠绕。

③陈平：西汉王朝的开国功臣之一。

④蹉（cuó）政：指盐务。

⑤宵小：旧指晚上出来活动的盗贼，后泛称行动鬼祟的坏人。

　戢（jí）：收敛，停止。

⑥舠：形如刀的小船。

⑦濈（jí）：聚集的样子。

⑧维絷（zhí）：羁绊，挽留。

【刘述元】

刘述元，号铁峰，平远县东石镇东汶村茶园下人。自幼聪慧灵敏，才能拔尖，被学使赞为"千里才"。清乾隆九年（1744）甲子科举人，乾隆十年（1745）乙丑科进士。任四川通江县知县，刚正清廉，体恤百姓，深得百姓拥戴。辞官归乡时，通江百姓皆为其送行，并在学宫立德政碑为之纪念。生平诗文颇多，著有《六有堂稿》《铁峰吟草》等。

放怀词

巍然七尺有何奇，泡影昙花实可悲。富贵功名驹过隙，雪月梅花是故知。千杯酒，百篇诗，李白刘伶是我师。雄心寄在云霄外，埋没诗书作老痴。杯且停，试听之，听我高歌放怀词。角长竟短终无益，灵台照破世间迷。君不见兮石季伦①，沙作黄金山作银。一朝失势无人识，金谷名园既变尘。又不见兮曹孟德，万里江山随手得。千年史册不容饶，随口阿瞒骂不息。兴未已，歌且狂，只手擎天郭汾阳②。百战驰驱几辛苦，始把金瓯复盛唐。扶炎汉，有诸葛，食少事繁口吐血。一夜秋风五丈原，六出祁山恨未歇。举四人，概古今，人生何事枉劳心。为忠为佞皆幻境，醉乡一梦值千金。一竿竹、五枝柳，两位先生傲冕旒③。姓氏香如九月菊，芳名长似富春流。只宜愤，不宜懒，只宜避迹大华巅。醉后划然舒长啸，俯瞰人间变态到何年。

注释：

①石季伦：指石崇，字季伦，小名齐奴，西晋大臣、文学家、富豪，以生活豪奢著称。

②郭汾阳：指郭子仪，唐代中兴名将、政治家、军事家。

③冕旒（liú）：天子的礼帽和礼帽前后的玉串。

【萧汉申】

萧汉申（1769—1815），字绍嵩，又字天锦，号银槎，平远县八尺镇肥田村人。清嘉庆七年（1802）拔贡，任命为顺天府实录馆誊录。嘉庆十年（1805）以二甲第九十六名中进士。嘉庆十四年至十九年（1809—1814）出任甘肃古浪县县令，卓有政声。著有《银槎诗稿》，诗一百多首。

罗带窝书斋（其一）

斋傍小山，山名罗带，景物宜人，余深喜之，爱书二律以写怀。

数椽芸馆傍山家，茶灶薰炉伴晚霞。
曲院兰开香隐约，隔帘梅绽翠丫杈。
晴余泼墨诗魂醉，梦觉摊书酒兴赊。
谁寄浣溪笺一幅，凭余挥管发奇葩。

【林让昆】

林让昆，字大松，号岱青，平远县东石镇人。清道光二十九年（1849）己酉拔贡，历任湖北竹山、保康、黄冈等县知县。著有《补斋诗集》。

梅雪

隔帘遥问夜何其，雪压梅花入梦时。
料得孤山疏影里，月明如水鹤归迟。
空山寒重鹤初归，驴背行吟入翠微。
林下呼僮轻手折，一天飞絮点罗衣。

【凌展】

凌展，平远人。清代庠生。

夜宿金粟寺

竹树萧疏绕径幽，夜来明月映清流。
罗浮胜迹都相似，也有梅花入梦不？

【蕉岭·钟琅】

钟琅，字崑圃，蕉岭人。清乾隆五十七年（1792）壬子举人，官南海教谕。

吊马烈妇四首（其一）

梅花古瘦有何言，一树冰霜冷印痕。

此去残魂谁是倚？梅花放处半黄昏。

【黄钊】

黄钊（1787—1853），字香铁，蕉岭人。清嘉庆二十四年（1819）己卯科举人。《梅水诗传》载："官潮阳教谕，加翰林院待诏，举京兆，充国史馆缮书，将次铨县令，辞就教职，曾主讲潮州韩山书院。"博学工诗，著有《读白华草堂诗集》九卷以及《石窟一征》《诗纫》。

莲弟以折枝梅花见贻，赋答廿四字

晚菊才过又早梅，束脩如此费多财。

离骚忘却人休怪^①，为替门生立雪来。

注释：
①离骚忘却：指屈原《离骚》中没有提到梅花。

过梅岭，小憩云封寺

梅身幻如来，示相众香国。

峡气回冻青，云容洇浓墨。

白毫放香光，透出光明色。

居然古金刚，具此精铁力。

众僧苦行脚，胫瘦露鹤膝。

百盘困登顿，一晌得休息。

到此亦修来，默领鼻功德。

山僧持酒戒，煮茗饷行客。

何时结茅庵，与汝面绝壁。

寓楼晴望

晃眼看朝霁，楼窗四面开。

荒田鸦啄雪，古道马驮煤。

作客亦云久，寄书殊未来。

西山还笑我，负却故乡梅。

冬日偶成两首（其一）

观物观生理亦齐，闲中评品付新题。

梅当于菊推前辈，月许从星带小妻。

共枕人如蒙叟蝶①，同窗友似处宗鸡②。

由来俳体皆卑格③，半世诗狂近滑稽。

注释：

①蒙叟：指庄子的别名。

②处宗鸡：南朝宋刘敬叔《异苑》卷三载："晋兖州刺史沛国宋处宗，尝买得一长鸣鸡，爱养甚至，恒笼置窗间。鸡遂作人语，与处宗谈论，极有言致，终日不辍，处宗由此玄言大进。"后遂用"谈鸡、鸡谈"等指玄谈、清谈，以"鸡窗"作为书室的代称。

③俳体：一种讲求字句工巧、重视对偶声律的文体，即骈体文、俳谐体。

消寒四首（二首）

其一

纸阁轻烟着麝芬，砚池寒水绉冰纹。

梅花艳福消甜雪，竹叶浓春化冻云。

棋到神仙无散局，诗传夫妇有回文。

年来清课随时办，眉史修成定策勋①。

其二

花来镜里酒床头，纸帐轻烟淡未收。

鹤影与梅同一瘦，蝶身和菊证双修。

枕边佳句分明得，世外名山汗漫游②。

百八钟声报霜晓，月痕斜处忆罗浮。

注释：

①眉史：指妓女或记载妓女的书。

策勋：把功勋记录在简策上，并定其次第。

②汗漫游：指世外之游，形容漫游之远。

游长潭绝句（其一）

浩劫梅花亦黍离，孤山苗裔泣残棋。
寒泉秋菊悬崖顶，拟筑临江节士祠。

【江楫才】

江楫才，字次舟，蕉岭人。清嘉庆十八年（1813）癸酉拔贡。著有
《小吟斋诗草》《北游草》。

哭邱宪之同年（其一）

乌衣子弟美君家①，续得鸾胶两鬓华②。
大海明珠生老蚌，空山瘦骨葬梅花。
魂归故国成香国，望断天涯隔水涯。
片札匆匆才几日③，榕阴庭院日初斜。

注释：
①乌衣子弟：指世家大族子弟。
②鸾胶：指男子丧妻后再娶。
③片札：指小简，短信。

【江李才】

江李才，字莲舟，蕉岭人。清廪生。江楫才之弟。

红梅（二首）

其一

自是罗浮入梦宵，美人酒晕未曾消。
春风无赖忽吹醒，带得飞红颊上潮。

其二

众香国里簇霞裳，雪魄冰魂化渺茫。
骨是神仙身富贵，牡丹合让此花王。

【徐瀛】

徐瀛，字松石，蕉岭人。清诸生。性放纵不拘，诗笔苍劲。

自题铁石梅花图

渡海驱云思吮铁，扃户烧灯方煮石。

梅花芳信逗春魂，铁心石肠两亲热。

花围竹屋深闭门，寒香细嚼清诗魂。

雄谈击铁月光堕，醉吟扫石风微温。

是花是我身俱化，铁石相对罗浮夜。

满天风雪拜梅花，此身愿为林逋嫁。

我诗点铁君许无，君亦知石非顽徒。

一花一诗一盂酒，道人有道山不孤。

【徐树谷】

徐树谷，字宝田，蕉岭人。清附生。

和张贞子梅花生日诗

山尘风格独澄鲜，梦入罗浮四百颠。

一段香来消艳福，几生修到问青天。

微吟有韵宜檀板，同调何人是水仙？

我亦清芬能领略，小庐花月缔良缘。

【邱起云】

邱起云，原名泰，字东麓，蕉岭人。清道光二十九年（1849）己酉拔贡。官福建建安县知县，有政声。著有《笛声楼诗集》二卷。

题蒋伯生大令生圹种梅图

墓田丙舍雪香环①，一角辛峰窈窱间。

合与名山添故实，虞山从此似孤山。

注释：

①墓田：坟地。

丙舍：正房旁边的耳房，或存放灵柩的房屋。

【钟孟鸿】

钟孟鸿，字遇宾，蕉岭人。清道光十五年（1835）广东乡试解元，咸丰六年（1856）丙辰科进士，官福建道监察御史。《梅水诗传》载："官刑曹廿年，和易简澹，耻事奔竞。尝上疏请广狱舍，谓宜多派老于名法司员慎审秋谳，勿得假手吏胥。又言科场弊窦，粤省最甚，请饬大吏认真整顿。盖留心国家大政、桑梓风教者也。主韩山讲席，与诸生论文外，从不以事一干有司。"文章书法俱峭劲高逸，自成一家，有《柳风馆存稿》。

赠何秋槎探源由庶常出宰阆中（其一）

何逊赋官梅，一朝恨落蕊。
辞汉金铜仙，滴滴欲铅水。
以君七情真①，卜君四境理②。
平生著述功，况到马杨里。
诵诗三百篇，授政良可矣。
即云仕为贫，原粟所需几。

注释：
①七情：指喜、怒、哀、惧、爱、恶、欲七种感情。
②四境：四方国境，引申为全国。

【钟仲鹏】

钟仲鹏，字云扶，蕉岭人。清道光二十六年（1846）丙午副榜，候选教谕。《粤诗人汇集》载："云扶明经夙志用世，中年失志有司，遁而好佛。"

题友人古会甫遗画四首（其一）

冒雪冲风感岁寒，阿咸得此杂悲欢。
归来索我题诗句，冻雀疏梅不忍看。

【丘逢甲】

丘逢甲（1864—1912），字仙根，又字吉甫，号蛰仙、仲阏等，祖籍蕉岭，生于台湾省苗栗县铜锣湾。天资聪颖、好学，14 岁应童子试，获全台第一名，成为台湾有史以来最年轻的秀才。清光绪十四年（1888），赴福州应试考取举人，光绪十五年（1889）赴京会试，考中进士，被钦点为工部虞衡司主事。无意仕途，弃官返回台湾，致力于教育。中日甲午战争后，清廷割弃台湾，他联合台绅驰电抗议，并倡议自救，率义军抗击侵台日军。失败后离台内渡，定居蕉岭，往来潮州、汕头、广州之间，一度赴港、澳、南洋等地，曾与康有为、梁启超会晤。后顺应时代潮流，从赞同维新保皇逐渐倾向革命，掩护同盟会员的反清活动，致力于兴办学校，推行新学，培植人才。民国成立，作为广东代表赴南京参加筹组临时政府，被推举为参议院议员。1912 年初，积劳成疾，扶病南归，随即病故，临终前，给子孙留下遗嘱："葬须南向，吾不忘台湾也！"丘逢甲诗词创作丰富，有《台湾竹枝词》《柏庄诗草》《罗浮诗草》等，以及被其胞弟丘瑞甲、丘兆甲辑成的《岭云海日楼诗钞》。梁启超称之为"诗界革命之巨子"。

早春园花次第开放，各赏以诗（其一）

孕珠含玉短墙间[①]，老干欹云藓有斑。

一夜东风透消息，嫩寒春晓梦孤山。

注释：

①孕珠：比喻妇女怀胎。此指含苞。

吕大瑜玉许分红梅一本，未至，诗以催妆[①]

芳讯罗浮总未闻，双身曾许玉阑分[②]。

东风消息来何缓？久启妆台待紫云[③]。

注释：

①吕大瑜玉：人名。

诗以催妆：作催妆诗。旧俗成婚时，赋诗催促新娘梳妆出嫁，称为"催妆诗"。此指以诗催促速送红梅。

②双身：指两株红梅。

玉阑：栅栏的美称。

③紫云：唐代名妓。这里比喻梅花。

夜寒甚，不寐作

四更梅月印窗纱，风雪穷庐卧拥花。

知否长安名利客，已扶残梦上骎车。

贺林俊堂内弟（朝崧）新昏

春风吹上七香车[①]，咏絮清才出谢家[②]。

嫁得孤山林处士，料应风格似梅花。

（新人谢姓）

注释：

①七香车：用多种香料涂饰，或用各种香木制成的车。泛指华美的车。

②咏絮：指咏雪。

　清才：卓越的才能，或指品行高洁的人。

寻镇山楼故址，因登城四眺，越日遂游城北诸山（其一）①

> 曾费诚斋策马来，临溪处处见花开。
>
> 一庵拟筑蓝田曲，补种诗中十里梅。

注释：

①镇山楼：在蕉岭城垣，高踞在桂岭之上。

倦客

> 鼎鼎年华去若流①，天涯倦客怯登楼。
>
> 飘零落叶思朋好，憔悴梅花入客愁。
>
> 小醉试尝新煮酒，薄寒先上旧征裘②。
>
> 干戈满眼平生恨，梦里犹应痛昔游。

注释：

①鼎鼎：形容时光蹉跎。

②征裘：远行人所穿的皮衣。

梅州喜晤梁辑五光禄（国瑞）话旧（其一）

> 如画江山古敬州①，潭龙殿虎各千秋。
>
> 孤城角冷梅花月，慷慨谈兵客倚楼。

注释：

①敬州：五代十国南汉乾和三年（945），程乡县升格为敬州。宋开宝四年（971）改敬州为梅州，均领程乡一县，辖境相当于今梅江区、梅县区、蕉岭县、平远县全境及丰顺县建桥镇等地。

题梅花帐额（二首）

其一

> 半壁河山慰卧游，凤城寒色满征裘。
>
> 谁知铁石心肠客，闲赋梅花自写愁。

其二

莽莽边尘暗海南，中宵倚剑对横参。

不如竟作罗浮隐，翠羽梅花客梦酣。

除夕诗（其一）

百年鼎鼎三去一，百事不能能执笔。

规天抚地愿未毕，坐废一万二千日。

徒费精神了无益，手携诗卷行天涯。

百事不成成者诗，诗能穷尔尔不知。

可怜除夕复祭之，有脯在俎酒在卮。

梅花一笑回春姿，弄笔尚自吟南枝。

王姑庵绝句（其一）

法雨香霏洗额黄①，伽瑜自换故宫妆。

北风吹坠南枝月，泣对梅花礼梵王。

注释：

①法雨：指佛陀所说的教法，形容佛陀的教法是滋润众生的菩提道业，就像雨能滋润草木。

额黄：指古代妇女的面部妆饰。南北朝时，佛教盛行，一些妇女由涂金的佛像上得到灵感，形成了额部饰黄的风气。开始是以画笔沾黄色染料涂抹于额上，而后用黄色花瓣贴于额上，称为"贴黄""花黄"等。

说潮（其一）

东山气清肃，中乃祠三忠。

我怀文文山①，夙昔梦寐通。

携我烟霄间，俯瞰青蒙蒙。

乾坤正倾侧，玉简宁为功。

梦觉谨志之，浩然思无穷。

思公艰危日，九死来岭东。

哀歌沁园春，古木残阳红。

悲哉五坡岭②，报国志未终。

岭梅最高品，着花冰雪中。

安知有南枝，向暖私春风。

注释：

①文文山：即南宋大臣文天祥。

②五坡岭：在今广东海丰县北二里。

忆旧述今，次韵答晓沧见赠十绝句①（其一）

风雪关河有梦还，海天漠漠对孤鹏。

暗香疏影寒溪月，万树梅花忆故山。

（寒溪，在台湾县东溪上②，山有予别庐曰樵隐，多梅花）

注释：

①晓沧：指王晓沧，广东梅县人。清拔贡生。著有《鹧鸪村人诗稿》。

②台湾县：指今台中市。

题王晓沧广文鹧鸪村人诗稿（其一）

何许鹧鸪村？乃在梅花国。花落梅子青，生为鹧鸪食。鹧鸪工越吟，自唱南不北。诗人发乡思，对尔泪沾臆①。归山岁云暮，寒巢敛羽翼。手持《鹧鸪》诗，自写梅花侧。京雒多黄尘②，白日暗将匿。海风吹九垠③，雷雨太阴黑。出门旷四瞩，天地满荆棘。此时鹧鸪声，更唱行不得。山田瘠可耕，且艺尔黍稷。无以释穷愁，将诗慰食息。岭南论流派，独得古雄直④。混茫接元气，造化入镂刻⑤。百年古梅州，生才况雄特⑥。宋公（芷湾先生）执牛耳，光焰不可逼。堂堂黄（香铁先生）与李（绣子先生），亦各具神力。我欲往从之，自愧僵籍湜⑦。耆旧今凋零⑧，思之每心恻。诵君《鹧鸪》诗，令我怃动色。梅花落空山，风雪途未塞。展卷此留题，飞香洒寒墨。

注释：

①沾臆：指泪水浸湿胸前。

②京雒（luò）：京洛。

③九垠：九重，九州。

④雄直：雄浑刚直。

⑤镂刻：刻画，雕琢。

⑥雄特：英勇出众。

⑦籍湜（shí）：指唐代文学家张籍和皇甫湜的并称。

⑧耆（qí）旧：年高而有才德的人。

意溪访陆处士故居① （其一）

青山江上足烟霞，三百年前处士家。

比似西湖和靖宅，惜无人与种梅花。

注释：

①意溪：在今广东省潮州市潮安城北，俗名竹篙山。

岁暮与晓沧游西湖山作 （其一）

城外西湖湖上山，嵌空楼观古崖间。

满城乞尽仙人药，留取梅花伴客闲。

（太和观祀华佗，乞药者麕集）

为林生题拜梅图 （图为王孝廉作 二首）

其一

冰雪空山绝点尘，王维笔下妙生春。

男儿自保黄金膝，除却梅花不拜人。

其二

逋仙风格本来尊，冷抱梅花自闭门。

只合三公向妻跪，不曾轻去谒刘孙。

题画梅石 （二首）

其一

石抱太古春，花作香雪海。

不知天地心，倚杖空山待。

其二

瘦石护寒梅，盎盎回春意。

借君铁笛声，吹起群山睡。

寄怀公度① （其一）

梅花消息最分明，已报山中岁欲更。

野草初苏呼鹿友，江波微长受鸥盟②。

高门盘菜神京梦③，伏枕垆香画省情④。

一卷《公羊》宜起疾⑤，先春重与订王正⑥。

注释：

①公度：指黄遵宪，字公度，别号人境庐主人，晚清知名的外交家、维新改革者和诗人。

②鸥盟：与鸥为盟，指隐居江湖。

③神京：京城。

④伏枕：指卧病。

　画省：尚书省的别称。

⑤公羊：书名，叫"春秋公羊传"或"公羊春秋"。

　起疾：使病者恢复健康。

⑥王正：王朝钦定历法的正月，特指元月元日。也指王朝所颁的历法。

岁暮感怀次感春韵（其一）

万梅花里问前身，我佛从来戒造因①。

冷看天倾无力补，莫将黄土浪抟人②。

注释：

①造因：制造因缘。

②抟人：神话中所说的女娲抟土造人。

题画四绝句（其一）

漫天飞雪净红尘，吩咐门前扫雪人。

要向梅花问消息，空山已放几分春。

游罗浮（其一）

岭南天早春，故是梅花国。

罗浮千万树，况自仙人植。

阳崖云气暖，阴岭雪光匿。

先春各自花，枝南复枝北。

千岩万壑间，冰玉同一色。

香云飘上界，洗出太阴黑。

疑是古女仙，幻影仙山侧。

岂作凡美人，但现色身色。

师雄尔何人？说梦痴已极。

流传人间世，梦呓同大惑。

题墨梅（二首）

其一

天寒岁暮漫神伤，天地心终复见阳。

留得梅花风格在，空山洒墨作寒香。

其二

扫尽凡花是北风，孤芳原不与凡同。

任他众鸟欣相托，自放寒花向雪中。

题兰史罗浮纪游图

我阅世界大地图，罗浮一点乃在南岭之南隅。神禹伯益导焚所未到①，发见乃始汉家使者中大夫。二千余年在世界，为山主者仙之儒。洞天福地收不尽，许容黄面瞿昙徒②。霸者之宫贼巢穴，仙山时亦遭点污。游人迁客更多事③，往往镌刻伤山肤。沉迷诗酒发幻想，或突神女搪仙姑④。梅花无言翠羽笑，梦中彼美颜何姝。天公应悔蓬莱割左股，赣落欲界非仙都。迩来仙人所治地益窄，堑山跨海来群胡。各思圈地逞势力，此邦多宝尤觊觎。此时倘有豪杰出，岂能揖让无征诛。此时若作厌世想，纵成仙去胡为乎！潘生昔游半球万里路，海山看尽呼归桴。中间锡兰岛上逢佛睡，一任释种为人奴。佛犹如此仙可想，但有沉醉醪何酥。仙人醉生佛梦死，世间学者宁非愚。留名山石石且枯，岂有丹青能不逾。人生若作千秋万岁想，固应自立昂藏躯⑤。黄河扬子珠江判流域，文明之运方南趋。天道由来后起胜，以中证外原非诬。但须世界有豪杰，太极虽倒人能扶。南界之山走百粤，如罗浮者雄非粗。奇峰四百瀑九百，慎勿但作诗人娱。上有神桂下有湖，洞中仙蝶不可呼。题君此图正风雨，想见罗浮离合云模糊。

注释：

①神禹：夏禹的尊称。

　伯益：人名。虞舜的臣子，为东夷部落的首领。相传伯益助禹治水有功，禹要让位给他，他避居箕山之北。也名"伯翳""柏翳"。

②许容：字实夫，号默公、嘉颖，东皋印派创始人。

　瞿昙：一译"乔答摩"，释迦牟尼的姓，亦作佛的代称，借指和尚。

③迁客：指贬谪到边远地区的官员。

④搪（táng）：冒犯，触犯。

⑤昂藏：气宇轩昂。

次韵和友人除夕自寿

笑数雌雄几甲辰，梅花预报隔年春。

祭诗岛佛才如故^①，守岁坡仙语更新。

自把屠苏开寿宴，兼持吟稿馈交亲。

东风更送明朝喜，戴胜何妨属老人^②。

注释：

①祭诗：作者自祭其诗以自慰。

　岛佛：指贾岛。

②戴胜：借指西王母。

题刘铭伯制科策后（其一）

米雨欧风卷地来，有人策马上金台。

空弹贾谊忧时泪，共惜刘蕡下第才^①。

书剑南归沧海阔，河山北望战云颓。

太平策在终须用^②，且抱乡心付岭梅。

注释：

①刘蕡（fén）：字去华，唐代政治家、诗人。

②太平策：指安邦治国的策略。

岭南春词（八首）

小春十月，梅花已开，岭南固梅花国也。为作《岭南春词》八章，使诸生谱之风琴，其声盖颇雄而雅云。

其一

万紫千红不敢开，先春独让岭头梅。

亭亭玉立天人相^①，天遣称尊花国来。

其二

罗浮仙鸟声琅然，唤起春魂遍大千^②。

大千顿现梅花国，要把梅花作纪年。

其三

瑶姬游戏爱春华③，炼海成香转帝车。

天上玉龙三百万④，一时齐化岭南花。

其四

老榦槎枒花满身，冰霜丰骨玉精神。

扫除海内风尘色，独立岭南天地春。

其五

十年不负种花心，万玉千珠花气深。

锄罢月明吾事毕，看栽成树树成林。

其六

千林万林落木空，空山一笑回春风。

谁知大地阳和气，都在暗香疏影中。

其七

不知人事有冰霜，战退群阴玉魄强⑤。

偶现色身仍本色⑥，自开香界布天香⑦。

其八

开过南枝开北枝，天心冷暖花能知⑧。

请看花落仍留子，正是人间渴望时。

注释：

①天人：神仙、仙女，也指才能或容貌出众的人。

②大千：佛家语，大千世界。

③瑶姬：神女名，或作"姚姬"。

　春华：指春天的花。

④玉龙：比喻飞雪，也指积雪的树枝。

⑤玉魄：明月。

⑥色身：佛家语，指有形的血肉之身。

⑦香界：指佛寺。

⑧天心：天帝之心。

题楚伧汾湖吊梦图（其一）①

五百年中一刹那，汾湖冻合不生波。

娟娟故国梅花月②，应有仙魂化鹤过③。

注释：

①楚伧：指叶楚伧，江苏无锡人。

　汾湖：湖名，在江苏吴江。

②故国：故乡。

③化鹤：古以鹤为仙禽，学道成仙的人，相传化成鹤。又指人去世。

洗药池

仙人洗药池，时闻药香发。洗药仙人去不还，空池冷浸梅花月。

稚川手植梅枯久矣，拟就故处补植之（二首）

其一

仙根重植葛仙梅①，花向仙山依旧开。

谁与鲍姑寄芳讯②，满天香雪鹤归来？

其二

梦中休现美人身，香梦沉酣易赚人。

但愿化身千万树③，花开长布岭南春。

注释：

①仙根：指丘逢甲。

　葛仙：指葛洪。

②芳讯：花开的讯息。

③化身千万树：南宋陆游《梅花绝句》道："何方可化身千亿，一树梅花一放翁。"

次前韵再柬友卿（其一）

安能郁郁久居此，还我堂堂地做人。

无病亦呻何况病，梅花孤负岭南春。

牛山码头访梅

牛山曾约看花来，万树梅花绕将台。

昨夜军书报梅信，弄寒花已五分开。

菊枕诗（其一）

蓉裳薜荔衣，骚人有奇服①。

饥来谋夕餐，落英采秋菊。

我居东山阳，黄华绣秋麓。

云昔仙人种，入药尤明目。

幽芳俯可拾，日采动盈掬。

平生抗古怀②，食息两难俗。

固应抱秋心，花食兼花宿。

采之囊为枕，奚止香生粥。

梅花裁作帐，芦花持作褥。

幽人此高枕，魂梦流清馥。

荣枯谢槐蚁③，得失泯蕉鹿④。

将花共隐逸，安享睡乡福。

注释：

①骚人：屈原作《离骚》，固称屈原为"骚人"。后也泛指诗人。

②抗古：指上古，远古。

③槐蚁：借指荣华富贵无常。

④蕉鹿：指梦幻。蕉通"樵"。

次韵陈汝臣见赠（其一）

梅花数点见天心，寒入山村雪意深。

想见闭门人觅句，暗香疏影伴沉吟。

题冰霜俪洁图

四字为汪柳门先生书，以旌陈母郑太安人者，令子以画梅写其意征诗。

梅仙独步凤城月，雪冷冰寒炼花骨。

瑶琯吹回天地春，黯黯峤云古香发。

使星南耀珠壁光，镌贞玉榜俪冰霜。
图花表意出鸾手，琼华铁干生幽芳①。
祝梅千春寿无极，群真遍洒金壶墨。
仙雏声彻闻绛霄，伫见璇题贲香国。

注释：
①琼华：神话中琼树的花蕊，似玉屑。

刘彤轩以画梅及诗卷见赠，用卷中过梅岭韵答之（四首）

其一
载酒名园取次过，江城无奈落花何。
天涯幸有生春手，写出南枝雪意多。

其二
万里归槎客写梅，海云浓处墨花开。
年来羹鼎因和误，孤负春风说占魁。

其三
洒洒春痕满笔端，罗浮梦断客衣寒。
卷中诗句都清绝，合与梅花一例看。

其四
挥尽金壶墨几丸，调冰弄雪不知寒。
广平铁石心肠在，更倩先生为写看。

梅痴歌，即为题行看子
梅痴写梅写其神，淋漓痴墨天为春。
梅痴写梅自写真，痴魂变现梅花身。
如何将痴乞人写，但恐梅真痴是假。
逋仙死后知梅寡，世人谁复知痴者？
人生岂必痴床坐，但为梅痴痴亦可。
笔端自说梅花禅，欲共华光证痴果①。
梅痴于梅痴得之，千金痴散梅益奇。
梅痴卖梅不卖痴，写梅倾动西南夷。
即今添毫亦痴计，我识梅痴痴避世。

君房三公痴便差，可怜笑倒梅仙婿。

君赠我梅还我过，我赏君痴为君歌。

安得一龛万梅里，披图供养大痴哥。

注释：

①华光：元吴太素《松斋梅谱》卷一道："墨梅自华光始，华光者乃故宋哲宗时人也，尝住持湖南潭州（按：应是衡州）华光寺，人以华光而称之也。爱梅，静居丈室，植梅数本，每发花时，辄床于其树下终日，人莫能知其意。值月夜见疏影横窗，疏淡可爱，遂以笔戏摹其状，视之殊有月夜之思，由是得其三昧，名播于世。"

王汉卿农部（宗海）出都抵潮小住，将归武平赋别（其一）

岸花送客绿篷忙，天上初回粉署郎①。

南海约寻光孝寺，西山归访读书堂。

江湖游草添行卷，风雪寒梅问故乡。

佳话闺中应说遍，良人执戟在明光②。

注释：

①粉署：即"粉省"，尚书省的别称。

②良人：旧时女人对丈夫的称呼。

执戟：指守卫宫殿的门户。

明光：指皇帝的宫殿。

琼楼

琼楼缥缈玉人家，曾听灵璈醉碧霞①。

残月五更仙梦醒，空山翠羽咒梅花②。

注释：

①璈（áo）：古乐器。

②梅花：这里指曲乐名。

梅石图

梦醒罗浮写玉颜，疏疏几笔点苔斑。

如何一树寒香里，添片顽云作假山。

寄怀菽园兼讯兰史，叠次晓沧韵（其一）

图书供养古香酣，人与梅花共一龛。

诗界九州开海外，报章万纸贵天南①。

媚时经说删沙鹿②，涩体文章陋筿骖③。

三载相思未相见，悲天心事笔能谈。

注释：

①天南：指岭南，泛指南方。

②沙鹿：地名，隶属台中市沙鹿区。

③筿骖：竹马。筿，较细的竹子。

【陈展云】

陈展云，字雁皋，蕉岭人。《梅水诗传》载："工制艺，才藻纵横，十七岁应童子试，内乡庞芙卿庶常掌运适宰镇平，见其文，激赏之，取以冠军。后州院试俱第一，学使宝坻王渔庄称为隽才，逢人即曰：'陈生健文字，不久破壁飞去矣。'"同治三年（1864）甲子举人，曾任广西阳朔、天河知县。

吉安道中

春风吹不到，大雪满柴关。

古木无人径，梅花香一山。

东灵庵

红尘飞不到禅堂，地静微闻竹有香。

古柏树同尊者相，野梅花着道家装。

还山云逐僧偕往，度水人携月共航。

听到一声烟外磬，万鸦如叶赴斜阳。

航海北上述怀，留别凤山书院诸同人（二首）

其一

泱漭沧溟杀气粗①，灯前倚剑读阴符。

风云怅望千秋泪，江海狂歌一客孤。

明月不圆人又别，寒梅相对影同癯。

此行纵有探花分，转恐花枝笑鬓须。

其二

十里霜花映别筵，吟情飞上绿杨巅。

横流水阔耕无地，旷代才生古有天。

海内久闻思景略，蛮方何日靖文渊。

岭梅似倚春风笑，见我重来又几年。

注释：

①泱漭：广大，昏暗不明的样子。

罗浮晓梦图，为邱嫁生题

我昔打桨游惠阳，罗浮飞翠来舟旁。山形矗若巨人立，左股屹峙当中央。晴云冪历似车盖，仙人楼阁遥相望。招手山灵笑相顾，篷窗日对倾壶觞。颓然一醉入梦乡，诗魂缥缈游徜徉。天人窈窕来相揖，咳唾乱落琼葩芳①。授我绿玉杖，饮我流霞浆。引我直至四百三十二峰顶，一声长啸闻天阊②。天风飘飘吹我裳，振衣矫手眺八荒③。手摘星辰落南斗④，衣履照彻云霞芒。粤岳祠高迥天半，穿碑十丈苔埋藏。卓锡泉甘洗黄□⑤，啜来半吸云入肠。道逢师雄踞石坐，梦中说梦情话长。梅花一觉清兴远，羽衣缟素流明妆。为言世无逋仙笔，肝肠铁石谁评量。抽毫命我赋梅句，至今腕底余花香。葛洪丹鼎渺何处，醒来只觉山苍苍。披图恍惚梦中景⑥，名山枨触情难忘⑦。可惜彼此皆梦耳，此游此景何时偿。安得向平毕昏嫁⑧，梦中风景同亲尝。华首台高一放眼⑨，四飞海水看汪洋。风雨离合骇变幻，得其奇气为文章。不然得遇黄野人，瑶坛高坐谭玄黄。手接流云向空戏，幻作之而随风飏，昂头阔视千仞冈。我歌子和声琅琅，醉喝哑虎骑石羊，长歌随瀑同飞扬。归来绘图凭高张，耳边犹作风雨声满堂。

注释：

①琼葩：色泽如玉的花。

②天阊（chāng）：天上的门。也可指两峰对峙之处，因其形似门扉，故云。

③矫手：举手。

④南斗：指南方，南部地区。

⑤卓锡泉：见"卓锡得泉"，卓，植立；锡，锡杖。用锡杖扎地而成的泉，名叫"卓锡泉"。

⑥披图：展阅图画。

⑦枨（chéng）触：触动，感触。

⑧向平：东汉高士向长，字子平，隐居不仕，待子女婚嫁既毕后，漫游五岳名山，后不知所终。

⑨华首：白首，指老年。

（四）梅州客家诗人咏梅诗（民国）

【梅县·饶芙裳】

饶芙裳（1857—1941），名集蓉，号德依、松溪老渔、大印山人，梅州梅县区松口镇人。清光绪十一年（1885）乙酉科举人，南社诗人。1912年任广东教育司司长，1924年任广东省琼崖道尹，后辞官归里，倡办新学。著有《超庐诗稿》《辛庐吟稿》。

六十初度（余于夏历丙辰年十月十四夜生）

白云何处是吾家，闪电光阴两鬓华。
寒啖蔗浆甘未至，老嫌姜性辣弥加。
百年事业由今始，一事桑蓬堕地夸[①]。
月满山窗风雪夜，此生修己到梅花。

注释：
①桑蓬：是"桑弧蓬矢"的略语，指男子志向远大。也作"桑蓬之志"。
　堕地：指出生。

红梅

玉骨冰肌不再夸，倾城颜色艳桃花。
风前绰约酣朝日，雪后精神斗晚霞。
处士醉眠资白堕[①]，仙人服食本丹砂。
胭脂淡抹娇谁敌，无怪林逋只恋家。

注释：
①白堕：古代有个十分会酿酒的人叫刘白堕。后借指美酒。

元旦试笔（时夏历壬戌十一月十五日）

非春且作是春看，今日随人说履端。
亲友传笺称益寿，山妻附耳祝加餐。
老资村酿装颜色，瘦喜窗梅伴岁阑。
一笑童心浑未改，偶闻爆竹辄生欢。

小斋即事

西风吹客老天涯，雪压青帘卖酒家。
偏是夜深眠不稳，月明三起看梅花。

雪夜有怀

终日疏狂懒下帘，皑皑雪色映书龛。
獠奴不醒经千唤[①]，兽炭虽贫市一担[②]。
对酒兼邀刘十九[③]，思家恰在月初三。
禁寒好拥羊裘睡，梦逐梅花过岭南。

注释：
①獠奴：作为家奴的僚人。
②兽炭：做成兽形的炭，泛指炭或炭火。
③刘十九：唐白居易《问刘十九》道："绿蚁新醅酒，红泥小火炉。晚来天欲雪，能饮一杯无?"

梅花两律

其一

冻云漠漠雪纷纷，遍赏芳林酒数樽。
暗里浮香人不觉，空中照影月无痕。
怡情久谢繁华梦，得气先还冷淡魂。
难怪万花推老辈，心肠铁石品常尊。

其二

直到群芳不敢开，雪花堆里见胚胎。
长为天地留元气，能历冰霜是异才。
耐冷只宜邀鹤伴，冲寒谁肯跨驴来。
爱莲爱菊人争说，我亦从今说爱梅。

冬夜

灯下聚儿女，多年无此欢。
深谈终永夜，旧事及长安。
明月高高上，严霜一一团。
梅花留数点，清极不知寒。

题友人《卧雪图》

茅屋三间外，尘中景物新。

花飞千片雪，人老一篱春。

有相皆清净，无才合隐沦。

梅花香不歇，坐对悟前因。

解闷

不甘长铗向人弹①，袍敝经年只奈寒。

背日摊书消白昼，呼童移几傍雕栏。

远山僧塔云边没，隔岸梅花水底看。

好与溪翁同啸傲②，一壶清酒一渔竿。

注释：

①长铗向人弹：见"冯谖弹铗"典故，表示渴望得到任用。

②啸傲：旷达任性，不受拘束。

七十七岁初度（其一）

大印山前垫角巾①，已完婚嫁作闲人。

调孙日日添糕饵，折券朝朝付酒缗②。

支杖顿增双脚健，寻梅又踏一年春。

归来默诵楞伽偈③，笑与邻僧证夙因④。

注释：

①角巾：指古代隐士所戴的有棱角的冠巾。后用"垫巾""垫角"，谓效仿高雅。

②折券：毁掉债券，不再索偿；或毁掉契约，不再受拘束和限制。

　　酒缗（mín）：酒钱。

③偈（jì）：佛教语，简作"偈"。意译为"颂"，即一种类似于诗的有韵文辞，通常以四句为一偈。

④夙因：指前世因缘，前世的根源。

志感

为向寒塘理钓丝，小园日日坐移时。

自从却客关门后，开落梅花都不知。

谢子翼世兄赠梅一株

碧阑干外曙光新，疏影横斜到隔邻。

助兴思闻三弄笛①，寄人今有一枝春。

养成老鹤长为伴，移植寒窗讵厌贫。

预备残冬风雪候，咏花拼作苦吟身。

注释：

①三弄笛：指吹笛。《晋史》载："王徽之赴召京师，泊舟青溪侧。伊素不与徽之相识。伊时为将军封侯，于岸上过船中，客称伊小字曰：'此桓野王也。'徽之便令人谓伊：'闻君善吹笛，试为我一奏。'伊是时已贵显，素闻徽之名，便下车，踞胡床为作三调。弄毕，便上车去，客主不交一言。"

【李斯和】

李斯和，女，字霭香，梅州人，嫁于城内杨某。诗有思致。

寒词

寒灯挑尽不成眠，小阁疏香耐可怜。

窗外梅花帘外月，伴人孤寂自年年。

【张炜镛】

张炜镛，字吉笙，梅州人。清末诸生。著有《矞云楼近体诗卷》。

咏梅

邓公山上一峰斜，万树寒香处士家。

寄语骑驴湖上客，好寻诗思入梅花。

【黄子英】

黄子英，梅州人。清末民初人。

咏梅二首

其一

疏影横斜断岸梅，灞桥诗客懒重来。

长途不忍轻攀折，留得清香冒雪开。

其二

绕堤谁植百株梅？一道幽香扑鼻来。

知是岭南春信早，未寒已占百花开。

【黄兰孙】

黄兰孙，梅州人。清末民初人。

梅花

自从瑶岛下风尘，寄迹山巅与水滨。

结蕊早承天上露，开花先占陇头春。

疏枝擎雪常迎蝶，古干经霜不媚人。

清夜孤山甘耐冷，西湖明月证前因。

【孙波庵】

孙波庵，名金声，梅州人。清末两广师范学堂毕业，任中学教师。遗作被编成《孙波庵先生诗文集》。

咏梅

天心数点屋西头，影上窗纱月半钩。

如许孤标高贵格，断无征梦到罗浮。

插瓶粉红梅

卅年前爱校墙东，荐岁梅花浅醉客。

今日折供如对友，冷香含吐故情浓。

农历除日感赋

糍肉堆陈大户忙，贫家难觅岁朝粮。

梅花不管人间事，破蕊迎年一律香。

【钟子球】

钟子球，梅州人。清末民初人。

梅江

烟水茫茫地偏霜，江城风物竞时妆。

程乡处士今何在①？泽畔梅花空自香。

注释：
①程乡处士：指程旼，客家人文始祖。

【梁伯聪】

梁伯聪（1871—1946），梅州人。中学教师，诗人、书画家。著有《梅县风土二百咏》。

寻梅踏雪

春风吹出万琼花，何处孤山处士家。
撑住冰天清有骨，扫残尘海玉无瑕。
得来秀句多清趣，消尽名心淡绮华。
一寒高吟驴背去，灞桥风雪路三叉。

【周辉甫】

周辉甫（1872—1942），梅州人。清末同盟会会员，光复梅州领导人之一，梅州华侨抗日大刀队队长。著有《韬庐吟草》。

月下玩红白梅

山深春亦迟，魁占仍推梅。
春老梅新放，灿烂光门楣。
惟爱日中赏，尤宜月下窥。
艳侵丹桂色，皎夺素娥姿①。
任雪自相妒，诮霜得独欺。
宁甘栖处士，良夜慰幽思。

注释：
①素娥：月亮的别名。也指月中的嫦娥。

【饶真】

饶真（1875—1945），字一梅，梅州梅县区松口镇人。饶真勤奋好学，1904年冬，与梁少慎一同被选派往日本留学，作为预备师范人才。1905年，加入同盟会。1906年，回国后在松口师范传习所任教，传播革命思想。梅东书院改为松口公学后，其任校长，倡导新学，引起当地守旧士绅的误解猜忌。1908年，一伙歹徒闯进学校点火，将学校焚毁，并将他打成重伤。辛亥革命后，加入南社。1924年，松口公学依新制设初中兼办高小，他复任校长，向南洋华侨发起募捐，修缮和扩建学校礼堂、教学楼、宿舍，对松口公学的发展起到了重要的作用。

答问梅

名园只许栽桃李，春到枝头生媚姿。

欲向寒花问消息，万山深处雪来时。

【钟动】

钟动（1879—1943），原名用宏，字季通，又字天静，别号寒云，梅州人。弱冠后游学日本，在东京参加同盟会，回梅州后组织冷圃诗社，鼓动革命。后参加讨袁护法斗争，卒于上海。著有《天静楼诗存》等。

胭脂梅二首

其一

万种风流属绛仙①，净排脂粉别成妍。

相思入骨轻红豆，独抱琼瑰下九天。

其二

雪苑珠林爱晓寒，艳容端合净中看。

流丹沃脸摇空步，笑撷朱霞入细餐。

注释：

①绛仙：隋代美女名。

【廖道传】

廖道传（1877—1931），字叔度，又字梅峰、梅诧，号三香山人，梅州人。清末民初著名教育家。光绪二十八年（1902）壬寅应顺天乡试举人，京师大学堂首届毕业生，奉命赴日本考察政学各务，民国二年（1913）任广东高等师范学校（中山大学前身）校长。民国十三年（1924）回梅州与当地乡贤创办嘉应大学。著有《三香山馆诗集》等。

梅花（萼绿华）

何年得道九嶷归，霞帔云环控鹤飞。

自是几生修到骨，人间未许数梅妃①。

注释：

①梅妃：指唐玄宗的爱妃江采萍，她喜爱梅花，玄宗戏称她为"梅妃"。

榷署园中种梅

群梅归凤山，留此一株雪。

种之小园中，色韵两清绝。

小园不自小，十弓地幽洁。

绿桑敷春风，红榴明夏节。

芭蕉及枇杷，秋后叶微脱。

斯梅殿其间，凌冬花挺发。

孤根节自傲，独艳寒愈烈。

即今五尺高，已有癯仙骨。

以子魂魄冰，照我肝肠铁。

笑我本寓公，入夏便应别。

未知花开时，谁醉樽前月？

【林百举】

林百举（1882—1950），号一厂，别署老举，梅州人。生性聪颖好学，入丘逢甲主讲的汕头岭东同文学堂，毕业后留校任教。光绪二十九年（1903）中秀才。1907 年由丘逢甲介绍加入同盟会，被聘为汕头《中华新报》总编辑，鼓吹反清革命。后加入南社。不久南下上海，参与《太平洋报》《民呼日报》《民立报》的办报工作。多次参与在上海举行的南社雅集，发起组织国学商兑会，以"扶持国故，交换旧闻"为宗旨。民国六年（1917），以母老告辞返粤，在汕头居住任教十年，曾担任潮梅镇守使公署、潮循道尹公署秘书。民国十六年（1927）往广州担任中央政治会秘书，后任江苏省政府秘书。晚年，因年老多病回到故乡梅县，1950 年逝世。

悲愤十首（其一）

眇眇梅孤鹤瘦身，登楼四望独怆神。

沙虫世误同兹劫①，刍狗天原未必仁②。

一觉薄醒删旧绪③，五噫归隐羡仙真④。

苍茫为问东流水，长矢臣心不帝秦⑤。

注释:

①沙虫:沙子和小虫。比喻战死的将士或因战乱而遭殃的民众。

②刍狗:古时用草扎成的狗,供祭祀用,用完即丢弃,后比喻轻贱无用之物。

③酲(chéng):饮酒后身体不舒服,或酒后神志不清的样子。

④五噫:指五噫歌,表达对政治腐败的慨叹。

⑤不帝秦:即"义不帝秦",指坚持正义,不向强权恶势力屈服。

次韵答寄尘(其一)

此去宽怀侭笑谈,有庐容膝计差堪。
承欢菽水供堂北①,避俗梅花种舍南。
暇读诗书闷吟咏,朝勤动作夕眠酲。
蛮方只苦无佳丽,雨后云山拥翠岚。

注释:

①菽水:指豆与水。形容生活清苦。

燕京闻春航由汉返沪即寄(其一)

燕赵佳人异昔时,韩潭映日少余姿。
光辉碧月都成幻,点缀梅花未称诗。
带缕徘徊怜紫燕①,携樽宛转想黄鹂。
南朝歌舞今谁主,自是亭亭玉一枝。

注释:

①紫燕:即"紫骝",也称"紫燕骝",是古代骏马名。也指一种鸟,又名"越燕"。

【李季子】

李季子(1883—1910),号朝露,梅州人。清末同盟会会员,冷圃诗社社长。被称为"梅痴"。著有《泫然诗集》一卷。

梅花杂咏(二十首)

其一

雪虐霜饕剩一身①,故园春梦总成尘。
寒梅自恨春难暖,一度风来不见人。

其二

断桥流水雪漫漫，庾岭春来正薄寒。
寂寞月横香不起，东风何处倚栏杆？

其三

冷云和月扑衣襟，酬尽寒香恨转深。
一拂妆成成底事，卿含芳意我酸心②。

其四

玉碎香消断劫灰，水波明处照春开。
而今遮莫瑶台种，滴滴珍珠买泪来。

其五

相思无地恨难填，知汝芳心只独眠。
最是冷云香雪畔，有谁锄月起婵娟。

其六

繁华无地按银筝，一曲红云未忍听。
十二栏杆遮不断，如何红雪任飘零。

其七

金樽又送月黄昏，人去孤山梦有痕。
落尽横斜清浅水，更无孤鹤唳江村。

其八

惨惨阴霾水不流，枳篱茅径几经秋。
广平以后谁辞赋，尽日无人不解愁。

其九

方听鹃啼悲故国③，可怜蝶梦又前生。
渐渐麦秀离离黍④，一抹残阳画不成。

其十

星幡难返楚江魂，怅断江干日暮云。
莫向岭头南北望，史公魂对鄂王魂⑤。

其十一
天南谁主复谁家，哭遍盈盈水一涯。
燕子东风如昨日，纸钱飞上棠梨花。

其十二
江山无语又斜曛，铁汉楼空故国魂。
细雨横风肠已断，乱山何处哭将军。

其十三
花洲如月水如烟，梦醒沉沉不计年。
忆得当年和月种，蘼芜荆棘总凄然。

其十四
本家南国惯相思，独访东风第一枝。
欲借芳菲问消息，山深云冷立多时。

其十五
迢迢江北旧家乡，三十年来梦一场。
雪断云封何处是，晓风残月最神伤。

其十六
江路濛濛认不真，霜中攀折若为情。
放翁已死何郎老，无复银灯看到明。

其十七
更深月黑暗孤村，一树花前一断魂。
寂寂山河容易改，再来栽种又何人？

其十八
白首孤乌哭屋梁，朔月吹彻满林霜。
才闻旧垒伤春燕，旋见朱楼送夕阳。

其十九
枯杨瑟瑟晚风衰，忍向山头首重回。
蔓草半成黄土恨，青春消息几尘埃。

其二十

梅花落渡继春红，玉笛声声乐未终。

凄绝江南贺梅子⑥，断肠无句哭东风。

注释：

①雪虐霜饕：形容天气寒冷。

②芳意：指梅花香冽。

③鹃啼：指杜鹃鸟的悲啼，多用以渲染哀怨、思归的愁情。

④离黍：感慨亡国。

⑤史公：指明末抗清英雄史可法。

　鄂王：指南宋抗金英雄岳飞。

⑥贺梅子：指北宋词人贺铸。

【谢良牧】

谢良牧（1884—1931），谱名钧元，又名延誉，字良牧、叔野，号围人，梅州梅县区松口镇人。辛亥革命先驱。出生于华侨富商之家，就读于岭东同文学堂，后东渡日本留学。1905 年，在东京参加中国同盟会成立大会，成为同盟会首批会员，担任同盟会会计部部长。后奉命奔赴南洋，在南洋各地发展会员和设立同盟会分支机构，并为革命起义筹措经费。民国成立后，谢良牧当选国会参议员，并加入南社。二次革命失败后，避走南洋，在《南社丛刻》上发表诗作。1918 年，孙中山前往梅县松口视察，居住在谢良牧兄弟的居所爱春楼三日，谢良牧全程陪同。1922 年，广东军阀陈炯明叛变，谢良牧追随孙中山，担任中路讨贼军总司令。1925 年，孙中山逝世，他退出了政坛，不再过问时事。1928 年，在汕头参与筹办《汕报》。1931 年 6 月，在广州因病逝世。

咏梅有赠

冷媚寒妍自可人，素娥青女想前身。

偶然小谪尘寰去，独占年年第一春。

导诗特特访癯仙，踏遍罗浮几洞天。

我欲买山营小筑，好花多种绮窗前。

诗未裁成雪又催，暗香林下久低徊。

良宵添得三分月，可许姗姗入梦来？

姑射仙姝玉作肌①，冷香和雪沁心脾。

相思竟夕真无那，月落参横欲晓时。

倚竹佳人绝代姿，岁寒偏有雪相欺。
看花只恐成飘泊，玉笛拈来又懒吹。
依稀倩女步前村，玉立亭亭月有痕。
我亦自怜形影瘦，缘君惆怅又黄昏。

注释：

①仙姝：仙女。传说梅花是天上仙女下凡变成的。

【李哲民】

李哲民，梅州安国学校教务主任兼教员。

咏梅二首

其一

霜柯一望遍山梅，片片花阶玉满堆。
长短瓣斜横掩映，浅深云静净尘埃。
香浮夜候吟诗好，雪降寒时夜口开。
堂北照来明月冷，墙东数鹤守归来。

其二

托迹孤山耐雪霜，疏疏落落别行藏。
忽风忽雨浑无恙，宜淡宜浓自有妆。
任是摧残无改色，纵然憔悴也生香。
春回仰视浮云散，可许冰心见太阳。

【古直】

古直（1885—1959），谱名双华，字公愚，号层冰，别署孤生、遇庵，梅州人。中国同盟会会员，冷圃诗社创建人之一。曾在汕头筹办《大风日报》，后被聘为中山大学教授。著有《客人对》《隅楼集》《层冰堂诗集》等。

偶于敝簏获亡友李三画梅一小幅，怆然成咏

梦断罗浮又几年，寒香空锁岭头烟。
一枝到眼惊还喜，坐对孤芳独黯然①。

注释：

①孤芳：指独开的梅花。

游龙泉山访龙泉观梅花作歌

日月逝矣心如捣，苍天未念劳人草①。亡何日纵山泽游，策马又上龙泉道。龙泉林壑何深幽，仙灵窟宅探难周。支筇步上龙泉观，山禽呼客风飕飗。观中何有复何见，古柏森森荫满院。雷公雨师亦有神，玉皇一清各分殿。侧身乍见萼绿华，盘屈偃寒枝杈枒。古貌荒唐有如此，对汝不觉长嗟咨。我家本在梅花国，庾岭罗浮皆侍侧。一作风波播荡民，师雄幽梦全相失。今日逃虚忽遇君，喜真空谷足音闻。况当春三时未晚，古香往往余氤氲。忆昔吾乡有宋湘②，一麾出守苍山麓。亦常携屐相过从，赏汝阳春白雪曲。我生后宋五十年，客游万里羁愁煎。题诗聊复志鸿迹，才弱何敢追先贤。吁嗟乎！大地穷阴纷雨雪，幸汝枝柯皆似铁。乾坤会有清明时，忍苦撑拄汝高节。

注释：

①劳人：指劳苦之人。

②原作"宋玉"，当系"宋湘"之误，径改。

连日大雪，葛陶斋梅花又冒雪放矣①，忍寒吟赏得一律

忍寒相与讯冰肌，已放东风第一枝。

秾李夭桃齐避面，春兰秋菊不同时。

独排凡艳标高格，为护孤根接短篱。

花下沉吟一凝望，满天风雪自哦诗。

注释：

①葛陶斋：古直与友人在江西庐山所筑别墅之名。

人日雪中观梅简晚归（二首）

其一

当年锄月种黄昏，今日花开又一春。

惆怅岭头芳讯杳，漫漫风雪独消魂。

其二

人日题诗寄故人，罗浮幽梦可能真。

逋仙白石皆堪忆，吟啸湖山是幸民。

【李凤辉】

李凤辉,字宏度,梅州人。旅泰华侨。著有《爪泥集》。

咏梅六首,录呈南萍吟社

六出飞花百卉凋[1],梅抽冻蕊发新条[2]。
襄阳驴背赊吟兴,载得寒香带雪飘。
老干横参得气先,暖风吹送岭梅前。
一枝已报春回早,香色双清分外鲜。
庾岭高标孰与俦?根盘岩石自清幽。
繁英落后开偏早,春色年年独占优。
芳邻都因秉气清,光分月色倍晶莹。
蕊开半瘦神胎雪,玉润珠匀竹外明。
琼枝玉蕊正芬芳,春到含章爱日长[3]。
飞额直从檐外落,特教宫女斗新妆。
巢居阁外白云闲,鹤子梅妻日往还。
千载不磨名士迹,春来花发满孤山。

注释:
①六出:六个花瓣,指雪花。
②冻蕊:寒花,指梅花花瓣。
③含章:即含章殿。

【陈自修】

陈自修,梅州人。旅外华侨。著有《自修诗草》。

山间寒梅

篱疏屋小野人家[1],零乱霜枝月影斜。
独具清高寒瘦格,不随凡卉斗芳华。

注释:
①野人家:乡里人家,即乡下老百姓家。

【钟一鸣】

钟一鸣,字梦翼,梅州人。民国六年(1917)任澄海县县长。著有
《翔庐诗草》。

红梅

记曾月下斗婵娟，又占花风第一先。
帝赐丹砂为换骨，世惟松菊许忘年。
归来何逊诗偏艳，沉醉师雄梦再圆。
谁把乾坤重点缀，嚼将红雪散诸天？

【刘统】

刘统（1890—1932），号铁予，梅州人。河北省保定军校毕业，曾任工兵营长、教育副官。遗诗四十二首被编成《刘统诗选》。

观梅感作

雨丝雪片送残冬，又见梅花带笑容。
尘世已无和靖赏，也应空谷叹遭逢。

【叶剑英】

叶剑英（1897—1986），原名宜伟，字沧白，梅州人。中华人民共和国成立后，历任广东省省长、中央军委副主席等职。著有《远望集》。其诗词被后人整理为《叶剑英诗词集》。

梅（二首）

其一

乞得嫦娥一片痴，孤山风雪自怡怡。
林郎别久无消息①，娟影依然傲故枝。

其二

心如铁石总温柔②，玉骨姗姗几世修。
漫咏罗浮证仙迹，梅花端的种梅州。

注释：
①林郎：指北宋隐士林逋。
②心如铁石：钢铁和石块都是坚硬之物，用来形容人心，表示意志坚定。

【黄海章】

黄海章（1897—1989），梅州人，曾任中山大学教授。著有《黄叶诗钞》。

早梅

一枝存逸趣，数点见天心。

邈矣朱明洞①，花疏月在林。

注释：

①朱明洞：罗浮山核心景区，人文景观极为丰富。

夜对梅花有作

道阻良朋绝，宵寒素影亲。

轮囷犹故我，出处愧依人。

香冷闻中入，花疏竹外新。

剧怜烽火乱，无地著闲身。

初春野梅半落，残英荧然，感而赋此

空谷无人问，凌寒汝自开。

罡风吹梦破，幽鸟带春来。

落月淡犹照，孤山冷未灰。

数声江上笛，悠漾发千哀。

十二月卅一夜对梅花作（三首）

其一

郁勃奇愁未有涯，青灯无语对寒花。

翻飞海水会何世，自倒清尊惜岁华。

其二

冲寒犹记走风沙，残月荒荒咽断笳。

此夕霜高群籁绝，不辞清瘦慰孤花。

其三

雪意垂垂半吐芳，灯前移影说沧桑。

绝怜直路真成棘，冷抱冬心亦自伤。

【萧向荣】

萧向荣（1910—1976），字木元，梅州人。中国人民解放军中将，曾任国防部办公厅主任等职。

两次东征带雨来

一枝梅蕊未曾开，两次东征带雨来①。

此日朝阳春信好，岭南花放满瑶台。

注释：

①东征：指第一次国共合作时期（即大革命时期），国民革命军两次讨伐军阀陈炯明，统一了广东根据地。第一次东征是 1925 年 2 月—3 月，第二次东征是 1925 年 10 月—11 月。

【丰顺·李介丞】

李介丞（1872—1954），又名李唐，丰顺县砂田镇黄花村人。清末附生。后任丰顺县师范传习馆馆长。主纂《丰顺县志》。著述尤多，有《寥天一庐诗存》《卷园诗钞》等传世。

梅花

雪后园林又一枝①，残钟断角半疏篱。

暗香清影无人处，正是昏黄月上时。

注释：

①雪后园林：林逋《梅花》中有："雪后园林才半树，水边篱落忽横枝。"

月下看梅

横斜疏影上阑干，暗里浓香压药栏。

露冷空阶春料峭，别饶艳色月光寒。

味莼小园杂诗二首（其一）

桃杏花时别去迟，归来子结满高枝。

携锄自向荒园理，欲种梅花待竹移。

小园梅花初开

腊前春已渡江来，晓见园花数点梅。

欲向东风问消息，故乡窗外几枝开？

庚午旧腊节有怀严亲及国平、兆平诸儿

东风吹草绿，旧岁复华新。

我亦谋斗酒，自劳伏腊辰。

会须举杯饮，远怀白发亲。

悠悠故乡日，养志惭未伸。

儿曹复远去[①]，负笈粤城闉[②]。

高堂多游子，谁云能负薪。

年光动萧鼓，江湖老此身。

各别不相见，两地越与秦。

俯仰心恻恻，瞻望恶溪滨。

梅蕊冲寒笑，江柳弄叶颦[③]。

思维千里外，应共岭南春。

感此时物变，思乡泪已频。

何况逢令节，离思倍酸辛。

白云横远岫，惟见行路人。

注释：

①儿曹：儿辈。尊长称呼后辈的用词。

②闉（yīn）：古指瓮城的门。

③颦（pín）：同"矉"，皱眉。

梅

百卉皆摇落，冷然见孤芳。

岂有争春意，性本傲严霜。

孤山雪已满，驿路行客忙。

孤高卧林下，天地为之荒。

峭寒人马远，疏影入斜阳。

岁华方数点，人间有古香。

丙子除夕守岁有感作（其一）

年年腊节春犹远，今夕腊残春已回。

容易岁阑闻爆竹，分明山意放寒梅。

东风回驭吹游子，日暖临芳长秀枝。

记取故园枝蕊发，欢为除夜一樽开[①]。

注释：

①除夜：除夕之夜。

【陈玉如】

陈玉如，女，丰顺人。擅诗词书法，曾在广州市文史馆任职，有"女史"之称。

寄怀族侄（并序）

民十年，外子星若调梅州司法监督时①，族侄少怀任法院书记官。少怀固善于绘事者，赠余所绘梅花数幅，作此奉谢。

犹记梅州共话时，纱窗夜冷月来迟。怜侬病后无诗料，为画梅花三两枝。

注释：

①外子：旧时妇人对别人称呼自己的丈夫。与夫称妻为"内子"相对。

【李沧萍】

李沧萍（1897—1949），原名绍基，字菊生，号高斋，丰顺县小胜镇羊公坑人。毕业于广东高等师范学校，后就读于北京大学中文系，民国十三年（1924）赴日本东京帝国大学留学。曾任中山大学、岭南大学教授。诗文卓然，自成一家，著有《高斋近诗钞》《高斋文存》等。

山茶残春始花

春已将残花始开，含苞曾否忆寒梅。
迟迟不放将安托，落落何因有暗催。
人事迁流今即古，年光容易去难回。
吾人莫负东皇意，且及花时尽一杯。

【吴逸志】

吴逸志（1896—1961），又名福胜，字学行，号锡祺，丰顺县丰良镇莘陂村人。民国时期著名将领、抗日名将，军事著作较多，诗文甚佳。

民国二十八年，广州之敌犯粤北，陷英德、翁源，韶关危在旦夕。余倡由湘派兵赴援，并令陈烈军于八小时内由衡乘车驰救。军抵大坑口，距敌只半日程，分兵南进，一举破敌，韶关之危遂解。于是广东各界公推吴议长率领慰劳团来湘慰劳，承以龙韬豹略旗赠①，余感其真诚奉谢一律

> 赣湘才奏空前捷，粤北重开胜利年。
> 原湿相呼收犄角②，武浈无恙洗腥膻。
> 伐谋我愧平戎策，救国乡多急难贤。
> 千里风尘劳慰问，寒梅花未忆南天。

注释：
①龙韬豹略：指兵法。
②犄角：倚靠，支援。

【余孟斌】

余孟斌（1894—1985），号曲江樵叟，丰顺县汤坑镇人。画家，诗人。与弟、侄合著《三余诗草》。

梅溪早发

> 溪声惊晓梦，杖策出梅庄。
> 犬吠横潭月，鸡鸣半岭霜。
> 山回林色暗，岁近碓声忙。
> 何处梅花放，微风起暗香。

和鹏南居者咏老梅

> 石谷层层一古梅，餐霞傲雪干生苔。
> 清幽不管群芳粲，只趁东风次第开。

【余作舟】

余作舟（1896—1972），丰顺县汤坑镇人。余孟斌之弟。旅暹华侨，家业有成，捐款给家乡建设学校、桥梁、医院。与兄、子合著《三余诗草》。

忆梅

寒流滚滚涌南湄，故园梅花初讯时。

虽是秋风扫落叶，须知冬暮吐新枝。

只为玉雪清水冷，不许狂风浪蝶欺。

傲骨长存真气节，严霜越厉越娇姿。

【大埔·徐冠才】

徐冠才（1877—1959），字岳云，大埔人。潮州韩山书院首届毕业生。

中兰即景（其一）

云天高插一枝斜，汇水文峰特地夸。

雅号艳称梅子顶，如何从不见梅花？

寄童友仁兄

修到梅花问几春，石门小隐称闲身。

梅兰香馥供诗兴，山水情缘见性真。

薄水交游周四海，名场战胜慰双亲。

不堪回首南安日，共赏奇文夕与晨。

【邹鲁】

邹鲁（1885—1954），幼名澄生，以"天资鲁钝"，自改名为鲁，别号海滨，大埔人。中山大学首任校长。

民国十五年二月，与广东大学选派留法员生（此次选派留法者，教授吴康先生外，男生为张农、姚碧澄、彭师勤、刘克平、谢清、颜继金、龙詹兴、郑彦芬、陈书农，女生为黄绮文、李佩秀）西湖度春节，友人张君稚鹤引游诸胜，出肴酒助兴。盘桓数日，极尽乐事。爰为诗以记并勖留法诸生①

生平好山水，爱作西湖游。前后经三度，鸿爪皆可留。元年国基定，解甲放扁舟。桃花笑迎迓，携手多良俦（同行皆广东北伐军同事）②。中流争击楫，激波溅重裘。六桥三竺胜③，终逊此一筹。忽忽十一载，忙里将闲偷。冒雨寻诸胜，丘壑更清幽。兴酣继以夜，云尽月当头。四望无舟楫，独占全湖秋。今来第三度，刚值岁初周。偕行诸同学，春风舞雩伴④。梅花正盛放，登山涉水求。双峰玉皇顶，纵步竞力道。谁云女子弱，先登非兜牟。稚子年八岁，追随力不柔（时说儿同行，竟能自行登山顶）。居高俯视下，一一尽目收。山水难依旧，景物多非畴。正思诸境历，未得雪入眸。天地骤变色，飘瞥忽不休。青葱湖山水，化作琉璃球。舍陆而临水，一叶湖中浮。鼓棹肆清兴，舟中迭謌讴[5]。斯时乐所极，冻苦不为忧。张子饶助兴，肴酒与妇谋。携来供醉饱，相对意悠悠。盘桓连数日，莫识世间愁。同学皆年少，难为湖霸留。行将去故国，且尽酒一瓯。吾华久不竞，西子失自由（近人西湖诗有“于今西子嫁西洋”句）。力学以救国，雪此湖山羞。行矣互勉励，物竞胜者优。

注释：

①勖（xù）：勉励。

②良俦：良友。

③六桥：指浙江杭州西湖外湖苏堤上的六桥：映波、锁澜、望山、压堤、东浦、跨虹，为宋代苏轼所建。也指西湖里湖之六桥：环璧、流金、卧龙、隐秀、景行、浚源，为明代杨孟瑛所建。

三竺：指浙江杭州灵隐山飞来峰东南的天竺山，有上天竺、中天竺、下天竺三座寺院，合称“三天竺”，简称“三竺”。

④舞雩（yú）：古代求雨祭天，设坛命女巫为舞，故称“舞雩”。

侔（móu）：相等。

⑤謌（gē）讴：歌唱，歌颂。

中华民国廿一年十二月三十一日，游萝岗洞观梅（五首）

其一

避债无台作洞游，梅花迎我满山邱。
却教闲里偏忙煞，直到萝岗峰顶头。

其二

再度来游逾十年，梅花依旧世推迁。
老僧能说当时事，数到同游倍黯然。

其三

花下相逢岂偶然，法师为我说因缘。
白云点缀细商榷，也拟种梅补漏天。

其四

四面山环是洞名，听来得失总难明。

岭南事物原多异，梅不春开雪不争。

其五

归途缓步领梅香，订日重来备酒浆。

行出村时天已晚，牧童处处叱牛羊。

二十二年元月三日，应吴敬轩先生之约，与罗黼月、朱遏先、温丹铭、蔡秋农、萧菊魂诸先生再游萝岗洞（民国廿二年）

践约竟重来，梅花正盛开。

异肴尝鹿脯，美酒试家醅。

补壁题诗句，留痕坐石堆。

洞中别一境，端不染尘埃。

国立中山大学新校杂诗（其一）

作于中华民国廿三年十一月十一日，中山大学十周年纪念，新校落成，农、工、法三学院迁校，文、法两学院奠基庆祝典礼时。

前度栽梅补漏天，者番移植傍山巅。

此花每爱冲寒放，斗雪凌霜态更妍。

前诗成十日再纪事

种柏有余地，补种桃与梅。

移来数株桂，区老手自培。

沈子娴园艺，花木满园栽。

即此小规画，亦见经纶才。

黄山新面目，启此一山隈。

邀朋共欣赏，行当年年来。

【郭赞臣】

郭赞臣，乳名娘保，别字行素，大埔人。乡村教师，善诗能文，著有《行素诗草》。

壶天乐肆，再送梧仙弟返暹

梅花香送放南枝，正是弟兄暂别离。
几日擎杯同饮酒，十年频赋送行诗。
悬壶怪底神仙事，渡海方真富贵时。
不向临歧惘怅望，分明未老会多期。

【范锜】

范锜，字捷云，大埔人。留学日、美、德等国，获哲学博士学位。曾任清华大学、北京大学教授，中山大学文学院院长。

落梅

瑶台旧梦识琼姿，倩影依依灯上时。
魂断冷香零落后，心怜唯有月华知。

【罗卓英】

罗卓英（1896—1961），字尤青，大埔人。毕业于保定军校，曾参加东征、北伐及对苏区的围剿。抗日战争时期，参加上海抗战、南京保卫战、南昌会战、长沙会战、入缅作战等重大战役。著有《狮崖集》《北蹄草》《南桨吟》《层云集》《呼江吸海楼诗集》等。

山城四时咏（其一）

百卉迎新序，梅花是故知。
春来明发意，又放去年枝。

喜雨

苦旱经三月，今朝雨忽来。
秧歌相庆也，草长亦佳哉。
珠玉何须贵，梅桃带笑开。
东坡亭上望，有客共衔杯。

梅花岭吊史可法墓

吴秀当年浚筑忙，广储门外陟崇岗①。
倘无阁部衣冠塚②，那有梅花是处芳。

注释：

①广储门：扬州古城门。

②阁部：指民族英雄史可法，其曾任南明兵部尚书、大学士，故称阁部。

超山观梅花正含苞欲放，不嫌早至，咏以小诗

正似十三好女儿，娟娟笑靥露华滋。

微风暗引幽香透，煮梦煎魂两入痴。

【兴宁·何天炯】

何天炯（1877—1925），字晓柳，兴宁人。少从罗黼月先生游，治文史之学。值清季外侮入侵，提倡革命救国。光绪二十九年（1903）东游日本，越二年，任职同盟会执行部会计科。于革命机谋，多所参赞。雅善为诗，命其诗集为"浮海集"。民国后所作，则称"无赫斋诗"。无赫斋是其在家乡的读书楼。返乡后，尝自印新作，命名为"山居一年半"。民国十四年（1925）夏遽卒。其子承天，汇刻其各集为《无赫斋诗草》，今行于世。

江户川春感（其一）

薜荔门庐昼未开，翩然旧雨隔溪来。

风幡欲展花心乱，箫韵频添客思哀。

徐福求仙成作梦，贾生流涕为多才①。

家园一别无消息，惆怅罗浮万树梅。

注释：

①贾生：指贾谊，西汉初年著名政论家、文学家，世称贾生。

春日山居感事（二首）

其一

其人如玉信多材，回首东风百事哀。

欲向陇头频寄讯，那知梅已昨年开。

其二

隔邻香送古梅花，疑是神仙此住家。

巨耐驿分南北路①，林间吹入战场沙。

注释：
①叵耐：不可容忍，可恨。也有无奈之义。

【毛杏园】

毛杏园，兴宁人。

咏石壁间梅

凛冽寒威逼道旁，虬枝冒雪总昂藏。
奇花自古如奇士，历尽崎岖节愈彰。

【陈则蕃】

陈则蕃（1886—1959），字慕亲，号乙山山人，兴宁人。中学教师。
著有《山鸣集》。

问梅

一点春消息，相思发旧林。
如何来索笑，不见雪冰心。

白梅

罗浮山下自成村，十里闻香已断魂。
至竟冰肌太孤冷，从无一叶伴黄昏。

梅花

驴背诗人着意寻，清高气骨重疏林。
花前欲下深深拜，不作孤山处士心。

【罗元贞】

罗元贞（1906—1993），兴宁人。曾任山西大学历史系教授。著有
《难老园诗词选》等。

寻梅

溪前赏雪踏春来，萼吐新枝几处栽。
泥印屐痕留石砌，低墙拂晓正开梅。

红梅

红梅吐艳冷香清，雪染新枝玉瓣轻。

风暖趁开花簇簇，丛芳映日小春晴。

【五华·翁赞廷】

翁赞廷（1862—1949），字春扬，号九思堂居士，五华人。晚清秀才。曾任广东紫金县县长，后回乡从事教育工作。诗作多散佚。

恭维缪玉如先生五一初度

揽揆良辰十月天①，玉梅花放点春先。

文章得意添新健，志节如今老愈坚。

种德惯从心地上，敦伦乐萃锦堂前。

中年每作千秋计，好把诗书勖后贤。

注释：

①揽揆：指生日的代称。揽，通"览"。

堂颂

菊老梅新酿寿觞，桂兰荆萼映萱堂。

小春喜有生生意，嘉客齐喧九九长。

多酒不辞千盏醉，深情思附万年光。

知天共祝遐龄锡①，当世谁堪姓字扬。

注释：

①遐龄：是老年人高寿的敬语。

赏菊

我非靖节爱黄花，淡若阿侬兴尚赊。

山意冲寒梅欲放，篱边疏冷菊偏华。

园堪正看兼旁看，近似无家却有家。

最幸诗人题写好，香留晚节迥群葩。

柳石仁兄大人七一荣寿齐眉双庆二首（其一）

文字因缘若忘年，愧吾祝嘏不跻先①。
梅花并发争春首，桃酒同斟乐后贤。
山斗竞瞻长作范，风骚遣兴快吟鞭。
齐眉永享人间福，好与嫦娥月共圆。

注释：
①祝嘏（gǔ）：指祝贺寿辰或祭祀时致祝祷之辞，或者指传达神言的执事人。

【魏天钟】

魏天钟（1868—1955），字毓卿，五华人。清末附生。历任五华县立一中校长，兼教员。文雅健，诗亦可诵。著有《瑞莲堂诗草》，未刻。

孟浩然踏雪寻梅诗

朔风列列雪其雱①，梅既深山独抱芳。
春讯具从驴背觅，一枝十笑见天香。

注释：
①雱（pāng）：形容雨雪下得很大。

【温静波】

温静波（1870—1956），名孟汪，字林佑，五华县龙村镇洞口村人。诗多散佚。

咏松竹梅兰回文诗四首（其一）

花枝一树隔帘开，曲巷传香放岭梅。
斜月影疏篱外竹，霞飞浸满酒中杯。

【古开文】

古开文（1871—1951），字柳石，五华县安流镇鹤园村人。清末庠生。所著《养鹤楼诗草》已刻，《续草》未刊。

华城月夜旅次

板桥霜滑马行迟，草草劳人感作诗。
幸有梅花香信好，江头先发向南枝。

春日闲吟（二首）

其一

终日闲行喜弄孙，闭门修养自称尊。

梅花香冷清于玉，老树扶疏鹤共村。

其二

镇日闲吟笑口开，园蔬鸡黍助清醅。

经纶欲让新人物，风味难忘旧秀才。

课士不知年已老，闭门翻使客常猜。

近来欲学林和靖，养鹤楼前又种梅。

四时读书乐（其一）

我爱读书乐，冬风酿雪来。

北窗看月上，东阁对梅开。

屐借清香印，炉添活火煨。

灞桥携笔砚，驴背足诗才。

雪窗夜吟二首（其一）

一天风雪卧袁安，惟爱梅花守岁寒。

今夜月明眠不得，小窗灯火漏声残。

依宋君访梅寄怀柳夫子原韵十二首（二首）

二答

年老参禅始悟修，逍遥自在法庄周。

寻梅湖上刚三月，栽柳江干耐九秋。

迭接词章文藻艳，朗吟风格韵香流。

君同小宋声名著，何日重来养鹤楼？

四答

山中振铎讲春秋[1]，雅胜尘劳四海游[2]。

可种好花娱岁月，且听啼鸟说因由。

歌传白雪饶吾和，诗赋玉梅让汝道。

京兆堂前红杏艳，一枝笔自傲公侯。

注释：

①振铎：摇铃，古时宣布政令或教化时，用来警众。也指从事教职。

②雅胜：指美好。

　尘劳：泛指事务或旅途劳累。

余兴三章（二首）

其一

惟爱梅花不作官，清情香艳倚栏杆。

门墙从此生春色，犹似游扬立讲坛①。

其二

青出于蓝远胜蓝，柳花漤处爵梅甘。

当年曾立程门雪②，今日薪传吾道南。

注释：

①游扬：称扬美名，使名声远播。

②程门雪：比喻尊敬师长和虔诚向学。

题张化龙游程赏音集（其一）

文旌客岁岭东来，万朵梅花笑口开。

一自星轺华邑驻，朗吟知上越王台。

孟浩然踏雪寻梅诗

骑驴得得踏山隈，寻折梅花透雪开。

知道孟公诗兴发，一枝吟罢晚归来。

【刘荫郊】

刘荫郊（1872—1927），清末拔贡，五华县梅林镇金坑村人。

年关在即，诸同学纷纷告归。余感而赋（其一）

霜寒木叶满飞来，春信先传岭上梅。

馆僻影孤嫌夜永，灯残读罢忆肩陪。

河纷教授心多歉，伊洛渊源道未开①。

自古别离儿女恋，况关师弟更难恢。

注释：

①伊洛：伊、洛二水的合称。也指程颐、程颢的学说，因其曾讲学于伊、洛之间。

【李孚昭】

李孚昭，字莲浣，五华县安流镇对镜村人。清末廪生。开设国文专科馆，培育人才。

咏梅兰菊竹松（其一）

一枝春放满庭香，犹是冰肌铁石肠。

莫讶孤高忘世态，含章竞傲寿阳妆。

批国文诗（其一）

枝枝叶叶十全除，应有应无得子初。

疏秀情文清气韵，梅花亲带月明锄。

【李朝盘】

李朝盘，五华县安流镇对镜村人。

梨花（得牛字）

春信凭谁寄陇头，腊前爱尔几登楼。

山边放鹤霜初下，江畔骑驴雪未收。

明月横窗疏影动，清风入坐暗香浮。

谁家十里红梅放，误认桃园好牧牛。

【李史香】

李史香，字银昭，五华县安流镇对镜村人。清末秀才。曾任福昌乡乡长、五华县卫生局局长。后设国文专科馆，培育人才。诗多散佚。

孟浩然踏雪寻梅诗

果然画意夺天公，写出花魁更不同。

驴背孟公何矍铄，去年春色霭图中。

【邹家骥】

邹家骥（1874—1929），字如特，五华县华阳镇华南村人。清末廪生。曾任平南盐务局局长、建国潮梅军游击第三支队秘书等职。民国十八年

（1929）春，设国文专修馆于华城，未几疾作，卒于家。遗著有《存诚轩文集》，已刻。

题画（其一）

辛亥六月，友人以画帐屏索题。玩其画，左右写春冬景，中兼夏秋，垂柳数株，下结草屋，中坐一翁，身青衣而手团扇，眼看门外数童争捉柳花。隐居乐趣，活现目前。心有所触，成二律赠之。

美雨欧风倦地来，河山秋老瘦冬梅。园林自植忘机物，霜雪难磨致用材。生意常如春草色，热心不逐夏炎灰。休言儿女情长累，谢砌芝兰赍手栽。

祝吴母丘太夫人八六寿（其一）

海上沧桑任变迁，筹添民国共绵延。
勋章厘受辉悬悦，犒酒携归敞肆筵。
表异陈情龄九六①，文呈献寿客三千。
岭梅花衬田荆艳，合咏鲁侯燕喜篇②。

注释：
①表异：表彰，或指表现与众不同。
　陈情：陈述衷情，表达愿望。
②鲁侯燕喜：表达祝寿之辞。

和华卿《登龙桥晚眺》五绝原韵，
以"登龙桥晚眺"五字分冠第二句之首（其一）

江舟梦鹤化蹁跹，桥畔驴骑得句妍。
野径寻梅香似海，天涯游兴感无边。

再续前韵二律（其一）

士节波靡恋狭斜①，谁评月旦起喧哗。
登龙价贬文难市②，骑鹤缠虚酒待赊。
太息微名埋俊物③，从来显宦遍通家。
熏莸漫别香清浊④，梅白桃红总是花。

注释：
①士节：士大夫应有的节操。

波靡：随波起伏，顺风而倒。比喻胸无定见，相率而从。

狭斜：又窄又斜，灰暗的小街曲巷。多指妓院。

②登龙：比喻成名发迹，飞黄腾达。

③微名：微贱之名，或指微不足道的名誉。常用作谦辞。

④熏莸（yóu）：同"薰莸"。香草和臭草，比喻善恶、贤愚、好坏等。

清浊：水的清洁与浑浊。引申为事物的高下、优劣、善恶等。

遇寒（其一）

惊涛万树吼虬龙，朔气南飞斗祝融。

似妒春光凝翠柳，翻添秋色染丹枫。

板桥人迹孤行客，蓑笠江舟独钓翁。

堪叹向阳诸草木，输他三友竹梅松。

【张玉相】

张玉相，字璧完，号空缘居士，五华县安流镇鲤江村人。清末优附生。曾任五华三中校长、县议会议员。早岁耽禅，晚修愈笃。肆情山水，偶托于诗。遗稿多散佚。

孟浩然踏雪寻梅诗

浩然养得气何豪？酷爱梅花品格高。

踏雪却忘驴背冷，香清十里灞陵桥。

【陈芷孙】

陈芷孙（1877—1953），字慕沅，五华县安流镇龙头印人。梅州师范学校毕业，曾任三江高等小学教员。平生诗作惜多散佚，仅搜得《唱和集》一卷。

代廖碧溪和余诗（拟作）

知道黄金旧有台，缘何今雨不重来？

径畬开到坪高上，月夜深锄好种梅。

原韵复寄并谢和诗（十首）

其一

新秋教授始登台，忽接花笺雁带来。

不以陇头遗弃我①，江南遥寄一枝梅。

其二

素愧读书未有台,那堪朋自远方来?
几生修得诗人到,一放翁兮一树梅。

其三

年年滥上读书台,最喜钱来米又来。
但恨课余诗思少,几番踏雪欲寻梅。

其四

去年山下共楼台,月被云遮雅句来。
今夜相思人两地,君寻棉水我寻梅。

其五

天公催上菊花台,寄语白衣酒送来②。
好把壶觞篱下酌,丹颜添醉似红梅。

其六

歌风正在筑高台,声听悲秋雁阵来。
自悯微躯如鹤瘦,天寒怎守一林梅。

其七

渡市今冬建醮台③,敢攀玉趾惠然来④。
关心若问何时日?须待花开岭上梅。

其八

请君切莫乱灵台,万望如期杖履来。
坐对英雄应煮酒,漫言园未熟青梅。

其九

因思久不见兄台,五内重萌鄙吝来。
现住孤山师处士,居然子鹤与妻梅。

其十

前时有约到兰台⑤,谁阻君舆不果来。
纵我菜根咬得惯,调羹须借汝盐梅。

注释：

①遐弃：远相抛撇，远相离弃。也作"遐遗"。

②白衣：白色的衣服。古时未做官的人穿着白色的衣服，后用来称无功名的人或平民。

③醮台：即醮坛，道教祭祀山川神明时所设置的做法场所。

④玉趾：对人脚步的敬称，也指白嫩如玉的脚。

⑤兰台：汉代宫中藏书的地方。

和胡士明秋怀

惊听秋声满树林，众芳寥落柏森森。

衣裳具备防霜降，牖户绸缪避雨阴①。

有菊凌风标晚节，待梅破腊见同心。

庇寒若得千间厦，免却怜人乱响砧。

注释：

①牖户绸缪：即"绸缪牖户"，在下雨之前缠缚好门窗。绸缪，缠绕，引申为修理，比喻事先做好准备工作。

和汤竹溪七绝原韵（其一）

前授生徒马帐开①，请留末座我叨陪。

故园桃李春难笑，毕竟梅花独占魁。

注释：

①马帐：东汉马融授徒时常坐在绛纱帐里，后人就称讲座或老师为"马帐"。也称"绛帐"。

和碧溪早梅原韵

忽报花开岭上梅，一枝先带早春来。

暗香初度寒犹少，粉蝶如知隔岁回。

【古思诚】

古思诚（1879—1930），字仲言，晚号卧云，五华县安流镇鲤江村人。李朗星《卧云先生传略》曰："先师卧云先生……天资英迈，博涉群籍。当前清光绪间，大小场，屡列前茅，以为取青紫如拾芥耳。卒怀才不遇，失意而归。先生遂绝意功名，日以吟诗饮酒为乐。性方介豪放，与世寡合。中年慕赤松辟谷，欲学之。既复弃道入释，归依三宝，专修净宗。凡先生入世六十余年，于儒则淹通经史，于教则诲人不倦。于道释二氏，亦莫不探本穷源，窥其奥蕴。至其肆力于诗，尤数十年如一日。晚岁穷愁，吟讽逾切，此其所以独工矣。"著有《卧云山房诗草》，已刻。

三月初六午课初完，有怀燕宾，作七律寄之

结庐能爱傍梅花，香雪丛中自一家。
万里江天晴放鹤，半池春水夜听蛙。
前身省识林和靖，旧侣重寻蔡少霞①。
闲坐绮窗频煮酒，醉敲绰板鼓琵琶。

注释：

①蔡少霞：唐代陈留县（今河南省开封市）人。性情恬静温和，幼年信奉道教。中年寄寓江淮，访诸名山大川，与名士谈玄论道。晚年深僻而居。

画梅

暗香初动岭头梅，喜极还教画里栽。
墨淡愈令花窈窕，天寒却费鹤疑猜。
相看玉蕊毫端发，不道阳春腕下回。
纸帐夜长曾有梦，美人和月上瑶台。

天竺院题壁

我本烟波一钓徒，投竿净思入玄都①。
忍寒独立山门雪，细嚼梅花读道书。

注释：

①玄都：神话传说中神仙居住的地方。也指道观名。

漫兴（其一）

群仙尽日会蓬莱，一曲霓裳绮宴开。
不解双成何意绪①，云和斜抱倚庭梅②。

注释：

①双成：指董双成，神话中西王母侍女名。此处借指美女。
  意绪：思绪，心绪，心意。
②云和：山名。

【陈培琛】

陈培琛（1879—1940），字定侯，五华县华城镇人。陈元焯长子。诗人。年十三游庠，旋食廪饩。东渡，卒业于早稻田大学政治经济科。归国，以优等试，膺学部法政科举人。翌年，廷试一等，授七品小京官，分部任用。旋擢度支部主事。辛亥春，丁祖忧，辞归。民国十三年（1924），应知事考试，选署东光县知事，在任三年，简狱讼，惩豪强，勤农务教，为民爱戴。少怀大志，长而殚精乙部之学，博综泰西政术，于列强政治得失之源，悉能洞察秘奥，深造有得。著有《西史杂咏》《说文阐微》《文字丛谈》《定斋诗稿》等。

马哥博罗①东游日记四首（其一）

二分明月满邗渠，曾照宣徽大使车。

东阁官梅花几点，春风吹入蟹行书②。

（马哥博罗者，意大利威尼斯人。纪元一二六零年，游历中国北京，谒元世祖忽必烈，颇蒙优礼。马哥以髫龄聪慧，且谙蒙古语，故尤为帝所宠，授以官职，历充使命。曾任扬州宣徽使三年。据游记所述，此国版图辽阔，风俗醇厚，人民富盛。欧洲人始见之而疑，继则玄想大炽。此游记当十四十五两世纪时，凡睿智之士，几莫不人手一编，使人人皆怀游历东方之遐想）

注释：

①马哥博罗：即"马可·波罗"，意大利人，著有《马可·波罗游记》。

②蟹行书：指蟹行文。旧称欧美等国横写的拉丁语系的文字。

【黄习畴】

黄习畴（1879—1934），字访西，五华县水寨镇石贤人。历任饶平县署承审员、检察官。民国十四年（1925）年，试署紫金县县长。闽变后，居汕寓，旋病卒。著有《访庐杂存》，已刻，续稿未刊。

呈谢陈明府谷泉师赐赠画联（其一）

衡文估价忝抡元①，奖励荣叨赐及门②。

三径风清酬菊酒③，半帘月白伴梅魂④。

兰垂匝地添新色⑤，竹挺参天润凤根。

翘首锦江春色满，涓埃何日报深恩⑥？

注释:

①衡文:品评文章,泛指评选文章。

　抡元:科举考试中的第一名,后泛指获得第一名。

②荣叨:即"叨荣",忝受恩荣。

③三径:代指隐士居处。

④月白:指淡蓝色,因近似月色,故称。古人认为月亮的颜色并不是纯白,而是带有淡蓝色。

⑤匝地:遍地。

⑥涓埃:指细流轻尘,比喻微末,微小。也称"涓尘"。

差次饶城与刘推事叔渠、宗检察屏可偕往城西古梅下摄影,感赋四首

其一

一样冲寒透雪开,年年相约美人来。

出生算过明朝瑞,四百年华祝古梅。

其二

清莹点点寿人星,依得余光胜养生。

天地凭君配肝胆,时来夜月照分明。

其三

初根没尽又生根,不蜕前身一片魂。

画到此时难下笔,问花娇涩亦无言。

(据园主云:花盆之上又加一盆,原根有无未悉,故云)

其四

览遍琼园百万株,古香古色似渠无。

皇天雨露知多少,不以兴亡任茂枯。

兴宁刘茂才再玉和梅县萧梧喈大令宦游杭州,六十一自寿,并步韵代拟八首(其一)

曾报梅花讯,关山盼不归。

鹏抟云际远①,雁递岭南稀。

满目疮痍痛,伤心户口饥。

金山韩水外,风景已多非。

注释：

①鹏抟：大鹏展翅盘旋而上，奋力高飞，比喻人奋发有为。

夜梦故妾（其一）

当年怜我更怜卿，遽别春风太不情①。
无复踏青杨柳陌，似曾续命芙蓉城。
暗香浮动梅疃影，细语玲珑磬潋声。
梦里重圆相约后，凄凉随月落三更。

注释：

①不情：不近人情，不讲情理，即无情，薄情。

差次连平出巡各区作四首（其一）

环境高山此路平，梅花落地客心惊。
田多蔓草哀空赋，泽半萑苻听有声①。
今信人文先蔚起②，向遵官令易观成③。
独贤岂我劳王事，耐得骑驴踏雪行。

注释：

①萑苻（huán fú）：指盗贼，草寇。
②蔚起：纷纷起来，蓬勃兴起。
③观成：看到了成果。

答李茂才颖门原韵（其一）

归来才赋自连城，回首迢迢伏莽惊①。
此去故乡三十里，梅花消息听清平②。

注释：

①伏莽：本指军队藏匿于草丛中，后用以指隐伏的盗匪。
②清平：太平。

鮀江春兴（其一）

梅花疑是我前身，耐雪经霜不染尘。
今夜思量明夜月，他乡点缀故乡春。
竞争气短因儿女，遇合情长即主臣。
处处芳菲看奋斗，嫣然桃李且宜人。

【张钦宪】

张钦宪，字敬文，一字维翰，五华人。清末光绪附生。卒业于嘉应初级师范学校。

廿四年饶平防次赠别曾茂才石渠

容易光阴指暗弹，六旬三百岁将阑①。
归帆游子心如寄，破腊寒梅雪满山。

注释：
①六旬三百：指一年。

【李柳汀】

李柳汀（1883—1948），字乃木，讳杞芳，五华县安流镇对镜窝人。学成归国后，相继任陕西省公署秘书、云南讲武学堂韶关分校教官、广东省议会议员等职。民国十年（1921），当选为五华县第一任民选县长，后继任广东省参议等职。在任期间，为国为民悉心勤慎，政绩颇著。

孟浩然踏雪寻梅诗

梅雪冲寒本不奇，一经孟氏却生姿。
灞陵情景传千古，我欲分肥让一枝。

【邓君彦】

邓君彦，五华人。生卒年、居地不详。

复赠秀岳先生四首（其一）

一别君家着意忙，驰驱平坦上河梁①。
山容待腊舒梅柳，增坎风高兴更长。

注释：
①河梁：跨河的桥梁。

【李望周】

李望周（1892—1985），字珍崇，五华县安流镇福西村黄甲塘人。从小聪颖，喜爱吟咏。初为人师，培育英才。后睹乡间疾病肆虐，缺医少药，便习岐黄为业。平生诗作多散佚。

春夏秋冬中药名诗十二首（二首）

其一

众芳落尽说天冬，山寺陀僧罄晓钟。
击鼓南华经来诵，寒梅梢上月朦胧。

其二

紫苑梅花蕊断舒，天门冬日焕庭除。
烧残柏子闲依阁，静读窗前百部书。

春感二首（其一）

小苑梅开不染尘，惊心又见物华新。
廿年岁月如流水，百事蹉跎剩此身。
未必诗书终误我，那堪鬼蜮暗伤人①。
愧无建白余孤愤②，辜负韶光度好春。

注释：
①鬼蜮（yù）：指害人的鬼和怪物，比喻阴险的人。
②建白：提出陈述和建议。

十月先开岭上梅（二首）

其一

十月冲寒百卉藏①，是谁独出冠群芳。
既知雪后风无赖，早料霜前岭有香。
莫讶梅花寒吐白，任教枫叶染成黄。
寻来冷踏归驴背，泚笔题诗兴未央②。

其二

适逢十月小春天，漫怪梅花独占先。
众卉寂寥谁作伴？与松竹友志同坚。

注释：
①冲寒：冒着寒冷。
②泚（cǐ）笔：以笔蘸墨。

咏梅

疏影横窗待蜡开，巡檐日日共徘徊。

昨宵风酿一天雪，寒送枝头数点来。

因馆中赌票惯近携票之客有感而作

闻道奚如得胜回[1]，满堂师弟喜心开。

纷纷话说原非义，点点经心只为财。

案上有书难解领，花间无语我徘徊。

而今若问清票格，除却寒梅孰敢培。

注释：

①奚如：如何，怎样。

依韵和友人春闺怨九首[1]（其一）

梅青梅绿是春真，木嘤莺声知自神。

人在天涯春寂寂，毋乃愁杀慕春人。

注释：

①春闺怨：指闺阁中思妇的哀怨。春闺，古时对女子卧室的美称。

【张咏韶】

张咏韶，五华人。生卒年、居地不详。

进馆即事

领得梅花一瓣香，春风远度到门墙。

画图几幅悬山水，签轴千层积曲章[1]。

尚见主宾能道合，定知师弟属情长。

从今教学期相长，应有声名重玉堂。

注释：

①签轴：加有标签便于检取的卷轴，常用以泛称书籍。

曲章：乐章。

【曾俊廷】

曾俊廷，五华人。生卒年、居地不详。

贺珀瑞新婚（十月十一日）

欣逢合卺小春天①，妆衬梅花色弥鲜。
且美才高吟白雪，尤夸玉种映蓝田。
婚成秦晋三生幸②，缘结朱陈五福全③。
从此兰香兼桂馥，陇西家乘庆辉联④。

注释：

①合卺（jǐn）：指交杯酒，成婚。
②秦晋：原指春秋时秦、晋两国世世代代通婚姻，后以秦晋代指联姻。
③缘结朱陈：即"许结朱陈"，指结成婚姻。
④家乘：谱书的别名，家谱。
　庆辉：指吉祥的光辉。

【缪广勤】

缪广勤，讳赞元，号化初，五华县周江镇良宁村人。创建广庆楼，倡修祖祠、双螺坑口风雨亭等。

恭颂东君二首①（其一）

昨夜清谈酒一杯，许多兴气转徘徊。
怡情自有迎风柳，逸志何须踏雪梅。
花影竟随月影去，溪声合带鸟声来。
此间无限生机处，茅塞予心忽顿开。

注释：

①东君：指管理春天的神。

【古大存】

古大存（1896—1966），五华县梅林镇优河村人。先后担任中国工农红军第十一军军长，中南军政委员会委员，广东省人民政府副主席，全国人大常委会委员等职。

万钧重任我担当

自怜非蠢亦非狂，战事输赢孰可量。
本为斯民除痛苦，敢将败北怨存亡。
梅开雪岭何知冷，剑伏丰城愈见芒。
同志坚持心铁石，万钧重任我担当。

萝岗观梅（四首）

其一

斗寒春色勇先锋，奋战严冬建首功。
胜利花开天地笑，春湖浩荡乘东风。

其二

梅花树侧隔邻居，哪见梅花有一枝。
却喜萝岗名胜地，梅林花海闹春时。

其三

梅开欢送旧时光，新岁晴晖迓古香。
春满绿原花献瑞，万家喜气拥萝岗。

其四

公社今年志更豪，欢声越过岁华高。
梅花踊跃迎新禧，香满萝岗瑞气飘。

【郑敬文】

郑敬文（1896—1984），五华县周江镇联太村人。终生为教。诗多散佚。

重阳感赋（其一）

菊艳秋残近小阳，烹茗漫酌兴添长。
小窗静坐读佳句，吟到梅花字字香。

【曾固庵】

曾固庵（1901—1975），五华县棉洋镇洛阳村人。"少聪敏，勤好学，博强记，壮岁名飘乡邻。性耽吟咏，辄一题多咏，极穷变化之能；或抒怀以见志，或寄托其襟期，不愧雅人深致。"一生从事教育工作。有《洛阳集》一卷存世。

南极山陈瑞云隐居，和陈芷孙韵

南极古名山，巍然不可攀。
山腰云出没，涧口水回环。
隔断红尘里，仿如碧汉间。
杖头挥雾出，屐齿印苔还。
醉索梅花笑，钓游芦荻间。
日高林影短，风静鸟声闲。
果任猿偷采，门凭风启关。
焚香寻易读，拈笔把诗删。
达矣真潇洒，陶然可雅娴。
烟霞餐不俗，乐趣溢眉颜。

哭竹屏宗兄歌

嗟嗟嗟，呜呜呜；吾兄赋质世间无。窗前读破书千卷，梦里生花笔一株。骨秀梅千树，心清雪一壶。本应腾骧堪撷藻①，无如荆棘阻前途，空抚凌云到白颅。许我是知音，忘年意气孚。敲诗醪共酌，寻胜杖同扶。方期春好花同艳，胡竟秋来树遽枯。呜嗟乎！山光无范水无模。寥寥无让间，胶膝汝与吾。子期去后弦应断②，徐友归来有束刍③。已焉哉，何年仙舄化双凫④。一降阿侬小草庐。嗟嗟嗟，呜呜呜。

注释：

①腾骧（xiāng）：飞腾，奔腾。形容高昂超卓，引申为地位上升，宦途得意。

②子期：即钟子期。

③束刍：捆草成束。也指祭品。

④舄（xì）：指鞋子。

　　双凫（fú）：两只野鸭。

送少权侄入省

惭我飘零在异乡，关山惆怅正苍茫。
那堪作客歌三迭，来送行人向五羊。
万顷波中舟荡漾，九重天外凤翱翔。
遥知此去春光好，前路梅花尽放香。

刁幼衡花园菊（其一）

闻道东篱菊正开，几番玩赏弗疑猜。

想因也爱冰肌好，修到梅花品格来。

和卢春达，赠朱雪梅女士

深言娓娓到深宵，坐对冰肌破寂寥。

仿佛是梅还是雪，师雄无梦也魂消。

白菊，和张子山韵（其一）

东篱托迹岂寻常，新学梅花别样妆。

幻出茶荔千点白，偷来梨蕊一分香。

骚人原是冰为骨，隐士偏宜雪作裳。

寄语凡庸须刮目，枝头休讶玉为霜。

和温彬南原韵（其一）

记得天花乱坠时，两人联袂正吟诗。

别来驿使无消息，惆怅江梅雪一枝。

题曾洪贞女士（其一）

兰房深静作禅房，镇日蒲团礼梵王。

梅雪半窗天落月，蓺香忱自念金刚。

（随母吃长斋后，被其兄迫嫁而死）

祝张寿如先生八旬诞辰（其一）

山斗文章八斗才，芳名久贯耳边雷。

衿袍青染堤前柳，丰骨清于岭背梅。

培到李桃香满树，栽成兰桂玉千堆。

今朝北海樽开日，合把狮潭作酒罍。

保粹学校（其一）

玉树芝兰绕讲堂，氤氲开遍夜来香。

从今不惜栽培力，添种梅花聘海棠。

代咏吕氏宅题壁（其一）

四时别有好风光，荷正擎珠菊又黄。
梅雪争春兰苗秀①，和风酝酿满庭芳。

注释：
①梅雪争春：梅、雪皆在春天到来之前出现，故有争着报春之说。

保粹学校杂吟（其一）

梅开月落夜三更，一卷真如拥百城。
最是耐人寻味处，花荫悄听读书声。

祝张习金先生寿

岭头乍放几枝梅，香气欣随寿酒来。
知是前生修得到，逢时对口笑花开。

迭前韵（其一）

水萍风絮易分离，后会茫茫不可期。
此去江南逢驿使，折梅休吝寄新枝。

和淑儒侄有感原韵（其一）

蜗角灰争小小名，既无蕉鹿梦无惊。
梅花纸帐多情趣，睡起闲将笛一横。

答陈异香原韵（其一）

聆得清音兴转奢，调高疑是按琵琶。
雪梅寒夜花争放，不用园林羯鼓挝。

答谢赠茶赠诗

蜡梅乍放一枝花，驿使欣传野叟家。
快剖鲤笺看锦句①，浓烹蟹眼试春茶。
品来雀舌香犹滑，售到鸡林价更加。
从此骄人饶趣味，一哦一啜度年华。

注释：
①鲤笺：古人常把书信折成双鲤形寄出。

327

答陈异香见赠原韵（其一）

一片幽怀未可描，砚池枯后已无涛。

风寒雪冷梅花瘦，愁遣吟魂过宿桥。

约后晤答近来生活（其一）

近来生活在农家，扣角歌残夕照斜①。

万里江山霜雪里，可怜寒鹤守梅花。

注释：

①扣角：指不遇之士自求用世，喻求仕。

元宵（丁酉）

赏了添丁酒，灯明月未斜。

倚栏吹玉笛，香韵落梅花。

和胡宰君见怀原韵（其一）

一溪梅雪足评谈，七碗松花亦嫩甘。

先约与君携手去，笼纱题句访僧庵。

嫡妻诞辰二首（癸卯）

其一

鸳枕牛衣一梦中①，深闺甲录已重逢。

头边云髻今成雪，膝下娇儿已作翁。

茅舍竹篱家本素，糟糠土灶火犹红。

莫愁和靖心肠变，桃叶梅花一样风。

其二

设帨良辰是癸卯②，辛盘卯酒兴偏饶③。

梅初破萼春犹浅，柳乍舒眉色正娇。

听到九如三祝好④，醉来一笑万愁消。

商量何以谋娱乐，齐向萱堂进朔桃。

注释：

①牛衣：给牛御寒遮雨的覆盖物，用麻或草编织而成，也称"牛被"。

②设帨（shuì）：指女子生辰。帨，古时的佩巾，即现在的手绢。古礼，女子出生，挂佩巾于房门右。

③辛盘：也称"五辛盘"。旧俗农历正月初一，将葱、韭、蒜等五种味道辛辣的菜蔬置于盘中供食，取迎新之意。

卯酒：晨间喝的酒。

④三祝：旧时祝颂语，即祝人寿、富、多男子。

和谢志昌韵（其一）

千红万紫好春时，人寄梅花雪后枝。

幸我老年多眼福，轩眉又看画中诗。

冬夜寄异香步韵

霜天明月冷人肌，一盏青灯夜卧迟。

为爱暗香疏影好，雪梅开处读林诗。

宪才正月初六招饮寿酒（丁未）

不晴不雨好春天，红耀星旗景色妍。

同向香花香里坐，梅花度腊菊延年。

寄胡宰君（其一）

过了新春又仲春，柴门日日锁愁云。

洛阳春色都如旧，却笑梅花瘦十分。

答济民李胜芳

一枝秃笔满头霜，藏拙家园岁月长。

何幸诗林诸好友，梅花寄到玉生香。

慰宪模侄丧子，和宋友梅韵

十月梅花岭上开，忽闻玉树一枝摧。

社员正喜收丰产，主角如何下舞台。

世事如云风散去，人生若梦蝶飞来。

我前也滴伤心泪，无益长哀与短哀。

依前韵和胡福成代胡振浩谢答（其一）

闻得奇香踏雪来，岭头十月早梅开。

一花五福多佳兆，须信林逋乐意哉。

辛亥腊月十二娶媳，答淑儒韵

关雎声里好诗来，腊月寒梅喜占魁。
花烛自然儿媳照，酒樽端为友朋开。
鲤庭虽有乘龙愿^①，犬子原无射雉才。
惟望怀中投玉燕，卺杯满后海为怀。

注释：
①鲤庭：本指孔子的儿子孔鲤承受父训的故事，后指接受父亲教导的地方。

和宋友梅原韵（其一）

同腔同调是周亲^①，同是香山会上人。
君是梅花我是雪，耐寒耐冷是前因。

注释：
①周亲：至亲。

和宋友梅自挽原韵

高隐黄田不计秋，是农是士亦风流。
人如玉树才尤贵，品比梅花福早修。
夫妇情缘虽是梦，儿孙发达又何愁。
名缰利锁无干涉，饮酒吟诗也自由。

贺李子龙生孙（癸丑腊月初四）

腊月梅花共雪开，香风吹到断桥来。
李花虽似梅花白，毕竟梅花是占魁。

寒冬喘病又作

药灶冬来火又红，掩门垂帐避邪风。
残年光有回春信，人报梅开大雪中。

代作祝刘志明先生春酒介眉六一初度诗

春日悬弧寿宴开^①，交梨火枣四方来。
芝兰玉树盈庭秀，桃叶梅花带笑陪。
甲箓初周人未老，壬林正茂福堪培。
拙诗几句华封颂，即当南山酒一杯。

注释：
①悬弧：古代风俗尚武，家中生男，则于门左挂一张弓，后将生男称为"悬弧"。

柳石先生七旬大寿志庆（其一）

时逢腊月庆生辰，白发童颜两老人。
鸿案举来桃酒熟，眉痕画去笔花新。
灌园良伴真超俗，养鹤高风迥出尘。
知道林逋清福好，雪梅开处一家春。

【张如皋】

张如皋（1901—1982），五华县安流镇人。曾任棉洋竹坑小学、安流鲤江小学等校教员。

残冬雪景

冬雨风寒杂雪飘，取薪闲把冷炉烧。
梅腮玉滴千枝丽，松发珠联万朵摇。
绿水凝皮鱼胆碎，青山露骨鸟魂销。
来年若得春光好，岩岭残峰又转娇。

颂芳铭学兄

芳名昭著在华年，铭刻丹心启后贤。
讲学善培佳弟子，赋诗能仿李膺仙①。
心机灵敏通微奥，意算精深测大千。
道行清香梅品格，堪称才德俱双全。

注释：
①李膺仙：李膺，东汉名士、官员，有"天下模楷"之称。此处喻指名流。

原韵步和芳铭学兄原玉（其一）

羡君居住是华堂，秀挹鸬峰映碧苍。
整体梅花生艳色，满庭兰桂尽飘香。
善栽桃李年无老，德比松鹤寿更长。
世事岂无多变化，尽堪翘首看沧桑。

【李溢洲】

李溢洲（1902—1969），号清桂，讳耀南，五华县安流镇福陂村人。一生从事教育工作，培育英才。平生诗作甚丰，惜多散失。

送春（其一）

蜂蝶纷纷恨晚春，斜阳欲暮正愁人。
轻风剪剪梨花落，细雨霏霏柳色鬖。
祖酒送行伤浦口，题诗赠别怅江滨。
临行再订来年约，庾岭梅开历又新。

春闺怨有序十首（其一）

驿梅惊别意，堤柳暗愁离。每字一首先总后拆限"真、神、人"韵。

梅花傲雪最情真，木德先开独自神①。
人影对花眉淡抹，毋将玉骨伴愁人。

注释：
①木德：指上天生育草木之德。特指春天之德，谓其能化育万物。

【张辅邦】

张辅邦（1902—1972），五华县棉洋镇竹坑村人。黄埔军校第三期步科毕业。民国十六年（1927）起任江西云都、广东五华、湖北通山等县县长。

余奔走风尘十有七年，南天回首，辄嘻茫然。乡中耆宿柳石先生今冬七一诞辰，闻以国难辍。触爱赋七律四章寿之，并博老人一粲，工拙非所计也。时于湖南乾城军次（其一）

梅蕊松花灿列陈，霜天回暖庆长春。
古稀今迈推南极，望重风高仰北辰。
礼贵尊贤宣祝嘏，心存爱国赖娱宾。
椿庭原注期颐寿①，拜舞年年岁月新。

注释：
①椿庭：父亲的代称。

【曾聘珍】

曾聘珍（1902—1995），五华县周江镇中兴村人。曾任五华中学教师、校长。民国二十六年（1937）年弃教从戎，参加抗日，二十七年（1938）回乡后，复任中学教师。有《四余文选》，未刻。

喜迁新居词

西山迎爽气，景胜人奇伟。

卜居择芳邻，为美称仁里。

结构选峨峨①，吉祥欣止止。

叨陪观厥成，晋祝梅花里。

注释：

①峨峨：形容山体高大陡峭，或指态度庄重严肃。

【陈仲权】

陈仲权（1902—1983），五华县双华镇双华村人。先后在揭阳、丰顺及五华棉洋、大都、双华等地任教。

初冬观梅有感

梅放无容羯鼓催，良田力土厚栽培。

异香偏向初冬发，冠遍花名第一才。

初冬游玩松竹梅三友有感（其一）

梅开庚岭占群芳，傲雪风飘一段香。

粉蝶如知魂叹断，采花蜂拥乱飞忙。

【廖亦虚】

廖亦虚（1902—1980），女，字裕荣，五华县棉洋镇塘纯村人。幼聪颖，国文专修结业。性耽吟咏，有《松冈诗草》二卷，未刻。

梅

梅花雪压倍精神，别有幽香最可人。

借问群芳谁得似，陇头先占一枝春。

贺生子十月

小阳生意好，梅色十分春。
麟瑞堂前霭，兰花竞艳新。

梅

玉骨冰肌素葆真，经霜耐雪倍精神。
群芳莫笑花容瘦，借问谁家占早春。

和曾固庵表叔与觉先宗叔并诸先生原韵（其一）

霏霏春雨长苍苔，阶砌痕无屐印来。
忽睹新诗精自爽，俨如雪夜赏新梅。

梅

能傲严寒雪，清高不染尘。
芬芳殊足美，独放岭头新。

和杏村兄六一（其一）

羡君荣诞小阳天，梅映斑衣色倍鲜。
处世谦恭知远近，为人和睦不私偏。
三千珠履光华屋①，满壁诗词灿绮筵。
惟愿灵椿春不老②，他年重祝寿堂前。

注释：
①珠履：原指珠饰之履，后喻指有谋略的门客。
②灵椿：喻指年高德劭的人或父亲。

立春

人间春信到，万卉最先知。
野草初含翠，梅花发几枝。

和宋丽华先生原韵（其一）

文采风流出性天，况兼引水有渊源。
寄来春信梅花早，香衬云笺句欲仙。

代和六一寿（其一）

立言立德效前贤，模范堪为后起先。

兰桂盈阶看凤舞，宾朋满座庆蝉联①。

香山酒晋耆英会，庾岭梅开小雪天。

待到从心开寿域，重来把盏祝高年。

注释：

①蝉联：指连续相承，连续不断。

【李宏达】

李宏达（1903—1950），五华县周江镇黄布村人。黄埔军校第六期步科、陆军大学第十一期、印度兰加美军将官战术研究班第四期毕业。曾任国民革命军第六十二军副军长、代军长。

柳石先生八旬开一，恭步先生自寿诗原韵（其一）

梅花鞶福庆嘉辰①，来寿钦奇历练人。

绛县书详容貌古，陀移纪齿岁华新。

清芬曾把怀高蹈，潇洒原来易出尘。

愧我军书正旁午，霞觞未献玉堂春②。

注释：

①鞶（pán）：指古代佩玉的皮带，或指系在鞶带上盛物的小囊。

②霞觞：对杯子美化的一种说法。

【万鹭洲】

万鹭洲，名守一，字以行，五华县河东镇黄湖村人。国立中山大学学员。著有《荔红池馆诗钞》。

除夕

远游三釜志难陈，岁尽犹悬万里身。

细雨暗消银烛泪，旅魂长系白头人。

风寒海国迢迢夜，梦入梅花渺渺春。

蓬累十年为底事①，那堪亲在竟长贫。

注释：

①蓬累：飞蓬飘转飞行，比喻人之行踪无定。

底事：何事，此事。

【周士文】

周士文（1905—1936），五华人。遗诗二卷，未刻。

无题

淡月寒筦透雪梅，夜深知己抱琴来。

清弹一阕阳春曲，和寡曾闻鹤唳哀。

【李惠堂】

李惠堂（1905—1979），字光梁，五华人。被誉为"亚洲球王"，1976年8月被评为"世界五大球王"之一。曾任亚洲足球联合会秘书长、国际足球联合会副主席等职。著有《足球经》《球圃菜根集》《足球读本》《鲁卫吟草》等。

乙丑冬在沪初次见雪（其一）

冷逼肌肤兴未阑，楼头煮酒倚栏看。

空园剩有梅花色，独立横枝傲岁寒。

【陈槃】

陈槃（1905—1999），字槃庵，号涧庄，五华人。一生著作甚丰，已出版《左氏春秋义例辨》《大学中庸今释》等，发表论文200余篇。另著有《疏桐高馆诗集》等。

冬月偕希范西城听述叔先生说词，道过荔湾，归得八绝，即呈述叔先生（其一）

野塘门掩酒人家，著处新愁付乱鸦。

一段荒寒留胜赏，故宫春梦见梅花。

梅花绝句（三首）

其一

梅花有约句难收，花近高寒韵自遒。

一往清狂岂无恨，淡烟斜月下南楼。

其二

亭亭孤洁怨黄昏，风雪潜消画里魂。

阑影无聊屏梦浅，费情灯火懒开门。

其三

空山相望为谁春，绝代湘皋未嫁身。

雪冷香深深见月，断云流水不逢人。

拜东坡生日

宫梅无与玉桃绯，江国残年我拟归。

尘世芰裳浑欲染，高斋英爽忽瞻依。

风流文藻无终歇，磨蝎春婆有是非①。

唤起仙鬐应一笑，肚皮我辈莫相违②。

注释：

①磨蝎：星宿名，"磨蝎宫"的简称。

②肚皮：宋代费衮《梁溪漫志》载："东坡一日退朝，食罢，扪腹徐行。顾谓侍儿曰：'汝辈且道是中有何物？'……至朝云，乃曰：'学士一肚皮不合时宜。'"不合时宜，指不合时势所需要，与社会潮流格格不入。

岁暮述怀

急景销歌吹，孤呻灯夜迟。

岁涯和梦警，愁病被春欺。

倦矣难胜别，归哉未有期。

梅花却无恨，开到隔年枝。

农历除夕，方仲招饮，相约赋诗。方仲明春将奉派赴美，念当分携，因以为赠

袖手风云了除日，山堂三载世相遗。

炫高骇俗吾轻敢，随分清言酒俩奇。

观国文章收海外，厌年消息报梅枝。

前程九万君能勉，珍重人间鬓未丝。

【孔昭苏】

孔昭苏（1905—1962），五华县岐岭镇人。

春日郊游二首（其一）

策杖寻芳约二乔，时装艳冶逞妖娆。
郑王祠畔梅初放，孔圣庙前杏正娇。
日映红花无限艳，风翻紫陌绿千条。
览胜人来舒老眼，如云邀客乐逍遥。

【曾纯雪】

曾纯雪（1906—1961），五华县转水镇黄龙村人。历任北海中学、五华一中等校教员。著有《广省斋诗集》，未刻。

又奉和柳石先生贤伉俪七一双寿诗（其一）

心仪泰斗几何年，祝嘏翻居御李先。
琴水悠悠标逸志，梅林蔼蔼隐高贤。
曲中白雪纵横笔，笛里斜阳款段鞭。
应许词坛推祭酒，况人长寿月常圆。

【张任寰】

张任寰（1907—1990），字国材，五华县潭下镇杞水村人。卒业于广州法政学堂。有《昙花吟草》初集、二集，已刻。

诗调恩明记者新婚

蜡梅如雪艳横枝，额上沾来分外宜。
直笔从今添一课，朝朝先为画蛾眉。

和圣裔兄己酉元旦试笔寄诗原韵

履端试笔接新禧[①]，见咏梅花始破枝。
泰运已随除夜转，煦阳随带软风吹。
间关莫放莺声老[②]，料峭仍宜鹤氅披。
共赋刀环期不远[③]，河清有兆可前知。

注释：
①履端：泛指事物的开始。

②间关：形容悠扬的鸟叫声。
③刀环："还归"的隐语。

朱公演兄伉俪赴美与诸女公子团聚，万里寄书，奉句为答

一纸邮传万里情，百年肝胆见平生。

惭虚出饯将南浦，羡为含饴向北征。

雪里寻梅诗有画，林间求友鸟其鸣。

天涯人远嗟今昔，不尽怀思忆子卿。

（来书附有其伉俪与诸女公子乘大雪寻幽照一帧）

【廖秉权】

廖秉权，生年不详，二十世纪五十年代初卒，字定初，五华县梅林镇人。著有《箓竹山房诗草》，已刊。

游春

春光黯淡认前村，憔悴行吟欲断魂。

细雨梅花风片片，鹧鸪声里竹生孙。

奉和槃庵先生梅花绝句

名心寥寂净黄昏，风信来时易断魂。

香雪满林和梦醒，高寒深闭雨中门。

【黄铮】

黄铮，五华人。生卒年、居地不详。

柳翁世伯七一寿诞之庆

七一寿筵开，蟠桃献玉台。

年高知德懋，文藻识诗才。

倚杖看云鹤，骑驴问雪梅。

青山春不老，陆地有蓬莱。

【胡大同】

胡大同，五华人。生卒年、居地不详。

柳石老世伯暨伯母八秩开一双寿大庆（其一）
五华云灿喜逢辰，来寿琼楼养鹤人。
松柏岁寒原不改，杯盘国历已开新。
归周大老关民望①，兴汉贤郎扫敌尘。
最美古稀还矍铄，梅花雪里自生春。

注释：
①大老：指元老，称年高、品德高的人。

【钟蔚天】
钟蔚天，五华人。生卒年、居地不详。

谨和柳石老先生七一双寿原韵（其一）
梅开庾岭庆华辰，南国巍然一老人。
风月婆娑兴不浅，菁莪作育才常新①。
怆怀世变嗟苍狗，快意诗情出俗尘。
道德文章矜里社，天真颐养气如春。

注释：
①菁莪：指培育人才。

【李彩琴】
李彩琴，五华人，生卒年、居地不详。

柳石先生七旬大寿志庆（其一）
艳说前贤赠绨袍①，交深不觉醉醇醪。
感怀尘教常身受，转美鸿名胜衮褒②。
七十从心身不老，三千拜手客忘劳③。
筵开玳瑁梅争放，伫看群英夺锦旄。

注释：
①绨（tí）袍：厚缯制成的衣袍。比喻故旧之情。
②衮（gǔn）褒：即"褒衮"，古时诸侯得到天子的赐衮而为荣宠。
③拜手：古代男子的一种跪拜礼。正坐时，两手拱合，低头至手与手心平，而不及地，故称"拜手"，也叫"空手""拜首"。

【张翼鸿】

张翼鸿，五华人，生卒年、居地不详。

柳石先生七旬大寿志庆（其一）

蜡梅介寿恰逢辰，故使龙腾雨两人。
道路洗清登第好，芝兰滋润隔帘新。
夙兴命仆炉烹茗，夜寐呼童榻拂尘。
莫道琼筵花未坐，桂馨早醉玉壶春。

【张燕宾】

张燕宾，生卒年不详，号鲤江逸叟，五华县安流镇鲤江人。清末秀才。

孟浩然踏雪寻梅诗

寻得梅花瘦岭巅，新诗何处写长篇？
灞陵桥板骑驴过，踏破纷纷雪满天。

【古达天】

古达天，生卒年不详，五华县安流镇人。

孟浩然踏雪寻梅诗

压倒群芳独占魁，岭南说遍冒寒开。
得公常识超凡品，不惮骑驴踏雪来。

【李贵夫】

李贵夫，五华人，生卒年、居地不详。

柳石先生七旬大寿志庆（其一）

人美封翁得四时，雅怀佳况出良知。
梅妻鹤子追和靖，发奋忘忧绍仲尼①。
寿世咸称清白吏，养心常赋谪仙诗。
瞻韩有愿缘难假②，大诞遥赓华祝辞。

注释：
①绍：继承。

341

②瞻韩：初次见面的敬辞，指久闻大名，希望相识。

【魏秉尧】
魏秉尧，生卒年不详，五华县横陂镇人。

孟浩然踏雪寻梅诗
孤芳自赏素称梅，振刷精神透雪开。
谁作名花欣玩赏？诗吟驴背孟公来。

【魏鄞文】
魏鄞（yín）文，生卒年不详，五华县横陂镇人。

孟浩然踏雪寻梅诗
踏雪丛中先占开，浩然踏遍雪山堆。
骑驴指顾寻花径，把得梅归笑语陪。

【赖颖芳】
赖颖芳，五华人，生卒年、居地不详。

柳石先生七旬大寿志庆（其一）
忆昔君游泮水时，声华藉藉尽人知①。
先忧后乐师淹子②，道德文章法仲尼。
三径喜栽梅并菊，一生所好酒和诗。
即今所欲从心日，犹唱千秋绝妙辞。

注释：
①声华：美好的名声。
②淹子：指范仲淹

【张镜春】
张镜春，生卒年不详，五华县安流镇人。

孟浩然踏雪寻梅诗
踏雪寻梅矍铄翁，诗情画意夺天公。
不知湖上骑驴客，爱得诗人是否同？

【李鹿程】

李鹿程，生卒年不详，五华县安流镇人。

孟浩然踏雪寻梅诗

雪深三尺无寒意，数朵梅花不放香。

绘出骑驴寻踏景，孟公韵事借诗扬。

【廖述甫】

廖述甫，五华人，生卒年、居地不详。

孟浩然踏雪寻梅诗（二首）
其一

描出寻梅孟老翁，精神情景一般同。

骑驴踏破寒威雪，惹得骚人想象中。

其二

不辨梅花岭北东，浩然气节有谁同？

骑驴踏雪传佳话，绘出全图挂壁中。

【张健华】

张健华，五华人，生卒年、居地不详。

孟浩然踏雪寻梅诗

一湾流水隔溪花，香雪离离照未赊。

驴背有人寒禁得，板桥踏遍日西斜。

【张炯寰】

张炯寰，五华人，生卒年、居地不详。

孟浩然踏雪寻梅诗

香梅沉沉满谷深，蹇驴风雪写诗心①。

名花名木称知己，芳讯天涯万里寻。

注释：

①蹇驴：跛蹇驽弱的驴子。

【周指南】

周指南，五华人，生卒年、居地不详。

孟浩然踏雪寻梅诗

五更驴背满靴霜，残雪离离草树荒。

身在景中无句写，却教人比孟襄阳①。

注释：

①孟襄阳：即孟浩然。

【赖俊芳】

赖俊芳，五华人，生卒年、居地不详。

柳石先生七旬大寿志庆（其一）

筵开七一恰庚辰，想是翁如绛县人。

齿德兼尊名久仰，桂兰并茂色常新。

心同秋水诚超俗，品比梅花不染尘。

福备壬林征未艾①，筹添海屋庆恒春②。

注释：

①未艾：未尽，未止。

②筹添海屋：即"海屋添筹"，旧时用于祝人长寿。

【魏崇良】

魏崇良（1909—1982），字建鹤，号雄球。五华县横陂镇人。

寄友二首（其一）

娇小玲珑丽若仙，引人颠倒舞翩跹。

心如明月情如水，淡比梅花洁似冰。

【平远·黄挽澜】

黄挽澜（1896—1980），号独清，平远县热柘乡瓜坪村人。勤奋好学，博览经籍，擅于韵律，平生诗作不少。他常以诗明志，以诗抒怀，以诗联谊，但少有存留结集。

绝句三首之咏梅

抖擞精神斗雪开，蜂儿飞去蝶儿回。

春魁毕竟君先占，万紫千红俯首来。

绝句三首之咏竹

一生清骨傲红尘，梅弟松兄契最深。

雪压霜欺浑不管，世人方识岁寒心。

致叶晚香先生

陇梅今又吐芬芳，远寄星洲细审详。

为爱此花开五福，祝君身体早安康。

【张公略】

张公略（1892—1966），名炯，平远县热柘黄竹坪村人。中国同盟会会员，曾任汕头正始学校校长。著有《沧海一粟楼诗集》等。

西湖探梅（二首）

其一

冰肌玉骨锁寒林，费却骚人几度寻。

攀得一枝和雪折，擎归持赠与知音。

其二

谁识孤山处士家，却寻芳迹路非赊。

探春西子湖边去，为看今年第一花。

【黄纯仁】

黄纯仁（1902—1977），平远人。毕业于中山大学中文系。抗日战争时，在国民革命军暂编第二军供职，战后在广州中华文化学院任教。1948年3月至1949年8月任平远县县长。著有《壮柔集》。

大学西塘见梅花作

落日澹高堂，微风暗带霜。

乍惊春梦影，岁晚傍宫墙。

笛里悠悠月，枝头冉冉香。

广平辞赋地，经日事苍黄。

岁晚送张汉宗兄归里

岁晚远归家，看君黯鬓华。

异乡适风雨，故里正梅花。

背里萱晖暖，吟边帽影斜。

只今失邻里，凄寂自天涯。

参考文献

［1］程志远，王洁玉，林子雄，等整理．乾隆嘉应州志（上、下册）
［M］．广州：广东省中山图书馆古籍部，1991.

［2］郭真义，曾令存．梅水诗丛（上、下卷）［M］．广州：广东人民
出版社，2015.

［3］宋湘．红杏山房集［M］．广州：中山大学出版社，1988.

［4］叶璧华．古香阁全集校注［M］．广州：中山大学出版社，2021.

［5］李国器．李黼平家族诗词钞［M］．香港：中国文化艺术出版
社，2020.

［6］黄遵宪．人境庐诗草笺注［M］．上海：上海古籍出版社，1981.

［7］陈铮．黄遵宪全集（全二册）［M］．北京：中华书局，2005.

［8］丘逢甲．岭云海日楼诗钞［M］．上海：上海古籍出版社，1982.

［9］丘逢甲．丘逢甲集［M］．长沙：岳麓书社，2001.

［10］饶芙裳．饶芙裳诗文集［M］．广州：羊城晚报出版社，2018.

［11］谢崇德．历代咏梅州诗选注［M］．广州：南方日报出版
社，2015.

［12］程杰．中国梅花审美文化研究［M］．成都：巴蜀书社，2008.

［13］程杰，程宇静，胥树婷．梅文化论集［M］．北京：北京联合出
版公司，2017.

［14］程杰．宋代咏梅文学研究［M］．合肥：安徽文艺出版社，2002.

［15］魏明果．梅文化与梅花艺术欣赏［M］．武汉：武汉大学出版
社，2008.

［16］魏明果．中华梅文化赏析［M］．武汉：华中科技大学出版
社，2011.

［17］赵义山．君子的风范——松竹梅兰［M］．成都：四川人民出版
社，1966.

［18］陈俊愉．中国梅花［M］．海口：海南出版社，1996.

［19］于志鹏．宋前咏物诗发展史［M］．济南：山东人民出版

社，2013.

　　［20］赵国栋．历代名人咏梅诗词五百首［M］．天津：天津古籍出版社，2012.

　　［21］汪振尚，袁桂娥．中国历代咏梅诗存［M］．南昌：江西人民出版社，2010.

　　［22］杨世明，王光宇，彭华生．历代咏梅诗词选［M］．成都：四川人民出版社，1987.

　　［23］刘维才．咏梅诗集锦［M］．南京：南京出版社，2007.

　　［24］荣斌．中国咏梅诗词集萃［M］．北京：中华书局，2001.

　　［25］董谦生，吴学先．历代咏梅诗词选［M］．济南：山东大学出版社，1998.

　　［26］谢重光．客家文化述论［M］．北京：中国社会科学出版社，2008.

　　［27］罗可群．广东客家文学史［M］．广州：广东人民出版社，2015.

　　［28］罗可群．现代广东客家文学史［M］．广州：广东人民出版社，2008.

　　［29］钟俊昆．客家文化与文学［M］．海口：南方出版社，2004.

后　记

　　我们夫妻研究生毕业后，先后于 2002 年、2003 年来到世界客都——广东梅州，在嘉应学院任教至今。时光荏苒，我们的青春和热血都挥洒在了这片土地上。作为"新客家"，我们热爱脚下的这片土地，热爱梅州和客家人，并被博大渊深且有温度的客家文化深深吸引，沉醉其中。

　　梅州的梅花，尤其给我们带来了不一样的感受。嘉应学院校园里有一片梅花林，附近的客家公园也广植梅花，每年冬季，梅花傲然绽放，呈现出生机盎然的春意。离学校稍远的潮塘村的一座山上，屹立着一棵千年古梅，繁花万点，暗香袭人，成为人们每年赏梅的最佳地点。十年前，我们夫妻和朋友们共六家，年轻的父母带着六个六七岁的孩童，从学校徒步去潮塘村赏梅，当时一路翻山越岭、欢声笑语，以及古梅繁花盛放的景象，至今历历在目。我当时乘兴写了一篇题为"携妻领子　踏步访梅"的散文，发表在《梅州日报》上。

　　梅花傲雪凌霜，梅花高洁美丽，梅花传递春天的消息，梅花香自苦寒来，梅花进入了我们的内心世界。我写过一篇散文，名叫"生命中珍藏的花"，回顾了自己生命历程中最难忘的花是油菜花、映山红和樱花，认为"它们分别陪伴我走过了生命中的一个阶段""给我贫瘠的生命以丰盈和美好"；并相信，"今后一定还会有花进入我的生命。因为它们，我的生命更加美丽无比"。果然，梅花闯进了我的生命，成为我生命中珍藏的又一朵花，化成了我生命中美丽的一部分。

　　我们生活的这片土地，在古代由敬州改名为"梅州"，缘由是这片大地上到处生长着梅花。"吾家在梅州，自古梅所都""吾州亦是梅花国""梅花数十里，家住梅花里""吾梅夙号梅花乡，处处人家梅树旁""梅花端的种梅州"……梅州诗人的咏梅诗，充分证明了这一点。梅州、梅花和客家人，自然地结合在一起，成为水乳交融的一幅和谐的画卷，梅花精神便成了客家精神的最好表现。我们欣赏梅花的美，感受梅花精神和客家精神，沉醉在中华梅文化和客家文化中，于是，我们在繁忙的教书育人、专业研究之余，不畏困难，动力十足地对梅州历代梅花诗进行了整理与研究，本书也由此诞生。

在本书出版发行之际，我们要感谢：其一，嘉应学院文学院郭真义先生，慷慨提供其主编的《梅水诗丛（上、下卷)》，为我们的工作提供了便利。其二，嘉应学院客家研究院肖文评先生，他领导的客家研究院不仅给我们的课题立了项，也为本书的出版提供了充足的经费。其三，《梅州日报》编辑曾秋玲女士，她邀请我们在"文化公园"版上开设"梅州诗人与梅花"专栏，每月发表一至两篇文章，扩大了影响。其四，许多关心、支持和帮助我们的人，虽然在这里未提及他们的名字，但是我们会铭记在心。

这是一部普及性的学术专著。希望这一著作的面世，能为梅州的文化建设贡献力量，为美丽梅州的建设提供文化支持，让梅州人更加喜爱梅花——自己的花！希望通过传承古代优秀的文化遗产，弘扬梅花精神和梅文化，促进先进文化滋养人心！

汤克勤　汪平秀
2022 年 2 月 28 日